Heinz Udo Brenk

ICH KANN DICH NICHT VERGESSEN
oder
PSYCHOANALYSE FÜR MEERESBIOLOGEN

AF282631

Heinz Udo Brenk

ICH KANN DICH NICHT VERGESSEN

oder

PSYCHOANALYSE FÜR MEERESBIOLOGEN

Eine Liebesgeschichte
in neuneinhalb Etappen

Bibliografische Informationen der Deutschen Nationalbibliothek:
Die Deutsche Nationalbibliothek verzeichnet diese Publikation in der Deutschen Nationalbibliografie; detaillierte bibliografische Daten sind im Internet über dnb.dnb.de abrufbar.

Einbandgestaltung: H.U. Brenk

© 2024
Verlag:
BoD · Books on Demand GmbH, In de Tarpen 42, 22848 Norderstedt
Druck:
Libri Plureos GmbH, Friedensallee 273, 22763 Hamburg

ISBN: 978-3-7693-0330-8

Vorwort

Ob die Geschichte autobiographisch sei, wurde immer wieder gefragt. Okay, zugegeben, immer wieder ist etwas übertrieben. Genau genommen hat das noch niemand gefragt. Wie denn, wenn das Buch gerade erst veröffentlicht wird? Aber sie, die Frage, schreit auch ungestellt so nach einer Erwiderung, dass sie nicht unbeantwortet bleiben darf.

Deshalb: Nein!

Das ist doch mal eine eindeutige Aussage, sollte man meinen, wenn die Sache nicht einen Haken hätte, und der heißt:

Ja!

Und das sind nur scheinbare Widersprüche. Wie könnte es anders sein? Fragt man Wolfgang oder Meret oder Simon oder Annemarie oder Roger oder Célestine, dann werden sie allesamt unisono mit allem Nachdruck sagen: Was denn sonst, wir haben es genauso miterlebt und beschwören, dass alles der reinen Wahrheit und nichts als der Wahrheit entspricht. Dann braucht man den Autor gar nicht mehr anzusprechen, sechs Zeugen reichen in jedem Gerichtsprozess.

Fragt man den Autor trotzdem, wird er sich winden und drehen und komisch verschwurbelte Antwortversuche von sich geben wie: Jaaaa, irgendwie stecke er in jedem geschriebenen Wort mit drin und zwischen den Zeilen...usw.

Der Graffitikünstler Banksy hat 2018 vom Auktionshaus Sotheby`s ein Bild für 1,8 Millionen Euro versteigern lassen, das sich unmittelbar nach dem Verkauf durch einen im Rahmen versteckten Schredder selbst zerstörte. Dummerweise hat der Schredder nicht richtig funktioniert, das Bild wurde nur halb zerstört. Der Käufer verkaufte das halbzerstörte Werk drei Jahre später für 21,9 Millionen, wieder bei Sotheby`s.

Ein nicht ganz so bekannter Künstler hat einem Besucher seiner Vernissage auf die Frage hin, was seine abstrakte Kunst denn aussagen solle und welche politische Relevanz sie habe, eines seiner Werke über den Schädel geschlagen und dabei total zerstört. Das Bild, nicht den Schädel.

Was uns das sagen soll?

Zwischen dem, was Autor*in bzw. Künstler*in aussagen will, und dem, was Rezipient*in, Leser*in daraus macht, kann eine riesige Lücke klaffen. Und das ist gut so. Jeder macht aus dem, was er/sie/es betrachtet, sieht, liest ein ureigenes Erlebnis, sogar, wenn er/sie/es das gar nicht will.

Die Wahrheit steckt also im Buch, und mehr gibt es zur Eingangsfrage nicht zu sagen.

Hoffentlich eine vergnügliche Wahrheit.

Dortmund, Oktober 2024
H.U. Brenk

Inhaltsverzeichnis

And in the end the love you take
is equal to the love you make.
(The End, vom Album „Abbey Road", 1969, The Beatles,
Text und Musik: Paul McCartney)

Meret und Wolfgang 1975 – 1978

When she touched my hand what a chill I got,
her lips are like a volcano when it`s hot.
(All Shook Up, als Single veröffentlicht 1957,
Elvis Presley, Text und Musik: Otis Blackwell)

Es würde bestimmt wieder eine dieser unsäglich langweiligen AStA-Feten werden, auf denen man sich endlosen Debatten mit verhinderten Revoluzzern stellen musste. Erst vor zwei Wochen hatte er sich dieser Gefahr ausgesetzt, als er der Einladung eines Kommilitonen namens Bernd nachkam, mit ihm zu einem Diskussionsabend in die Kaschemme, der beliebtesten Szenekneipe hier in Kiel, zu kommen. Als dort genügend Alkohol geflossen war, bekamen sich die Vertreter der KPD/ML mit der Konkurrenz von der KABD dermaßen in die Haare, dass Wolfgang sprachlos zusehen musste, wie der große gesellschaftliche Umschwung hier im Kellerlokal mit bloßen Fäusten ausgetragen wurde, nachdem beiden Parteien die unvereinbaren Argumente ausgegangen waren. Sein Studienfreund jammerte derweil in einer stillen Ecke der SDS nach, für die nach 1970 doch nur dieser ‚sozialdemokratische Weicheiverband SHB´ in Erscheinung getreten sei und alle wirklich linksradikalen Bemühungen konterkariert habe. Dem Lokalbesitzer, einem kahlköpfigen Hünen jenseits der 50, war diese Situation offenbar nicht neu. Er hatte die richtigen Argumente parat, indem er einen nach dem anderen am Kragen packte und aus dem Lokal warf.

Beschimpfungen als Konterrevolutionär und Revisionist konnten ihn in keiner Weise beeindrucken. Bedauerlicherweise differenzierte er nicht nach Partei, Geschlecht oder Alter, so dass auch Wolfgang unsanft auf dem Pflaster landete, wo er nicht umhin konnte zuzugeben, dass der Wirt offenbar der einzige war, der keine Klassenunterschiede kannte. Die Genossinnen und Genossen leckten ihre Wunden und waren sich einig, dass sie diesen scheißbürgerlichen Ort nie wieder betreten wollten – allerdings waren sie sich darüber auch am Vorabend schon einig gewesen. Dann zogen sie schimpfend weiter zur nächsten Brutstätte ihrer umstürzlerischen Phantasien, und Wolfgang trottete frustriert zu seinem Zimmer im Wohnheim. Dies war wirklich ein Abend zum Vergessen! Zwei blaue Flecken, und das zweite Glas Bier war noch nicht einmal ganz ausgetrunken!

Nun also diese Veranstaltung des AStA! Das konnte ja heiter werden! Seine Gedankenspiele, sich eventuell einer studentischen Gruppierung anzuschließen, waren nur von ganz kurzer Dauer, denn eigentlich wollte er nur in Ruhe studieren, beziehungsweise in den Vorlesungspausen an gepflegten Doppelkopfrunden teilnehmen. Welche Partei hätte es auch sein sollen? Marxisten, Leninisten, Trotzkisten, Maoisten, glühende Verehrer der kambodschanischen roten Khmer oder der albanischen Form unter Enver Hoxha, war die DKP kommunistisch oder Moskau hörig – wie sollte man sich da orientieren? Dann die ständigen Störungen durch irgendwelche Aktivisten, die wieder einmal einen Professor wegen angeblicher faschistoider Umtriebe im

2

Vorlesungsbetrieb boykottieren wollten, die AStA-Vertreter immer mitten dabei. Noch in der vergangenen Woche musste das Matheseminar deswegen ausfallen – sehr dumm, weil er den Schein dringend brauchte!

Eigentlich war er mit der politischen Situation auch gar nicht so unzufrieden, soweit sie ihn überhaupt interessierte. Mit Helmut Schmidt gab es seit einem Jahr einen Bundeskanzler, der seinen Vorstellungen nicht völlig fremd war und gerade die Volljährigkeit und damit die Wahlberechtigung ab 18 durchgesetzt hatte. Schmidt-Schnauze nannten ihn seine Eltern, die als eingefleischte Katholiken natürlich CDU wählten. Und ein Präsident, der im Vorjahr einen Hitparadenerfolg mit einem Volkslied verbuchen konnte, war für das Land auch ein Novum. Überhaupt schien sich weltweit einiges zum Guten zu wenden. Sogar der schreckliche Vietnamkrieg war soeben zu Ende gegangen, und in Spanien neigte sich die letzte westeuropäische Diktatur ihrem Ende zu.

Als ihm alle diese Gedanken durch den Kopf gingen, musste er sich eingestehen, dass die K-Gruppen-Studenten seinen Weltfrieden doch erheblicher störten, als ihm lieb war. Es gab Wichtigeres, viel, viel Wichtigeres! Was interessierten ihn General Franco auf seinem Totenbett oder Gerald Ford im Weißen Haus – in den kommenden Wochen war unbedingt ein Termin bei seinem Doktorvater zu vereinbaren, dessen Andeutungen nur so zu verstehen waren, dass Entscheidungen anstanden, die erheblichen Einfluss auf seinen Lebensweg nehmen könnten. Und was vielleicht von noch größerer Bedeutung war: auf den AStA-Feten traf man zwangsläufig auf Vertreterinnen des weiblichen

Geschlechts. Es war nämlich sein weitaus drängendstes Problem, dass er, immerhin bereits im fortgeschrittenen Alter von zweiundzwanzig Jahren, noch nicht in festen Händen war. Ein paar Flirts und sogar einige bis zu einem halben Jahr andauernde Bindungen zierten seine bisherige amouröse Karriere, aber das war es dann auch. Den vielen Predigten der ganzen linken Szene von freier Liebe und Sex ohne Verpflichtungen hätte er nur zu gerne geglaubt, hingegen zeigte sich der weibliche Teil der Revolution leider meistens viel prüder als erhofft. Sollte Politik testosteron- beziehungsweise östrogenzersetzend wirken? Möglicherweise lag es an seiner eigenen Schüchternheit, denn viel zu häufig versagte sein Charme und ihn überfiel eine lähmende Angst vor Enttäuschungen, wenn sich denn überhaupt eine Gelegenheit für einen Anbahnungsversuch andeutete.

An Äußerlichkeiten konnte es nicht liegen. Er trieb regelmäßig Sport, was ihm zu einer durchaus stattlichen Erscheinung verhalf, und hatte sich extra mit neuer Kleidung eingedeckt. Dazu gehörten die unvermeidliche Schlaghose und das hauteng Hemd unter dem Pollunder. Jeans und T-Shirt gefielen ihm zwar besser, aber man musste bereit sein, Kompromisse einzugehen. Einen Versuch war es wert.

So gerüstet traf er um 21 Uhr in der Uni-Cafeteria ein – die Show konnte beginnen. Nur wenige Minuten später war er bereits überzeugt, dass alles genauso desillusionierend ablaufen würde wie bei den vergangenen Meetings. In dem bis zur Undurchdringlichkeit rauchgeschwängerten Raum saßen die üblichen Cliquen zusammen und bestätigten sich gegenseitig ihre Überzeugungen, einige hockten in dunklen Ecken, um mit Alkohol, Joints und diversen Erzeugnissen der chemischen Industrie ihr Bewusstsein zu erweitern, und nur ganz vereinzelt bewegten sich selbstverliebte Gestalten zu den Rhythmen der Musik, die aus den überstrapazierten Boxen dröhnte. Offensichtlich hatten einige Mädchen ihre Schallplatten mit gerade angesagten Discoliedchen selbst mitgebracht, denn sonst wären George McCraes ‚Rock your baby' und Carl Douglas` ‚Kung Fu Fighting' nicht auf einer Veranstaltung des Studentenausschusses zu hören gewesen. Da waren die soliden Rockakkorde von Bachman Turner Overdrive`s ‚You ain`t seen nothing yet' nachgerade erholsam. Enttäuscht zog sich Wolfgang an den Tresen zurück, um dem trostlosen Abend wenigstens mit Alkohol etwas Sinn zu verschaffen.

„Hey, musst du noch raus zur Revolution?", sprach ihn jemand an. Er drehte sich um und war völlig überrascht, vor sich ein sehr hübsches, junges Erst– oder Zweitsemester zu sehen.

„Fällt heute wegen akuter musikalischer Verseuchung aus", entgegnete er, „und kann erst wieder aufgenommen werden, wenn Howard Carpendales ‚Deine Spuren im Sand' auf den Barrikaden erklingt."

„Na, das passt!", meinte sein Gegenüber vieldeutig.

„Wie bitte?"

„Hat deine Mami dich neu eingekleidet? Jedenfalls sieht dein Outfit schwer nach Quelle-Katalog, Seite ‚Junge Mode' aus, passend zu Howie und Demis Roussos."

Das war frech. Wo so viel Mühe darin steckte! Aber wer sich verteidigt, klagt sich an.

„Du hast Recht, meine Mutter dominiert mich. Ich brauche dringend Hilfe. Ich heiße Wolfgang, wer bist du?"

„Meret. Angenehm. Du wolltest mich gerade zu einem Drink einladen, oder?"

„Ja, gerne. Milch? Saft? Oder darfst du schon Cola trinken?"

Das schien ihr zu gefallen, sie holte sich selber eine Flasche Bier aus dem Selbstbedienungskühlschrank und legte das Geld in die bereitstehende Box.

„Schau mich nicht so vorwurfsvoll an", meinte sie. „Ich bin schon volljährig!"

„Dank der Hilfe von Helmut Schmidt!"

„Zugegeben, sonst hätte ich noch zwei Jahre warten müssen. Ich soll dich also therapieren, ohne Couch und Wünschelrute. Das kostet aber! Woher wusstest du, dass ich Freudianerin bin?"

„Wer eine Couch sucht, wird eine Couch finden. Ist das nicht die Devise von Freud?"

„Du hast ihn durchdrungen und verstanden, wie ich sehe. Also, willst du hierbleiben und warten, bis endlich ABBA gespielt werden?"

„Nichts gegen ABBA, steht meine Mutter total drauf. Ich stimme dir trotzdem zu, lass uns irgendwohin gehen, wo wir uns der Weltrevolution entziehen und therapeutisch tätig werden können."

Noch nie war Wolfgang einer so selbstbewussten, intelligenten, humorvollen Frau begegnet, und er war selig, dass sie ihn tatsächlich begleitete. Sie zogen auf die große Liegewiese des Campus, bewaffnet mit einem Getränk und aufgeregt wie Schulkinder vor der ersten Tanzstunde. Bis tief in die Nacht sprachen sie angeregt

6

über alles, was ihnen in den Sinn kam und freuten sich, dass zwischen ihnen große Übereinstimmung herrschte. Sie lachten ausgiebig, wenn der andere einen Scherz machte, und waren ehrlich betrübt, wenn ein tragisches Erlebnis aus der Vergangenheit berührt wurde. Kurzum: zwei Seelen fanden zueinander, bis beiden bei den ersten Anzeichen der Morgendämmerung klar wurde, wie sehr alles um sich herum vergessen und wie schnell die Zeit verstrichen war. Nicht ohne sich gleich für den kommenden Abend zu verabreden, gab sie ihm zum Abschied einen Kuss.

Wolfgang schwebte in seine Bude, an Schlaf war nicht zu denken. Meret war in seinen Gedanken, ihr Geruch wich nicht aus seinen Kleidern, ihr ansteckendes Lachen klang in seinen Ohren nach. Kein Zweifel – das war Liebe auf den ersten Blick und er konnte es kaum erwarten, sie am Abend wiederzutreffen. Und dieser Abend entwickelte sich in gleicher Weise über alle Maßen erfreulich.

Schon nach kurzer Zeit konnten beide keinen Sinn mehr darin erkennen, die Miete für zwei kleine Wohnungen zu bezahlen, wenn sie sich doch ohnehin nur noch in einer aufhielten, und so zogen sie zusammen. Nach den allererersten Tagen, in denen Wolfgang zu keinerlei vernünftigem Gedanken mehr fähig gewesen war, entdeckte er nun, wie gut Meret ihm in jeder Hinsicht tat. Seine Vorlesungen und Seminare fielen ihm leichter, die Recherchen zu seiner Promotion wurden fruchtbarer, Hausarbeiten schrieben sich fast von alleine, und der abendliche Austausch über ihre oder seine Veranstaltungen half beiden, die Inhalte zu sortieren und besser zu verstehen. Sie teilten ähnliche Vorlieben für Musik, Theater und Kunst, sie liebten gemeinsame ausgedehnte Wanderungen in den umliegenden Wäldern, und sie tauschten ihre Lektüren. Kein Wunder, dass sich daraus bei beiden ein Gespür entwickelte, wie es um den anderen bestellt war, ohne dass dafür viele Worte notwendig waren.

„Was ist los?", empfing sie ihn eines Abends.

„Och, nichts. Ich bin nur platt."

Das war ein völlig unzulänglicher Versuch, sie nicht mit seinen Sorgen zu belasten, wie er sofort erkannte.

„Klar, sieht man! Also: was ist passiert?"

„Ich weiß nicht, ist doch egal!"

„Jetzt spuck schon aus! Ich rate mal. Du hattest doch heute das Gespräch mit deinem Doktorvater. Kommt es von daher? Gab`s Ärger?"

Er musste einsehen, dass sie nicht aufgeben und früher oder später sowieso erraten würde, worum es ging.

„Er hat mir ein Angebot gemacht."

„Ist doch super! Dann muss er deine Arbeit doch schätzen! Was hat er dir angeboten?"

„Ich soll für ein Jahr zu Forschungszwecken nach La Réunion."

Das verschlug ihr kurz die Sprache, bis sie sich schnell wieder gefangen hatte.

„Prima, ist doch toll. Ein Jahr auf einer Südseeinsel, das ist ein Traum! Wann soll es losgehen?"

„Anfang des kommenden Monats schon. Und Réunion liegt nicht in der Südsee, sondern vor Madakaskar."

„Klugscheißer! Das kommt plötzlich. Aber du musst es machen! Das ist eine einmalige Chance."

Er konnte die Sorgen aus ihren Worten filtern.

„Ich habe abgelehnt."

„Waaas? Bist du wahnsinnig?"

Wieder verstand er sehr genau, wie sehr sie sich freute.

„Ja, der Prof war nicht so begeistert. Er will versuchen, mir diese Möglichkeit in den nächsten Semestern noch einmal zu verschaffen, aber das konnte er nicht garantieren. Meret, ich kann das nicht ohne dich machen!"

„Das ist sooo lieb von dir! Aber bei der nächsten Chance sagst du zu! Wir werden das schon hinbekommen!"

Für sein Fachgebiete Ozeanographie und Meeresbiologie wäre diese Insel vor Madagaskar von ganz außerordentlicher Bedeutung gewesen, gab es hier doch ein Korallenriff, wie man es nur an wenigen Orten auf der Welt, wie etwa dem berühmten Great Barrier Reef vor Australien, finden konnte. Seine Entscheidung bereute er jedoch keineswegs, Meret übertraf alle anderen Interessen bei weitem.

Es dauerte nicht lange bis Meret zu einigen Mitbewohnern des Hauses gute Beziehungen aufgebaut hatte und sie wiederholt zu einem kleinen Umtrunk eingeladen wurden. Insbesondere der Bewohner der Nachbarwohnung, ein ewiger Student mit Namen Gerd Reppes, erwies sich als echte Hilfe, wenn es galt, Post anzunehmen, Wasserhähne zu reparieren oder schweres Mobiliar zu tragen. Er studierte schon im sechsunddreißigsten Semester Betriebswirtschaft und machte keinerlei Anstalten, diese Lebenssituation grundlegend zu verändern.

Im folgenden Jahr traf er den Kommilitonen Bernd, den er aus dem gemeinsamen Abenteuer in der „Kaschemme" kannte, in der Cafeteria, und er schien in ziemlich schlechtem Zustand zu sein. Zunächst versuchte Wolfgang, jeglichen Kontakt zu vermeiden, wegen seiner leidvollen Erfahrungen damit, sich mit den Genossen auf Diskussionen einzulassen, aber er konnte seinem Schicksal nicht entrinnen. Bernd setzte sich einfach zu ihm an den Tisch und begann ohne Gruß und Einleitung das Gespräch.

„Was für ein beschissenes Jahr!"

„Wie man`s nimmt! Ich habe soeben im Doppelkopf gewonnen, Meret ist zwanzig geworden und ABBA haben schon die dritte Single in den Top Ten."

„Bist du vollkommen privatisiert, du Revisionist? Biermann wurde ausgebürgert, Ulrike Meinhof hat sich umgebracht und Mao ist tot, Mann!"

„Ja, so gesehen! Aber Franz Josef Strauß ist immer noch da, es geht doch nichts über ein sauberes Feindbild. Sag mal: ich wollte dich immer schon fragen, was du eigentlich studierst."

„Erinnere mich nicht daran. Ich habe in der nächsten Woche Prüfungen."

„Worin?"

„Lehramt. Geschichte und SoWi. Für die Klausuren habe ich noch nichts getan."

„Ein Abend in der Kaschemme kann da bestimmt weiterhelfen."

„Du sagst es. Kannst du mir zehn Mark leihen?"

Soviel wissenschaftlichem Arbeitseifer wollte er nicht im Wege stehen, und daher gab er Bernd seinen letzten

Geldschein, wohl wissend, dass dies eine Investition in eine sehr ferne und ungewisse Zukunft war. Immerhin erinnerte ihn das Gespräch daran, dass er mit Meret für deren Klausur lernen wollte. Sie empfing ihn schon offensichtlich aufgebracht, allerdings nicht wegen seiner Verspätung, wie er sofort erfuhr.

„Du kannst es dir nicht vorstellen! Das gibt`s doch gar nicht. Mann, oh, Mann! Wer hätte das gedacht!"

„Nun komm mal runter. Nichts ist passiert, ich bin bereit", versuchte er sie zu beruhigen.

„Denk dir nur, da haben die tatsächlich erst jetzt im britischen Unterhaus einen Antrag eingebracht, die Prügelstrafe an Schulen zu verbieten! Jetzt! 1976!"

„Immerhin ist der Antrag nun auf dem Tisch."

Er verstand ihre Empörung als angehender Psychologin.

„Der Antrag wurde abgelehnt!", schrie sie förmlich vor Wut. „Und weißt du, wann diese sinnlose Prügelei in Deutschland verboten wurde?"

Nein, er hatte keine Ahnung und vermutete einen Termin kurz nach der Staatsgründung oder eventuell mit Inkrafttreten des Grundgesetzes 1949.

„1950?", lautete sein zaghafter Versuch.

„Von wegen! Erst 1973, und das nicht einmal in allen Bundesländern. In Bayern ist es bis heute erlaubt. Ich fasse es nicht! Jedenfalls weiß ich jetzt, was ich nach dem Examen tun werde."

„Du machst eine Praxis für Kinderpsychologie auf. Das ist wunderbar, genau so kann ich mir deine spätere Tätigkeit vorstellen."

„Schön, dass du das so siehst. Die Sache hat aber einen Haken. Was macht ein Meeresbiologe in der Stadt?"

Er konnte nicht anders, als sie in den Arm zu nehmen und an sich zu drücken.

„Weißt du, was mir daran besonders gut gefällt?"

Sie sah ihn mit großen Augen fragend an.

„Du kannst dir offenbar eine gemeinsame Zukunft vorstellen. Insofern verstehe ich das als verklausulierten Heiratsantrag. Und ich sage ja!"

Sie strahlte über das ganze Gesicht und sagte: „Ich habe heute unsere Hochzeitsmelodie gefunden."

„Was ist es? Mozart? Beatles? Elvis?"

„Nein, sie haben eben im amerikanischen Soldatensender AFN ein tolles Lied gespielt, das es bei uns noch gar nicht zu kaufen gibt. Soll im nächsten Jahr herauskommen. Eagles, ‚Hotel California', wird dir gefallen. Super Melodie und ein grandioses Gitarrenduett am Ende. Hör mal!"

Damit drückte sie die Tasten des Kassettenrekorders, der bei ihnen immer in erreichbarer Nähe und direkt neben dem Radio stand. Die Qualität war grauenhaft und die ersten Takte fehlten, weil sie nicht schnell genug zum Gerät gelangt war, aber die beiden waren zu euphorisiert, um sich mit solchen Details aufzuhalten. Als Don Felder und Joe Walsh mit ihren Gitarren loslegten, gingen sie schon anderweitigen Beschäftigungen nach.

Ihre Beziehung erreichte ihr zweites Jahr, seine Abschlussprüfungen begannen und damit die Suche nach möglichen Arbeitgebern. Immerhin blieben danach noch einige Monate für die Fertigstellung der Promotion, die von seinem Doktorvater wohlwollend begleitet wurde. Immer wieder erinnerte dieser Wolfgang daran, dass in seinem Arbeitsbereich das Auslandsjahr eine quasi unausweichliche Bedingung für künftige lukrative Festanstellungen bedeute, wenn er nicht Zeit seines Berufslebens auf einer Assistentenstelle festkleben wolle. Und dann wurde Wolfgang eines Morgens tatsächlich wieder vor die gefürchtete Entscheidung gestellt.

„Ich habe Ihnen im letzten Jahr angedeutet, dass La Réunion eine einmalige Chance war. Nun ja, das Observatoire océanologique de Banyuls-sur-Mer bietet gerade eine Stelle an. Das ist nicht ganz so exotisch, sondern an der französischen Mittelmeerküste, aber vielleicht trotzdem ganz interessant. Überlegen Sie es sich! Ich brauche die Antwort allerdings noch in dieser Woche."

Da war sie, die unangenehme Situation, vor der er sich gerne gedrückt hätte. Die Notwendigkeit, irgendwann an einem solchen Projekt teilzunehmen und damit in die grausame Realität der Arbeitswelt einzusteigen, lag auf der Hand. Aber es lief so gut mit Meret, er fühlte sich wohl wie noch nie in seinem Leben. Durfte er dieses Glück auf eine solche Probe stellen?

Sein Mentor spürte das Zögern.

„Besprechen Sie das Angebot mit allen Menschen, die Ihnen wichtig sind. Aber denken Sie auch daran, dass ich Ihnen nicht ständig die Türen aufhalten kann. Ich muss mich noch um einige andere Interessenten kümmern."

Sollte er sich freuen? Sollte er ablehnen? Wie lange konnte er dem Herrn Professor noch alle Angebote ausschlagen, bis der die Geduld verlor und nicht mehr damit zu ihm kam? Das Departement Languedoc kannte er von einem früheren Urlaub, damals noch ohne Meret, und dieser südlichste Teil Frankreichs war ohne Zweifel außerordentlich attraktiv. Banyuls sur Mer lag zudem vom französisch-spanischen Grenzübergang Cerbère-Port Bou nur wenige Autominuten entfernt, dort ließ es sich aushalten. Falls neben der Arbeit Zeit für Exkursionen blieb, lagen hinter der Grenze die attraktive Stadt Barcelona und, noch viel näher, Figueras und Cadaqués als überaus reizvolle Dörfchen, in denen Salvator Dali lebte. Aber Meret! Wenn er sie doch mitnehmen könnte! Das war nur leider unmöglich! Er müsste ihren Aufenthalt selbst finanzieren und zudem auf seine kleine, kostenlose Assistentenstube verzichten. Außerdem stand sie selber gerade in ihren letzten Semestern, wie sollte es ihr möglich sein, ihr Studium zu unterbrechen?

Natürlich wusste sie schon beim Eintreten, womit er sich gerade auseinandersetzte.

„Heute war das Gespräch mit deinem Mentor, nicht wahr? Du siehst irgendwie nicht ganz zufrieden aus!"

„Er hat mir wieder eine Stelle angeboten."

„Ist doch prima! Darüber haben wir vor einem Jahr gesprochen. Du musst das annehmen! Wir werden die Zeit schon überstehen! Wohin soll`s denn gehen?"

Täuschte er sich, oder klangen in ihren ungestümen Worten doch auch ein wenig die Befürchtungen mit, die er selber hegte.

„Südfrankreich, am Mittelmeer."

„Na, also! Das ist nicht ganz so paradiesisch wie diese kleine Insel vor einem Jahr, aber andere träumen davon, dort Urlaub zu machen. Du hast natürlich zugesagt!"

Sie sah ihn fragend an, und dieses Mal war er sicher, in ihrem Blick auch Angst zu erkennen.

„Ich mache es nicht."

14

„Hast du den Verstand verloren? Was ist los mit dir? Willst du gar nicht erwachsen werden?"

„Ich will mit dir erwachsen werden. Nein, ich werde den Job nicht annehmen. Im nächsten Jahr bist du fertig, dann können wir gemeinsam losziehen."

„Falls es wieder ein so attraktives Angebot gibt."

Trotz ihrer Einwände spürte er deutlich ihre Erleichterung. Damit waren die Würfel gefallen, auch wenn in ihm ein wenig die Furcht nagte, er könnte damit möglicherweise seine letzte Chance verpasst haben. Dann würde seine berufliche Karriere darin ihren Höhepunkt erreichen, dass er in irgendeinem Tropenhaus die Aquarien putzen dürfte.

„Bist du dir wirklich sicher? Das tust du aber hoffentlich nicht nur meinetwegen und trauerst später dem verpassten Angebot nach!"

„Weißt du, was mich wirklich traurig macht?"

Sie sah sein schelmisches Grinsen und wusste, dass nichts Ernsthaftes mehr kommen konnte. Fröhlich fragte sie: „Nämlich was?"

„Elvis ist tot. Kam gerade in den Nachrichten. Kein Wunder, dass Karel Gott mit seiner Biene Maja so erfolgreich werden konnte."

„Du hast recht! Wir werden eine Kerze zum Gedenken an den King und an das Dahinsiechen des deutschen Schlagers aufstellen."

Damit war das Thema vom Tisch und Wolfgang konnte mühelos seinem Doktorvater am folgenden Tag die Entscheidung ohne alle unterschwelligen Bedenken mitteilen. Der zeigte sich allerdings in keinster Weise erfreut und ließ ihn das auch deutlich spüren. Alle folgenden Termine zur Besprechung der Doktorarbeit fanden in gespannter Atmosphäre statt, häufig genug musste Wolfgang vor verschlossener Tür warten oder herbe Kritik über sich ergehen lassen. Überhaupt herrschte an der Universität eine gereizte Stimmung, seit die RAF ihren mörderischen Feldzug in der Entführung und Ermordung von Hanns Martin Schleyer hatte gipfeln lassen. Die völlig missverstandene ‚klammheimliche Freude', die in einem Nachruf auf den ebenfalls ermordeten Generalbundesanwalt Buback geäußert wurde, nahmen etliche linke Studentengruppierungen zum Anlass für Sympathiekundgebungen.

Wolfgang fehlte dafür jedes Verständnis und auch die Zeit, weil er wie besessen die Dissertation fertigzustellen versuchte, auch gegen alle Widerstände seines ihm ehemals so wohlgesonnenen Professors. Was er hingegen erstaunt zur Kenntnis nahm, war der Umstand, dass er seinen Schuldner Bernd an keinem der Stände sah, die überall aufgebaut wurden, um Unterschriften für oder gegen die PLO, Rote Khmer, Kurden, den persischen Schah oder vergleichbare Gruppierungen zu sammeln.

Ebenso emsig verfolgte Meret ihr Ziel, die Abschlussprüfungen zu erreichen, und als das neue Jahr angebrochen war und das Wintersemester sich seinem Ende zuneigte, legten beide ihre schriftlichen Ausarbeitungen, sie fürs Staatsexamen, er für die Promotion, vor und warteten auf die letzten, finalen Ereignisse. Beide freuten sich wie die Schneekönige, sowohl über die eigene Leistung, wie auch über die Erfolge des jeweils anderen.

Meret kam als Erste auf die Zielgerade, und als Wolfgang vor der Tür zu dem Raum wartete, in dem sie den letzten Teil des Examens ablegte, war er aufgeregter als sie selbst. Das Gremium brauchte nach der Befragung nur wenige Minuten der Beratung, bis das Urteil feststand, und es war ein grandioser Erfolg. Nichts anderes hatten beide erwartet, trotzdem bedeutete es eine ungeheure Erleichterung und sie feierten das Ende ihrer Studienzeit gänzlich unangemessen in einer Imbissbude unweit der Wohnung. Für Nebentätigkeiten war in dieser spannenden Phase keine Zeit geblieben, daher sah es mit ihren finanziellen Reserven finster aus.

„Was willst du jetzt mit der vielen freien Zeit anfangen?", fragte Wolfgang, während er sich eine Pommes mit den Fingern aus ihrer Schale nahm, in Mayonnaise tunkte und genussvoll zwischen die Zähne schob.

„Hab` ich denn viel Zeit? Ständig muss ich bei dir Korrektur lesen, du kommst einfach nicht zu einem Ende. Am Ende werde ich dich durchfüttern müssen, weil du mit fünfzig Jahren immer noch über den Einfluss des Planktons auf den Stoffwechsel der Tiefseequallen sinnierst!"

„Gott sei Dank! Ich hegte schon die Befürchtung, meine Bratkartoffeln selber kochen zu müssen."

„Die werden in der Pfanne gebraten, mein Lieber. Hach, du bist ohne mich einfach nicht überlebensfähig. Ein hilfloses Plankton im Großstadtmeer!"

„Wir sind eine Biozönose, da gibt´s keine Zweifel!"

„Eine Diözese?"

„Eine Gemeinschaft von Organismen verschiedener Arten in einem abgegrenzten Lebensraum, eine Biozönose eben."

„Sind wir so verschiedene Arten?", fragte sie mit gespielter Enttäuschung.

„Aber sicher, und dafür danke ich dem Schöpfer sehr! Aber Diözese stimmt ja auch irgendwie. Du bist meine Bischöfin und ich die gläubige Gemeinde. Wir sollten daran arbeiten, dass noch viele Schafe in diese Gemeinde finden."

„Nun werde mal nicht unanständig. Die katholische Kirche ist außerdem weit davon entfernt, Frauen den Zugang zur Bischofswürde zu gewähren."

„Weil sie dich noch nicht kennen!"

„Gilt für Bischöfinnen auch das Zölibat?"

„Das lateinische Wort caelibatus meinte die männliche Ehelosigkeit. Ich denke, da lässt sich für uns eine Lösung finden. Sonst treten wir ganz fix zu den Altkatholiken über, bei denen gibt es solch eine unsinnige Regelung nicht. Andererseits geht es den Bischöfen finanziell gar nicht so schlecht."

„Damit sind wir beim Problem."

„Wir brauchen Geld. Stimmt. Postkutschenüberfall? Das stelle ich mir sehr romantisch vor. Ich warte nur schon lange vergeblich auf die Kutsche."

„Du schaust zu viele Western. Die große Zeit von Butch Cassidy und Sundance Kid ist vor neun Jahren zu Ende gegangen. Ich meine es ernst. Ab morgen fange ich verschärft an, nach sinnvollen Stellenausschreibungen zu suchen."

„Super, meine Bratkartoffeln sind gesichert."

„Freu dich nicht zu früh, sonst verkaufe ich mein Plankton als Düngemittel an die landwirtschaftliche Genossenschaft."

„Jawohl, Frau Bischöfin, die Anrede Eminenz ist sowieso weiblichen Geschlechts. Ob die Kurie sich dabei etwas gedacht hat? Wenn es ihrer Eminenz beliebt, will ich gerne zu Diensten sein, denn ich bin nicht würdig, der Bettvorleger ihrer Schlafstätte zu sein."

„Wir haben gar keine Bettvorleger!"

„Das wäre ein unverzeihlicher Zustand, den wir dringend überprüfen sollten."

„Da fällt mir ein, dass Eminenz doch das Substantiv ist zu eminare, also herausragen. Ob das auf alles Herausragende anwendbar ist, sozusagen als terminus technicus?"

„Meret, ich bitte dich! Du wirst ausfallend."

So machten sie sich vergnügt philosophierend auf den kurzen Heimweg.

Wolfgang suchte fast täglich das Sekretariat des Prüfungsamtes an der Uni auf, um am Schwarzen Brett nachzuschauen, ob endlich ein Termin für seine Verteidigung angesetzt war. Wie das schon klang: Verteidigung. Als ob es etwas zu verteidigen, geschweige denn anzuklagen gäbe. Von seiner Dissertation war er vollkommen überzeugt, mochte sein beleidigter Doktorvater auch kein Wort mehr mit ihm gesprochen haben. Nur die Sache mit dem Auslandsjahr war wohl erledigt, für seine weitere Karriere nicht unbedingt eine förderliche Tatsache.

So sehr er den Tag herbeisehnte, so sehr machte es ihn dann doch nervös, als er eines Tages tatsächlich seinen

Namen auf dem Prüfungsplan entdeckte. Es war so weit, der letzte Schritt musste getan werden. Prüfer war natürlich sein Mentor, als Zweitprüfer fand er, entgegen aller vorherigen Vereinbarungen, einen ihm völlig unbekannten Namen, und den Prüfungsvorsitz sollte der Dekan der Fakultät übernehmen, der gemeinhin als streng, jedoch integer galt. Viel Zeit blieb nun nicht mehr, diesen Tag, der für Ende Oktober 1978 angesetzt war, vorzubereiten, aber eigentlich wusste er schon lange, wie er seinen Vortrag aufbauen wollte.

Meret beriet ihn, wie er sich für diesen Tag kleiden sollte, sauber, modisch elegant, aber nicht zu auffällig. Man trug Hosen mit leichtem Schlag und hohem Bund, fast wie die ‚Betrüger' aus früheren Zeiten, dazu farbenfrohe Hemden, die durchaus mit Blumen gemustert sein durften und deren Kragen über den des Jackets ragten, alles hauteng geschnitten. Ein gewisser Herr Travolta hatte zu der unsäglichen Discomusik der Bee Gees ein nicht unwesentliches Vorbild geliefert. Wolfgang mochte weder ‚Stayin` alive', noch diesen Look, aber die Ratschläge seiner Freundin befolgte er gehorsam. Abgesehen vom Jacket, das er durch eine schlichte Weste ersetzte. Merets Vorschlag einer glänzenden Discojacke war ihm doch zu weit gegangen.

Er erinnerte sich an ihre Bemerkung bei ihrer ersten Begegnung über seine Kleidung mit den Worten ‚Hat Mami dich neu eingekleidet'. Es schien ihm eine Ewigkeit her zu sein, so selbstverständlich war ihre Anwesenheit geworden. Damit wurde ihm jedoch bewusst, dass er seine Partnerin noch seinen betagten Eltern vorstellen musste, die ihn bei jedem seiner viel zu seltenen Besuche mit diesbezüglichen Fragen löcherten. Er nahm sich vor, das bei nächster Gelegenheit nachzuholen.

Disputationen sind öffentlich, und Wolfgang freute sich, dass tatsächlich etliche frühere Kommilitonen bereits anwesend waren, als er begann, seinen Vortrag vorzubereiten, indem er einige Bilder und Poster an der Wand befestigte und den Tageslichtschreiber anschloss. Seine Nervosität wusste er gut zu überspielen, zu sicher fühlte er sich in seinem Fachgebiet und brachte das Referat souverän zu Ende. Das Publikum klopfte sogar zustimmend auf die Tische, ein eigentlich unzulässiger Vorgang während einer Prüfung. Die Befragung begann hingegen mit einem gänzlich unerwarteten Überfall seines Mentors, was denn seine Meinung über den gerade neu gewählten polnischen Papst sei. Aber zu Wolfgangs morgendlichen Ritualen gehörte das eifrige Zeitungsstudium, so dass er sofort den Faden aufnehmen konnte. Es sei schon der dritte Papst in diesem Jahr, keineswegs jedoch passiere dies zum ersten Mal. Es habe gar schon einmal ein Jahr mit vier Päpsten gegeben. Herr Wojtyla zeichne sich überdies durch herausragende Leistungen als Philosoph, Dramatiker und Theologe, darüber hinaus noch als Fußballer aus. Dann konnte er sich die kleine Spitze nicht verkneifen, dass dies alles nicht direkt etwas mit seiner Dissertation oder seinem Vortrag zu tun habe. Später erfuhr er von ehemaligen Leidensgefährten, dass dieser unsachliche Versuch eine oft geübte Technik seines Prüfers war, um die Kandidaten zu verunsichern. Da dies nun nicht gelungen war, verlief die weitere Befragung ohne Probleme, und nach einer kurzen Beratung wurde ihm als Note ein „cum laude" mitgeteilt. Nicht die allerhöchste Rite, aber damit konnte er gut leben.

„Fühlt sich komisch an, oder?", fragte Meret beim obligatorischen Festbankett im Schnellimbiss. „So gar keine Termine und Verpflichtungen mehr."

„Aber auch befreiend! Außerdem muss ich noch einige Male zur Uni, um aufzuräumen, Bücher abzugeben und ähnlichen Kram. Und natürliche die Urkunde abholen."

„Die kommt übers Bett!"

„Ich bin doch nicht Doktor der Gynäkologie geworden! Oder hätte ich das besser werden sollen?"

„Keine Sorge, ich komme aus gutem, altem, katholischem Stall. Wenn ich will, kann ich mich ganz anständig benehmen."

„Da fällt mir ein: im nächsten Monat hat meine Mutter Geburtstag. Das wäre eine prima Gelegenheit, meine Eltern kennenzulernen."

„So ernst ist es?", fragte sie zweifelnd. Gleichzeitig vernahm er so etwas wie Zufriedenheit, vielleicht sogar Glück im Klang ihrer Stimme. „Aber in der ersten Novemberwoche bin ich noch zu Vorstellungsgesprächen unterwegs."

„Also abgemacht. Ich freue mich. Und Jobsuche geht natürlich vor, wegen der Bratkartoffeln. Das bleibt mir nun auch nicht mehr erspart, nachdem die Quelle der Auslandseinsätze versiegt ist."

„Diese Professorenmimose hat sich tatsächlich nie wieder bei dir gemeldet?"

„Wir sind auf alle Zeiten getrennt von Arbeitstisch und Bett."

„Das will ich doch wohl hoffen. Können wir uns noch eine gemeinsame Extraportion Pommes Schranke leisten?"

„Nur, wenn du bereit bist, dafür in den nächsten Tagen ausschließlich von Luft und Liebe zu leben."

„Wie herrlich! Das ist eine wohltuende Diät! Herr Doktor, ich bin so frei."

„Gynäkologie und Ozeanographie sind genau genommen gar nicht so weit auseinander. Ich werde es dir beweisen!"

„Oh ja, bitte."

Damit stand ihr Programm, sowohl für diesen Abend, wie auch für den mütterlichen Geburtstag im nächsten Monat, fest. Viel mehr familiäre Verpflichtungen gab es auch nicht zu erwarten, weil beide Einzelkinder waren und Merets Eltern, wie sie einmal erwähnt hatte, schon lange nicht mehr lebten. Einigkeit herrschte zwischen ihnen auch darin, dass sie eine gänzlich andere Familienplanung anstrebten als ihre Eltern, mit einem Haus voller Kinder. Es musste nur nicht gleich sofort so sein.

Der Besuch bei Wolfgangs Eltern verlief in sehr entspannter Atmosphäre, abgesehen davon, dass sein Vater Meret sofort so sehr in sein Herz schloss, dass er sich ausschließlich mit ihr unterhielt und die beiden scherzend und lachend alles um sich herum außer Acht ließen. Er war ein pensionierter, einfacher Postbeamter, Briefträger aus Berufung, wie er selber gerne betonte, und seine Frau konnte, noch vor Beginn des Zweiten Weltkrieges, trotz bester Leistungen nur die Volksschule abschließen, weil ‚Mädchen nach der Schulzeit sowieso heiraten und Kinder bekommen und dafür kein Abitur brauchen'. Ihrem einzigen Sohn die Karriere ermöglicht zu haben, die ihnen selbst verwehrt geblieben war, machte sie mächtig stolz.

Er half seiner Mutter in der Küche beim Abwasch, und sie gab ihrem ‚Wolferl' Ratschläge für eine kluge Haushaltsführung mit auf den Weg. Er hasste diesen Kosenamen, mit dem sie ihre und ihres Mannes Verehrung für Wolfgang Amadeus Mozart zum Ausdruck brachte, ließ jedoch alles geduldig über sich ergehen. Als der Zeitpunkt des Aufbruchs gekommen war, winkte ihn sein Vater bedeutungsvoll zu sich und flüsterte ihm zu:

„Junge, wenn du die gehen lässt, spreche ich kein Wort mehr mit dir!"

Auch Meret schien sehr beschwingt vom Verlauf des Abends, möglicherweise lag es aber auch an den sehr zum Vergnügen des Vaters gemeinsam verkosteten zwei Gläsern Cognac.

„Ihr duzt euch? Das ging ja schnell!", meinte Wolfgang, als sie sich auf dem Heimweg bei ihm einhakte.

„Ja! Bist du eifersüchtig? Ich darf sogar Daddy zu ihm sagen. Prima alte Herrschaften hast du!"

„Mit dem Cognac hast du ihn natürlich um den Finger gewickelt. Diesen Fusel mag sonst keiner, ich schon mal gar nicht."

„Alles hat seinen Preis. Mir hat er auch nicht geschmeckt."

So verabschiedete sich auch dieses Jahr, ohne dass einer von beiden eine gute Anstellung gefunden hätte. Es ging immer mehr an ihre wenigen Ersparnisse und sie reduzierten ihre Ansprüche, wo sie nur konnten. Der

Fernsehanschluss wurde ebenso abgemeldet wie das Telefon, wenn doch einmal wichtige Gespräche anstanden, half ihnen der Besitzer des Schnellimbisses aus, oder sie nutzten die Geräte an der Universität, an der er immer noch nicht seinen Arbeitsplatz vollständig aufgeräumt hatte. Sie verdiente etwas Geld hinzu, indem sie am Wochenende in der Kaschemme kellnerte, er fand mitunter im Unibuchhandel einen Aushilfsjob. Manchmal fanden sie interessante Stellenangebote und fuhren für Vorstellungsgespräche in die entlegendsten Winkel der Republik, nur um enttäuscht und ohne Zusage zurückzukehren. Da halfen die guten Beziehungen zu seinen Eltern sehr, um sich an so manchem Wochenende wieder einmal dort durchzufuttern. Befriedigend fanden sie die Situation mitnichten.

„Ich will dich bei mir haben, wenn du nicht bei mir bist", wurde er an einem Nachmittag empfangen.

„Ja, das klingt logisch!"

„Keine Witze, Herr Doktor! Ich habe für den frühen Abend einen Termin bei einem Fotographen gemacht."

„Wozu? Wir versetzen unser Mobiliar, um wenigstens von trockenem Brot und Wasser leben zu können, und du engagierst einen Paparazzo?"

„Keine Widerrede. Und zieh dir ein sauberes T-Shirt an, auf dem man nicht sieht, was du zu Mittag gegessen hast."

„Mir bleibt wohl nichts erspart", beschwerte er sich, folgte aber gehorsam ihren Anweisungen.

Mit dem Ergebnis der Fotositzung waren beide außerordentlich zufrieden, der junge Mann verstand es sehr gut, seine Modelle ins rechte Licht zu rücken und ihnen ein freundliches Lächeln in die Gesichter zu zaubern. Zum Abschluss wollte er erfahren, wie viele Abzüge in welchen Formaten die beiden haben wollten. Wolfgang bestellte für sich eines in Passfotogröße für sein Portemonnaie, Meret bestand auf einem Abzug im Format DIN A 3. Auf dem Heimweg kaufte sie einen Bilderrahmen für diese Größe. Nachdem die fertigen Bilder abgeholt worden waren, zierte dieser Rahmen den Holzkasten, der als Ersatz eines Schränkchens neben ihrem Bett stand.

Ein halbes Jahr später marschierte er während der Sommersemesterferien zur Uni, um endgültig alle Verbindungen zu lösen und der Aufforderung seines ehemaligen Mentors zu folgen, endlich den Arbeitsplatz zu räumen. Irgendwie hatte sich in all den Jahren nichts verändert, immer noch waren alle Wände mit Postern, Pamphleten und Angeboten beklebt, und selbst in dieser vorlesungsfreien Zeit konnten sich einige Studentenbewegungen nicht mit Aktionen und Kundgebungen zurückhalten. Er passierte gerade den Stand des RCDS, als ihn jemand anzischte:

„Pssst! Hey Wowwang!"

Es gab nur wenige, die ihn so nannten, und diese Bezeichnung gefiel ihm genauso wenig wie das ‚Wolferl' seiner Mutter. Er drehte sich um und traute seinen Augen nicht.

„Bernd! Hast du dich im Stand verirrt? Mensch, der Schah ist abgehauen, Khomenii ist zurück im Iran und Karl Carstens ist Präsident. Du musst doch mit roten Fahnen durch die Hauptstadt ziehen!"

Fast hätte er ihn nicht erkannt, wie er dort stand, adrett mit gestärktem weißen Hemd und sorgfältig gebügelter Stoffhose. Fehlte nur die Krawatte.

„Mach dich ruhig lustig. Ich habe die echte Herausforderung gefunden und bin froh, dazu zu gehören. Wahrscheinlich ganz im Gegensatz zu dir, oder?"

„Sollte es noch einmal einen Aufstand der Besitzlosen gegen das Establishment geben, stünde ich in der ersten Reihe. Dabei fällt mir ein: ich bekomme noch zehn Mark von dir."

„Betrachte es als Spende an die internationale christliche Gemeinschaft. Ich bin Gesinnungsfranziskaner und habe allen irdischen Gütern abgeschworen."

„Aber Meret hat mir erzählt, dass sie dich am vergangenen Wochenende in der Kaschemme gesehen hat."

„Nun mach mal halblang! Alles hat seine Grenzen, und auch die ärmsten Sünder werden von der Kirche aufgefangen."

„Dann weiß ich dich in bester Gesellschaft und habe eine Sorge weniger. Mach`s gut!"

„Nicht so schnell, warte! Ich habe einen ganz wichtigen Tipp für dich."

„Ja, bitte?"

„Ja, also, weißt du, das nächste Wochenende steht an, und ich bin gerade furchtbar klamm. Wenn du mir da etwas aushelfen könntest. Das wäre echt ein wertvoller Akt christlicher Nächstenliebe."

Also kramte Wolfgang wieder einmal die letzten Münzen hervor, um sie dem armen Glaubensbruder für geistige Getränke in der Kaschemme zukommen zu lassen. Als er sich zum Gehen abwandte, fasste Bernd ihn am Arm.

„Ich habe dir doch etwas versprochen. Und Versprechen habe ich noch nie gebrochen."

„Fast nie. Eigentlich immer."

„Ja, ist ja gut, hör auf. Jetzt kommt`s: Aimée Mauduit in Paris, Sekretärin von Jean Dorst. Da solltest du dich mal melden. Aber schnell, das Angebot steht nicht mehr lange."

„Welches Angebot?"

„Sei nicht so begriffsstutzig. Jean Dorst ist der Direktor des Nationalmuseums für Naturgeschichte in Paris, und von seiner Sekretärin, eben dieser Aimée, weiß ich, dass die ganz dringend einen Ozeanographen suchen."

„Ach so, ja. Paris. Sag mal, kannst du mir das Geld für ein Zugticket und eine Übernachtung leihen?"

„Du bist ein Witzbold! Nutze deine Chance, alles Gute dafür."

Damit wandte Bernd sich von ihm ab, um bloß nicht die gerade geschnorrten Münzen zurückgeben zu müssen, und Wolfgang ging seines Weges. Der Hinweis wollte ihm nicht aus dem Kopf, und Paris wäre schließlich nicht der schlechteste Ort für einen ersten ernstzunehmenden Job. Sollte er es wagen? Es war nicht ganz billig, und eine Übernachtung müsste mindestens zusätzlich eingeplant werden. Das alles für eine weitere Absage? Man könnte vorher anrufen, wenn sich die Nummer ausfindig machen ließe, aber seiner Erfahrung nach ging nichts über das persönliche Gespräch. Zu dumm, dass Meret gerade für ein Vorstellungsmarathon in Bremen weilte, sie hätte ganz sicher gewusst, was zu tun war.

Sein Heimweg führte am Hauptbahnhof vorbei, dort erfragte er, nur für alle Fälle, den Preis für eine Rückfahrkarte. Noch immer unentschlossen und ganz in Gedanken kam er zu Hause an, wo er seinem Nachbarn Gerd Reppes im Hausflur begegnete.

„Wolfgang, ich brauche deinen Trost und Beistand. Komm in meine Bude, ich muss mich betrinken."

Etliche Flaschen Bier später lag der Grund für Gerds Trauer klar auf dem Tisch. Sein Vater, Besitzer einer Großbrauerei in Bayern, wollte sich zur Ruhe setzen und seinen einzigen Sohn zum Direktor machen.

„Kannst du dir das vorstellen?", fragte Gerd. „Ich mit Maßanzug und Chauffeur in Vorstandssitzungen, im Sommer Strandurlaub in unserem Ferienhaus in Monaco, abends eingeladen von Fürst Rainier und Gracia Patricia, im Winter Urlaub in Sankt Moritz. Es ist furchtbar!"

„Ich könnte mich bereit erklären, dir beim Geldverschwenden unter die Arme zu greifen."

„Darauf müssen wir trinken. Prost."

Im Laufe des Abends hörte Wolfgang auf zu versuchen, mit seinem Nachbarn, der offenbar überhaupt nicht betrunken wurde, Schritt halten zu wollen. Irgendwann beschloss Gerd, sein Schicksal hinreichend bedauert zu haben und begann, sich für Wolfgangs Gemütszustand zu interessieren. Als er von dessen jüngsten Erlebnissen hörte, bot er ihm sofort an, das Ticket und die Hotelrechnung zu übernehmen.

„Das nehme ich auf gar keinen Fall an", lehnte der junge Doktor der Ozeanographie ab.

„Du musst! Ab morgen früh bin ich weg in Bayern, was kann ich dann noch für dich tun? Sollte ich jemals für eine bayerische Brauerei einen Ozeanographen brauchen, stelle ich dich sofort ein. Nimm es als Werbegeschenk. Nicht lange fackeln, Tasche packen und sofort los!"

„Und Meret?"

„Ruf sie an!"

„Ich weiß noch nicht einmal, wo sie gerade ist."

„Dann leg ihr eine Nachricht auf den Tisch! Du bist ja in zwei Tagen wieder da."

Viel gab es nicht einzupacken, Zahnbürste, frische Wäsche, Papiere, das musste reichen. Dann schrieb er eine Nachricht für Meret auf einen Briefbogen, den er auf den Küchentisch legte:

Meine allerliebstereste Meret!

Ein Stellenangebot aus Paris!!! Ist das zu fassen? Ich muss bis morgen vorgesprochen haben, deshalb entschuldige bitte meine überstürzte Abreise. Bin übermorgen wieder da, für Dich, für Alles!

Ich küsse Dich und vermisse Dich schon jetzt!

Dein Dich liebender Doktor der Meeresgynäkologie

Wolfgang Müller

Er würde doch nur für knapp zwei Tage fortbleiben, bis dahin war sie vielleicht noch gar nicht wieder zurück. Als er in Eile, um den Nachtzug noch zu erreichen, hektisch die Wohnungstür aufriss, zog durchs geöffnete Badezimmerfenster von ihm unbemerkt ein heftiger Windstoß durch die Wohnung und blies die Nachricht vom Tisch, die dann langsam durch den Raum schwebte und schließlich unterm Küchenschrank landete.

Wolfgang 1978 – 1982

She seems to have an invisible touch, yeah,
she reaches in an grabs right hold of your heart.
(Invisible Touch, vom gleichnamigen Album, 1986,
Genesis, Text und Musik: Tony Banks, Phil Collins,
Mike Rutherford)

So kam es, dass Wolfgang, bewaffnet mit den
allernötigsten Utensilien für eine Nacht, um 23.35 Uhr im
Nachtzug nach Paris mit einem Umstieg in Hamburg saß,
zweiter Klasse und Raucherabteil, weil etwas anderes
nicht mehr zu bekommen gewesen war. Er würde einen
großartigen Eindruck beim Vorstellungsgespräch
hinterlassen: von Zigarettenqualm durchtränkte
Kleidung, etwas verkatert von dem Umtrunk mit Gerd und
mit einer abgegriffenen Handgepäcktasche. Meret hätte
ihn so niemals ziehen lassen. Wenigstens war ihm Zeit
genug geblieben, sich am Bahnhof einen Faltplan von
Paris zu kaufen, es blieben gut dreizehn Stunden Zeit,
darin zu blättern und herauszufinden, wie er zu diesem
Nationalmuseum gelangen sollte. Im Straßenverzeichnis
war das Institut tatsächlich mit der Rue Cuvier, nicht allzu
weit vom Bahnhof Montparnasse entfernt, angegeben.
Dann konnte er wenigstens während des Fußweges
versuchen, den Nikotingeruch, den Restalkohol und den
Schlafmangel durch die Nachtfahrt aus den Kleidern zu
schütteln.
Am Mittag in Paris angekommen ärgerte er sich immer
noch, dass er nicht mit Meret hatte sprechen können. In

einer Illustrierten waren Berichte erschienen, dass es bereits erste mobile Telefongeräte, sogenannte Knochen, zu einem horrenden Preis für den Einbau in Autos gab, mit wirklich tragbaren Geräten gab es in der Schweiz tatsächlich schon Testdurchläufe. Zwar besaß er gar kein Auto, aber diese Möglichkeit der Kommunikation wollte er sich in naher Zukunft auf keinen Fall entgehen lassen.

Mit Hilfe des faltbaren Stadtplans fand er die Rue Cuvier ohne Probleme, die Dame am Empfang verstand trotz seiner völlig unzureichenden Französischkenntnisse auch, in welcher Angelegenheit er den Direktor zu sprechen wünschte. Monsieur Dorst war sogar anwesend und bereit, ihn zu empfangen, wenig überraschend, wie er wenig später feststellen sollte. Ein Museumsangestellter brachte ihn zum Büro, wo er direkt ins Vorzimmer geleitet und von einer hübschen jungen Dame begrüßt wurde.

„Bonjour, Monsieur. Que puis-je faire pour vous?"

„Äh, ja, guten Morgen, Bonjour, ich bin Monsieur Müller. Je veut parler mit dem Direktor", radebrechte er nervös.

„Ah, du bist Wolfgong Müller, aus Döitschlond. Isch bin Aimée Mauduit. Schön, dass du bist da, gerade noch reschtzeitisch. Du kannst reden auf doitsch, isch `abe studiert in Fribourg. Bernard `at misch vorböreitet."

Sieh mal einer an, dachte Wolfgang. War der gute Bernd doch hilfreicher als gedacht.

„Oh, wie schön. Mein Französisch ist nämlich nicht so gut. Bernd hat mir gesagt, dass ihr hier einen Ozeanographen gebrauchen könnt. Ich habe alle Papiere mitgebracht. Kann ich den Herrn Dorst sprechen."

„Naturellement, sischerlisch. Und Französisch wirst du nischt brauchen, da wo du arbeitest. Wo ist Gepäck für das Jahr?"

„Diese Tasche ist alles. Bis morgen wird es reichen, dann hole ich den Rest nach."

Was meinte sie damit, dass er keine Französischkenntnisse brauchen würde? Und warum Gepäck für ein Jahr? Sollte ein solcher Wust an Arbeit auf ihn warten, dass er überhaupt nicht aus seinem Laboratorium herauskäme?

„Erst isch bringe disch zu directeur, dann du bekommst alle Papiere, et alors, los es geht!", sagte sie, und drückte einen Knopf zur Gegensprechanlage.

„Monsieur Dorst, l`océanographe allemand est ici."

„Merveilleux! À l`intérieur!", kam es zurück.

Er verstand nicht ganz, was sie meinte, war aber froh, dass sie mit ins Büro des Direktors kam, um eventuell als Dolmetscherin eingreifen zu können. Das erwies sich hingegen als überflüssig, weil ein überaus freundlicher Mittfünfziger ihn in fließendem Deutsch willkommen hieß und sich als Jean Dorst vorstellte. Er war 1924 im Elsass zur Welt gekommen, was seine Sprachkenntnisse erklärte.

„Wenn Sie gestatten, Herr Müller, nenne ich Sie Wolfgang. Wir duzen uns hier alle. Schön, dass du so schnell kommen konntest, und noch besser, dass Bernard uns alles Notwendige mitgeteilt, sogar ein Foto und eine Kopie deiner Promotion geschickt hat. So konnten wir die erforderlichen Papiere tatsächlich noch zeitnah beschaffen. Das Ministerium hat ausnahmsweise prompt mitgearbeitet. Du musst nur noch unterschreiben."

Wolfgang verstand gar nichts mehr. Ministerium, Papiere, Unterschrift – was sollte das alles? Wieso verfügte Bernd über Kopien und das Foto? Und was wollten die hier damit anfangen?

„Sie müssen entschuldigen, aber ich verstehe nicht. Wollen Sie mir nicht erst meinen Aufgabenbereich beschreiben?", stotterte er.

„Oh, hat Bernard dir nicht alles erzählt? Ich mache es kurz, denn der Wagen wartet schon. Und bitte, wir sind per du!"

„Der Wagen, welcher Wagen?"

„Eh bien. Wir brauchen dich für ein Forschungsprojekt auf den Neuen Hebriden. Sagt dir das etwas?"

„Wenig. Die liegen, wenn ich das richtig weiß, ziemlich weit weg und gehören zu Frankreich."

„Etwa 16500 km Luftlinie, und sie werden von Großbritannien und Frankreich gemeinsam verwaltet."

16500 km, das verschlug ihm nun vollends die Sprache. Da konnte man nicht mal eben nach Hause fahren oder sich bei den Eltern am Wochenende durchfuttern.

Herr Dorst fuhr unbeirrt fort: „Vielleicht hast du gehört, dass die Inseln die Unabhängigkeit anstreben und sowohl London als auch Paris damit einverstanden sind. Wir wollen das Land aber nicht völlig ins Unbekannte stürzen lassen. Deshalb wird es deine Aufgabe sein, eine umfassende Studie über die Meeresfauna der Region zu erstellen. Du fliegst direkt von Paris mit einem Zwischenstopp zum Auftanken in San Francisco zum Hauptort Port Vila. Dauert etwa dreißig Stunden. Dort wartet ein Boot, dass dich zur Forschungsstation auf einer kleinen Außeninsel, nämlich Étarik bringen wird."

„Und wann soll es losgehen?"

„Jetzt. Mein Wagen bringt dich zum Flughafen, und um 17 Uhr fliegst du ab."

Wolfgang fiel der Unterkiefer herab.

„Ich habe gar keinen Koffer. Was ist mit einem Visum? Ich muss doch meine Freundin informieren! Wie soll ich mich dort verständigen? Was…", stammelte er.

„Wir haben noch vier Stunden Zeit, genug, um das Nötigste einzukaufen. Am Flughafen wirst du direkt ohne Abfertigung zur Maschine gebracht. Ein Visum brauchst du nicht, weil die Neuen Hebriden zu Frankreich und England gehören. Und um die Sprache musst du dir schon mal gar keine Sorgen machen."

Aimée mischte sich ins Gespräch ein.

„Isch bin dir so neidisch. Ganz alleine auf Insel in großes océan, wie romantisch. Eine ganze Jahr nur du und Fische und tauchen und Sonne und Strand!"

Er suchte immer noch nach Ausreden. Das kam ihm doch alles etwas zu plötzlich.

„Ich habe gar kein Geld, um etwas einkaufen zu können. Und ich muss mich unbedingt mit meiner Freundin besprechen."

„Non, non", fiel ihm Aimée ins Wort. „Wir `aben gemacht eine Liste mit Sachen, die du musst unbedingt mitnehmen, und du musst in Kauf`aus nur sagen für Muséum National d`Histoire Naturelle, dann sie schicken billet an uns. Und isch sage Freundin, dass du bist auf eine einsame Insel. Alles wird gut. Du musst sagen ja!"

„Das kommt so plötzlich, ich könnte doch auch etwas später hinterherfliegen. Warum macht ihr das nicht selbst?", wandte Wolfgang sich wieder an den Direktor.

Jean Dorst erklärte: „Ich bin Ornithologe, das gehört also nicht zu meinem Fachgebiet. Flora und Fauna der Inseln haben die Briten übernommen. Und es muss wirklich heute sein, weil wir extra eine Militärmaschine für das gesamte Forscherteam organisiert und mit allen Überflugerlaubnissen ausgestattet haben. Es tut mir leid, dass dir so wenig Vorbereitungszeit geblieben ist. Aimée wird noch das Finanzielle mit dir regeln. Bon voyage, au revoir!"

Er schüttelte tatsächlich die ihm entgegengestreckte Hand und folgte Mademoiselle Mauduit ins Vorzimmer. Was er dort erfuhr war allerdings sehr erfreulich. Er erhielt gleich vorab 2000 Franc Vorauszahlung und für die Dauer seiner Tätigkeit würden monatlich 4000 Franc steuerfrei auf sein deutsches Konto überwiesen. Vor Ort brauche er das Geld nicht, die Versorgung erfolge kostenfrei von der Hauptstadt aus. Bei diesen Summen wurde ihm schwindelig. 4000 Franc, das waren mehr als 1700,- DM! Solche Summen wären für Meret und ihn ein warmer Geldsegen!

Als die Maschine abhob wurde ihm immer mulmiger zumute. Hatte er wirklich zugesagt? Warum? Lag es am zweifellos umwerfenden Charme von Aimée? Ihre Hilfe beim Abarbeiten der Einkaufsliste war sehr wertvoll gewesen, und er glaubte ihrer Versicherung, ganz bestimmt Meret in Deutschland zu verständigen. Dann wurde er noch mit etlichem Informationsmaterial über den Zielort wie auch über seinen Arbeitsbereich versorgt, bevor er sich unversehens in der Militärmaschine der französischen Luftwaffe wiederfand, wo man ihn mit den Mitgliedern der englischen Gruppe bekanntmachte.

Verglichen mit dem Komfort dieses Flugzeuges musste man die gewöhnliche Economy Class in einem normalen Linienflug für luxuriös halten. Er saß wie alle anderen auf einer einfachen Pritsche, Service gab es selbstverständlich gar nicht und es brummte entsetzlich laut. Also nutzte er die langen Stunden des Fluges, um sich mit Hilfe der Broschüren auf das Reiseziel vorzubereiten.

Die Neuen Hebriden erstreckten sich zwar über mehr als 1000 km von Norden nach Süden, bestanden aber aus endlos vielen kleinen und kleinsten, teilweise unbewohnten Inseln mit knapp 100000 Einwohnern, wovon circa 12000 in der Hauptstadt Port Vila lebten. Das Volk war überwiegend christlich, Amtssprachen waren Französisch und zu seiner Erleichterung Englisch sowie Bislama, eine Kreolsprache, die aus 120 verschiedenen Dialekten bestand. Beiden europäischen Sprachen begegnete man allerdings nur bei weniger als 5 % der Bevölkerung. Die Inseln lagen etwa 1500 km nordöstlich der australischen Küste und 1000 km südlich des Äquators auf der südlichen Halbkugel. Einen Teil der Landfläche nahmen die Schafsinseln (nicht zu verwechseln mit den auch Schafsinseln genannten Faröer Inseln im Nordatlantik) ein, die ihre Bezeichnung keineswegs den Herdentieren, sondern einem gewissen Anthony Shephard, Astronom und Freund von James Cook, verdankten. Eine der Schafsinseln war Shefa, auf der auch die Hauptstadt zu finden war, von dort lag Étarik, sein Arbeitsort für das kommende Jahr, 50 km in nördlicher Richtung. Ein unbewohnter, einsamer Felsen mitten im Pazifik, das nächste menschliche Leben gab es auf der kaum größeren Nebeninsel Mataso in dem Dorf Na`Asong mit um die 50 Bewohnern. Die gesamte Gegend galt weltweit wegen der häufigen schweren Stürme, der zahlreichen immer wieder Tsunamis auslösenden Erdbeben und der vielen aktiven Vulkane als die am meisten gefährdete Region der Erde.

Wunderbar! Wie kann man nur freiwillig dorthin wollen? Hätte es eine Möglichkeit gegeben, er wäre auf der Stelle ausgestiegen. Nun verstand er auch, warum es außer ihm keine Bewerber für diesen Posten gab. Sollte er jemals in seinem Leben diesem schurkischen Bernd wiederbegegnen, dann könnte der sich auf etwas gefasst machen. Da waren die zwanzig Mark Schulden noch das allergeringste Problem. Deshalb die mangelnde Gesprächsbereitschaft der britischen Wissenschaftler während des gesamten Fluges, man träfe sich ja sowieso nicht wieder. Aimées Worte von einer einsamen Insel klangen noch in seinen Ohren, aber musste es gleich mutterseelenallein sein? Das meinte sie wohl damit, dass er vor Ort kein Geld brauche. Ob der Pilot ihn wohl gleich wieder mit zurücknehmen könnte?

Der Restalkohol, der Schlafmangel, die große Aufregung, all dies kostete seinen Preis und er fiel endlich in einen Erschöpfungsschlaf, aus dem er erst erwachte, als die Maschine ziemlich unsanft auf dem Rollfeld des Flughafens von Port Vila aufsetzte. Ihm war so übel, dass er seinen Vorsatz, gleich umzukehren, völlig vergaß und mit seinem Köfferchen die Rolltreppe hinunter torkelte.

„Mr. Wolfgang, please, Mr. Wolfgang!", rief ein braungebrannter Milanese, kaum dass er seinen Fuß auf den Boden gesetzt hatte.

„Please, Mr. Wolfgang, give me suitcase. I`m Nikenike Mataskelekele. You can say Nicky, please, Mr. Wolfgang.“

Wolfgang versuchte, sich den Schlaf und die Übelkeit aus den Gliedern zu schütteln, war aber dieser überschäumenden Freundlichkeit Nickys einfach nicht gewachsen. Er folgte ihm ohne weitere Worte bis zu einem zerbeulten Taxi, mit dem sein Begleiter ihn in rasender Fahrt zum kleinen Anleger am Rand des Hafenbeckens beförderte, wo Nicky auf ein wenig Vertrauen erweckendes kleines Motorboot deutete, dass dort vor sich hin dümpelte.

„You are welcome, Mr. Wolfgang. I will brrring you to Étarrrik safe and quick. You will enjoy the journey.“

Bei diesem Satz fiel ihm zum ersten Mal auf, dass sein Fährmann das ‚r‘ auf sehr sympathische Art rollte, etwa so wie die bayerische Moderatorin Carolin Reiber in der ‚Volkstümlichen Hitparade‘ im ZDF. Sicher und schnell in diesem Seelenverkäufer, das konnte er sich allerdings gar nicht vorstellen. Ihm wurde schon wieder übel, wenn er diese Nussschale nur ansah.

„We are lucky, no storm, no rrrain, no portwaves today“, beruhigte ihn Nicky. Dann löste er die Leinen und sie ließen Port Vila hinter sich. Wehmütig schaute Wolfgang zurück – dies sollte also für lange Zeit sein letzter Eindruck von menschlicher Zivilisation sein! Wie konnte man sich nur auf so etwas einlassen? Und was sollte eine portwave sein?

Sie mussten um die Insel Shefa herumfahren, um Kurs nach Norden nehmen zu können. Fünfzig Kilometer auf hoher See in dieser Karikatur eines Bootes waren alles andere als ein Vergnügen, aber Nicky redete ununterbrochen auf ihn ein und schien die Wellen gar nicht wahrzunehmen. Wolfgang verstand kein Wort, was zum Teil an dem schlechten Englisch seines Guides, zu einem wesentlicheren hingegen an seiner wachsenden Übelkeit lag.

„I have beautiful wife, Mr. Wolfgang, you know. You must visit us, she is verrry good cook!"

Nein, freiwillig würde er diese grausame Überfahrt kein zweites Mal machen. Wie konnte Nicky überhaupt nur an Essen denken? Ganz vage bekam er noch mit, wie Nikenike ihm erklärte, dass er reichlich Lebensmittel und Trinkwasser im ‚castle' auf Étarik gestapelt habe. Wolfgang solle aufschreiben, was er brauche, denn Nicky käme einmal in der Woche mit frischen Vorräten zu ihm. Dann knirschte es endlich unter dem Bug und sie waren angekommen, einen richtigen Anleger gab es nicht. Nicky reichte ihm sein Gepäck und verabschiedete sich mit den Worten:

„Must go home, wife is waiting with good food. Have a nice time in your castle in parrradise. Bye bye."

Dann war er allein und ihm war zum Heulen. Die Insel war nicht mehr als ein einsamer, aus dem Meer ragender Felsen, den man zu Fuß, wie auch sonst, problemlos in einer Stunde umrunden konnte. Daher war das ‚Schloss' leicht zu finden und entpuppte sich als schlichte Wellblechhütte, die ganz sicher keinem Sturm standhalten konnte, ohne fließendes Wasser und ohne WC, aber immerhin mit einer Schlafstelle aus einer richtigen Matratze auf einem einfachen Holzgestell, einem Tisch und einem Stuhl. Als Lebensmittel standen Unmengen an Konserven bereit, dazu Obst und haltbares

Fladenbrot, Mehl und Gewürze und eine Flasche billigen Brandys. Außerdem fand er einen großen Stapel Papier und eine alte Schreibmaschine, natürlich mechanisch, denn Strom, ganz zu schweigen von einem Telefon, gab es nicht. So stellte sein Guide sich also wissenschaftliche Studien vor. Nach einigem Suchen entdeckte Wolfgang dann doch in einem Nebenraum zwei Tauchanzüge, von denen einer ihm sogar passte, Brille und Schnorchel, Flossen, eine Erste-Hilfe-Tasche, wenige Geräte wie Mikroskop, Thermometer und Strömungsmesser, einige Chemikalien und Laborgläser, sowie eine Minibibliothek, die aus einem dicken Lexikon der Ozeanographie, leider auf Französisch, ferner der englischsprachigen Ausgabe einer Tauchschule und schließlich dem zweibändigen Handbuch der Ozeanographie und maritimen Meteorologie von Ferdinand Ritter von Attlmayr bestand, letzteres tatsächlich auf Deutsch. Zur Ozeanographie würde er sich die Ozeanologie noch zusätzlich aneignen müssen. Das schien man von ihm, wenn er sich die Aufgabenbeschreibung in Erinnerung rief, einfach zu erwarten.

Da halfen keine Klagen, auch wenn er sich wie Robinson Crusoe ohne dessen Gefährten Freitag fühlte, er nahm sich den Brandy, die Schreibmaschine, Papier und legte los. Der Fusel schmeckte scheußlich, brannte jedoch die Übelkeit weg, und als Wolfgang erst einmal richtig in der Arbeit steckte, begann er alle Widrigkeiten um sich herum in den Hintergrund zu stellen.

Wie versprochen erschien Nicky einmal in der Woche, um seinen Konservenvorrat und vor allem den Trinkwassertank aufzufüllen. Jedes Mal nahm er einen

Bestellzettel mit, den er logischerweise immer erst für die Folgewoche abarbeiten konnte. Regelmäßig gab Wolfgang ihm auch einen Brief an Meret mit, leider ohne Briefumschlag und ohne Briefmarke, weil beides auf seinem Eiland fehlte und Nicky mit konstanter Boshaftigkeit, oder weil er ihn einfach nicht verstand, vergaß, ihm diese beiden Dinge zu besorgen. Und ebenfalls jedes Mal wartete Wolfgang voller Ungeduld darauf, dass seine Freundin ihm endlich schrieb, leider aber vergeblich. Wie hätte er ahnen sollen, dass Nicky ihn in der Tat nicht verstand und die beschriebenen Zettel für Teile der wissenschaftlichen Arbeit hielt, die er daher sorgsam zu Hause in Port Vila in einem Ordner abheftete und verwahrte. Er konnte auch mit den Anweisungen, die Mr. Wolfgang ihm mitgab, gar nichts anfangen, weil er, wie ein Großteil der Inselbewohner, Analphabet war. Den Bestellzettel übergab er der Einfachheit halber dem Krämer auf der Hauptinsel, der dann für ihn einen Karton mit den gewünschten Waren zusammenstellte.

Wolfgang brauchte nur wenige Tage um sich einzuleben. Er träumte viel von Meret und vermisste sie sehr, doch die Arbeit machte ihm viel Spaß und ging zügig voran. Bei schlechtem Wetter, und das gab es häufig mit ergiebigen Regenfällen, zog er sich in sein ‚Schloss' zurück um zu schreiben, schien die Sonne, ging er die wenigen Meter zum Strand, tauchte, machte Messungen und nahm Wasserproben. Am meisten fehlten ihm, neben seiner Freundin, das ausgiebige Frühstück und die Musik, die er daheim fast ununterbrochen laufen ließ. Passenderweise war das letzte, das er im Büro von Aimée Mauduit im Radio gehört hatte, das gerade die internationalen Hitparaden erobernde ‚Breakfast in America' von Supertramp gewesen.

Gelegentlich, wenn auch selten, kam sein Versorgungsschiff unangemeldet, was jedes Mal auf ungewöhnliche Ereignisse schließen ließ, sozusagen ein archaisches Frühwarnsystem. Beim ersten Alarm versetzte Nicky ihn richtiggehend in Panik, als er ihm von einem bevorstehenden Orkan berichtete und ihn anhielt, möglichst schnell die wichtigsten Dinge zusammenzupacken und den Felsen emporzuklettern, um hinter einem Gesteinsvorsprung Schutz zu suchen. Es blieben nur wenige Minuten, um eine Truhe mit Unterlagen und wichtigen Geräten zu packen und gemeinsam zum Unterschlupf zu tragen, wo sein Kontaktmann bei ihm ausharrte. Der Sturm traf mit ungeheurer Wucht auf das nackte Gestein und brachte peitschenden Regen und eine aufgewühlte See mit sich, flaute jedoch nach wenigen Stunden ab und hinterließ überschaubare Verwüstungen. Das ‚Schloss' war etwas aus den Fugen geraten, konnte aber mit wenigen Handgriffen wiederhergestellt werden. Bei dieser Gelegenheit fragte Wolfgang nach den rätselhaften portwaves, vor denen Nicky großen Respekt zu haben schien. Dessen Erklärungen konnte er entnehmen, dass damit Tsunamis gemeint waren, deren Bezeichnung, wie er als Ozeanograph natürlich wusste, aus der japanischen Sprache stammte und tatsächlich mit Hafenwellen übersetzt werden konnten. Während seines Aufenthaltes blieb er von diesem katastrophalen Ereignis verschont, an alle anderen Widrigkeiten gewöhnte er sich sehr schnell und hielt von diesem Zeitpunkt an immer eine Kiste mit den wichtigsten Dingen für den Notfall bereit.

Seine Studien kamen voran, er fertigte einen umfangreichen Katalog aller Meerespflanzen und Fische an und seine Strömungs- und Temperaturmessungen ließen etliche Rückschlüsse über den Zustand dieses Teils des Pazifischen Ozeans zu. Bedenklich fand er die Analysen seiner Wasserproben, bis Nicky ihm in einer mit Händen, Füßen und merkwürdigen Gesten geführten Unterhaltung zu verstehen gab, dass Port Vila überhaupt keine Kläranlage besaß und alle städtischen Abwässer ungefiltert ins Meer flossen. Nach allem, was das Gespräch mit Jean Dorst und seine Unterlagen erahnen ließen, sollte die wesentliche Einnahmequelle der nach Unabhängigkeit strebenden Inselgruppe der Tourismus werden. Da gab es noch viel zu tun.

So vertieft war er in seine Arbeit, dass er nicht merkte, wie die Zeit verstrich, und er war völlig entsetzt, als Nicky unangekündigt außerhalb der Reihe eines Morgens in seiner Hütte auftauchte.

„Rrready, Mr. Wolfgang, finish, stop, game over, Mr. Wolfgang. You give me suitcase, Mr. Wolfgang, airrrroplane is waiting."

Er konnte es nicht glauben. War die Zeit wirklich schon um? Es gab doch noch so viel zu tun! Die Überraschung wich jedoch sehr schnell der Vorfreude, endlich wieder in die Zivilisation zurückzukehren, Meret wiederzusehen, ein Bad zu nehmen und den beträchtlichen Bartwuchs zu zähmen. Er packte seine wenigen Habseligkeiten und seine Studien zusammen und stieg ins immer noch jämmerliche Boot, mit dem Nicky ihn zurück in den Hafen brachte, dieses Mal sogar ohne dass ihm übel wurde. Dieses Gefühl überfiel ihn erst, als Nicky ihm ganz stolz seine vielen, sorgsam abgehefteten Briefe an Meret übergab. Vorbei war die Vorfreude, Panik machte sich breit und er konnte nicht schnell genug in die abflugbereite Maschine der französischen Luftwaffe gelangen. Wie lange war er fort gewesen und Meret ohne jede Nachricht von ihm geblieben? Nur gut, dass sie durch den auf dem Küchentisch hinterlassenen Zettel wenigstens wusste, wohin er gefahren war. Und alles Weitere wollte, wie er sich erinnerte, Mademoiselle Mauduit für ihn erledigen.

Der Blick aufs Datum der am Flughafen gekauften Zeitung Le Monde zeigte ihm, dass man den 10. Dezember 1980 schrieb. Er war also deutlich länger als ein Jahr auf Étarik gewesen. Der Flug verging viel zu langsam, er wurde von Minute zu Minute unruhiger. Um nicht permanent darüber nachdenken zu müssen, wie Meret mit der Ungewissheit hatte fertigwerden können, begann er, in der Zeitung zu lesen. Die ersten Seiten waren voll mit Nachrichten über das Attentat auf John Lennon zwei Tage vorher. Als übriggebliebener Verehrer der Beatles ging ihm das nahe, wie ihn andererseits positiv überraschte, dass die Verfilmung der Blechtrommel von Volker Schlöndorff mit einem Oscar als bester fremdsprachiger Film ausgezeichnet worden war. Mehr konnte er nicht verstehen und ihm fehlte die Muße, den Rest zu übersetzen.

In Paris nach nicht enden wollendem Flug angekommen, wurde er zu allem Überfluss auch noch zunächst zum Museum gefahren, wo Aimée Mauduit bereits auf ihn wartete.

„Bonjour, Wolfgong, retour aus Paradies! Du `ast ge`abt eine schöne Zeit? Isch bin auf dir so voll Neid!"

„Aimée, entschuldige, ich habe überhaupt keine Zeit. Ich muss ganz schnell zurück nach Deutschland zu meiner Freundin."

„Oh, oh, Wolfgong, isch bin eine Trottel, excuse moi. Isch `abe vergessen Brief an deine Frau."

Wolfgang sank auf den Stuhl, er konnte sich nicht mehr auf den Beinen halten. Das war entsetzlich, erst Nicky, nun auch noch Aimée! Meret wusste also tatsächlich nicht, warum er aus Paris nicht zurückgekehrt war. Oder hatte sie sich selbst erkundigt? Klug genug war sie allemal. Voller Hoffnung wandte er sich an die Sekretärin: „Hat sich Meret hier gemeldet?"

„Aber non, kein Mensch `at gefragt nach disch. Aber nun schnell zu Monsieur Dorst, er wartet schon voll Sehnsüschte."

Der Direktor des Museums begrüßte ihn herzlich und überflog sehr zufrieden die umfangreichen von Wolfgang angefertigten Studien.

„Das ist großartig, ich beglückwünsche dich zu dieser Arbeit. Das wird der Regierung sehr viel weiterhelfen. Du weißt sicherlich über die aktuellen Entwicklungen auf den Hebriden Bescheid, oder?"

Wolfgang wusste nicht, wovon die Rede war und welcher Regierung er geholfen haben sollte. Er schüttelte verzweifelt seinen Kopf und sagte:

„Was auch immer es sei, ich muss erst und schnellstmöglich zurück nach Hause."

„Aber ja, natürlich! Wir haben schon eine Rückfahrkarte besorgt, mein Fahrer bringt dich direkt zum Bahnhof und holt dich morgen dort auch wieder ab."

Das wurde immer rätselhafter, warum in Herrgotts Namen sollte er am kommenden Tag schon wieder hier sein?

„Du weißt es wirklich nicht? Seit diesem Jahr sind die Inseln selbständig und nennen sich nun Vanuatu. Das bedeutet aber auch, dass alle diese Unterlagen direkt an die Verwaltung von Vanuatu weitergereicht werden müssen, und wer könnte das besser tun als der Verfasser, also du!"

„Auf gar keinen Fall", platzte es aus ihm heraus. „Mein Teil ist erledigt. Ich fahre zurück und freue mich auf meine Freundin, eine Dusche und ein schönes, warmes Bett."

„Ja, das kann ich sehr gut verstehen", antwortete Herr Dorst. „Aber dies ist nicht nur unsere Entscheidung. Du musst verstehen, das ist Politik. Die neue Regierung von Vanuatu würde sich zu Recht missachtet fühlen, wenn du nicht wenigstens kurz deine Aufwartung machst. D`accord? Kann ich, nein, können wir, die Vereinten Nationen, auf dich zählen?"

Warum immer ich, dachte er verzweifelt. Alle Pazifikinseln zusammen waren ihm bei weitem nicht so wichtig wie Meret, er wollte einfach nur nach Hause.

„Also?", bohrte Jean Dorst nach. „Wie steht es mit dir? Valéry Giscard d`Estaing hat mich heute Abend zu einem Empfang in den Elysée-Palast eingeladen, zusammen mit Vertretern der Regierung Vanuatus. Die britische Premierministerin, Frau Thatcher, wird ebenfalls zugegen sein. Man erwartet eine Antwort."

Das waren schwere Geschütze, Appelle an sein Verantwortungsbewusstsein, noch dazu solche von internationaler Tragweite, rüttelten an seinem Ehrgefühl. Aber in diesem Moment konnte er nur an die Situation daheim denken und was seine Freundin nach über einem Jahr ohne Lebenszeichen von ihm denken müsste.

„Es tut mir unendlich leid, aber ich werde jetzt gleich nach Hause fahren. Grüßen Sie Frau Thatcher und Herrn d`Estaing von mir."

„Wir waren doch beim Du nicht wahr?"

„Ja, natürlich, Verzeihung. Also schönen Gruß an die beiden. Ich bin dann mal weg."

Da fuhr der Direktor sein letztes und schlagendstes Argument ins Feld.

„Ich habe heute Morgen auch schon mit deinem Außenminister und Chefdiplomaten, Herrn Genscher gesprochen. Er stimmt mit mir überein, dass dieser neue Staat auf keinen Fall gleich zu Beginn verprellt werden darf. Deshalb hat er mir erlaubt, deine Bezüge deutlich anzuheben."

Kurz brachte Monsieur Dorst damit Wolfgangs Entschluss ins Wanken, aber dann meinte er, mit einer lächerlich überzogenen Forderung alle Anfragen loswerden zu können.

„Ich verlange drei freie Nächte zu Hause und danach doppelte Bezüge, also, sagen wir, 10000 Franc."

„Abgemacht", lachte Jean Dorst, „auch wenn das nicht genau das Doppelte von 4000 Franc ist. Offen gestanden hätte ich nicht gedacht, dass wir dich so leicht umstimmen können. Also, gute Reise, wir sehen uns wieder am 14. Dezember. Grüß deine Freundin von mir! Au revoir!"

Vier Tage und drei Nächte blieben ihm also, um Meret milde zu stimmen. Ganz bestimmt würde sie sich mit ihm über dieses lukrative Angebot freuen. Mehr als 4000 DM steuerfrei, das war ein kleines Vermögen. Und ein verheißungsvoller Einstieg in die Arbeitswelt war geschafft! Ob das auch Meret schon gelungen war?

Mit solchen Gedanken versuchte er, seine Angst zu verscheuchen, wie nach dieser langen Zeit ihr Wiedersehen aussehen könnte. Immerhin blieb die Kladde mit den vielen von Nicky nicht abgeschickten Briefen als Beweis seiner guten Absichten. Er hoffte inständig, Meret damit besänftigen zu können. Vielleicht wäre ein Heiratsantrag eine gute Idee? Jawohl, das war die Lösung, dann müsste sie ihm wieder wohlgesonnen sein.

Er wurde von Aimée verabschiedet und zum Bahnhof gebracht, wo wenige Minuten später der direkt über Hamburg mit zwei Umstiegen in seine Heimatstadt fahrende Schnellzug abfuhr, in dem ein Platz in der ersten Klasse für ihn reserviert war. Er schaute auf die Rückfahrkarte, die Aimée ihm ausgehändigt hatte. 14. Dezember stand dort als Datum, das bedeutete, alles war von vornherein vom netten Herrn Direktor Dorst so geplant gewesen.

Seine Sorgen verflogen während der Heimfahrt nicht, der Gedanke an einen Heiratsantrag schien ihm immer weniger geeignet, die ihm bevorstehende Situation zu befrieden. Aber konnte er wirklich schuldig gesprochen werden? Hatte er nicht alles versucht, seine Freundin mit allen notwendigen Informationen zu versorgen? Für die Fehler von Nicky und Aimée war er nicht verantwortlich zu machen, und dann gab es schließlich auch noch die auf dem Küchentisch hinterlegte Nachricht. Da hätte Meret doch auch sehr gut einmal in Paris nach seinem Verbleib fragen können!

Es half alles nichts, das ungute Vorgefühl wich einfach nicht. Als er die Haustür aufschloss, wollte sein Herz aus einer seltsamen Kombination von Angst und Wiedersehensfreude schier zerspringen, und noch im Flur rief er so laut: „Meret, Meret, ich bin wieder da!", dass einige Mitbewohner erstaunt die Wohnungstüren öffneten um nachzuschauen, wer solch ein Geschrei veranstaltete.

Vorsichtig versuchte er die Wohnungstür aufzuschließen, in seiner Nervosität schaffte er es einfach nicht, den Schlüssel in das Schloss zu stecken. Oder? Nein, das durfte nicht sein! Der Schlüssel passte nicht. Aber er hatte sich doch nicht in der Etage geirrt. Erst jetzt las er das Namensschild an der Klingel: Lüchtemeier stand dort. Wer im Himmels Willen sollte das sein? Dies war seine Wohnung. Auch der Name auf dem Schild an der Nachbarwohnung sagte ihm nichts, aber wie er sich erinnerte, wollte Gerd Reppes ja am Tag nach seinem überstürzten Aufbruch ausziehen, um die heimatliche bayerische Brauerei zu leiten.

Er schellte an der Klingel seiner ehemaligen Wohnung. Jemand kam herangeschlurft und öffnete die Tür. Ein ziemlich ungepflegter, riesiger Bursche mit wuseligem, schütteren Haar, Trainingshose, Feinripp-Unterhemd, Schlappen und Resten eines Wurstbrotes zwischen den

Zähnen stand vor ihm. Ein gedehntes „Jaaaa?" presste er hervor, offenbar sehr verärgert darüber, dass man ihn beim Fernsehen störte.

„Entschuldigen Sie, das ist meine Wohnung!", stotterte Wolfgang.

„Hääää?"

„Ja, sorry, ääh, sind sie Herr Lüchtemeier?"

„Wozu willste denn das wissen?"

„Weil, nun ja, ich wohne hier und war nur kurz verreist und jetzt…"

„Blödsinn", blaffte der nette Herr Lüchtemeier ihn an.

„Nein, Moment bitte, wirklich, ich kann es Ihnen beweisen", sagte Wolfgang und kramte seinen Ausweis hervor, in dem deutlich die Adresse zu lesen war, wenn auch nicht genau die Wohnung.

„Ach nee, du bist Wolfgang Müller, du Depp. Warte mal", meinte der Feinrippträger, und knallte ihm die Tür vor der Nase zu.

Da stand er, in seinem heimischen Hausflur, der nun auf einmal ein fremder Flur war, und wusste nicht, was er unternehmen sollte.

Die Tür öffnete sich wieder, und Herr Lüchtemeier drückte ihm ein Stück Papier in die Hand.

„Da, hab` mir schon gedacht, dass du noch mal hier auftauchen wirst. Habe ich beim Saubermachen unterm Küchenschrank gefunden."

„Aber seit wann wohnen Sie denn hier?"

„Vor acht Monaten ist die Vormieterin ausgezogen, seitdem bin ich drin."

„Wo sind denn meine Möbel geblieben?"

Nicht, dass er diesen Einrichtungsgegenständen nachgeweint hätte. Es handelte sich um zusammengesammelten Ramsch von Flohmärkten in der Annahme, dass sie eh nur vorübergehend hier bleiben wollten. Mit Vormieterin meinte dieser ungehobelte Mensch im Feinrippunterhemd wahrscheinlich Meret, obwohl eigentlich er im Mietvertrag stand.

„Wie soll ich das wissen. Als ich eingezogen bin, war die Bude bis auf Küchenschrank und Bettgestell leer. Und jetzt troll dich."

Rums, war die Tür wieder zu.

Er schaute sich den Zettel an, der zusammengeknüllt in seiner Hand lag. Ein schrecklicher Verdacht beschlich ihn, und als er das Papier vorsichtig glättete, fand er all seine schlimmsten Befürchtungen bestätigt. Es war der Brief an Meret, von ihm auf dem Küchentisch für sie hinterlegt. Sie hatte also nie erfahren, wohin er gereist war und warum, wie sehr er sie vermisste, wie viel sie ihm bedeutete. Er fiel in sich zusammen, setzte sich auf die Treppe und konnte einfach nicht verhindern, dass die Tränen in Bächen an seinen Wangen herunterflossen. Zur Wohnung gehörte ein von ihm nie benutzter Kellerraum. Auf den Gedanken, dort nachzuschauen, kam er nicht.

Es verging beträchtliche Zeit, bis er sich etwas beruhigen konnte. Zwischendurch riss nur Herr Lüchtemeier kurz die Tür auf und fauchte: „Mensch, hör auf hier herum zu flennen! Verdufte!"

Nur wohin? Wo konnte Meret zu finden sein? Er wusste ja, dass es keine Familie, keine Verwandten gab, an der Uni war sie auch nicht mehr eingeschrieben, wo sollte er sie also suchen? Er rief aus einer Telefonzelle die

Vermieterin an, die ihm, ungeduldig und gestresst, nur bestätigen konnte, seit wann der Mietvertrag nicht mehr bestand. Wo seine Möbel geblieben waren wisse sie auch nicht, nur Küchenschrank und Bettgestell seien dem Nachmieter überlassen worden.

Seine Eltern! Er schrie laut auf, als er daran dachte, wie sehr sein Vater Meret mochte und umgekehrt. Dort hätte sie ganz sicherlich hinterlegt, wo sie sich aufhielt, wenn sie nicht vielleicht sogar dort wohnte. Das war zwar unwahrscheinlich in deren kleiner Mietwohnung, aber er wollte die Hoffnung nicht aufgeben.

Er rannte förmlich die Straße entlang und freute sich, sehr bald ein freies Taxi zu finden, das ihn umgehend zur Wohnung seiner Eltern bringen konnte. Fast hätte er in seinem Eifer vergessen, die Rechnung zu bezahlen, ließ sich jedoch vom ihn mürrisch daran erinnernden Fahrer nicht aus seiner Euphorie reißen und belohnte ihn sogar mit einem fürstlichen Trinkgeld.

Dann stand er vor der Haustür und suchte das Klingelschild. War er in einer falschen Stadt? Oder spielte er unfreiwillig in einem Mystery-Thriller mit? Es gab seinen Nachnamen Müller nicht im Verzeichnis der Wohnungen. Aber, Gott sei Dank, in der Nachbarwohnung wohnte immer noch die Familie Weber. Die müssten ihm erklären können, was hier vor sich ging. Er schellte. Der Türöffner wurde betätigt, und er schritt die Treppe zur ersten Etage hoch, wo Frau Weber bereits in der geöffneten Wohnungstür ihren Gast erwartete.

„Ach, Wolfgang, du armer Junge!" Dann rief sie in die Wohnung: „Heinz, sieh mal, wer hier ist. Der Wolfgang von nebenan. Mein Gott, Junge, wie lange ist das her? Gott, och, Gott, nein, was ist das traurig!"

Dann lehnte sie ihren Kopf an seine Schulter und begann zu weinen. Ihm wurde ganz übel vor dem, was sie ihm mitteilen könnte.

„Komm rein, Junge. Setz dich, ich hole dir erst einmal etwas zu trinken. Mein Gott, wie siehst du nur aus!"

Ihm wurde erst jetzt bewusst, dass seit Étarik sein Bart unrasiert, die Haare nicht geschnitten und seine Haut lange, lange Zeit nicht mit fließendem Wasser in Berührung gekommen waren.

Herr Weber saß ihm gegenüber und brachte auch kein Wort hervor. Drei Schnäpse standen auf dem Tisch, aber keiner rührte sein Getränk an. Schließlich rückte Frau Weber mit der Sprache heraus. Vor einem guten Jahr, es musste kurz nach seiner überstürzten Abreise in den Pazifik passiert sein, hatte sein Vater einen Herzanfall erlitten und war bereits gestorben, bevor der Notarzt eintraf. Kurz darauf, nur wenige Tage nach der Beerdigung ihres Mannes, starb dann auch seine Mutter. Es sei eine schlichte Beerdigung gewesen mit ganz wenigen Gästen. Wenn sich nicht eine nette junge Frau so sehr darum gekümmert hätte, wer weiß, ob es dann nicht ganz anonym vonstattengegangen wäre.

„Wie hieß sie doch gleich, Heinz? Meret, ja genau!"

„Habt ihr Meret danach noch einmal gesehen?"

„Nein, nie wieder. Du, Heinz? Nein, auch nicht. Hach, die war so sympathisch. Hat uns sogar noch zu Kaffee und Kuchen hier ins Café Schleichmann eingeladen. Und sie hat nach dir gefragt, aber wir wussten ja auch nichts von dir."

Jetzt brauchte er den Schnaps dringend und schüttete ihn in einem Zug hinunter.

„Ach, Junge, es tut uns so leid. Hier, nimm mein Glas auch noch", meinte Frau Weber, und er ließ sich nicht lange bitten. Herr Weber nutzte die Gelegenheit und tat es ihm gleich. Das musste er erst einmal verdauen. Die ehemalige Nachbarin seiner Eltern beschrieb ihm noch, wo er das Grab finden könnte, er durfte noch zwei weitere Schnäpse trinken, dann stand er wieder alleine auf der Straße.

Es war zum Steine klopfen. Sein ganzes Leben schien innerhalb weniger Minuten ausgelöscht. Seine Eltern lebten nicht mehr, Meret war verschwunden und der Arbeitsplatz an der Uni geräumt. Was sollte er noch hier in dieser Stadt?

Zwei Dinge blieben noch zu tun. Erst müsste er sich um das elterliche Grab kümmern und einem Friedhofsgärtner einen Pflegeauftrag erteilen. An Geld gab es schließlich keinen Mangel, wenn nicht der Zugang zu seinem Konto gesperrt war. Das wollte er gleich am nächsten Morgen überprüfen. Dann könnte ein Besuch an der Uni nicht schaden, vielleicht begegnete er jemandem, der etwas über Merets Verbleib wusste. Aber zuerst musste eine Unterkunft für drei Nächte gesucht werden. Ein wenig kannte er sich aus in dieser Gegend, daher fand er bald ein schlichtes Hotel, in dem er für diese kurze Zeit bleiben konnte. Gleich daneben gab es einen noch geöffneten Friseurladen, in dem seine wilde Bart- und Haartracht zivilisationsgerecht zurückgestutzt wurde. Es war schon spät und sein Hunger fast vollständig vergangen, also machte er nur noch ausgiebig Gebrauch von seiner

Dusche, um gleich darauf in einen komatösen Schlaf zu fallen.

Er wachte nach einer unruhigen, von schweren Träumen geprägten Nacht auf und fühlte sich selbst durch die heiße Dusche nicht vollständig wiederhergestellt. Das Hotel bot ein gutes Frühstück, konnte hingegen seinen Schmerz über den Verlust seiner Eltern und das Verschwinden seiner geliebten Meret nicht lindern. Er besuchte das Grab, auf dem völlig verwelkte Blumen standen, offenbar übrig geblieben vom Tag der Beisetzung. Meret, so schloss er daraus, war seitdem wohl nicht mehr hier gewesen. In der Friedhofsgärtnerei besorgte er frische Blumen und konnte gleich einen Vertrag für die Grabpflege abmachen, den er direkt in bar für ein ganzes Jahr vorausbezahlte. Sodann begab er sich zur nächstgelegenen Zweigstelle der örtlichen Stadtsparkasse und war sehr erleichtert, dass er sein Konto nicht gesperrt vorfand und alle Zahlungen aus Paris regelmäßig eingegangen waren. Geldsorgen brauchte er sich nicht zu machen. Anschließend suchte er eine Telefonzelle und rief von dort aus die Stadtverwaltung an in der Hoffnung, etwas über den Wohnort seiner Freundin erfahren zu können. Er machte sich zwar nur geringe Hoffnungen, war aber trotzdem enttäuscht, als die Dame beim Einwohnermeldeamt ihm mitteilte, dass eine Person dieses Namens nicht gemeldet sei, mehr dürfe sie ihm am Telefon sowieso nicht verraten, dafür müsse er persönlich vorsprechen und seine Berechtigung nachweisen. Da Meret und er nicht verheiratet und auch nicht als Lebensgemeinschaft eingetragen waren, ja, Meret noch nicht einmal als bei ihm wohnend angemeldet war, blieb diese Informationsquelle verschlossen. Den Rest des Tages verbrachte er in einem Café, in das er ein auf der Poststation besorgtes Telefonbuch mitnahm. Dort stellte er eine Liste aller Namen zusammen, die ihm im Zusammenhang mit seiner verschollenen Lebenspartnerin jemals untergekommen waren, und suchte, soweit vorhanden, deren Telefonnummern heraus. Das bereitete ihm nicht viel Mühe, weil nur sehr wenige Personen zusammenkamen, und er rief sie alle an. Niemand konnte ihm irgendwelche weiterführenden Auskünfte geben, selbst der Bäcker und der Metzger in der Nähe seiner ehemaligen Wohnung wussten nichts über ihren Verbleib. So verging dieser Tag ohne zählbaren Erfolg, abgesehen von dem immer noch verfügbaren Konto, und er zog sich am Abend betrübt in sein Hotelzimmer zurück. Ein ganzer Tag blieb ihm noch, aber er schwor sich, bei dem kleinsten Hinweis auf die Frau seiner Träume zur Not bis zum Südpol zu reisen, da konnte Paris mit noch so lukrativen Angeboten locken. Auch in dieser Nacht war sein Schlaf nicht tief und erholsam.

Nach dem Frühstück machte er sich ohne allzu viele Erwartungen auf den Weg zur Uni. Seine dortigen Nachforschungen verliefen, wie nicht anders erwartet, desaströs. Merets Examen lag mehr als eineinhalb Jahre zurück, es war erstaunlich, wie schnell man vergessen wurde. Niemand erinnerte sich an sie, niemand schien mit ihr jemals Veranstaltungen besucht zu haben, selbst die Dozentinnen und Dozenten, die zum Teil schon länger hier unterrichteten, wussten mit ihrem Namen nichts anzufangen. Er stieg enttäuscht langsam die Treppe zur

Cafeteria hinab, um wenigstens zum endgültigen Abschied von diesem ehrwürdigen Haus einen Kaffee zu trinken. Noch nicht einmal die ihm so gewohnten Stände der studentischen Verbindungen waren im Foyer aufgebaut.

„Hey, Müller, du oller Ozeanograph! Zurück aus Paris?"

Er schaute sich um, konnte jedoch niemanden entdecken, der ihm bekannt vorkam.

„Pssst, hier", kam es vom Stand der Versicherung, wo jemand den Arm hob. Ein junger Mann mit grauem Anzug, rosafarbenem Hemd und sorgfältig gebundener, silbergrau glänzender Krawatte versuchte, auf sich aufmerksam zu machen.

„Bernd, ich glaube es nicht! Ich denke, du agitierst für den RCDS! Was machst du jetzt hier?"

Es war in der Tat der ehemalige studentische Aktivist Bernd, der an diesem Stand versuchte, den jungen Studierenden Versicherungen anzudrehen.

„Du glaubst nicht, welche Unkenntnis unter den jungen Leuten über ihre Risikoabsicherungen besteht. Da komme ich mit meinen Angeboten ins Spiel", erklärte Bernd voller Überzeugung.

„Nicht zu deinem eigenen Nachteil, wie ich vermute."

„Ich bin zwar ein barmherziger Samariter, aber ich muss auch überleben", rechtfertigte sich der Wendehals. „Und, keine deiner üblichen Zynismen?"

Wolfgang war ganz und gar nicht in der Stimmung zu einem Streitgespräch.

„Nun komm schon. Tito ist gestorben, die Amerikaner haben einen B-Movie-Schauspieler zum Präsidenten gewählt und Pink Floyd sind mit The Wall zu einer

Hitparadenband verkommen. Das muss dich doch herausfordern", versuchte es der frischgebackene Versicherungsvertreter mit einer Provokation.

„Nee, lass mal. Bin gerade etwas neben der Spur", entgegnete Wolfgang.

„Mann, dir scheint es echt übel zu gehen, so wie du aussiehst. Komm, ich lade dich auf einen Kaffee ein."

So strandeten sie in der Cafeteria, und Bernd ließ sich ausführlich über den Erfolg seiner Arbeitsvermittlung nach Paris berichten. Langsam und schwach erinnerte Wolfgang sich an seine anfängliche Wut auf ‚Bernard', aber er hatte sich im Laufe der Monate zu sehr mit der Arbeit angefreundet, um diesem Gefühl überhaupt noch nachgeben zu können. Obendrein war er mit ganz anderen Dingen befasst.

„Hast du in den letzten Monaten Meret gesehen oder von ihr gehört?", konnte er endlich seine Frage loswerden.

„Meret? Nein, nichts", kam die prompte Antwort. „Das ist doch auch deine Freundin, nicht meine. Die hat vor etlichen Semestern abgeschlossen, oder?"

Ein letzter Hoffnungsschimmer war somit erloschen, und es blieb kein Faden mehr, der noch aufgenommen werden könnte.

„Du, ich muss zurück an den Stand und den Erstsemestern helfen, ihre Lebensrisiken abzudecken. Kannst du meinen Kaffee mitbezahlen? Du kannst das meinetwegen zu den zwanzig D-Mark addieren, die du noch von mir bekommst. Oder waren das Schenkungen?"

Wenn er nicht in so bedrückter Stimmung gewesen wäre, hätte er laut auflachen können. Es tat auf gewisse

Weise gut, dass es Dinge gab, die sich nicht veränderten, wie etwa Bernds Gabe, Geld zu schnorren. Alles in allem aber blieb ihm nur, sich einzugestehen, dass Meret für ihn unwiederbringlich verloren war. Als er niedergeschlagen zum Hotel zurückschlenderte, freute er sich keineswegs auf die Reise am nächsten Morgen in einem Abteil der ersten Klasse nach Paris. Ihm ging der Vergleich mit einer Fahrt zum Schafott nicht aus dem Kopf, oder sollte er besser, da es um Frankreich ging, an eine Guillotine denken?

Er nahm früh am nächsten Morgen eine Dusche und packte seine wenigen Sachen. Für ein Frühstück war ihm der Appetit vergangen, also ging er zum Bahnhof, nahm dabei die frische, kalte Luft und die vorweihnachtlich geschmückten Geschäfte kaum wahr. Er stieg in den Zug, der pünktlich abfuhr und an diesem dritten Adventsonntag ohne Verspätung den Pariser Gare du Nord erreichte, wo ihn bereits der Fahrer des Museumsdirektors erwartete und in rasanter Fahrt über den Boulevard de Magenta, weiter über den Boulevard de Beaumarchais am Place de la Bastille vorbei und schließlich die Seine an der Pont de Sully querend zum Muséum National d`Histoire Naturelle brachte. Jean Dorst lief unruhig in seinem Büro hin und her, als Wolfgang, noch etwas benommen von dem soeben lebend überstandenen Verkehrsabenteuer, die Räumlichkeiten betrat.

„Ah, endlich. Ich fürchtete schon, dass du es nicht rechtzeitig schaffen könntest. Bonjour, Wolfgang, es freut mich, dich zu sehen."

„Oh, Wolfgong, disch wieder `aben in Paris, isch bin glücklisch!", fiel ihm Aimée Mauduit ins Wort, die versteckt hinter ihrem Chef gesessen hatte. „Wir `aben groß Überraschung für disch! Und für misch!"

„Guten Tag, Jean, guten Tag, Aimée. Abgemacht war der 14. Dezember, und hier bin ich. Warum diese Ungeduld?"

„Heute fliegt die offizielle französische Delegation nach Vanuatu, einschließlich unseres verehrten Herrn Außenministers, Monsieur Jean François-Poncet. Du bist Teil dieser Delegation. In Port Vila wird es einen Staatsempfang durch den neugewählten Präsidenten Ati George Sokomanu geben, bei dem von dir einige Worte zu den Möglichkeiten einer zukünftigen touristischen Erschließung des Landes erwartet werden."

„Ich? Das ist ein Witz! Ich bin als Redner so ungeeignet wie ein Rollmops!"

Jean Dorst wollte keine Ausflüchte gelten lassen: „Du kannst das! An Bord wird auch der Redenschreiber des Außenministers sein. Wenn du dir unsicher bist, kannst du ihn deine Entwürfe lesen lassen."

„Und wahrscheinlich muss es wieder schnell gehen, weil wir morgen fliegen, oder?", wollte Wolfgang wissen.

„Oh, nein, nein. Heute Abend. Du hast gerade noch Zeit, dir auf dem Weg zum Flughafen einen Anzug und eine Krawatte zu besorgen. Aimée wird dir dabei behilflich sein."

„Wolfgong, das ist Überraschung für disch. Isch komme mit, isch bin bei disch ganze Zeit. Ist doch wunderbar, oder? Isch freu misch so, wir werden `aben große Freude zusammen!"

Ohne Frage war Aimée eine reizende Person, über deren Gesellschaft sich jeder glücklich schätzen durfte, aber er hatte nach den Erlebnissen der vergangenen Tage keine Rezeptoren für dieses Vergnügen frei. Der Direktor verabschiedete die beiden, und sein Fahrer brachte sie, mit einem Abstecher in eine vornehme Herrenboutique, in der ihm die freie Auswahl überlassen wurde, zum Flughafen. Der Regierungsflieger stand abflugbereit, nur auf den Ministre des Affaires étrangères musste noch ein wenig gewartet werden.

Diese Reise im Regierungsflieger verlief um ein Vielfaches komfortabler als bei seinem ersten Abenteuer auf den Hebriden. Sie saßen in luxuriösen Sesseln mit enormer Beinfreiheit, die zu einem Bett umgebaut werden konnten, und während der ganzen Zeit sorgten eifrige Stewardessen dafür, dass alle Wünsche umgehend erfüllt wurden. Aimée saß neben ihm und fühlte sich offenkundig wie eine Königin, mindestens jedoch deutlich besser als Wolfgang, der noch seiner verlorenen Meret nachtrauerte.

„Wolfgong, warum du bist so traurisch? Wir fahren zusammen in Paradies, du musst sein fröhlisch und glücklisch!"

Sie gab sich redliche Mühe, ihn abzulenken und war zudem eine so reizende Person, dass er sich schuldig fühlte, seinen Kummer an ihr abzulassen.

„Wolfgong, du musst misch erklären etwas, isch `abe nischt verstanden."

Er bekam ihre Frage gar nicht mit, sondern war in Gedanken schon wieder vor der verschlossenen Tür seiner ehemaligen Wohnung und am Grab der Eltern.

„Wolfgong, Wolfgong", rüttelte sie an ihm.

„Entschuldige, Aimée, ich war nicht ganz anwesend."

„Was ist los mit disch? Bist du, wie sagt man, perdu? Isch `elfe disch!"

„Danke, ein anderes Mal. Du wolltest mich etwas fragen."

„Was ist Rollmops?"

Da musste er unwillkürlich lachen und merkte dabei, wie gut es tat, nicht nur in seinen düsteren Gedanken zu versinken. Er erklärte ihr das Wort und das Bild.

„Non, non, isch glaube nischt, dass du bist Rollmops mit Spieß dursch deine Kopf. Du kannst reden und sein sehr charmant, isch weiß ganz bestimmt."

So gefiel ihm das Bild noch besser. Mittlerweile ging es auf Mitternacht zu, er bemerkte, dass eine bleierne Müdigkeit in ihm hochkroch.

„Aimée, sei nicht böse, es ist schon sehr spät."

„Aber nein, warum isch soll sein böse mit disch. Isch bin auch sehr, sehr müd. Du willst bestimmt schlafen mit misch. Warum du lachst so laut?"

„Das erkläre ich dir später einmal", sagte Wolfgang und rief eine der Stewardessen, die ihnen half, die Sitze in bequeme Liegen umzubauen.

„Wolfgong?", murmelte sie im Halbschlaf, „du musst misch geben dein Ehrenwort, dass du erklärst misch dein Lachen."

„Natürlich, Aimée, gute Nacht", konnte er noch kichernd erwidern, bevor ihm die Augen zufielen.

Die Maschine musste nachbetankt werden, deshalb gab es, wie er bemerkte, eine Zwischenlandung, aber sie befanden sich noch in der Luft, als er am nächsten

Morgen erwachte. Aimée war schon damit beschäftigt, für ihn ein Frühstück zu zaubern. Er zog sich ins Bad zurück, machte sich frisch und setzte sich zu ihr. Zu seiner Überraschung kam auch der Außenminister zu ihnen in Begleitung eines Attachés, um sich vorzustellen. Einen großen Teil seiner Kindheit hatte Jean François-Poncet als Sohn des französischen Botschafters in Deutschland verbracht, daher bereitete es ihm offenbar großes Vergnügen, seine lange ungenutzten Sprachkenntnisse anzuwenden.

„Bonjour, Monsieur Müller. Schön, dass Sie und Ihre reizende Gattin uns begleiten."

„Merci, danke, aber das ist nicht....", wollte Wolfgang erwidern, als der Minister sich bereits wieder verabschiedete, nicht ohne Wolfgang mit seinem Attaché bekannt zu machen.

„Darf ich vorstellen: Monsieur Pierre de Longuebrix. Ich würde mich freuen, wenn sie miteinander arbeiten können."

„Wolfgong", flüsterte Aimée, „`abe isch verstanden rischtisch? Le Ministre `at uns gemacht zu Mann und Frau?"

Ihre Anwesenheit war von großem Vorteil, denn der neue Gesprächspartner sprach neben seiner Muttersprache nur noch ein kaum verständliches, gebrochenes Englisch. Immer wieder musste Mademoiselle Mauduit als Dolmetscherin einspringen. Herr Longuebrix unterbreitete ein mit dem Außenministerium vereinbartes Angebot. Nach der Rückkehr von diesem Staatsempfang sollte am Quai d`Orsay beim Ministère de l`Europe et des Affaires

64

étrangères eine Kommission eingerichtet werden, deren Aufgabe darin bestehen sollte, alle Bemühungen, auch die der britischen Seite, zu koordinieren, die neuentstandene Republik Vanuatu so weit wie möglich autark zu machen. Man würde sich glücklich schätzen, seine, Wolfgangs, Mitarbeit dafür zu gewinnen. Er bekäme ein Büro und eine Wohnung und wäre für zwei Jahre in der Gehaltsstufe eines höheren Angestellten abgesichert. Danach, so sei die Absprache mit dem deutschen Außenministerium, werde er in Deutschland eine adäquate Weiterbeschäftigung erhalten.

„Mon dieu", rief Aimée dazwischen, „was für eine großartige chose! Wolfgong, du kannst bleiben für zwei Jahre. Das ist wunderbar!"

„Nur, wenn Mademoiselle Mauduit in meinem Büro arbeiten kann", hörte er sich sagen, ohne richtig darüber nachzudenken.

„Du willst `aben misch? Wirklisch?"

Pierre de Longuebrix versprach, mit Herrn Dorst darüber zu sprechen, sähe aber nichts, was dem entgegenstehen könne.

„Dann du musst misch erklären, warum du `ast `eut Nacht so gelacht über misch!", verlangte Aimée.

In diesem Moment wurden sie wegen der bevorstehenden Landung aufgefordert, sich zu ihren Plätzen zu begeben und anzuschnallen, und er war nicht unglücklich, dieser Situation entgehen zu können.

Die Tage auf den Inseln waren gefüllt mit Empfängen und Besprechungen, nur selten blieben ein paar Minuten, um die Umgebung des Hotels zu erkunden. Zwei Tage waren für diesen Staatsbesuch anberaumt, es gab keine

Gelegenheit, einmal Nicky zu treffen oder gar nach Étarik hinüberzufahren. Der Empfang verlief sehr steif, aber problemlos, Wolfgang war selber überrascht, wie leicht es ihm fiel, in einer solchen Gesellschaft über seine Erkenntnisse während der mehr als einjährigen Forschungsarbeit zu referieren.

„Isch bin sooo stolz auf disch", flüsterte Aimée ihm zu, „auf meine Rollmopsmann, hihi!"

Sogar das Bankett überstanden beide, ohne größeren Schaden zu nehmen, und seine Begleiterin meinte, er sehe in seinem neuen Anzug sehr repräsentativ aus: „Wie eine weltberühmte Filmstar." Nach dem mehrgängigen Menü begrüßte Ati George Sokomanu seine Gäste einzeln und machte den gleichen Fehler wie der französische Außenminister, er sprach Aimée als Wolfgangs ‚charming wife' an, die stolz sein müsse, einen so kompetenten Ehemann zu haben. Sie war sich nicht sicher, ob eine Widerrede ernsthafte diplomatische Konsequenzen nach sich ziehen könnte, also unterließ sie es einfach. Wolfgang bekam von alledem nichts mit, weil er gerade versuchte, das ungeheuer pikant gewürzte Essen an der Bar mit dem passenden Getränk zu entschärfen. Die Auswahl an nichtalkoholischen Erfrischungen war jedoch so überschaubar, dass er sich schließlich mit einem Glas Milch in eine einsame Ecke zurückzog, wo Aimée ihn aufspürte.

„Le President `at misch schon wieder gemacht zu deine Frau. Wir können nischt entgehen die Schicksal", riss Aimée ihn aus seinen Verdauungsproblemen.

„Dem Schicksal", korrigierte er.

„Willst du jetzt sein meine Lehrer oder meine E`emann?", fragte sie entrüstet.

„Ich kenne die Zeremonien hierzulande nicht. Aber in Deutschland und in Frankreich geht das nicht so schnell", gab er zu bedenken.

„Die ganze Leben liegt vor uns."

„Das ganze Leben", konnte er sich nicht zurückhalten, „und ich habe das Gefühl, schon entsetzlich alt zu sein."

„Der Leben, die Leben, das Leben – ist das wischtisch? Und du bist wirklisch sehr, sehr alt, wenn das ist deine Champagner", deutete sie auf sein Milchglas.

„Du hast ja so recht, lass uns wieder zur Gesellschaft zurückgehen", gab er zu.

Der restliche Teil des Abends verging ohne größere Störungen, zog sich aber über mehrere Stunden hin. Wolfgang hätte nicht für möglich gehalten, dass eine wesentliche Qualifikation für den gehoben diplomatischen Dienst darin bestand, möglichst viel Alkohol zu vertragen und dabei noch nett und belanglos plaudern zu können. Dankbar nahm er gegen zwei Uhr in der Nacht die Information auf, dass er sich zurückziehen dürfe, aber pünktlich um sieben Uhr zum Frühstück erscheinen müsse, weil der Flieger direkt danach zurück nach Paris bereitstünde. Obwohl ihre Maschine etwa dreißig Stunden in der Luft sein werde, kämen sie schon kurz nach Mitternacht am Zielort an, denn sie bewegten sich gegen die Zeitverschiebung. Das bedeutete wieder einmal erheblichen Schlafmangel! Aimée hatte sich schon um Mitternacht zurückgezogen, Wolfgang beneidete sie um die zusätzlichen Stunden der Nachtruhe.

Als er es sich in dem französischen Regierungsflieger gerade bequem machen wollte, kam Pierre de Longuebrix zu ihm, begierig zu erfahren, ob er auf Wolfgangs Mitarbeit im Ministerium zählen könne. Wolfgang verstand die Frage nicht Wort für Wort, konnte aber kombinieren, worum es ging. Verzweifelt wandte er sich an Aimée.

„Du musst ihm sagen, dass ich mehr Zeit zum Nachdenken brauche", sagte er ihr. Über Nacht war Meret wieder sehr präsent geworden, so dass er weiter nach ihr suchen wollte. „Ich muss noch etwas Wichtiges in Deutschland erledigen. Bitte übersetze ihm das."

„Bien sûr, Monsieur! Il se réjouit beaucoup de travailler au ministère", sagte sie zum Attaché, der sich daraufhin so erfreut bedankte, dass Wolfgang Zweifel an Aimées Zuverlässigkeit als Dolmetscherin kamen.

„Was hast du ihm gesagt?"

„Oh, nur das was ist rischtisch. Du kannst misch vertrauen!"

Er sah sie misstrauisch an, war aber zu müde, um nachzuhaken, so dass er bald sanft entschlummerte.

Zurück in Europa brachte ihn der Fahrer des Museumsdirektors in Anbetracht der nächtlichen Stunde zunächst zu einem Hotel, in dem ein Zimmer reserviert war, und überbrachte die Mitteilung, dass am Folgetag ein Fahrzeug des Außenministeriums alle weiteren Fahrten übernehmen würde. Was damit gemeint war, erfuhr er schon nach dem Frühstück, denn er wurde direkt zum Quai d`Orsay und dort ins Büro von Jean François-Poncet gebracht.

„Bonjour, Monsieur Müller. Ich hoffe, Sie hatten eine angenehme Nacht. Schön, dass Sie mit uns arbeiten wollen. Madame Cotroux, meine Sekretärin, wird Sie zu Ihrem Arbeitsplatz bringen. Alles Weitere erfahren Sie dort. À une bonne collaboration!"

Bevor er zur Besinnung kam, ging es schon weiter in sein zukünftiges Büro, ein heller Raum mit einem Schreibtisch von enormen Ausmaßen, auf dem bereits eine Akte lag, einem Telefon und einem noch unbesetzten Vorraum. Madame Cotroux übergab ihm einen Schlüsselbund und erklärte die Funktion aller Schlüssel. So erfuhr er ganz nebenbei, dass damit nicht nur der Zugang zu seinem Arbeitsplatz ermöglicht wurde, sondern auch zu einer kleinen möblierten Wohnung ganz in der Nähe in der Rue de Lille. Sie übergab ihm auch einen Ausweis, den er auf keinen Fall vergessen dürfe, wenn er das Ministeriumsgebäude betreten wolle. Und dann entschwand sie und ließ ihn alleine zurück.

Aimée, du Luder, dachte er, das hast du prima eingefädelt. Dann klingelte bereits das Telefon und eine männliche Stimme gab ihm auf Englisch zu verstehen, dass er, der sich als Mr. Arnold Bakerfield vorstellte, sich darauf freue, mit ihm zusammenzuarbeiten. Aus den umliegenden Büros strömten nach und nach immer mehr Damen und Herren herein, die in der gleichen Kommission tätig waren und ihn mit Canapes, Sekt und Pralinen in ihrem Team willkommen hießen. Alle schüttelten ihm die Hand und umarmten ihn, als sei er seit Jahren einer der besten Freunde, so dass er, als sich endlich die Gelegenheit bot am Schreibtisch Platz zu nehmen, überzeugt war, ganz gegen seine eigentliche

Absicht eine angenehme Anstellung gefunden zu haben. Die Akte, die auf der Arbeitsplatte lag, enthielt seine Daten über die Wasserqualität in der Region um Étarik, ergänzt um Messungen einer britischen Forschergruppe, mit dem Auftrag, daraus ein Gutachten für zukünftig denkbare Badestrände zu erstellen. Es konnte losgehen!

Aus dem noch unbesetzten Vorzimmer drangen Geräusche, also schaute er nach, wer sich dort herumtrieb.

„Isch soll bestellen, dass Monsieur Dorst ist sehr böse mit disch, weil du ihm `ast gestohlen `übsche Sekretärin. Oh, Wolfgong, ist nischt wunderbar? Nun wir können bleiben zusammen dursch dick und doof."

„Dick und dünn", beeilte er sich festzustellen.

„Siehst du, isch brauche deutsche Lehrer und du brauchst misch."

Damit hatte sie nicht einmal ganz unrecht, er war in allen französischsprachigen Schreiben auf ihre Hilfe angewiesen. Sie bildeten ein gutes Team und in der Zusammenarbeit aller Mitglieder der Kommission entstand ein umfangreiches Papier als Grundlage für die Aufgaben eines auf Vanuatu neu einzurichtenden Tourismusministeriums. Neben aller geschäftigen Tätigkeit blieb nur wenig Zeit, sich außerhalb des Ministeriums zu treffen, und sei es nur, um eine gemeinsame Mittagspause in einem der umliegenden Bistros zu machen. Aimée erwies sich als ungemein gewissenhafte und eifrige Hilfe, unverkennbar war hingegen auch, dass ihr Interesse an Wolfgang nicht rein beruflicher Natur war. Für ihn war diese Zuneigung sowohl schmeichelhaft wie auch eine Belastung, denn er konnte sich gedanklich immer noch nicht von seiner verschollenen Liebe lösen. Daher bemühte er sich um größtmögliche Distanz, ohne sie vor den Kopf zu stoßen, blieb freundlich und zugetan, ohne darüber hinausgehende Aktivitäten zuzulassen. Ganz langsam, wenn auch nie vollständig, verblasste sein Schmerz darüber, dass Meret für immer verloren schien, und als die zweijährige Arbeit am Vanuatuprojekt sich ihrem Ende zuneigte, behauptete er von sich selber, darüber hinweggekommen zu sein.

Aimée wurde zunehmend nervöser, ihre Versuche, ihm mehr zu gefallen, nahmen an Deutlichkeit zu. Mehr als einmal wollte sie ihn überreden, seinen Vertrag in Paris zu verlängern. Zwei Wochen vor dem letzten Arbeitstag erhielt er einen Brief des deutschen Außenministeriums mit einer für ihn bedauerlichen Nachricht. Außenminister Genscher war von seinem Amt zurückgetreten, und solange die Nachfolge nicht geklärt sei, könne man die gemachten Zusagen nicht einlösen. Aimée hatte das Schreiben natürlich geöffnet und kam damit freudestrahlend zu ihm.

„Voila, nun du musst bleiben in Paris. Ist das nischt großartige Neuigkeit?"

Auch Jean François-Poncet bat ihn in sein Büro, um mit ihm über die neue unsichere Situation im deutschen Außenministerium zu reden und bot ihm an, für ein weiteres halbes Jahr am Quai d`Orsay zu bleiben. Er nahm dieses große Entgegenkommen gerne an und unterschrieb die notwendigen Papiere. Aimée war selig.

Nur achtzehn Tage später erschien sie mit Tränen in den Augen vor seinem Schreibtisch. Drei Tage vorher war der deutsche Bundeskanzler Helmut Schmidt in einem konstruktiven Misstrauensvotum gestürzt und von Helmut Kohl abgelöst worden.

„Isch `asse diese neue Bundeskanzler, diese `elmut Kohlrabi."

„Aber Aimée, was hat Helmut Kohl dir denn getan? Er ist doch gerade erst im Amt."

„Aber er `at gemacht diese Jean Dietrisch Genscher wieder zum Ministre des Affaires étrangères, und jetzt du musst gehen zurück aus mein schönes Paris in dreckiges Dorf Bonn. Isch bin sehr unglücklisch!"

„Liebe Aimée", versuchte er sie zu trösten, „so schlimm ist es in Deutschland nicht. Und hier steht, dass ich nicht nach Bonn, sondern nach Hamburg kommen soll."

Da schluchzte sie noch lauter auf: „Merde, merde, merde! `amburg ist noch viel weiter in die Ferne!"

In den vergangenen Wochen war sein Heimweh immer heftiger geworden. Dieses Land, dessen Sprache er kaum beherrschte, wollte ihm nicht ans Herz wachsen, so sehr ihm Paris gefiel, so sehr er Aimée auch mochte. Er spürte überdeutlich, dass seine Zeit am Quai d`Orsay zu Ende ging, und darüber war er, auch wenn der Abschied schwerfiel, sehr froh. Leider stand seine in den unsicheren Tagen des Bonner Regierungswechsels gemachte Zusage für ein weiteres halbes Jahr dem entgegen, so dass er den neuen Hamburger Dienstherren vertrösten musste, der aber vorab bereits vom Außenministerium informiert worden war.

Am letzten Tag sagte er mit einem überbordenden Frühstücksbuffet auf Wiedersehen zur Kommission, besonders herzlich zu Aimée, die bittere Abschiedstränen weine. Dann packte er in der Rue de Lille seine wenigen Habseligkeiten zusammen und übergab seinen Ausweis und den Schlüsselbund an den Fahrer des Ministeriums, der schon wartete, um ihn zum Bahnhof zu bringen. Etwas traurig sagte er der Stadt Lebewohl, weil er hier eine schöne Zeit mit sympathischen Menschen, insbesondere seiner Sekretärin, hatte verbringen dürfen, aber doch auch voller Vorfreude auf einen neuen Lebensabschnitt mit interessanten Aufgaben in Hamburg.

Meret 1979 – 1995

So you`re leaving in the morning on the early train…
but I was crying.
`Cause I can`t stop loving you, no, I can`t stop loving you,
though I tried.
(I Can`t Stop Loving You, vom Album „White Horse", 1977,
White Horse, Text und Musik: William Nicholls,
gecovert von Leo Sayer 1978 und von Phil Collins 2002)

Es war nicht das erste Vorstellungsgespräch, zu dem Meret nach Bremen aufbrach, und es würde wohl auch nicht das letzte bleiben. Sie war schon fast daran gewöhnt, wichtiger noch, es machte ihr beinahe gar nichts aus. Wolfgang mit seinem abgeschlossenen Studium der Ozeanographie und der Promotion in der Tasche würde früher oder später eine lukrative Anstellung finden, dann bliebe immer noch viel Zeit, sich vor Ort um eine sinnvolle Beschäftigung zu bemühen. Natürlich könnte sie auch den Weg in die Selbständigkeit wagen und eine Praxis eröffnen, aber das entsprach so gar nicht ihrem Lebensentwurf. Außerdem fühlte sie sich dafür einfach zu jung. Eine erst vor wenigen Tagen gemachte Bemerkung ihres Freundes gab ihr Anlass zur Vermutung, er wolle sie heiraten und eine Familie mit ihr gründen. Ihr anfänglicher Schreck darüber war mehr und mehr der Vorfreude und der Überzeugung gewichen, dass dies genau ihren Wünschen entsprach. Sie ertappte sich dabei, sich auszumalen, wie das Leben in ihrem Haus auf dem Land mit mehreren Kindern aussehen würde. Die

74

Bilder gefielen ihr. Sie machte sich sogar Gedanken darüber, ob sie ihren Namen behalten wollte. Durch eine vor wenigen Jahren beschlossene Gesetzesänderung durften Ehepaare nun selbst entscheiden, welchen der beiden Familiennamen sie zukünftig führen wollten. Sogar Doppelnamen waren möglich. Nur im Streitfall bestimmte das Standesamt automatisch den Nachnamen des Mannes zum neuen gemeinsamen Familiennamen. Das stellte sich Meret lustig vor, wie ein Ehepaar schon auf dem Standesamt zu streiten beginnt. Wäre es da nicht eher die Pflicht des Standesbeamten oder der Standesbeamtin, den beiden die Heirat zu verbieten? Sie sprach sich dann ihren neuen Namen immer wieder vor, um sich an den Klang zu gewöhnen. Meret Zagendorf würde dann zu Meret Müller. MM, eine schöne Alliteration. Müller war kein so ganz seltener Name, angeblich gab es über eine halbe Million Menschen in der BRD, die so hießen. Ihr gefiel er trotzdem, und sie käme endlich vom Ende des Alphabets in die Mitte. Ein echter Sprung nach vorne.

Jetzt ging es erst einmal um Bremen, verjagte sie diese Gedanken selber aus ihrem Kopf. Eine große Werft suchte eine Betriebspsychologin, das könnte eventuell interessant werden. Allerdings musste dafür ein dreitägiges Auswahlverfahren überstanden werden, deshalb standen für alle Teilnehmer an diesem Vorgang Hotelzimmer in der Nähe des Hafens zur Verfügung, gebucht vom möglichen zukünftigen Arbeitgeber. Gleich heute Abend sollte man sich selber vorstellen und mit einem kleinen Vortrag erläutern, warum man sich selbst für den oder die am besten geeigneten Kandidaten oder

Kandidatin hielt. Sie hatte lange darüber nachgedacht, wie sie sich präsentieren, ob sie schauspielern sollte. Aber dann hörte sie im Küchenradio den neuesten Peter Maffay Song ‚So bist du', und so wenig ihr der Song gefiel, wurde ihr dadurch doch klar, dass es keinen Grund gab, sich zu verstellen.

Der Nachmittag verlief vielversprechend, sie war mit sich selbst zufrieden und ging guter Stimmung zum Hotel, wo auch die anderen insgesamt vier Damen und Herren bereits zusammensaßen, die mit ihr um diesen Job konkurrierten. Es gab keine Eifersüchteleien, man verstand sich recht gut und war bereit, jede Entscheidung der Firmenleitung anstandslos zu akzeptieren. Darüber entwickelte sich ein angenehmer Abend, und sie war gespannt auf den weiteren Verlauf der Veranstaltung. Am zweiten Tag wurden simulierte Beratungsgespräche geführt, in ihrer Intensität und Länge sehr anstrengend, am Nachmittag gab es zudem noch Interviews durch die Personalchefin. Sie fühlte sich ein wenig wie in der Abiturprüfung und empfand ihre Gesprächspartnerin als sehr unangenehm. Für den dritten Tag blieb dann nur noch eine Firmenbesichtigung, die Ergebnisse der ganzen Aktion sollten erst im Laufe der kommenden Woche schriftlich mitgeteilt werden. Um 11 Uhr war der Spuk vorbei, und sie war froh, endlich zu Wolfgang nach Hause fahren zu können.

Er war nicht da. Daran gab es zunächst nichts Ungewöhnliches, schließlich waren sie beide auf der Suche nach lukrativen Arbeitsangeboten und deshalb gelegentlich gezwungen, ganz spontan zu Vorstellungsgesprächen zu erscheinen. Ungewöhnlich war, dass sie keine Nachricht von ihm fand. Dabei wollte sie so gerne von der Aktion in Bremen erzählen. Weil die Wohnungstür des Nachbarn offenstand, klopfte sie an, um wenigstens dort ihrem Mitteilungsbedürfnis nachgeben zu können, aber Gerd Reppes war ausgeflogen und seine Räumlichkeiten standen gähnend leer. Sie erinnerte sich, dass Gerd erwartete, zu seinen Eltern nach Bayern zu gehen, aber so plötzlich? Das erschien ihr einigermaßen überraschend. Dann müsste sie wohl oder übel den Abend auf der Couch verbringen und die Tageszeitungen durchstöbern auf der Suche nach weiteren Stellenanzeigen. Da es in der Wohnung keinen Fernseher mehr gab, blieb nur noch das kleine Radio zur Untermalung dieser aufreibenden Tätigkeit. Sie hörte gerne eine Kultursendung, in der über neue Theaterinszenierungen, literarische Neuerscheinungen und Musikproduktionen berichtet wurde. Heute erfuhr sie dadurch von einer Band aus Großbritannien, die ein vielversprechendes Album aufgenommen und sich den merkwürdigen Namen Dire Straits zugelegt hatte.

Am nächsten Morgen wurde sie nun doch etwas unruhig. Keine Nachricht, kein Brief, er blieb immer noch abwesend. Das musste ein dringender Besuch in einem weit entfernten Ort sein, so wie der ihrige in Bremen. Aber dann hätte er trotzdem wenigstens etwas für sie hinterlegen können! Sie hasste es, mit ihm zu streiten, aber dieses Mal schien ihr eine kleine Beschwerde durchaus angebracht.

Am nächsten Tag stieg ihr Ärger zu einer ausgewachsenen Wut an, am dritten Tag wich die Wut einer immer stärker werdenden Angst. Vergessen waren die sorgsam zurechtgelegten Worte, mit denen sie ihm ihre Empörung über sein wortloses Fernbleiben kundtun wollte, sie ängstigte sich, dass ihm etwas passiert sein könnte. Der Deutsche Herbst mit seinem traurigen Höhepunkt, als vier palästinensische Terroristen die Lufthansa Maschine ‚Landshut‘ nach Mogadishu entführten und die Geiseln dort von einem deutschen Elitekommando befreit wurden, lag gerade ein Jahr zurück, immer noch schwebte über dem Land das Gespenst der Bedrohung durch die RAF und damit befreundeter Organisationen. Oder Wolfgang war in einen Verkehrsunfall verwickelt und lag in irgendeinem Krankenhaus, alleine und bewegungsunfähig. Andererseits, so beruhigte sie sich, hätte sie dann sicherlich davon erfahren, durch die Polizei, den Bundesgrenzschutz oder sonst eine Behörde.

Nach einer Woche gab es immer noch kein Lebenszeichen von ihm, längst war sie in heller Aufregung. Sie vertelefonierte Unmengen an Münzen, um in Krankenhäusern nach ihm zu fragen, in ihrer Ratlosigkeit mobilisierte sie die Polizei und die Feuerwehr, aber niemand konnte ihr helfen. Der Polizist hatte sogar so dumme, anzügliche Bemerkungen gemacht, ob sie denn sicher sei, dass sie Wolfgang immer richtig behandelt habe und dass es keineswegs ungewöhnlich sei, wenn Ehepartner bei Nacht und Nebel auf Nimmerwiedersehen verschwänden. Und sie sei ja noch nicht einmal verheiratet!

Dann kam ihr die rettende Idee: seine Eltern. Obwohl sie erst wenige Male dort aufgelaufen waren, verstand sie sich mit seinem Vater so gut, dass er ihr bestimmt weiterhelfen würde. Sofort griff sie sich ihren Anorak und machte sich auf den Weg. Als sie in die Straße kam, sah sie vor der Haustür den Notarztwagen. Von einer bösen Vorahnung ergriffen, beschleunigte sie ihre Schritte. Die Haustür stand offen und sie nahm immer zwei Stufen, als sie die Treppe hocheilte. Auch die Wohnungstür war nicht verschlossen, sie hörte noch, wie der Arzt im Wohnzimmer zu jemandem sagte:

„Tut uns sehr leid, wir sind zu spät gekommen. Aber, Frau Müller, ich kann Ihnen versichern, dass Ihr Mann nicht gelitten hat. Wir kümmern uns um alles Weitere, er wird gleich abgeholt.“

Wie gelähmt stand sie im Flur, unfähig, auch nur einen Ton hervorzubringen. Der Notarzt kam aus der Stube an ihr vorbei und sagte:

„Gehen Sie nur hinein, Sie sind bestimmt die Tochter. Frau Müller kann Ihre Hilfe gut gebrauchen.“

Wie schwer ihr die wenigen Schritte fielen, bis sie durch die Tür trat und Wolfgangs völlig in Tränen aufgelöste Mutter sah.

„Ach, Meret! Wie schön, dass du da bist“, schluchzte sie auf, die beiden Frauen fielen sich um den Hals und es dauerte lange, bis die Mutter anfangen konnte, von den Ereignissen des letzten Tages zu erzählen. Ihr Mann war beim Lesen der Zeitung eingenickt, was ihm in letzter Zeit immer häufiger passierte, aber dann einfach nicht mehr aufgewacht. Erst als sie gemeinsam in die Apotheke gehen wollten und er gar nicht aufstand, habe sie gerufen und an ihm gerüttelt und bemerkt, dass etwas nicht stimmte. Der Notarzt konnte dann nur noch seinen Tod feststellen.

„Dabei haben wir uns so gefreut, dass der Junge endlich jemanden wie dich kennengelernt hat. Wir wollten doch noch eure Hochzeit miterleben!"

Erneut vergingen etliche Minuten, bis Meret weiterfragen konnte.

„Weiß Wolfgang denn schon Bescheid?"

„Aber nein, er hat sich, seit ihr letztes Mal gemeinsam hier wart, noch gar nicht wieder gemeldet. Das musst du ihm mitteilen."

Meret traute sich gar nicht, sie davon in Kenntnis zu setzen, dass ihr Freund spurlos verschwunden war, und sagte deshalb nur lapidar:

„Ja, okay, ich kümmere mich darum. Er ist gerade nicht da."

Dann kam der Bestattungsunternehmer, um den Leichnam abzuholen. Meret ließ sich eine Karte geben und ging wieder zu Frau Müller.

„Wir werden uns um einige Dinge kümmern müssen. Ist es Ihnen recht, wenn ich die Nacht hier bleibe?"

„Das wäre ganz, ganz lieb von dir. Aber, Meret, bitte, wir wollten doch ‚du' sagen."

Meret blieb sogar die nächsten beiden Nächte und kümmerte sich um den nun notwendigen Papier- und Behördenkram. Sie schrieb Einladungen zur Beisetzungsfeier und organisierte eine Kirche und einen Geistlichen. Auf jeden Namen des Ehepaares Müller existierte jeweils eine Sterbeversicherung, so dass alle Verbindlichkeiten bezahlt werden konnten. Einladungen gab es nur ganz wenige, denn Wolfgangs Eltern, beide weit über achtzig Jahre alt, hatten keine lebenden Verwandten mehr und nur wenige Freunde, wie zum

80

Beispiel das benachbarte Ehepaar Weber. Außerdem ging Meret mit der Mutter, um schwarze Kleidung zu kaufen. Sie selber übte sich lieber in Bescheidenheit, weil ihre finanzielle Situation immer prekärer wurde.

Nach der Bestattung saßen sie zu viert, Frau Müller, Meret und das Ehepaar Weber, in einem Café und unterhielten sich.

„Ich weiß nicht, was ich noch hier auf der Erde soll", meinte Wolfgangs Mutter.

Meret beeilte sich zu antworten: „So etwas darfst du gar nicht denken. Schau, ihr wolltet doch noch unsere Hochzeit erleben. Darauf musst du dich nun alleine freuen."

„Ach nein, wenn der Junge nur hier wäre! Warum ist er nicht wenigstens an diesem Tag zurückgekommen."

Meret befand sich in einem Dilemma. Wie sollte sie der alten Dame das Fernbleiben ihres Sohnes erklären? Bei allen Fragen nach Wolfgangs Verbleib wand sie sich um eine konkrete Antwort herum, und nun schien ihr erst recht nicht der richtige Moment für eine klare Auskunft gekommen zu sein.

„Ohne meinen Mann macht für mich alles keinen Sinn mehr."

„Mutter, bitte, ich bin doch auch noch da."

„Ja, Meret, darüber bin ich sehr froh. Du hast gerade zum ersten Mal Mutter zu mir gesagt, wie schön!"

Trotz allen guten Zuredens war deutlich spürbar, dass Frau Müller von Tag zu Tag hinfälliger wurde. Meret machte es sich zur Angewohnheit, jeden Tag nach dem Frühstück und der Zeitungslektüre mit ihr zum Friedhof zu gehen. Dann setzte sich die alte Dame auf eine Bank ganz in der Nähe des Grabes und schaute ihr zu, wie sie die Blumen richtete, Laub entfernte und Unkraut zupfte. Und eines Tages, nicht lange nach der Beisetzung ihres Mannes, stand dann auch Wolfgangs Mutter einfach nicht mehr auf.

Tieftraurig und trotzdem gefasst sorgte sich Meret um alles, was nun zu tun war. Sie erledigte die Korrespondenz mit den Ämtern, besorgte einen Bestatter und beauftragte denselben Geistlichen, den sie auch schon von der Messe zu Ehren des Vaters kannten. Das Ehepaar Weber lud sie ins Café Schleichmann ein und die Wohnung kündigte sie nach dem Verkauf des gesamten Mobiliars auf dem Flohmarkt, einen Teil verschenkte sie. Lediglich ein Fotoalbum mit Bildern aus Wolfgangs Kindheit behielt sie für sich und war selbst verwundert, wie wenig von zwei Menschen übrig blieb, die immerhin fast neunzig Jahre auf dieser Welt gelebt hatten.

Durch diesen Kummer war sie einige Zeit von ihrer anderen großen Sorge abgelenkt worden, die nun mit umso größerer Heftigkeit über ihr zusammenschlug. Wie konnte ihr Freund sie und seine eigenen Eltern so schmählich im Stich lassen? Warum gab es nicht die leiseste Andeutung, was mit ihm passiert war? Das konnte doch nur damit zusammenhängen, dass er mittlerweile glücklich und zufrieden mit einer anderen Frau zusammenlebte. Aber warum bestrafte er auch seine Eltern? Und irgendwie sah ihm ein so feiges Verhalten auch gar nicht ähnlich!

Noch ein zweites Problem musste dringend gelöst werden: sie verfügte über keinerlei Einnahmequellen mehr und musste dringend die Suche nach einer

Anstellung wiederaufnehmen. Sie erwachte aus der Erstarrung der soeben überstandenen Ereignisse durch drei Nachrichten. Die erste kam aus der Werft und war negativ, man wünschte ihr viel Erfolg bei weiteren Bewerbungen. Die zweite entnahm sie der Zeitung, als dort zu lesen war, dass eines ihrer Idole, Jean Paul Sartre, am 15. April verstorben war. Die dritte erfuhr sie ebenfalls durch die Presse: in diesem Jahr sollten drei deutsche Schulen eröffnet werden, nämlich in Oslo, in New-York und in Manila. Das, so meinte sie, seien ideale Orte, um sich als Psychologin einzubringen. Bewerbungen dafür liefen über das Auswärtige Amt, eine Postanschrift und eine Telefonnummer waren angegeben. Sie ging sofort zur Poststation, um in aller Ruhe von dort aus anzurufen, und wurde mit einem Mitarbeiter verbunden, der ihr auf sehr freundliche Art weiterhalf. Er listete auf, welche Unterlagen sie zusammenstellen müsse, und nannte ihr die Postanschrift, nämlich Auswärtiges Amt, 53103 Bonn, Adenauerallee 99-103, Abteilung II/A, zu Händen Maximilian Bregemann, das sei er selbst. Sie solle unbedingt zu Zeugnissen und Lebenslauf auch ein Foto legen. Ob sie denn telefonisch erreichbar sei. Das musste sie verneinen, woraufhin er ihr empfahl, sich nach vier bis fünf Tagen unter dieser Nummer zu erkundigen, ob alle Unterlagen vollständig eingegangen seien.

Solchen freundlichen Staatsbeamten war sie bislang noch nicht begegnet, sie lief zur Wohnung zurück und packte gemäß seiner Forderungen alles zusammen. In Erwartung eines längeren Bewerbungsverlaufes hatte sie von den Papieren jeweils mehrere Kopien anfertigen lassen, nur ihren Lebenslauf musste sie handschriftlich verfassen. Ein schönes Foto fand sie noch von sich und Wolfgang vom letzten Stadtfest, es tat ihr weh und sie fand es beinahe symbolisch, als sie die Hälfte des Bildes abschnitt. Dann steckte sie alles in einen Briefumschlag, versah diesen mit der genannten Adresse und brachte ihn direkt zur Post, um alles ganz sicher auf dem richtigen Weg zu wissen.

Oslo, New-York oder Manila – was für aufregende Möglichkeiten. Es fiel schwer, sich zu entscheiden, welchen der drei Orte sie favorisieren sollte. Wie gerne hätte sie darüber mit Wolfgang gesprochen! Bei allem Ärger musste sie sich eingestehen, dass sie ihn mehr vermisste, als ihr lieb war. Es verging kaum ein Tag, an dem sie nicht an ihn dachte oder sich das Fotoalbum nahm, um sich Jugendbilder von ihm anzuschauen. Noch immer stand ein Rahmen mit seinem Konterfei, ein Porträt, aus dem er freundlich lächelte, extra vergrößert auf das Format DIN A 3, auf dem Tischchen neben ihrem Bett. Sie suchte auch nach wie vor nach Möglichkeiten, wie sie ihn ausfindig machen könnte. Aber wie sollte man unter der halben Million Menschen dieses Namens den richtigen Müller herausfiltern? Es war hoffnungslos! Ihre Recherche beim Einwohnermeldeamt, gegen alle Widerstände der Beamtin, weil sie keine Berechtigung für ihre Nachfrage vorweisen konnte, hatte ergeben, dass ein gewisser Herr Wolfgang Müller noch immer in ihrer gemeinsamen Wohnung gemeldet war. Sie selbst hingegen nicht, wenn sie das nicht schleunigst nachholte, werde eine saftige Strafgebühr fällig.

Fünf Tage nach dem Absenden der Unterlagen rief sie wieder denn netten Herrn Bregemann an, der auch sofort selbst den Hörer abnahm und sich ganz offenkundig sehr über ihren Anruf freute.

„Frau Zagendorf, guten Morgen. Wie schön, dass Sie sich melden! Ich habe Ihre Papiere gerade auf meinem Schreibtisch liegen."

„Guten Morgen, Herr Bregemann. Wenn alles vollständig ist, kann ich mir dann einen der drei Orte aussuchen?"

„Meret Zagendorf, ein schöner Name übrigens. Und Ihr Foto ist sehr originell. Die meisten Bewerber schicken uns nichtssagende Passfotos aus Automaten. Sie lachen so fröhlich auf dem Bild."

Das war ihr beinahe peinlich. Sie erinnerte sich an diesen wunderschönen Nachmittag mit Wolfgang und einem gemeinsamen Freund, von dem diese Aufnahme stammte.

„Entschuldigung, das ist wahrscheinlich kein so brauchbares Bild. Ich konnte gerade nichts Passenderes finden."

„Aber bitte, das ist perfekt! Ich will ganz offen mit Ihnen sprechen. Für Ihre Anfrage kommen Sie leider gar nicht in Betracht, keine der Schulen hat eine Stelle für eine Schulpsychologin ausgeschrieben. Aber ich habe möglicherweise ein ganz anderes, für Sie interessantes Angebot."

Sie brauchte einen Moment, um sich ihre Enttäuschung nicht anmerken zu lassen.

„Ja, bitte", brachte sie endlich hervor.

„Tut mir leid, ich kann Ihre Enttäuschung verstehen", hörte sie ihn sagen, er schien genug Sensibilität für Untertöne zu haben. „Ich kann Ihnen dazu nichts am

Telefon sagen. Haben Sie eine Möglichkeit, nach Bonn in mein Büro zu kommen?"

„Ehm, ja", sie zögerte, weil sie an ihre knappe Kasse dachte. „Wann soll das denn sein?"

„Sie zögern so. Hilft es Ihnen, wenn ich zu Ihnen komme?"

Ihre Verblüffung war groß, dieser Staatsbeamte schien ein sehr gutes Gespür für die Befindlichkeiten seiner Gesprächspartner zu haben.

„Das wäre wirklich sehr nett von Ihnen. Es gibt bei uns gleich am Bahnhof ein nettes Café."

„Wenn ich sehr früh aufstehe, schaffe ich es gleich morgen früh, etwa 11 Uhr, passt Ihnen das? Ich freue mich! Wie Sie aussehen weiß ich ja von dem eingeschickten Bild. Ich werde Sie also finden. Bis morgen, ich wünsche Ihnen noch einen schönen Tag."

Was war das? Hatte sie sich gerade mit einem wildfremden Mann verabredet? Aber um 11 Uhr am Morgen in einem Café, was sollte da schiefgehen? Und die Aussicht auf einen Job war nicht nur verlockend, sondern langsam dringend notwendig. Sie wusste noch nicht einmal, wie sie die Wohnungsmiete für den kommenden Monat aufbringen sollte. Ihr blieb, genau genommen, gar keine andere Wahl, als sich mit diesem Herrn vom Auswärtigen Amt zu treffen und sich sein Angebot, dass er nicht am Telefon ausbreiten wollte, anzuhören. Was gab es zu verlieren, im schlimmsten Fall könnte sie einfach nein sagen.

So fand sie sich am nächsten Morgen pünktlich um 11 Uhr im Café am Bahnhof ein, neugierig und etwas aufgeregt, was auf sie zukommen würde. Sie erkannte ihn, bevor er die Tür zum Lokal ganz öffnete, denn nur zu diesem Mann konnte die Stimme passen. Er war schlank, groß, sauber, aber nicht übermäßig bieder gekleidet, circa dreißig Jahre alt mit einem freundlichen Lächeln, nicht unsympathisch, wie sie mit wenigen Blicken festgestellte, und kam direkt zu ihr an den Tisch.

„Maximilian Bregemann, guten Morgen, Frau Zagendorf. Wie schön, dass Sie es möglich machen konnten. Ich freue mich ganz außerordentlich, dass wir uns kennenlernen. Ich darf mich zu Ihnen setzen?"

Sie machte eine einladende Geste, begrüßte ihn ebenfalls und man wechselte einige belanglose Worte über die Anreise, das allgemeine Befinden und das Wetter, bis die Kellnerin die bestellten Getränke brachte. Dann versuchte sie vorsichtig, das Gespräch in die gewünschte Richtung zu lenken.

„Ich hätte nicht gedacht, dass die Beamten des Auswärtigen Amtes sich so nett um alle Anträge kümmern, die Ihnen auf den Tisch flattern."

„Wie bereits am Telefon gesagt, will ich ganz offen zu Ihnen sein und muss deshalb gleich mit zwei Geständnissen anfangen. Erstens: ich bin gar kein Beamter, sondern habe den Job nach meinem Studium nur aushilfsweise für meinen Onkel übernommen, der gerade mit Hans-Dietrich Genscher auf einer Auslandsreise ist. Und außerdem werden ganz bestimmt nicht alle Anträge so behandelt."

„Ach, wirklich?" Jetzt war sie einigermaßen perplex. „Und warum dann meiner?"

„Sie sind meine Traumfrau!"

„Na, jetzt reicht`s aber. Ich habe doch nicht an ein Eheanbahnungsinstitut geschrieben. Ich glaube, ich gehe besser."

„Verzeihung, so war das nicht gemeint. Bitte lassen Sie es mich erklären", wehrte er ab und blickte sie flehend an, ihm diese Möglichkeit zu gewähren.

„Ich gebe Ihnen ein paar Minuten, bis ich meinen Kaffee getrunken habe", lenkte sie ein.

So erfuhr sie, dass Maximilian über Abschlüsse in Psychologie und Pädagogik verfügte, zudem auch noch eine Ausbildung zum Therapeuten besaß. Sein Onkel – der, der auch im Auswärtigen Amt arbeitete – hatte ihn nach dem frühen Tod seiner Eltern an Kindes statt bei sich aufgenommen und ihn immer gefördert. Nun, kurz vor seinem Ruhestand, den er in einem kleinen Haus in der Toskana mit seiner Lebensgefährtin verbringen wolle, habe er ihm, Maximilian, seine Jugendstilvilla in Bad Godesberg überschrieben. Diese Villa sei äußerlich in einem guten Zustand und böte innen auf drei Etagen Raum für zwei Wohnungen und Parterre für die Verwirklichung eines Jugendtraumes, nämlich die Eröffnung einer eigenen psychotherapeutischen Praxis.

„Seit ich meine Abschlüsse habe, suche ich nach einer Partnerin, die ebenfalls Psychologie abgeschlossen hat und sich für Pädagogik, Schule, Schulphobien und alles, was damit zusammenhängt, interessiert. Und da ist mir Ihre Bewerbung auf den Tisch geflattert. Mit dem Foto, in das ich mich fast ein wenig verliebt habe. Verstehen Sie? Das ist doch wie ein Zeichen vom Himmel! Und das durfte ich natürlich nicht aus dem Büro heraus besprechen, das ist schließlich mein ureigenstes Interesse an Ihnen. Was sagen Sie dazu?"

Meret war sprachlos im ganz wörtlichen Sinne des Wortes. Als Maximilian das bemerkte, fuhr er fort.

„Es muss schon noch etwas renoviert werden. Die Strom- und Wasserleitungen hat alle mein Onkel machen lassen, das Dach ist ebenfalls neu gedeckt. Aber die beiden Wohnungen könnten neue Tapeten und Anstriche vertragen, die Praxis im Erdgeschoss ist vollständig umzumodeln. Und eine Sekretärin müssten wir uns suchen. Die Fußböden sind alle tip-top, schöner Parkettboden. Wollen Sie oben unters Dach ziehen, oder lieber in den ersten Stock?"

„Moment, Moment. Das geht mir nun wirklich zu schnell. Ich habe noch gar nicht zugesagt. Und wenn ich zusagen sollte – wann soll es denn losgehen?"

„Na, sofort! Die Anträge bei der Stadt sind schon eingereicht. Du ziehst ein, wir renovieren, und schon kann`s losgehen."

Im Eifer der Schilderungen war ihm, ohne dass er es bemerkte, das ‚Du' über die Lippen gekommen, Meret hingegen blieb dieser Ausrutscher nicht verborgen und sie musste unwillkürlich lächeln, weil er einen solchen jugendlichen Elan an den Tag legte.

„Schau her, ich habe sogar ein Exposé von der Villa mitgebracht", sagte er, indem er einen Hefter mit der Baubeschreibung und einigen Bildern auf den Tisch legte.

„Darf ich das mitnehmen und mir die Sache in Ruhe überlegen?", zögerte sie immer noch. Das kam alles so überraschend, und sie wusste nicht einmal, wie sie einen Umzug nach Bad Godesberg und dann noch die

Renovierung bezahlen sollte. Als hätte er ihre Gedanken erraten, ergänzte er:

„Mein Onkel hat mir für die Renovierungsarbeiten ein Budget zur Verfügung gestellt. Bis durch die Praxis Geld hereinkommt, bist du mein Gast. Und natürlich kannst du alles mitnehmen und in Ruhe darüber nachdenken. Aber bitte sage mir, dass du nicht von vornherein ablehnst, bitte! Übrigens habe ich am Ende noch Kopien meiner Zeugnisse eingeheftet, damit du weißt, mit wem du es zu tun bekommst."

Er war nun ganz selbstverständlich beim ‚Du' angekommen, und irgendwie wirkte das auf Meret nicht anbiedernd, sondern Vertrauen erweckend.

Nach der Verabschiedung war sie erst ziellos durch die Straßen gelaufen, bis sie am frühen Abend zu Hause eintraf und immer noch unentschlossen am Tisch saß mit der geöffneten Mappe vor sich. Was gab es zu verlieren? Und dieser Maximilian schien ein netter Bursche zu sein, den Zeugnissen nach zu urteilen auch äußerst kompetent. Das finanzielle Risiko war minimal, weil der freundliche Herr Bregemann zunächst alles aus seiner Tasche bezahlen wollte. Sobald die Praxis lief, müsste man natürlich bei einem Notar Verträge über die Aufteilung der Einnahmen hinterlegen, damit es keinen Streit gab.

Aber Wolfgang – wenn er nun doch zurückkäme und sie nicht mehr in dieser Wohnung fand? Überhaupt: was sollte sie mit der Wohnung machen? Als zweiten Wohnsitz behalten ging schon aus finanziellen Erwägungen nicht. Ach, Wolfgang, wo mochte er nur sein? Warum ließ er sie mit diesen schwierigen Entscheidungen so allein?

90

Sie war am Küchentisch eingeschlafen. Als sie mitten in der Nacht aufwachte, stand ihre Entscheidung fest, und sie begann, die wenigen Möbel der Wohnung in den Kellerraum zu tragen, der zu ihrer Wohnung gehörte und nie benutzt worden war. Es gab nur zwei schwerere und größere Teile, nämlich Küchenschrank und Doppelbett, die sie nicht alleine tragen konnte, sie hoffte, mit der Vermieterin, mit der sie noch sprechen musste, dafür eine Lösung zu finden. Unangenehme Dinge erledigte sie am liebsten sofort, also versuchte sie gleich am frühen Morgen anzurufen. Zu ihrer Überraschung war die ansonsten wenig entgegenkommende Dame sehr freundlich und erklärte, die Kündigung käme ihr sehr gelegen, weil ihr Neffe gerade in der Gegend eine Wohnung suche. Die beiden schweren Möbelteile könne Meret gerne stehen lassen, wenn sie nur alles andere entferne, auch die Kaution werde sie schleunigst zurücküberweisen.

Noch am selbigen Abend war alles erledigt. Einzig den Bilderrahmen mit dem Porträtfoto von Wolfgang packte Meret mit in ihre Reisetasche. Einen langen Brief an Wolfgang legte sie im Keller auf den Tisch, dann ging sie zum Bahnhof und stieg in den Zug nach Bonn. Sie rief Maximilian vom Bahnhof aus an, er würde dort warten und versprach, eine Luftmatratze im Dachgeschoss für sie aufzupumpen. Etwas traurig sah sie aus dem Abteilfenster, als ihr Waggon aus der Halle rollte, und verabschiedete sich von der Stadt, in der sie die Liebe ihres Lebens kennengelernt und wieder verloren hatte.

Ihr neuer Praxispartner brachte sie sofort zu der Villa, in der sich nun ihr neues Leben abspielen sollte. Sie lag in einer ruhigen Straße etwas abseits vom Rhein und machte einen großartigen Eindruck von außen. Auch die Innenräume waren, wenn auch völlig kahl, so doch sauber, die sanitären Anlagen funktionierten und in ihrem Bereich, sie reklamierte das Dachgeschoss für sich, lag tatsächlich eine Matratze bereit. Da würde noch viel Arbeit auf sie zukommen und etliche Anschaffungen waren zu tätigen. Für die wenigen verbleibenden Stunden des Tages lohnte sich das Anfangen nicht, daher willigte sie in seine Einladung zum Italiener ein. Sie tranken etwas Rotwein und unterhielten sich darüber, wie sie die Aufgaben zu verteilen gedächten, und er versicherte ihr immer wieder, wie froh er sei, Meret als Partnerin gewonnen zu haben. Sie war deutlich zurückhaltender. Auch wenn ihr Gastgeber sich viel Mühe gab, ihre Sympathien zu gewinnen, wollte sie lieber eine gesunde Distanz wahren.

Die nächsten Tage verbrachten sie mit Tapezieren, Lampeninstallationen, Baumarkteinkäufen. Am meisten Arbeit musste im Erdgeschoss geleistet werden, um es in eine funktionsfähige psychotherapeutische Praxis mit Empfang, Warte- und Behandlungsräumen etc. umzugestalten. Zu ihrer Überraschung erwies sich der Diplomatenziehsohn als durchaus geschickt, eifrig und ohne Skrupel, sich auch die Hände schmutzig zu machen. Dabei erzählte er gerne von seiner Kindheit und Jugend in der Bundeshauptstadt. Sein Onkel war zwar unverheiratet, habe aber, trotz zahlreicher Liebschaften und trotz seines Berufes, viel Zeit für ihn gehabt und ihn oft zu hochoffiziellen Anlässen mitgenommen. Immer wieder seien in der Villa Menschen aufgetaucht, die er schon aus dem Fernsehen kannte. Für alle darüber hinausgehenden Verpflichtungen war eine Haushalts- und Erziehungshilfe angestellt worden, eine nette Dame, die er nur unter dem Namen Tante Monika kannte. Deren Aufgabe erledigte sich mit seinem Eintritt in die gymnasiale Oberstufe, danach gab es zu ihr keinen Kontakt mehr.

Gelegentlich schellte es, und dann stellten sich Bewerberinnen als Praxishelferinnen und Bürokraft vor. Sie führten alle Gespräche gemeinsam und entschieden anschließend, wer für sie in Frage käme. Zum Jahresbeginn 1981 wollten sie eröffnen, bis dahin waren drei Personen angestellt in der Hoffnung, dass sie die dann auch bezahlen könnten. Auch die Post war rechtzeitig mit den Telefonanschlüssen fertig geworden. Maximilian verfügte als Sohn der Stadt und ehemaliger Student der Bonner Universität über zahlreiche Kontakte, die er ausnutzte, um ihre Gemeinschaftspraxis überall bekannt zu machen. Da konnte es nicht überraschen, dass bereits vor dem Eröffnungstag die ersten Terminanfragen kamen. Die kurze Einweihungsfeier mit den drei Damen musste schon um zwölf Uhr abgebrochen werden, weil die ersten therapiebedürftigen Menschen vor der Tür standen.

Es lief großartig! Nie herrschte ein Mangel an Patienten, die drei Angestellten erwiesen sich als eine gute Wahl und schon nach kurzer Zeit wurde allen klar, dass eine vierte Kraft vonnöten war. Frau Redlich – was für ein passender Name für jemanden, der sich um Rechnungen und Geld kümmerte – machte die Buchführung und hatte damit alle Hände voll zu tun. Darüber verlor sie nie ihre gute

Laune, war freundlich zu jedermann und zögerte nicht, auch über die vereinbarte Zeit hinauszuarbeiten, wenn es erforderlich war. Mit ihren einundvierzig Jahren verfügte sie über die größte Erfahrung im Team, die beiden Sprechstundenhilfen Astrid und Birgit waren beide erst Anfang zwanzig. Die Klientel aus Bad Godesberg kam überwiegend aus gut situierten Kreisen, zum Teil Angehörige der zahlreichen diplomatischen Vertretungen im Ort, was sich sehr günstig auf deren Zahlungsmoral auswirkte. Zwar mussten Meret und Maximilian zusätzlich zu dem Startkapital des Onkels zu Beginn bei der örtlichen Sparkasse einen nicht unerheblichen Kredit aufnehmen, der ihnen angesichts ihres Projektes auch umgehend gewährt wurde, um Anschaffungen zu machen, die ersten Monatsgehälter auszahlen zu können und daneben auch noch selbst etwas für sich übrig zu behalten. Schon nach wenigen Wochen war aber erkennbar, dass sie die vereinbarten Rückzahlungsraten erhöhen konnten, um einerseits den Kredit früher abzulösen und andererseits weiter in die Praxis zu investieren. Meret fühlte sich sehr wohl in dem, was sie dort tat, und ihre Wohnung konnte sie Stück für Stück mit Mobiliar und Accessoirs ausstatten. Auf das Küchenbuffet stellte sie wieder den Rahmen mit dem Bild von Wolfgang, der ihr, wenn auch nicht jeden Tag, so doch immer wieder durch den Kopf ging.

Dies waren die einzigen Minderungen ihres Wohlbefindens – Wolfgangs immer noch schmerzhaft empfundenes Verschwinden, und Maximilians Bemühungen, die, wie sie merkte, etwas über ihre gemeinsame Arbeit in der Praxis hinausgingen. Aber er blieb stets korrekt, wurde nie anbiedernd oder zu fordernd und akzeptierte ihre Zurückhaltung. Natürlich wollte er wissen, wen das Bild auf dem Küchenschrank darstellte, und Meret erteilte ihm bereitwillig Auskunft. Er sprach es nicht aus, aber sie konnte spüren, dass ihn diese Information traf.

So verging das Jahr 1981. Viele entscheidende Dinge passierten, die sie gar nicht wahrnahm, weil sie so viel Zeit in der Praxis verbrachte. Für die Abenduntermalung sorgte ein kleiner neu zugelegter Fernseher, so konnte sie, wenn auch mit wenig Begeisterung, am 30.06. die erste Folge der Seifenoper ‚Dallas' um die Ewing-Familie verfolgen. Da ging ihr einen Monat später die prunkvolle Hochzeit von Lady Di mit Prinz Charles schon näher, nicht weil sie plötzlich zur Royalistin geworden wäre, sondern weil sie daran denken musste, wie kurz sie selber vor diesem Schritt gestanden hatte.

Mitunter kam Maximilian zu ihr hoch, manchmal mit einer Flasche guten Weines, manchmal mit einem Strauß Blumen, manchmal mit gutem Essen. Auch dabei übertrat er nie irgendwelche Grenzen, war aber äußerst charmant und aufmerksam. Ihre selbst angelegte Rüstung begann zu bröckeln. Als sie schließlich feststellte, dass er sich wie sie für Musik interessierte, sich begeistern konnte und mit Vergnügen auch Trends zur Kenntnis nahm, die nicht seinem eigenen Geschmack entsprachen, gab sie ihre Widerstände allmählich auf. Wo war Wolfgang? In einem Kloster wollte sie nicht enden.

Eines Abends Anfang Februar kam Maximilian mit einer Musikkassette zu ihr.

„Hör dir das an! Ich weiß noch nicht, ob ich von so viel Frechheit begeistert bin. Was hältst du davon?"

Dann klang aus dem Lautsprecher des immer noch kleinen Gerätes: „Da – da – da, du liebst mich nicht, ich lieb dich nicht..."

„Na, dann hör dir das mal an", entgegnete sie, und spielte ihm ihre letzte Errungenschaft vor, Joan Jett and the Blackhearts mit ‚I Love Rock`n Roll'.

Sie lachten sich scheckig, das Eis war gebrochen. Von nun an standen die Wohnungstüren ständig offen und sie versuchten, die wenigen gemeinsamen Abendstunden für kulturelle Veranstaltungen, zur Erforschung des Bonner oder zur Gestaltung des eigenen Nachtlebens zu nutzen.

Im Februar des Jahres gab sie ihre sich selbst auferlegte Zurückhaltung auf, bereits am Ende des Monats meinte sie, große Veränderungen mit sich, in sich festzustellen. Wie hatte sie nur so unvorsichtig sein können? Im März wurde es mit einem Besuch bei der Frauenärztin zur Gewissheit: sie war schwanger. Zunächst behielt sie die Neuigkeit für sich. Sie war sich nicht etwa unsicher aus Angst vor dem Gespräch mit Maximilian, vielmehr freute sie sich sehr über dieses neu heranwachsende Lebewesen. Doch erst wollte sie mit sich selbst ins Reine kommen, und für die Praxis blieben etliche Abläufe neu zu organisieren. Dafür liefen längst ihre Planungen.

Ende März weihte sie Maximilian ein, der, wie erwartet, erfreut reagierte und ihre Ideen sofort akzeptierte. So lange es ging wollte sie in der Praxis weiterarbeiten. Während dieser Zeit könnte sie nach einer neuen Teilhaberin für die Praxis suchen, denn Meret war fest entschlossen, sich die ersten Jahre intensiv um das Kind zu kümmern. Selbst Maximilians Vorschläge, sich diese Auszeit zu teilen, lehnte sie entschieden ab. Stattdessen möge man sie im Rahmen ihrer Möglichkeiten als Aushilfe und für Büroarbeiten einsetzen. Sie widersprach auch dem Ansinnen ihres Partners, jetzt zu heiraten.

„Wozu?", fragte sie. „Wir sind uns doch in allem einig! Wir müssen allerdings das gemeinsame Sorgerecht eintragen lassen und unseren Vertrag beim Notar über die Praxisgemeinschaft ausdehnen und darin das Kind aufnehmen."

„Hat das Kind dann als unehelich geborenes irgendwelche Nachteile? Wird es vielleicht gehänselt?", gab er zu bedenken.

„Wir können den Nachnamen ja frei aussuchen, Bregemann oder Zagendorf, was mehr Sinn macht. Ich merke da keinen Unterschied, außer an der Position im Alphabet."

So wurde es gemacht und kein weiteres Wort war mehr nötig. Maximilian meinte trotzdem, ihr zumindest eine kleine Freude machen zu müssen, und schenkte ihr, da er ihre Musikleidenschaft teilte, ein gemeinsames Wochenende in einem stilvollen Hotel mit Karten für das New Jazz Festival in Baden-Baden. Jazz entsprach ganz und gar nicht ihrem Musikgeschmack, aber sie freute sich über seinen netten Gedanken dahinter und war dann auch völlig fasziniert von einem jungen, amerikanischen Sänger namens Bobby McFerrin, der das Publikum und sie mit seiner abenteuerlichen Stimmakrobatik von den Stühlen riss.

Als ihr Sohn im November 1982 zur Welt kam, nannten sie ihn Simon und gaben ihm den Familiennamen Bregemann. Meret war froh, die Geburt ohne außergewöhnliche Komplikationen überstanden zu haben, und bereits drei Tage nach der Niederkunft konnte Maximilian seine Familie nach Hause holen. Ihr kleiner Sohn tat, was kleine Babys zu tun pflegen: er zeigte seinen Eltern, mit wie wenig Schlaf man tatsächlich auskommen kann, und dass es völlig normal ist, mitten in der Nacht die merkwürdigsten Verrenkungen zu machen, nur um den Nachwuchs zu beruhigen und wieder in den Schlaf zu wiegen. Mit Stolz betrachteten die jungen Eltern, wie ihr Sohn heranwuchs und ihr bisheriges Leben vollständig durcheinander brachte.

Maximilian fand ohne längere Suche eine um wenige Jahre ältere Kollegin, die bereit war, als Teilhaberin in die Praxis einzusteigen. Soweit es seine Zeit zuließ, kümmerte er sich hingebungsvoll um Simon und bot Meret wiederholt die Heirat an, um ‚alles rechtlich abzusichern‘. Das entsprach nicht ganz hundertprozentig ihren romantischen Vorstellungen eines Heiratsantrages, aber sie konnte sich kaum darüber wundern, war es doch von ihr selber so herbeigeführt. Alles war besser, bildete sie sich ein, als viele junge Menschen es sich erträumen. Sie lebten in einem wunderschönen Haus in einer sehr guten Gegend Bad Godesbergs, ihre Praxis lief sehr gut, sie brauchten sich keinerlei finanzielle Sorgen zu machen, der gesunde Sohn wuchs heran und ihr Lebenspartner liebte sie und kümmerte sich um sie und das Kind. Und doch – irgendetwas stimmte nicht. Sie wusste dieses ‚Irgendetwas‘ gar nicht genau zu bestimmen, aber ganz tief versteckt in ihrem Inneren wühlte es herum. Wie dumm du bist, schalt sie sich dann selber und überlegte, ob sie sich in ihre eigene Praxis zur Therapie begeben müsse.

Am Abend saßen Meret und ihr Partner häufig zusammen, er erzählte von seinem Tag in der Praxis, und sie ließ ihn an den neuesten Entwicklungen Simons teilhaben. Sie meinte dabei zu spüren, dass Maximilian zunehmend unkonzentrierter, erschöpfter wirkte und mahnte ihn, sich nicht mit zu vielen Patienten zu übernehmen. Ihre Besorgnis pflegte er lächelnd beiseite zu schieben, ging allerdings früher zu Bett und schlief sehr unruhig.

Ihr gemeinsamer Spaß an der Musik erhielt einen kräftigen Dämpfer, was zum einen dem Sohn Simon zu verdanken war, der einfach kaum Zeit ließ, die sie vor dem Radiogerät hätten verbringen können, zum anderen damit zusammenhing, dass es keine Neuerscheinungen von Bedeutung gab. Nenas 99 Luftballons und Peter Schillings Major Tom wurden als Antwort auf die mit dem Nato-Doppelbeschluss verbundenen Kriegsängste verbunden. Meret wunderte sich, weil im April des Vorjahres bereits der Sieg Nicoles beim ESC in Harrogate mit ‚Ein bisschen Frieden‘ so erklärt worden war, obwohl die große Friedensdemo mit über fünfhunderttausend Teilnehmern in Bonn doch erst am 10. Juni stattgefunden hatte. Als trotz aller Proteste der Beschluss am 22. November im Bundestag bekräftigt wurde, war sie bereits zum zweiten Mal schwanger. Schon einen Monat vorher warf ein Zeitungsartikel sie erheblich aus der Bahn, viel mehr, als sie sich selber gestatten wollte. Da wurde von einem internationalen Abkommen zur Verhütung der Meeresverschmutzung durch Schiffe berichtet, genauer: einer Ergänzung zu einem bereits seit beinahe vierzig Jahren bestehenden Vertrag. Sie ertappte sich dabei, dass sie meinte, diesen Artikel ausschneiden und Wolfgang zuschicken zu müssen und verstand nicht, warum sie so spontan an ihn denken musste nach all diesen Jahren. Sie brauchte mehrere Tage, um sich wieder ganz auf ihren normalen Tagesablauf konzentrieren zu können.

Ihre Tochter Annemarie kam im Herbst 1984 zur Welt. Noch im Wochenbett fasste sie einen Entschluss: sie wollte sich von Maximilian trennen. Ihr kam die Beziehung zu diesem freundlichen, netten, gutmütigen Mann wie eine einzige Lüge vor. Nichts konnte sie ihm wirklich vorwerfen, nie behandelte er sie schlecht und er war ein guter Vater von Simon und dann wohl auch, wie zu erwarten war, von Annemarie. Das gemeinsam aufgebaute Leben war sehr gut, es aufzulösen würde sicherlich ganz außerordentlich schwer fallen. Aber sie sah keine andere Möglichkeit. Nur den genauen Zeitpunkt, diesen Entschluss mit ihrem Partner zu besprechen, wusste sie noch nicht, und ihr graute ein wenig davor, weil sie ahnte, wie sehr sie ihn damit verletzen würde. Zunächst kehrte Meret mit Annemarie zurück in ihre Jugendstilvilla und war selig, dass Simon sein kleines Schwesterchen sofort ins Herz schloss. Maximilian hatte die Wohnungen umgestaltet, so dass für ihn und Meret nun die erste Etage eingerichtet war und in der Dachgeschosswohnung neben dem Sanitärbereich zwei Kinderzimmer und ein Büro zur Verfügung standen.

Er bemerkte verständnislos, dass Meret dies nicht mit größter Begeisterung aufnahm.

Im Verlaufe des Jahres 1984 verfestigte sich ihre Überzeugung, sie fand andererseits wiederholt Anlässe, daran zu zweifeln. So war nicht zu übersehen, dass Maximilian immer lustloser wirkte und körperliche Anstrengungen mied. Er zog sich sogar aus seinem Basketballverein zurück, dessen wöchentliche Spiele ihm sonst sehr wichtig waren. Weiterhin blockte er alle ihre Versuche ab, ihn dazu zu bringen, sich einmal einer gründlichen ärztlichen Untersuchung zu unterziehen.

Einer ihrer gemeinsamen Freunde war ein junger Mann aus der UDSSR, ein Schwimmer, der wegen der viel besseren Trainingsbedingungen in Deutschland nach Bonn gekommen war. Sergej gehörte dem Kader seines Landes für die olympischen Spiele an und hielt sich oft nach seinem Tag im Schwimmbad bei ihnen auf, um mit ihnen zu essen oder mit Simon zu spielen. Kurz vor der Olympiade musste er schließlich für die endgültigen Trainingseinheiten in seine Heimat zurückfliegen. Etliche Tage später schrieb er ihnen einen traurigen Brief, dass sein Lebensplan nun völlig entzweigegangen war. In der UDSSR war die Entscheidung gefallen, die Spiele in Los Angeles zu boykottieren. Das bedeutete für ihn, dessen Beruf das Schwimmen war und für den ein durchaus möglicher Platz in den Medaillenrängen ein sorgenfreies Leben ermöglicht hätte, das Ende aller Pläne. Ohne jegliche Ausbildung, ohne Studium, mit dreiundzwanzig Jahren stand er vor dem Nichts.

Daneben war zu lesen, dass der Song ‚Relax' der englischen Gruppe Frankie Goes to Hollywood von den britischen Radiosendern wegen seines homoerotischen Textes nicht gespielt wurde. Weder die Gruppe noch der Song gefielen ihr, aber sie verstand nicht, warum diese Begründung eine Rolle spielen durfte.

Anfang Dezember gab es in der Schweiz schließlich eine Volksabstimmung darüber, ob der Mutterschutz erweitert und Elternurlaub eingeführt werden sollten. Beides wurde mehrheitlich abgelehnt.

Für sie bildeten diese Ereignisse eine logische Kette der Behinderung, der Unterdrückung, des Bemühens, Menschen in ihren Möglichkeiten der freien Entfaltung zu beschneiden, obwohl niemandes anderen Rechte dadurch beeinträchtigt wurden. Mit ihrem Verständnis von freien Menschen, von Vielfältigkeit in einem freien Europa konnte sie das alles nicht in Einklang bringen.

Immer, wenn sie kurz vor dem Schritt stand, ihre Zweifel an der Richtigkeit ihrer Lebensführung mit Maximilian zu besprechen, schreckte sie aus den unterschiedlichsten Gründen davor zurück. Ganz wesentlich waren dabei die Kinder. Konnte sie sich das Recht herausnehmen, diesen beiden jungen Menschen die Familie zu zerstören? Gab es einen Weg, aus ihrem Dilemma herauszukommen? Der Vater der Kinder war ihr darüber hinaus nicht gleichgültig geworden. Nicht er war das Problem, sondern sie selber. Ihm war nichts vorzuwerfen, in allen Lebenslagen war er immer ein zuverlässiger, rücksichtsvoller und einfühlsamer Partner. Niemand, sie selber genauso wenig wie Maximilian, kann völlig unbeschadet aus einer solchen Situation herausfinden, und sie wusste noch überhaupt nicht, wie

102

ihnen allen möglichst viele Schmerzen erspart bleiben könnten.

Mit solchen schweren Gedanken trug sie sich, wenn nicht aufregende Dinge um sie herum passierten, die ihre volle Konzentration verlangten, und solche Dinge kamen sowohl in der Praxis, wie auch als Mutter zweier kleiner Kinder fast täglich vor. Bei ihrem Sohn Simon war vom Kinderarzt eine Hüftschiefstellung erkannt worden, die zwar nicht operiert werden musste, aber durch viele intensive krankengymnastische Übungen zu korrigieren war. Jede Sitzung bei einem Physiotherapeuten ließ sich nur mit nicht unerheblichem Aufwand realisieren, denn sie musste Annemarie natürlich mitnehmen und während der Zeit beschäftigen. Damit konnte sie sehr gut einen ganzen Nachmittag verbringen, um dann abends noch die beiden Kleinen zu Bett zu bringen, verbunden mit der allabendlichen Prozedur. Die bestand im Füttern, Umkleiden, Spielen, Geschichten vorlesen und Gute-Nacht-Lied singen. Wenn Maximilian rechtzeitig aus der Praxis hochkam, half er gerne dabei. Simon und Annemarie liebten es, mit ihm etwas herumzutoben, bevor sie in ihre Betten krochen.

Eines Tages im Frühjahr 1985 war alles anders. Sie kam vor der Praxisschließung mit den Kindern zurück, aber ihr Partner saß schon im Sessel des Wohnzimmers. Ihren Gruß erwiderte er träge, wirkte jedoch sehr deprimiert und irgendwie abwesend.

„Maximilian, was ist los? Du wirkst so betrübt, kann ich helfen?"

„Ach, nein. Es ist nichts", war seine Antwort, aber sie spürte, dass er ihr auswich.

„Ich mache eben die Kinder bettfertig, dann sprechen wir, ja?"

„Wie läuft es mit Simon? Hilft die Therapie?"

Immerhin zeigte er, wie sonst auch immer, Interesse am Wohlergehen seines Sohnes.

„Läuft prima, Simon macht sehr gute Fortschritte. Wenn wir das so durchhalten, können wir mit dem Kinderarzt einen Kontrolltermin machen. Ich bin gleich wieder bei dir."

An diesem Abend half er nicht bei dem abendlichen Ritual, und als Meret zwei Stunden später ins Wohnzimmer kam, war er verschwunden. Das kam zwar selten vor, noch seltener, dass er fortging, ohne sich von ihr zu verabschieden, aber sie wollte sich auch nicht zur Kontrolleurin aufspielen. Er würde ihr schon mitteilen, worum es ging, wahrscheinlich um irgendein besonders großes Problem in der Praxis. Irgendwann sehr spät in der Nacht, als sie schon lange im Bett lag, nahm sie im Halbschlaf wahr, dass er zurückkehrte und offenbar angetrunken war. Von ihrem Nachwuchs den ganzen Tag gefordert, in der vorangegangenen Nacht mehrfach von Annemarie aus dem Bett gerufen, war sie einfach nicht in der Lage, zu dieser nächtlichen Stunde aufzustehen, um sich zu kümmern. Sie konnte sich gerade noch fest vornehmen, am nächsten Morgen beim Frühstück nachzufragen, dann war sie schon wieder eingeschlafen.

Simon weckte sie erst gegen halb sieben, indem er zu ihr ins Bett kroch und ihre Augenlieder hob.

„Mama, schläfst du noch?"

Welche Mutter könnte dieser Frage widerstehen? Sie alberten ein wenig herum, bis auch Annemarie sich meldete und Meret aufstehen musste. Da erst bemerkte sie, dass Maximilian schon aufgestanden und wahrscheinlich bereits mit dem Eindecken des Frühstückstisches beschäftigt war. Sie nahm also Simon und Meret mit in die große Küche, in der sie immer gemeinsam saßen. Der Tisch war gedeckt, aber ihr Partner hatte schon gefrühstückt und sich offenbar in die Praxis hinunterbegeben. Sie würde sich bis zum Abend gedulden müssen, um ihn nicht während der Sprechstunden zu stören, wenn sich nicht in der Mittagspause eine Gelegenheit zum Gespräch ergäbe.

Vom Spaziergang zum Spielplatz mit den Kindern zurückkehrend, fand sie in der Mittagspause zwar nicht Maximilian, jedoch die neueingestellte Teilhaberin, Frau Regina Peliatus, im Ruheraum vor. Mit ihr konnte sie sich gut unterhalten, sowohl im Fachlichen wie im Privaten gab es zwischen ihnen viele Übereinstimmungen und damit auch zahlreiche Ansatzpunkte für eine freundschaftliche Beziehung.

„Schön, dass ich Sie sehe, Frau Peliatus. Sagen Sie, gab es gestern in der Praxis irgendeinen Vorfall, der meinen Mann so aus der Fassung gebracht haben kann?"

In Gesprächen von Maximilian als ‚ihrem Mann' zu sprechen war eine Angewohnheit von ihr, um langwierige, umständliche Erklärungen darüber zu vermeiden, warum sie immer noch in ‚wilder Ehe' miteinander lebten.

„Mama, Hunger", quengelte Simon, denn ihm war sein Leibgericht, Kartoffeln mit Fischstäbchen und Spinat, versprochen worden.

„Hallo Simon!", begrüßte Regina den Jungen. Sie mochte ihn und auch Annemarie, die gerade in ihrer Trage schlief, gerne und spielte mit ihnen, wann immer sie ihnen begegnete und ihre Zeit es erlaubte. „Nein, da gab es nichts. Aber Ihr Mann war doch gar nicht da!"

„Wie kann das sein? Er ist doch zur Sprechstunde gegangen?"

„Er hat allen Patienten absagen lassen und uns erklärt, dass er selber zu einem dringenden Termin müsse. Ich dachte Sie wüssten davon, denn uns hat er noch gar nicht erklärt, worum es sich bei diesem Termin gehandelt haben soll. Ich hoffe, ich bringe ihn jetzt nicht in Schwierigkeiten."

„Nein, alles gut. Ich werde ihn ja heute Abend noch sehen. Ja, Simon", sagte sie zu ihrem Sohn gewandt, der an ihrem Ärmel zupfte, „wir gehen jetzt nach oben. Danke, Frau Peliatus, Sie sehen ja, dass meine beiden Stressfaktoren versorgt werden müssen."

Nur ganz kurz dachte sie darüber nach, ob eine andere Frau im Spiel sein könnte, schließlich war Maximilian ein durchaus sehenswerter, charmanter, gut situierter Mann in den besten Jahren. Irgendwie hätte sie es ihm sogar gegönnt, aber das passte einfach nicht. Es musste sich um etwas völlig anderes handeln.

Das Gespräch ergab sich am Abend, nachdem die Kinder ohne seine Hilfe versorgt und ins Bett gebracht worden waren. Er war völlig erschöpft die Treppenstufen zu ihrer Wohnung hochgeschlichen und sofort in den Fernsehsessel gefallen. Als sie den Raum betrat, wurde in einer Sondersendung von der Reaktorkatastrophe in Tschernobyl berichtet, und sie beide verfolgten die Bilder voller Entsetzen. Erst mussten sich diese Schreckensnachrichten bei ihnen einigermaßen setzen, dann war sie in der Lage, ihn auf seine Situation anzusprechen.

„Max, bei dir stimmt doch etwas nicht. Willst du mir nicht davon erzählen? Sag nicht wieder, da wäre nichts! Dafür kenne ich dich zu gut."

„Du hast recht, aber es fällt mir schwer, darüber zu reden."

„Heraus damit. Wem willst du es mitteilen, wenn nicht mir."

Er schwieg erst eine Weile, schaute traurig vor sich hin und trank einen Schluck aus seinem Weinglas. Sie konnte spüren, wie sehr er mit sich kämpfte.

„Du hast bestimmt schon bemerkt", begann er endlich, „dass ich seit längerem ganz oft schlapp und erschöpft bin. Deshalb versuchst du doch auch schon seit Wochen, mich zum Arzt zu schicken. Jetzt war es in der vergangenen Woche so schlimm, dass ich einen Termin gemacht habe."

Er stockte, fuhr sich mit der Hand über die Augen und holte tief Luft.

„Unser Hausarzt hat alles untersuchen und messen lassen, was in seiner Praxis möglich ist. Meine Werte waren sehr schlecht, insbesondere das Belastungs-EKG fiel katastrophal aus. Deshalb hat er noch während der Sprechzeit im Krankenhaus angerufen und für mich dort kurzfristig einen Kontrolltermin vereinbart."

Wieder hielt er inne, seine Stimme war belegt und Meret bemerkte, dass ihm Tränen in die Augen gestiegen waren. Sie hörte ihm bestürzt zu und wartete geduldig, bis er sich einigermaßen fasste, um weiterreden zu können.

„Dieser Termin war gestern."

Wieder setzte eine Pause ein. Meret sah ihn fragend an.

„Ich erspare dir die Beschreibungen, was sie dort alles mit mir angestellt haben. Langer Rede kurzer Sinn: ich habe eine idiopathische, globale Herzinsuffizienz."

Nun musste er wieder innehalten und einen Schluck Wein trinken. Meret war keine Kardiologin, aber so viel wusste sie sehr wohl: Maximilian litt unter einem schweren Herzfehler, der beide Kammern betraf und nicht mit Stents zu beheben war.

„Was bedeutet idiopathisch in diesem Fall", fragte sie nach.

„Ursache unbekannt, vielleicht angeboren, man weiß es einfach nicht."

Das traf Meret unerwartet, und auch ihr fehlten erst einmal die Worte.

„Puh, das ist heftig. Haben die Ärzte sich zu einer möglichen Therapie geäußert?"

Maximilian versuchte, sich zu sammeln und fuhr mit brüchiger Stimme fort.

„Man wird mit allerlei Medikamenten versuchen, die Insuffizienz zu kompensieren. Aber sie sagten gleich dazu, dass sie einen so schlimmen Zustand selten gesehen hätten und ich damit rechnen müsse, dass selbst bei maximaler medikamentöser Therapie keine Linderung zu erwarten ist."

„Und dann?"

„Die Erschöpfung, die Müdigkeit werden zunehmen, ich muss mit Schwindelanfällen und Schweißausbrüchen und

Gedächtnisverlust rechnen. Es wird in nicht allzu weiter Zukunft der Tag kommen, an dem ich mit der Arbeit in der Praxis aufhören muss. Und dann gibt es nur noch eine sehr unsichere Option."

Sie wusste, was das bedeutete. Eine Herztransplantation war, seit der ersten von Christiaan Barnaard erfolgreich durchgeführten Operation 1967 und dem ersten Versuch mit positivem Ergebnis von 1969 in Deutschland ein hochrisikoreicher Eingriff, der zudem nur in wenigen Fällen zu einer nennenswerten Verlängerung des Lebens der Patienten führte.

„Du brauchst mir nichts darüber zu sagen", fuhr ihr Partner fort. „Die Kollegen im Krankenhaus waren sehr offen. Seit gerade einmal sieben Jahren gibt es ein neues Mittel, mit dem es gelingt zu verhindern, dass das fremde Organ vom Körper abgestoßen wird. Nur eine Handvoll Fachärzte können eine solche OP durchführen und nur wenige Herzzentren sind dafür ausgestattet, Bonn jedenfalls nicht. Zudem käme ich nur auf eine Warteliste, weil es viel zu wenig Spender gibt. In Deutschland werden jedes Jahr bis zu dreihundert Transplantationen durchgeführt bei einer mindestens dreimal so hohen Zahl von Kandidaten. Ich käme zudem ganz hinten auf die Liste, weil ich noch ein paar zusätzliche Risikofaktoren habe."

Sie saßen stumm beieinander, zu verstörend waren diese Neuigkeiten, als dass ein normaler, vergnüglicher Feierabend möglich gewesen wäre. Nur eines war Meret in dieser Minute völlig klar geworden: in dieser Situation würde sie Maximilian auf keinen Fall alleine lassen! Selbstverständlich müsste sie ihre Überlegungen der letzten Zeit hintanstellen und sich zunächst nur um ihren Partner kümmern.

„Für den Moment", ergänzte er, „werde ich weiterarbeiten so lange es geht und mit der Medikamententherapie anfangen. Auf die Warteliste habe ich mich schon setzen lassen, da stehen aber noch viele vor mir."

„Was kann ich für dich tun?", fragte sie.

„Wenn du mir, bitte, alles körperlich Anstrengende abnehmen würdest, wäre das schon viel. Meinen Sport habe ich schon aufgekündigt, Alkohol habe ich noch nie viel getrunken, jetzt bleibt`s bei einem gelegentlichen abendlichen Glas Wein. Und, sorry, es fällt mir selber schwer, darauf zu verzichten: selbst die Kinder abends oder morgens zu versorgen strengt mich an."

„Natürlich, das ist doch keine Frage."

Sie verkniff sich jede wohlgemeinte aber unsinnige Bemerkung wie: Das schaffen wir schon! oder: Es kommen auch wieder bessere Zeiten! Max und sie wussten zu genau, wie ernst die Situation war und welche tödliche Gefahr ab sofort ihr Leben bestimmen würde. Selbst gemeinsame Spaziergänge wurden für ihn unmöglich, das Spiel mit den Kindern, das er so sehr liebte, beschränkte sich auf wenige Minuten, sie richteten sogar einen Raum in der Praxis als Schlafraum für ihn ein, falls er zu erschöpft war, die Treppe hochzusteigen. Ihre Beziehung wurde platonisch, sie versuchten jedoch Möglichkeiten zu finden, das Aufwachsen der Kinder beobachten zu können und am Weltgeschehen Anteil zu nehmen. Darüber entwickelte sich das Ritual, gemeinsam mit den Kindern in seinem Erdgeschossruheraum zu

Abend zu essen und, nachdem Meret den Nachwuchs zu Bett gebracht hatte, die Fernsehnachrichten zu verfolgen und anschließend darüber zu reden. Sie konnten sich prächtig ereifern über die Demonstrationen gegen das Endlager in Wackersdorf und die zum Teil völlig unverhältnismäßigen Reaktionen der Polizei darauf, sie lachten lauthals, als das Bayerische Fernsehen am 22. Mai sogar eine Folge der Kabarettsendung ‚Scheibenwischer' nicht ausstrahlte wegen eines kritischen Beitrages dazu.

Meret erzählte Maximilian ganz viel über ihre täglichen Beobachtungen bei den Kindern. Eines ihrer gemeinsamen Interessen war ihre Liebe zur Kunst, das sich in zahlreichen Museumsbesuchen und in der Anschaffung etlicher Kunstbildbände äußerte. Simon liebte es, in diesen Büchern herumzublättern, und sich die Bilder lange und sehr genau anzuschauen. Manchmal fühlte er sich dadurch selbst angeregt, zu Papier und Zeichenstiften zu greifen und, natürlich seinem Alter von vier Jahren angemessen, zu kritzeln. Als im März in der Tageszeitung ein Bericht mit einer Abbildung des Gemäldes ‚Der Mann mit dem Goldhelm' erschien mit der Sensationsmeldung, dass Rembrandt gar nicht der wirkliche Urheber sei, lief Simon ganz aufgeregt mit der Zeitungsseite zum Bücherschrank und holte den entsprechenden Bildband herbei, blätterte so lange darin, bis er die farbige Darstellung fand. Damit lief er zu seiner Mutter und wollte unbedingt, dass sie ihm über diesen Mann mit dem Helm erzählte, was sie dann in aller Ausführlichkeit tat. Er hörte ihr sehr aufmerksam zu und forderte sie jedes Mal, wenn sie meinte, alles gesagt zu haben, auf, weiter zu erzählen. Deshalb sprach sie sogar von dem seit 1968 bestehenden Rembrandt Research Project, dessen Aufgabe es war, bei der Unzahl an angeblichen Meisterwerken für Ordnung zu sorgen. Simon lauschte andächtig, als verstünde er schon, was ihm da erzählt wurde, und gab erst Ruhe, als Meret ihn an die Hand nahm und ihm einen kleinen, gerade handtellergroßen Rembrandtstich zeigte, den sie sich noch als Studentin einmal auf einem Trödelmarkt zugelegt und in ihrem Arbeitszimmer aufgehängt hatte. Es zeigte einen nackten Mann, mit gefalteten Händen im Schoß vor einem Vorhang sitzend. Sie war schon immer fasziniert gewesen, wie der Künstler mit einfachen Nadelstrichen in der Lage war, so etwas wie eine Charakterstudie zu fertigen. Simon wollte nicht glauben, dass dieser Stich von demselben Maler wie das Goldhelmbild sein sollte, wobei Meret mit ihm jetzt nicht die schwierigere Frage durchging, von wem das Ölbild denn nun tatsächlich angefertigt worden war. Ihr Sohn stellte wieder enorm viele Fragen, ganz offenkundig zeigte sich bei ihm selbst in diesen frühen Jahren bereits eine besondere Sensibilität im musischen Bereich.

„Ich will nicht übertreiben", meinte die stolze Mutter, als sie abends davon erzählte, „und spreche deshalb auch so gestelzt von ‚Sensibilität im musischen Bereich'. Es würde mich doch sehr wundern, wenn unser Herr Sohn nicht in irgendeiner Form mit Kunst zu tun bekommt."

Die folgenden Jahre verliefen ohne dramatische Veränderungen. Maximilians gesundheitlicher Zustand verschlechterte sich immerhin so langsam, dass er noch zumindest stundenweise in der Praxis arbeiten konnte. Beide freuten sich darüber, dass Simon von ganz alleine begann, Buchstaben und ganze Wörter nachzuzeichnen. Er drängte mit Macht, Interesse und Vorfreude in die Schule. Seine jüngere Schwester entwickelte großen Spaß daran, von ihrem Bruder Bilderbücher erklärt zu bekommen, dabei griffen die Geschwister gerne zu den Bildbänden der Mutter. Insbesondere die ‚Wimmelbilder‘ von Breughel liebten sie. Laut lachen mussten Meret und Maximilian auch, als in der ARD zum Jahresbeginn 1987 die Neujahrsansprache des Bundeskanzlers Kohl vom Vorjahr übertragen wurde. Sie gaben dem einen gleichsam symbolischen Stellenwert, schien doch die Zeit für einen Moment still zu stehen und damit auch Maximilians Krankheitsverlauf. Simon verfolgte auch mit seinem Vater hochmotiviert Steffi Grafs märchenhaften Aufstieg zur Nummer eins der Tenniswelt, dabei machte dem Sohn noch mehr Vergnügen, das Mitfiebern seines Vaters zu beobachten, als sich die Spiele anzusehen, deren Regeln er nicht verstand. Auch musikalisch blieb das Jahr für das Psychologenehepaar interessant, denn sie konnten sich amüsieren darüber, dass die Bee Gees wieder einmal einen Hit mit ‚You win again‘ verzeichneten, obwohl die drei Gibb-Brüder ihrem Gefühl nach aus einer prähistorischen Musikepoche stammten. Im Folgejahr erkannte sie in dem großen Sommerhit ‚Don`t worry, be happy‘ den Künstler Bobby McFerrin wieder, den sie sechs Jahre zuvor in Baden-Baden live erleben konnte. Der Song war zwar überaus dürftig, wie sie meinte, und entsprach so gar nicht den enormen Fähigkeiten dieses Ausnahmesängers, aber in ihrer Situation enthielt er eine noch größere positive Botschaft.

Als die Mauer in Berlin fiel, hatte sich Maximilians Zustand deutlich verschlechtert und er bekam von der gesamtdeutschen Euphorie kaum noch etwas mit. Im Sommer des Jahres war er zum letzten Mal zu seiner Sprechstunde in der Praxis erschienen, musste aber bereits nach einer Patientin ermattet aufgeben. Meret war schon seit dem Frühjahr wiederholt für ihn eingesprungen, daher hielten sie es für geboten, sich nach einer Kinderfrau umzusehen, die sie in einer Dame aus der Nachbarschaft, Frau Hilde Kneppers, fanden. Hilde wollte sie genannt werden, sie war Mitte sechzig und freute sich ganz außerordentlich, sich um die Kinder und ein wenig auch um den Haushalt kümmern zu dürfen. Sie selbst war Witwe und Mutter von vier Kindern, die alle erwachsen und ,aus dem Haus' waren. Annemarie und Simon kannte sie bereits, man war sich häufig auf der Straße, auf Spielplätzen und in den Geschäften begegnet, und die Kinder liebten sie, weil ihre Herzlichkeit und Offenheit entwaffnend waren. Nun schien der Zeitpunkt gekommen, dass Meret mit Hilde ernsthaft eine Vertragsverhandlung führen musste, denn es war überdeutlich, dass ihnen nur drei Optionen blieben. Entweder verkauften sie die Praxis, oder sie stellten einen vollwertigen Ersatz ein, oder sie stieg wieder voll ins Praxisgeschehen ein. Es bedurfte nur eines kurzen Gesprächs, denn Max und Meret waren sich schon vorher, auch ohne dies auszusprechen, einig, dass ihr so gut laufendes Institut weitergeführt werden musste. Hilde freute sich über das Vertrauen, das man ihr entgegenbrachte, die Kinder freuten sich darüber, dass ihre ,Oma Hilde' bei ihnen blieb, denn eine leibliche Oma

114

kannten sie ja nicht, und für Max war es eine erhebliche Erleichterung, jemanden im Haus zu wissen, der sich um fast alles gerne kümmerte und ihm nicht fremd war.

Zu Weihnachten desselben Jahres sprach Maximilian zum ersten Mal aus, was beiden seit langem klar war, nämlich dass sein Leben zu Ende ging. Er wollte ein Lied vorschlagen, dass auf seiner Beerdigung gespielt werden sollte, nämlich ‚Personal Jesus‘ von Depeche Mode.

„Musik war uns beiden immer wichtig, und wir haben beide nicht viel mit der Kirche zu tun, da passt das doch gut", meinte er.

Es fiel ihr außerordentlich schwer, das Gespräch anzunehmen, aber sie verstand sehr wohl, dass er sich darüber mit ihr austauschen wollte und keine Vertröstungen mehr duldete.

„Ich werde es mir merken", versprach sie deshalb, „vielleicht haben wir aber noch etwas Zeit und es kommen noch Lieder dazu, die uns gefallen."

Ihr gefiel die Gruppe nicht, sie sah hingegen ein, dass ihre Vorstellungen nicht maßgeblich waren. Sie hätte gerne, wenn überhaupt darüber nachgedacht werden musste, etwas ausgewählt, das inhaltlich mehr ihrem Partner entsprach. Daraufhin bemerkte sie, dass Maximilian begann, ein regelrechtes Programm seiner eigenen Beerdigung zu entwerfen und dafür aufmerksam die Musiksendungen studierte. Es tat ihr weh, ihm dabei zuzusehen, sie erhob jedoch keinerlei Einwände, weil sie sicher war, dass ihm dies ein echtes Bedürfnis war. Er stand kaum noch aus seinem Bett auf, mittlerweile arbeitete eine Krankenpflegerin bei ihnen, die täglich kam, um ihn zu versorgen. Eines Tages im Mai kam die

Pflegerin zu Meret in die Praxis und platzte mitten in ein Therapiegespräch, wohl wissend, damit ein Sakrileg zu begehen.

„Sie brauchen nichts zu sagen, ich verstehe", konnte Meret mit Mühe sagen und kaum noch mit klarer Stimme ihre Patientin auf einen anderen Termin vertrösten.

Als sie in Maximilians Raum trat, nahm sie seine Hand und spürte, dass er noch versuchte, den Druck zur Begrüßung zu erwidern. Sie strich ihm über die schon kalte Stirn, dann verstarb er in ihrem Beisein. Etliche Minuten blieb sie neben ihm sitzen und nahm endgültig Abschied, Tränen wollten ihr einfach nicht kommen. Auf dem Tischchen neben dem Bett lag ein Zettel mit seinen letzten Notizen. Lediglich zwei weitere Musiktitel waren dort notiert: Matthias Reims ‚Verdammt ich lieb dich' und Sinead O`Connors ‚Nothing compares 2 U'.

Simon war bereits Schulkind, Annemarie sollte mit dem neuen Schuljahr eingeschult werden. Sie waren keine Kleinkinder mehr und das schwächer werdende Leben ihres Vaters war ihnen nicht verborgen geblieben. Deshalb schien es Meret richtig, auch ihre Kinder, bevor der Bestattungsunternehmer kam, in den Raum zu führen und ihnen Gelegenheit zum Abschiednehmen zu geben, was die beiden auch unbedingt wollten, obgleich es ihnen ungemein schwerfiel und sie sehr weinten, ebenso wie Hilde, die mitgekommen war.

Ein herbeigerufener Arzt stellte das Ableben fest und ein Bestatter kümmerte sich um den Leichnam, danach mussten die weiteren notwendigen Schritte unternommen werden. Meret fühlte sich stark an ihr Engagement bei den Beisetzungen von Wolfgangs Eltern erinnert, nahm aber trotzdem dankbar Hildes Hilfe an, die dies alles von der Beerdigung ihres Mannes noch kannte. Eine kirchliche Beisetzung sollte es nicht geben, darauf hatte Maximilian zu Lebzeiten immer bestanden, die Trauerfeier auf dem Friedhof wünschte er sich schlicht und einfach ohne Reden und mit der ausgesuchten Musik, selbst die Grabstelle war bereits ausgesucht. Im Anschluss daran wollte sie einige wenige Freunde zu einem Beisammensein in einem Café eingeladen.

Fünf Tage nach Maximilians Tod fand die Beisetzung statt. Es waren viel mehr Menschen zugegen, als erwartet wurden, weil etliche Patienten, ehemalige Sportvereinsmitglieder und Studienfreunde teilnahmen. Sie alle lud Meret mit ein zum anschließenden Beisammensein, viele von ihnen kamen auch tatsächlich, so dass es im Lokal erhebliches Gedränge gab und die Inhaberin nur unter großen Mühen mit der Bewirtung nachkam.

Dann war Maximilian fort. Am Abend des Tages saß Meret alleine im Wohnzimmer, die Kinder lagen im Bett, Hilde war, nicht ohne zu fragen, ob sie Meret alleine lassen könne, gegangen. Sie war nun vierunddreißig Jahre alt und Witwe mit zwei Kindern. Eigentlich hätte sie völlig von Trauer überwältigt sein müssen, aber sie empfand überwiegend Erleichterung. Gleichzeitig gab ihr das ein schlechtes Gewissen, sie konnte sich nur nicht dagegen wehren. Noch während der Zeremonie, als die von Max gewünschten Lieder eingespielt wurden, war ihr etwas Merkwürdiges aufgefallen. Ihr passten weder Charakter noch Text des Liedes von Matthias Reim, sie meinte zudem, die Vorschläge ihres verstorbenen Partners als

Auswahlmöglichkeit verstehen und diesen Song kurzerhand von der Liste streichen zu dürfen. Darüber machte sie sich keine Sorgen. Aber während Sinead O`Connors trauriges Lied abgespielt wurde, hatte sie in einer Mischung aus Scham und Erstaunen festgestellt, dass sie keineswegs an Maximilian, sondern an Wolfgang denken musste.

Sie war mit ihrem verstorbenen Partner vor etlichen Monaten, als er noch bei Kräften war, bei ihrem gemeinsamen Notar gewesen, um ein Testament aufzusetzen, in dem sie sich gegenseitig als Erben einsetzten. Daher war ihr bewusst, dass sie mit der Villa und der gut laufenden Praxis finanziell sehr gut versorgt und eine tiefe Depression nicht zu erwarten war. Fünf Jahre lagen Maximilians Mitteilungen über seine lebensbedrohliche Krankheit zurück. Es war an der Zeit, nun einen neuen Lebensabschnitt zu beginnen und alle ihre eigenen, zurückgestellten Lebenspläne, um ihr die Möglichkeit zu geben, sich nur noch um den Vater ihrer Kinder zu kümmern, wieder aufzunehmen. Dabei würde an erster Stelle die Sorge um ihre beiden kleinen Kinder stehen, danach die Arbeit als Psychologin. Daraus erwuchs sehr schnell die nächste drängende Aufgabe: sie musste sehr bald, am besten morgen schon, mit Frau Peliatus reden und eine Vereinbarung über die kommende Form der Zusammenarbeit treffen. Echte Schwierigkeiten waren dabei nicht zu erwarten, weil sie einander gut kannten und sich mochten. Der Rest wäre dann eine Aufgabe für die Notare.

Eines stand für sie felsenfest: ihr Leben war bisher von zwei festen Beziehungen bestimmt worden. Erst

Wolfgangs spurloses Verschwinden, nun der Tod ihres Partners Maximilian nach einer schrecklichen Krankheit, beides wollte sie nie wieder erleben, deshalb käme eine weitere feste Verbindung nicht in Frage. Sie plante keineswegs, in ein Kloster umzuziehen, aber das Leben ließe sich auch alleine angenehm gestalten. Mit Kindern, Beruf und Haushalt gäbe es bestimmt keine Langeweile, womit ihr deutlich wurde, dass auch mit ‚Oma Hilde' Vereinbarungen zu treffen waren. Auf dem Bürotisch lag unter allen anderen Unterlagen auch eine Einladung zu einem Psychologenkongress in Frankfurt am Main, der in der nächsten Woche stattfinden sollte. Eine gute Gelegenheit, sich wieder vollkommen in die Arbeit zu stürzen.

Am nächsten Morgen beobachtete sie ihre Kinder beim Frühstück sehr genau und stellte beruhigt fest, dass sie zwar sehr traurig über den Tod ihres Vaters waren, aber sie würden es schaffen, darüber hinweg zu kommen. Ihre Teilnahme über einen langen Zeitraum am fortschreitenden Siechtum des Vaters ließ den Tod für sie nicht als plötzliches, grausames Ereignis erscheinen, sondern als eines, mit dem sie rechneten. Hilde, die mit am Tisch saß, freute sich über Merets vorsichtige Anfrage, ob sie noch mehr Aufgaben in der Familie übernehmen könne, insbesondere wenn Tagungen oder Kongresse wie in der nächsten Woche anstünden. Dann auch während der Zeit in der Villa zu nächtigen war für sie selbstverständlich. Merets Angebot, die Vergütung dementsprechend anzupassen, nahm sie nur mit heftigem Widerspruch an.

„Sie tun so viel für uns, da ist es mir ein Bedürfnis", beharrte Meret. „Außerdem werden wir Ihnen ein Zimmer einrichten, in das Sie sich bei Bedarf zurückziehen können."

„Danke, das nehme ich gerne an, wenn es nicht der Raum ist, in dem Ihr Mann verstorben ist", gab Hilde sich einverstanden. „Und können wir uns bitte duzen? Das wäre mir sehr lieb."

„Sehr gerne, Hilde. Das freut mich ungemein. Wir werden heute Nachmittag mit einem Stück Kuchen diese Familienzusammenführung feiern. Den Raum unten kann ich dir eh nicht geben, den brauchen wir ab sofort als Therapieraum. Aber ich werde mir oben bei den Kindern einen Schlafraum einrichten, dann wird das ehemalige Schlafzimmer frei, das kannst du dir nach Belieben einrichten."

So zog Oma Hilde einige Tage später mit in die Villa, gab schließlich ihre eigene Wohnung auf und wurde ein vollwertiges, von den Kindern begeistert begrüßtes Mitglied der Familie. Anfänglich zögerte sie, sich in ihrem neuen Heim alle Freiheiten herauszunehmen, musste aber bald einsehen, dass dafür kein Grund vorlag, selbst wenn sie Freundinnen und Freunde einladen wollte. Meret hörte mit Vergnügen, dass Hilde beim Metzger sogar mit Frau Bregemann angesprochen wurde.

Für ein weiteres Gespräch verabredete sich die junge Witwe mit der Teilhaberin, Frau Peliatus, in der Mittagspause. Man kam sehr schnell überein, die Praxis in ähnlicher Form als Gemeinschaftspraxis weiterlaufen zu lassen, wie das zwischen ihr und Maximilian schon der Fall gewesen war, nur eben mit Meret und Frau Peliatus als neuen Vertragspartnerinnen. Das sollte gleich in den nächsten Tagen notariell geregelt werden.

„Dann hätte ich nur noch einen Wunsch", beschloss die neue Mitinhaberin das Gespräch.

„Ja, bitte?"

„Wenn es Ihnen recht ist, möchte ich, dass wir uns duzen. Ich heiße Regina."

„Sehr gerne, ich bin Meret. Heute Nachmittag haben wir die Praxis geschlossen. Ich werde mit unserer Kinderfrau und den Kindern bei einem Stück Kuchen ein wenig zusammensitzen. Wir würden uns freuen, wenn du dazukommen könntest. Ach, übrigens, denke bitte nicht schlecht von mir, aber ich möchte gleich in der kommenden Woche zu einem Kongress nach Frankfurt fahren und wäre Freitag nicht da."

„Prima, das freut mich beides! Ich habe diese Information über die Fachtagung auch erhalten und so gar keine Lust, dorthin zu fahren. Freut mich, dass du mir das abnimmst. Und danke für die Einladung, ich komme gerne."

So saß am Nachmittag eine eingeschworene Gemeinschaft am Kuchentisch zusammen, fünf Menschen, die gerade ein nicht leichtes Schicksal teilen mussten, aber aus ihrem Willen, die Zukunft zu meistern, und dem Wissen, dabei nicht alleine zu sein, viel Zuversicht schöpften.

Am Freitag fuhr Meret nach Frankfurt. Es war dies nicht die erste Fortbildung, an der sie teilnahm, aber unter den neuen Lebensumständen fühlte es sich anders an. Der Tagungsort war ein Hotel der gehobenen Kategorie in Flughafennähe. Vor Ort wurde ihr, wie allen anderen

Teilnehmern, zunächst ein Zimmer zugewiesen, in dem sie sich frisch machen konnte. Dann blieb bis zur Eröffnung noch etwas Zeit, die sie im Foyer mit der Lektüre einiger Zeitschriften verbrachte. Einer spontanen Idee folgend fragte sie an der Rezeption nach einem Telefonbuch und blätterte dieses dann an ihrem Tisch durch. Viel versprach sie sich nicht davon, zu häufig kam der Name vor, etwas dämlich fand sie sich selber dabei auch, aber trotzdem konnte sie es nicht lassen.

Sie suchte nach einem Wolfgang Müller.

Hamburg 1983 – 1995

I would give everything I own, would give up my life,
my heart, my home,
I would give everything I own – just to have you back again.
(Everything I Own, vom Album „Baby I`m-a Want You", 1972,
Bread, Text und Musik: David Gates)

In Köln musste Wolfgang umsteigen und hatte eine
dreiviertel Stunde Aufenthalt, um sich mit Zeitschriften,
einem Stadtplan von Hamburg und einem kleinen Imbiss
zu versorgen, dann ging es mit einem durchgehenden Zug
weiter nach Hamburg – viel Zeit, um die Einladung wieder
und wieder zu lesen. Er möge sich im Laufe des
Nachmittages beim Deutschen Hydrographischen Institut
melden in der Bernhard-Nocht-Straße 78. Das war, wie er
dem Straßenplan entnahm, in Stadtteil St. Pauli, direkt an
den Landungsbrücken. Eine Dame am Empfang werde ihn
dann zu einem Herrn Helge Brinkum geleiten, der ihn
über seinen zukünftigen Aufgabenbereich informieren
und ihm ein Büro zuweisen werde.

Die Arbeit in Paris war sehr interessant und angenehm,
aber auch ungemein zeitraubend gewesen, so dass er sich
vorab gar nicht über dieses Hamburger Institut
informieren konnte. Seine einzigen Kenntnisse stammten
aus der Mitteilung Jean François-Poncets, dass sein
Arbeitsbereich in der deutschen Hafenstadt dem in Paris
keineswegs unähnlich sei. In Ermangelung anderer
Möglichkeiten des Zeitvertreibs studierte er die in Köln
erworbene Tageszeitung. Ein Schmunzeln konnte er sich

nicht verkneifen, als er von dem Skandal um die angeblichen Hitlertagebücher las. Etliche Seiten dieser nahezu perfekt von einem Künstler namens Kujau mit größter Akribie gefälschten Tagebücher hatten es tatsächlich in die Titelstory einer großen deutschen Illustrierten geschafft. Wolfgang bewunderte den Aufwand, den der Fälscher betrieben haben musste: das Papier, die Tinte, die geschichtlichen Kenntnisse mit detaillierten Informationen über die täglichen Unternehmungen und die zahlreichen Besucher des GRÖFAZ, dieses größten Verbrechers des Jahrhunderts, vielleicht sogar des Jahrtausends. Ähnlich schwierig waren Kunstfälschungen zu bewältigen, denn zu der nicht einfachen Materialbeschaffung und den technischen Problemen mussten die Werke dann auch noch in den Markt gebracht werden mit Echtheitszertifikaten, Historien und vielem anderen. Das war ihm alles noch geläufig aus vielen abendlichen Gesprächen mit Meret.

Es durchzuckte ihn wie ein Stromschlag. Meret – warum drängte sie sich plötzlich wieder so in den Vordergrund? Noch in Paris wähnte er sich über ihren Verlust hinweg, und nun holte ihn dieser Artikel in der Zeitung zurück in die Vergangenheit. Er bemühte sich, seine Gedanken in andere Richtungen zu lenken, was ihm natürlich nicht gelang. Wo sie wohl geblieben sein mochte? Ob es ihr gutging? Wieviel Zeit war vergangen, seit er Hals über Kopf und eigentlich nur für eine Nacht mit dem geliehenen Geld von Gerd Reppes, dem bedauernswerten Brauereierben, nach Paris gefahren war? Gerade einmal fünf Jahre, trotzdem beinahe eine Ewigkeit. Jetzt hätte er ausreichende Geldmittel, um seine Schulden an Gerd zurückzuzahlen, aber er wusste nicht einmal, um welche Brauerei es sich in Bayern handelte. Man könnte im Handelsregister nachforschen, ob es einen Besitzer dieses Namens gab, wenn ihm der Ort bekannt gewesen wäre.

Er war am frühen Nachmittag in Paris Nord gestartet, konnte am späten Abend in Köln die Umsteigpause nutzen, von dort aus bis Hamburg brauchte der Zug noch einmal fünf Stunden, pünktlich um 5.17 Uhr kam er am Hamburger Hauptbahnhof an. Er nahm sich ein Taxi – ein Luxus, an den er sich noch gewöhnen musste – und bat den Chauffeur, ihn zu dem Hotel zu bringen, das dem Hydrographischen Institut am nächsten lag. Damit bei einem nicht unbedingt kostengünstigen Haus zu landen war ihm bewusst, dass es so teuer werden würde überraschte ihn dennoch. Für diese eine Nacht nahm er das in Kauf, der Nacht im Sitzabteil der Deutschen Bundesbahn musste er Tribut zollen und sich etwas ausruhen und erfrischen, bevor er beim neuen Arbeitgeber vorsprach.

Als er aufwachte, ging es auf drei Uhr zu, höchste Zeit! Er reduzierte die Instandsetzungsarbeiten auf das Nötigste und beeilte sich, die wenigen Meter zum Institut zurückzulegen. Wie angekündigt brachte ihn jemand direkt zum Büro des Herrn Brinkum, der ihn aufgeräumt begrüßte.

„Se sünd also de wichtig Mann ut Paris. Hartlich willkamen, ik bün de Helge. Wi duust uns hier all, ik dröff also Wolfgang seggen?"

„Guten Tag. Ja, gerne, aber ich bitte um Verständnis, dass ich nicht auf Platt antworten kann", erwiderte der so

Empfangene etwas verwirrt. „Und so wichtig bin ich gar nicht."

„Na, nich so bescheiden! Wi hebbt en Breef vun Herrn Genscher kriegen, de di uns warm anraadt."

„Dabei kenne ich Herrn Genscher gar nicht persönlich."

„Ik wiet dat. Ik heff mi dien Analysen vun Étarik nau dörleest. Dat weer temlich goot Arbeit!"

Dann nahm Helge den Hörer ab und wählte eine zweistellige Zahl, offenbar ein Büro des Hauses, und sprach plötzlich in reinstem Hochdeutsch.

„Gesine, der Herr Müller ist da. Kannst du bitte in mein Büro kommen?"

Dann wandte er sich wieder Wolfgang zu und fuhr in seinem Plattdeutsch fort: „Wullt du en Kaffe? Ader lever en Tee?"

„Danke, nein. Wer ist Gesine?"

„En gode Kollegin ut dat Archiv. Wi hebbt för di keen Sekretärin funnen. So lang helpt Fro Schrademann un föhrt ehr dör dat Huus."

Das Gespräch begann, anstrengend zu werden, deshalb war Wolfgang froh, als sehr bald darauf die Mitarbeiterin im Büro erschien. Sofort wechselte sein Gesprächspartner wieder seine Ausdrucksweise.

„Schön, dass du es möglich machen konntest. Bitte erkläre Herrn Müller unser Haus, unsere Aufgaben und seinen Bereich. Anschließend fahre bitte mit ihm nach Blankenese zum Mühlenberg."

Und wieder an Wolfgang gewandt: „Dann bet morgen. Ik frei mi op uns Tosommenarbeit!"

Damit war er entlassen. Kaum draußen, reichte Frau Schrademann ihm die Hand und sagte: „Wolfgang,

126

herzlich willkommen. Ich bin Gesine und werde dir jetzt unser Institut vorstellen. Wenn du Fragen hast, schieß los!"

Wolfgang nahm sowohl die Hand als auch das Angebot des Duzens erleichtert an.

„Dann habe ich sofort die erste Frage. Was sollte das mit dem Platt? Wollte Helge mich testen?"

„Nimm es nicht persönlich", erklärte Gesine. „Es ist so eine Marotte von ihm. Das macht er gerne. Sonst ist er sehr umgänglich und vor allem ein sehr fähiger Jurist und Koordinator seiner Fachbereiche."

Was macht ein Jurist im Institut für Hydrographie, dachte Wolfgang, aber erhielt auch ungefragt viele Antworten. Helge war zuständig für die Bereiche Forschung, Entwicklung und Beobachtungssysteme, damit lag seine Hauptaufgabe darin, alle damit zusammenhängenden juristischen Probleme zu klären und den Mitarbeitern dieser Felder den Rücken frei zu halten. Wolfgang würde mit wärmsten Empfehlungen aus Paris und Bonn sein eigener Chef sein und sich um Meeresumwelt und Meeresnutzung kümmern.

„Das beinhaltet auch, dass du, wenn es dementsprechende Forschungsreisen gibt, mit einem unserer Schiffe auf Expedition fährst", ergänzte seine Hausführerin.

„Ihr habt eigene Schiffe dafür?"

Seine Neugier war jetzt geweckt. Allerdings auch seine Sorge ob seiner Seefestigkeit, die er noch nie ausprobieren konnte.

„Ja, mehrere. Im Moment steht für deinen Bereich wohl nur die Atair zur Verfügung, die in Bremerhaven liegt."

Gesines Vorstellung des Hauses und seiner Geschichte ließ keine Wünsche offen. Sie sprach auch von den Anfängen vor mehr als einhundert Jahren, vom Aufbau des Hauses durch den Hydrographen Georg Balthasar Neumayer mit den Bereichen Meereskunde, Meteorologie und Nautik, sowie der rasanten Weiterentwicklung, bis das Haus nach den Kriegswirren 1948 ins ehemalige Seemannshaus umzog und seinen heutigen Namen erhielt.

„Wir arbeiten sehr gut mit unserem Partnerinstitut in der DDR, dem Seehydrographischen Dienst SHD zusammen. Aber das wird zunehmend schwierig, ich glaube, unsere Bundesregierung will erreichen, dass die beiden Anstalten irgendwie verschmelzen."

Er erfuhr viel über die Aufgaben des DHI, wie der maritimen Gefahrenabwehr, Erstellung von Seekarten, Vermessung von Nord- und Ostsee, Vorhersage von Gezeiten, Wasserstand und Sturmfluten, Kontrolle und Genehmigung von Seeanlagen und vieles mehr. Außerdem arbeitete das Institut mit vielen internationalen Gremien zusammen und beteiligte sich an globalen Forschungsprojekten. Ganz nebenbei wurde ein umfangreiches Archiv gepflegt, in dem auch die wahrscheinlich weltweit größte Sammlung von Flaschenpost beheimatet war.

„Wo bist du untergekommen?", fragte Gesine ganz unvermittelt.

„Gleich hier nebenan in einem sündhaft teuren Hotel. Ich wollte mich heute Abend noch um eine günstigere Bleibe kümmern."

„Nein, nein, nicht nötig", wehrte seine Kollegin ab. „Wir holen dein Gepäck aus dem Hotel und fahren nach Blankenese. Das Außenministerium hat für dich ein kleines Häuschen angemietet. Da kann man schon neidisch werden, du musst bei den hohen Herren einen tollen Eindruck hinterlassen haben."

Viel gab es nicht an Gepäck. Nach seinem Hotel Check-Out nahmen sie den Bus die Elbchaussee entlang bis zur Haltestelle Mühlenberg. Von dort war es nur ein kurzer Fußweg bis zur Hausnummer 34. Nun verstand Wolfgang Gesines Äußerungen über den Neid der Kollegen. Das kleine Häuschen war eine sehr gediegene Villa in einem noblen Teil der Hansestadt, außerdem fand er beim Betreten seiner neuen Wohnstätte das notwendigste Mobiliar schon vor. Die Küche war fertig, im Schlafzimmer stand ein Bett und auch im Bad war alles vorbereitet. Die restlichen Räume warteten darauf, durch seine innenarchitektonischen Meisterleistungen mit Leben erfüllt zu werden. Seine Gesprächspartnerin der letzten Stunden notierte auf einem Zettel die Busverbindungen, überreichte ihm die Schlüssel und fuhr zurück zum Institut. Er streifte alleine durch das vollständig renovierte Haus und konnte sein Glück kaum fassen. Das fing vielversprechend an. Nur die Gehaltsfrage, so fiel ihm auf, war nicht angesprochen worden.

Am nächsten Morgen erschien er schon vor sieben Uhr in seinem Büro, um Akten zu sichten und sich in sein zukünftiges Arbeitsfeld einzulesen. Etliche Berichte, ganz ähnlich seiner Arbeit auf Étarik, waren anzufertigen über Flora und Fauna in der Nordsee und inwieweit durch geplante Nutzungen wie zum Beispiel Bohrinseln dieses sensible Gleichgewicht zerstört werden könnte. Dazu fehlten jedoch entscheidende Daten, die er im Archiv erfragen oder von den Schiffen des Instituts anfertigen lassen musste. Um neun Uhr machte er sich auf den Weg in die Kantine, um zu frühstücken.

„Kiek mal an, uns Fröhupsteher!", schallte ihm eine wohlbekannte Stimme entgegen.

„Guten Morgen, Helge", gab Wolfgang zurück. „Du kannst mir einen großen Gefallen tun, wenn du mit mir wie mit Gesine auf Hochdeutsch sprichst."

„Och nee, en beten Spaaß musst du mi laten. Hest du di al inarbeit?"

„Ich bin dabei. Das ist viel Kleinarbeit und wird mich ..."

„Weetst du, wat de MARPOL 73/78 is?", unterbrach Helge ihn.

„Nein, höre ich zum ersten Mal."

Dann fuhr Helge auf Hochdeutsch fort, zu wichtig waren ihm wohl die folgenden Erläuterungen.

„Das ist das Internationale Übereinkommen zur Verhütung der Meeresverschmutzung durch Schiffe, oder, wie es im länderübergreifenden Jargon heißt, International Convention for the Prevention of Marine Pollution from Ships, kurz MARPOL 73/78", klärte Helge ihn auf. „Es gab erste Verträge 1954, die dann 1962, 1969, 1971, 1973 und 1978 überarbeitet wurden. Hier steht alles darüber drin."

Damit schob er Wolfgang einen dicken Aktenordner über den Tisch.

„Gerade werden diese Vereinbarungen aktualisiert. Bis Oktober soll das Papier veröffentlicht werden. Vergiss alles, was auf deinem Schreibtisch liegt, jetzt kümmerst du dich nur noch darum. Dein Ergebnis gibst du mir, um es auf juristische Fußangeln zu überprüfen, dann fährst du damit nach Bonn. Noch Fragen?"

So bekam der aufstrebende Ozeanograph einen ersten Einblick in die Hektik seines zukünftigen Berufsalltages.

„Ja, eine habe ich noch. Wir haben gar nicht über mein Gehalt gesprochen."

„Stimmt!", entgegnete der Jurist. „Das liegt daran, dass du auf der Gehaltsliste des Auswärtigen Amtes stehst. Soweit ich weiß, sitzt du auf einer Stelle des höheren Dienstes, ich glaube A 16. Das ist nicht so viel wie in der freien Wirtschaft, aber davon muss manch einer eine mehrköpfige Familie ernähren. Und dann gibt`s noch Zulagen, zum Beispiel für jedes Forschungsprojekt. Das kannst du alles im Lohnbüro genauer erfragen. Ach so, da hätte ich noch einen wohlgemeinten Ratschlag."

„Ja, gerne."

„Immer, wenn du einen Forschungs- oder Vermessungsauftrag an unsere Flotte erteilst, mach dich darauf gefasst, dass du als Projektleiter auch mitfährst."

Damit erhielt er allerdings einen sehr wertvollen Hinweis. Zwar war er einigermaßen neugierig darauf, einmal an einer solchen Expedition teilzunehmen, momentan gab es außerdem keine familiären Verpflichtungen, aber eine längere Abwesenheit musste eben gut überlegt sein. Die Auskunft im Lohnbüro war sehr erfreulich, von diesem Einstiegsgehalt konnten andere nur träumen. Die angenehmen steuerbefreiten Zeiten fanden ein Ende, zudem wurde ein symbolisch kleiner Teil als Miete für die Villa einbehalten, aber der verbleibende Betrag erreichte trotzdem Dimensionen, die jeglichen Rahmen sprengten.

Die nächsten beiden Tage verbrachte er mit dem Studium der Vertragsunterlagen und stellte dabei fest, dass es gar nicht so leichtfallen würde, das hohe Gehalt auszugeben, weil er sich vom frühen Morgen bis zum späten Abend im Büro aufhielt, immer wieder bedrängt von Helge, der seine Vorschläge überprüfen wollte. Eine Woche später saß er im Zug nach Bonn, um dort im zuständigen Verkehrsministerium die Arbeit vorzustellen. Das Fazit seiner Reise war niederschmetternd: endlose Sitzungen mit verschiedenen Staatssekretären verfestigten bei ihm den Eindruck, dass von seinen Ideen kaum etwas übriggeblieben war.

Zurück in Hamburg wurde er zunächst ins Institut beordert, um über seine Erfahrungen mit Bonn zu referieren. Er konnte seinen Unmut kaum verbergen, aber außer ihm schien sich niemand darüber aufzuregen. Man war solchen Kummer mit den politischen Entscheidungsträgern gewohnt. Er nutzte die Gelegenheit, um sich zu erkundigen, ob mittlerweile eine Sekretärin für ihn gefunden sei. Zu seiner übergroßen Verwunderung teilte man ihm mit, dass sich tatsächlich eine Dame eingefunden habe, die ihn unbedingt sprechen und mit ihm zusammenarbeiten wolle, daher habe man ihr seine Adresse gegeben. Das machte ihn nun doch sehr neugierig, um wen es sich handeln könnte. Immerhin besaß er seit einigen Tagen einen Telefonanschluss und wäre doch auch auf diesem Weg erreichbar gewesen.

Als er von der Bushaltestelle hinunterging zu seiner unbescheidenen Wohnung, sah er sie schon von weitem mit einem kleinen Koffer auf seinen Treppenstufen sitzen.

„Oh, Wolfgong, endlisch du kommst. Isch `abe gewartet so lange. In Paris isch konnte nischt aus`alten ohne disch. Du bist nischt böse mit `übsche Sekretärin aus die Cité d`Amour?"

Ihm blieb der Atem stehen, er war völlig sprachlos.

„Wolfgong, sage etwas. Warum du machst Mund auf und zu wie eine Frosch bei Atemübung?"

Er nahm sie wortlos zur Begrüßung in die Arme und führte sie ins Haus.

„Das ist wirklich eine Überraschung, Aimée. Sag, wie lange hast du Urlaub? Du kannst natürlich so lange hier bleiben wie du möchtest, ich habe genügend freie Zimmer."

„Non, non. Isch bin nischt für Urlaub `ier. Isch will bleiben für immer bei meine Wolfgong, bitte. Isch liebe disch so wie eine Rollmops, du erinnerst Disch?"

„Aimée, du bist umwerfend. Was ist mit deiner Stellung in Paris am Quai d`Orsay?"

„Ist futsch. Isch `abe gekündigt und alles gelassen bei Freunden, nun isch kann disch machen ganz glücklisch. Du freust disch?"

Sie schaute ihn etwas ängstlich an, und er traute sich nicht, ihr die kalte Schulter zu zeigen, weil er sich vorstellen konnte, wieviel Mut es sie gekostet haben musste, einfach aufs Geratewohl alles hinter sich zu lassen und nach Hamburg zu kommen. Und natürlich fühlte er sich auch sehr geschmeichelt. Also gingen sie los, kauften Bett, Matratze, Kissen, Oberbett und Wäsche mit der Bedingung, dass alles noch am gleichen Abend ausgeliefert werden müsse. Dann besorgten sie sich eine Flasche guten Weines, ein Weißbrot und etwas Käse für einen gemütlichen Abend.

Am nächsten Morgen begleitete sie ihren ‚Wolfgong' zum Institutsgebäude, um sich direkt im Personalbüro vorzustellen. Nach einer kurzen Rücksprache von dort mit ihm erhielt sie tatsächlich die Anstellung als seine Sekretärin und kam selig lächelnd hoch in sein Büro.

„Voilá, das Schicksal meint gut mit dir. Nun du `ast `übsche Sekretärin."

Wolfgang hatte ihrem bezaubernden Charme nichts entgegenzusetzen, genau genommen wollte er das auch gar nicht. Davon abgesehen erwies sie sich als wertvolle Hilfe, von kleineren Sprachproblemen abgesehen. Sie verbrachten die wenige arbeitsfreie Zeit mit Restaurant- und Konzertbesuchen, wenn sie ein Wochenende in der Villa blieben, spazierten sie durch den schönen Ort oder fuhren mit einer der Fähren auf die andere Seite der Elbe. Aimée wusste sehr genau, was sie wollte, und nach einigen Wochen brauchten sie das zweite Schlafzimmer nicht mehr.

„Mon cher Wolfgong", sprach sie ihn eines Augustmorgens an. „Du `ast ge`ört in die Radio wunderschöne Lied von Stevie Wonder?"

Er war mit seinen Gedanken gerade ganz woanders. Über den Philippinen und dem Pazifik hatte ein schrecklicher Taifun getobt und ein Bild der Verwüstung mit vielen Toten hinterlassen. Natürlich gab es in den deutschen Nachrichten keinerlei Hinweise über eventuelle Schäden auf Vanuatu, und er fragte sich, wie er das herausfinden könnte.

„Cherie, wo`in du fliegst mit deine Gedanken?"

„Entschuldige, ich habe gerade an Vanuatu und den Taifun ‚Ike' gedacht. Also, was wolltest du mir sagen?"

„Isch spiele disch Lied vor", sagte sie, und ging zu ihrer neuesten Anschaffung, einer nagelneuen Stereoanlage. Sie legte eine offenbar soeben erworbene Single auf und beobachtete ihn genau. Er hörte Stevie Wonders Song, der für den Film ‚Die Frau in Rot' geschrieben worden war, und sie sah ihn so hoffnungsvoll an, dass er ihr die Stimmung nicht verderben wollte, indem er zugab, dass ihm das Lied überhaupt nicht gefiel.

Aimée sang leise mit: „I just called to say I love you, I just called to say how much I care, …, and I mean it from the bottom of my heart."

Er schaute sie an und hörte ihr zu, verstand aber nicht, was sie ihm sagen wollte.

„Du verstehst misch? Was isch will sagen disch?"

„Dir", verbesserte er aus lauter Hilflosigkeit.

„Aber natürlisch, du bist meine Lieblingslehrer. Wolfgong, isch will `eiraten disch. Das ist eine Antrag, den du nischt kannst ablehnen, sonst isch muss misch ertrinken in schmutzige Elbe."

„Ertränken", stotterte er und war völlig überrumpelt. „Nein, das möchte ich nicht, dass du dich in der Elbe ertränkst."

Augenblicklich fiel sie ihm um den Hals und küsste ihn stürmisch.

„Oh, mein lieber, lieber Wolfgong, isch wusste, dass du misch lässt sein glücklischste Frau auf die ganze Welt! Wann sollen wir in Kirsche verunstalten Zeremonie?"

Er war sich seiner Zustimmung gar nicht bewusst, andererseits sah er auch keine ernstzunehmenden Argumente, die dagegensprachen.

„Verunstalten wollen wir die Kirche lieber nicht. Willst du denn wirklich kirchlich heiraten? Ich wusste nicht einmal, ob du katholisch oder evangelisch bist."

„Aber naturellement, mon cher. Isch bin Mädschen aus streng katholisch famille. Wir sind gewesen jeden Sonntag in `eilige Mess und Noel und Pâques wir waren sogar in Nôtre Dame. Isch freue misch so viel sehr."

Wolfgang gefiel ihre Ausdrucksweise ausnehmend, insbesondere die eilige Messe, denn er war zwar getaufter Katholik, sein letzter Besuch einer Heiligen Messe lag allerdings schon lange zurück.

„Wenn du `ast Problem mit Kirsche, wir lassen weg und gehen nur zu Bürgermeister. Isch folge disch auf alle Ämter bis an Ende von Welt!"

„Muss ich dann nicht erst bei deinen Eltern um deine Hand bitten?"

„Wieso `and, wenn du kannst `aben ganze Aimée? Non, non, non, isch bin armes Waisenkind, meine Eltern sind gestorben vor viele Jahre und isch `abe kein Geschwister. Und alle Tante und Onkel sind, aaah, baaah, non, isch will nischt einladen."

„Also fragen wir den Bürgermeister."

Sie wollte ihn vor Freude nicht mehr loslassen und begann, aufgeregt auf ihn einzureden, wie sie sich den Tag vorstellte. Ihr war aus früheren Erzählungen bekannt, dass seine Eltern überraschend in seiner Abwesenheit verstorben waren und er als Einzelkind aufwuchs. Auch seine große Liebe Meret hatte er nicht verschwiegen, hier in Deutschland jedoch, vorsätzlich oder zufällig, unterließ sie jede Andeutung in dieser Richtung. Die Feier sollte demzufolge in sehr kleinem Kreis stattfinden, nur sie beide, einige wenige Arbeitskolleginnen und –kollegen sowie die beiden benachbarten Ehepaare aus dem Mühlenberg, mit denen sie Kontakte pflegten.

Nachdem nicht ganz ohne Mühen und Zeitaufwand alle erforderlichen Papiere aus Frankreich angefordert und eingetroffen waren, wurde der Termin auf Donnerstag, den 6. Dezember festgelegt, Saint Nicolas, wie Aimée freudig bemerkte, und für das anschließende Beisammensein wählten sie einen einfachen Fischimbiss am Elbufer aus. Als sie nach der erfolgten Trauung dort erschienen, freute sich der Wirt darüber so sehr, dass er eine zusätzliche Platte mit Fischbrötchen brachte, mehrere Runden Aquavit an die Gesellschaft spendierte, die Aimée jedes Mal ablehnte, und das Radio so laut aufdrehte, dass viele andere Gäste das Lokal fluchtartig verließen. Herr Junckers, Werner, wie er nach dem dritten Aquavit nur noch genannt werden wollte, einer der Nachbarn aus dem Mühlenberg, tanzte immer wieder mit Aimée, der er unübersehbar seine allergrößte Wertschätzung entgegenbrachte, während seine Frau Elfriede den Tisch mit einer endlosen Folge von Klein-Erna-Witzen unterhielt. Werner war ein frühpensionierter Schiffskapitän, und das kinderlose Paar genoss seinen Ruhestand in vollen Zügen. Irmgard und Fritz Kaldewasser, die Nachbarn von der anderen Seite, zeigten sich etwas zurückhaltender, aber genauso dankbar für die Einladung und freuten sich mit dem Brautpaar. Als weitere Gäste saßen nur noch Gesine Schrademann und Helge Brinkum mit am Tisch, ein überschaubarer, aber sehr fröhlicher Kreis.

Am späteren Nachmittag, als Aimée von Werner eine Tanzpause gewährt bekam, flüsterte sie ihm ins Ohr:

„Wolfgong, mon Wolfgong, du kannst nischt wissen, wie glücklisch isch bin. Und isch ʼabe so schöne Überraschung für disch!"

Bevor sie ihm diese schöne Überraschung präsentieren konnte, schob Werner sie bereits wieder zwischen Fischtheke und Flipperautomat zur Discomusik durchs Lokal. Spät am Abend, als alle Gäste gegangen und sie wieder zu Hause waren, erinnerte er sie an ihre Ankündigung.

„Oh, nischt böse sein, isch bin todmüde. Werner ʼat misch gemacht kaputt, isch falle in Bett und werde aufstehʼn erst in fünf Tage."

„Und meine Überraschung?"

„Isch sage in fünf Tage, ist früh genug."

Am nächsten Morgen stand sie bereits quietschvergnügt am mit frischen Brötchen gedeckten Frühstückstisch und goss ihm eine Tasse Kaffee ein.

„Kaffee, ohne Milsch, schwarz wie dein Seele, isch weiß. Du ʼast geschlafen gut? Du bist bereit für schöne Überraschung? Aber erst du musst disch setzen."

Jetzt wurde er doch nervös. Was konnte so wichtig und groß sein, dass es nicht im Stehen verkraften würde? Wollte sie ihm einen Sportwagen schenken? Gab es doch noch Eltern oder Geschwister, die nun alle über ihr junges Glück herfallen wollten?

„Du bist unruhisch?", fragte sie freudestrahlend.

„Nun mache es nicht so spannend, sag schon."

„Willst du `aben eine ganze `aus voll viele kleine Kinder?"

„Ja, irgendwann schon, klar. Es muss nicht gleich ein Dutzend sein, aber ja, Kinder möchte ich später einmal haben."

„Und wenn später ist schon sehr bald?", fuhr sie fort, nun schon nicht mehr ganz so selbstsicher.

„Aimée, was willst du mir sagen? Bist du etwa schwanger?"

„Ist schlimm? Oder du willst nischt `aben?"

Jetzt sah er tatsächlich, wie ihre Augen feucht wurden. Mit Nachwuchst hatte er zu diesem Zeitpunkt überhaupt nicht gerechnet. Nach einem winzigen Moment, den er brauchte, um diese neue Nachricht zu realisieren, spürte er die grenzenlose Freude, die in ihm heranwuchs und alles überdeckte.

„Aimée", sagte er, stand auf und nahm sie in seine Arme, „ich freue mich riesig. Seit wann weißt du es denn?"

Er sah, wie ihr ein riesengroßer Stein vom Herzen fiel, und sie sagte unter Lachen:

„Bin isch in dritte Monat schon. Und isch `abe zweite Überraschung. Wenn du bist stark genug."

„Noch etwas Besseres kann jetzt nicht mehr kommen."

„Ist nischt Kind, sind gleisch Kinder."

Zwillinge also, das Haus sollte wohl schnell voll werden. Schon immer gab es bei ihm, vielleicht nur unbewusst, diesen Traum von einer großen Familie mit Haus, Hund und Garten, nun also würde daraus Wirklichkeit. Vielleicht ohne Hund, aber er war bereit und sagte das seiner Frau.

Die Vorfreude auf den Nachwuchs war sehr groß, und bald war ein Kinderzimmer mit allem erdenklichen Komfort eingerichtet. Wolfgang versuchte, seiner Aimée jegliche körperliche Anstrengung abzunehmen, und bei seiner Frau wuchs der Babybauch Monat für Monat, dass ihr bald auch die gemeinsamen Spaziergänge nicht mehr leicht fielen. Das Ehepaar Junckers freute sich mit ihnen und meldete vorab schon Ansprüche auf Babysitting an. Mitunter schellten sie an der Tür, brachten eine Flasche Wein und irgendein völlig überflüssiges Babyspielzeug mit, um dann ein oder zwei kurzweilige Stunden bei ihnen zu verbringen.

Anfang Mai, Richard von Weizsäckers bemerkenswerte Rede zum Gedenken an den vierzigsten Jahrestag der Kapitulation Nazideutschlands war gerade im Radio übertragen worden, kam Wolfgang von der Arbeit zurück. Aimée, die schon Wochen vorher nicht mehr ins Institut gekommen war, empfing ihn bleich und aufgeregt.

„Oh, mon dieu, isch kann nischt mehr aus`alten. Wir müssen fahren in hôpital, sofort."

„Wir waren doch noch gestern bei deinem Frauenarzt, da war alles in Ordnung", gab er zu bedenken, mehr um sich selbst zu beruhigen.

„Nischt reden, fahren!"

Sie hatte keinen Sinn für seinen Trost, und er ließ sich nicht lange bitten. Im Krankenhaus, nach einer ersten Untersuchung, teilte man ihm mit, dass man Aimée vorsichtshalber dort behalten und beobachten wolle, also fuhr er heim, um neben der Babytasche, die vorbereitet im Flur stand, einen weiteren kleinen Koffer für Aimée zu packen und zu ihr zu bringen.

Ihre unbeschwerte Vorfreude war dahin. Jeden Abend besuchte er seine hochschwangere Frau und erfuhr von den Ärzten, dass die Zwillinge völlig gesund seien, aber so unglücklich lägen, dass die Geburt sicherlich sehr schwierig werden würde. Ein Kaiserschnitt sei nicht zu vermeiden, er dürfe also nicht dabei sein. Aimée war nicht wiederzuerkennen. Aus dem fröhlichen, immer lachenden und plaudernden Sonnenschein war eine ängstliche, mit ihrem Zustand hadernde Zweiflerin geworden. Er versuchte sie mit allerlei Geschichten aufzuheitern, aber meistens schien sie sich gedanklich andernorts aufzuhalten. Jeden Abend brachte er die Tageszeitung mit und informierte sie über die wichtigsten Neuigkeiten, war sich aber nicht sicher, ob sie ihn überhaupt zur Kenntnis nahm.

„Aimée hör mal. Da hat doch dieser kleine Junge, der Boris Becker, gerade tatsächlich in Wimbledon gewonnen. Zum ersten Mal überhaupt….“

„Ojoijoi, non, isch kann nischt mehr, Wolfgong, es geht los!", platzte sie in seine Nachrichten.

Sofort lief er, einen Arzt zu holen, und begleitete seine wimmernde Frau bis zur Tür des Kreißsaales, wo man ihm beschied, am besten in der Cafeteria auf weitere Informationen zu warten. Dort saß er dann, ähnlich wie man dies aus einer Vielzahl von Filmen kennt, wie der typische übernervöse werdende Vater, immer wieder aufspringend und auf und ab laufend mit unruhigem Blick zur Uhr. Sieben sich endlos ziehende Stunden später kam eine Schwester und beorderte ihn auf die Station, wo seine Frau schon einigermaßen wiederhergestellt lag. Er trat sofort an ihr Bett und streichelte sanft über ihre Stirn, sie nahm davon kaum Notiz und lächelte nicht einmal müde zurück.

„Wo sind die Kinder?", fragte er die Schwester, die noch im Türrahmen stand.

„Deshalb bin ich hiergeblieben. Kommen Sie mit, die sind kerngesund, aber noch auf der Babystation. Das machen wir bei Mehrlingsgeburten immer so, ihre Frau braucht absolute Ruhe. Eine Zwillingsgeburt ist höllisch anstrengend."

Sie führte ihn an die Glasscheibe und ging selber mit Mundschutz und Handschuhen versehen in die Station. Dann schob sie die Wiege mit den beiden Zwillingen näher und er konnte sie zum ersten Mal voller Stolz betrachten.

„Hallo Célestine, hallo Roger. Schön, dass ihr da seid, ich habe mich schon sehr auf euch gefreut", murmelte er vor sich hin und hätte sie zu gerne in seine Arme genommen. Die von ihm und Aimée vor etlichen Wochen ausgesuchten Namen klangen, wie er fand, wunderschön. Er blieb eine Weile, bis das Bettchen zurückgeschoben wurde, dann ging er zurück ins Zimmer der jungen Mutter, die aber eingeschlafen war. Er schob ihren Mangel an gezeigter Freude auf die völlige Erschöpfung zurück und verabschiedete sich, um endlich auch ein paar Stunden Schlaf zu finden.

Am nächsten Tag informierte er seinen Arbeitgeber, dass er für ein paar Tage Urlaub brauche, und begab sich

142

wieder ins Krankenhaus. Schon auf dem Flur wurde er vom Stationsarzt abgefangen, der ihn zu einem Gespräch in sein Büro bat, weil er dringend einige Informationen für die weitere Behandlung brauche.

„Hat Ihre Frau schon einmal eine depressive Phase durchlebt? Gibt es in Ihrer Beziehung Schwierigkeiten, Stress, angestrebte Trennung oder Ähnliches? Hat Ihre Frau große Sorgen, Existenzängste, Konflikte am Arbeitsplatz? Können Sie sich vorstellen, dass sie sich in der Partnerschaft mit Ihnen nicht wohlfühlt?"

Wolfgang verstand den Sinn dieser Fragen nicht und konnte alle, bis auf die letzte, da müsse man Aimée schon selber fragen, verneinen, war aber aufgeschreckt durch dieses ungewöhnliche Interview.

„Wissen Sie etwas über die Kindheit Ihrer Frau? Ist Sie vernachlässigt worden, gab es traumatische Erlebnisse?", fragte der Mediziner weiter.

„Darüber weiß ich nichts. Wollen Sie mir nicht endlich sagen, was diese Fragen bezwecken?"

„Herr Müller, ich muss Ihnen eine nicht so erfreuliche Mitteilung machen. Zunächst einmal: Ihren Kindern geht es sehr gut, die haben die Geburt ganz prima überstanden, sie essen sehr gut und Sie können die beiden sehr bald nach Hause mitnehmen. Ihre Frau macht uns große Sorgen!"

Er merkte, wie sich ein Felsen auf seine Seele rollte und ihm die Augen trübe wurden.

„Wir glauben, dass in der Kindheit Ihrer Frau etwas sehr Traumatisierendes vorgefallen sein muss. Oder sie fühlt sich in ihrer Beziehung sehr unwohl. Eine andere Erklärung finden wir nicht für die postpartale Psychose.

So etwas passiert sehr selten, bei weniger als 2 Promille aller Geburten, noch seltener direkt danach, meistens vergehen einige Tage, bis sie auftritt. Das ist nicht mit einer Wochenbettdepression zu verwechseln, sondern erheblich bedenklicher."

„Was soll das heißen?", fragte Wolfgang ängstlich.

„Diese Psychose bedeutet eine Gefährdung für Ihre Kinder wie für Ihre Frau selbst. Sie kann zu völligem Realitätsverlust, paranoiden Wahnvorstellungen, Suizid und sogar zur Kindstötung führen, um nur die schlimmsten Erscheinungen zu beschreiben. Wir werden versuchen, die Zwillinge in Begleitung einer Schwester, noch besser in Ihrer Begleitung zum Stillen zur Mutter zu bringen, wenigstens für die ersten Tage. Dabei muss Ihre Frau genau beobachtet werden. Und auf jeden Fall werden wir sie vorläufig hierbehalten."

„Wie lange wird das dauern?"

„Das ist kaum vorherzusagen. Mit Therapie und Psychopharmaka bekommt man das Phänomen häufig nach einiger Zeit in den Griff, aber auch danach hinterlassen postpartale Psychosen tiefe Spuren und bedürfen der Weiterbehandlung."

„Sie sagten, man bekommt das häufig in den Griff. Das heißt, manchmal bleibt es bei diesem Zustand?"

„Ich will Ihnen nichts versprechen, das ich nicht einhalten kann. Ja, das kann passieren. Extrem selten, aber es ist möglich."

Wolfgang saß benommen auf seinem Stuhl und war zu keiner Reaktion fähig. Was hätte er sagen können? Wie sollte er mit dieser Situation umgehen? Wie konnte er sich um die beiden Säuglinge kümmern, seine Frau besuchen und den Verpflichtungen des Arbeitsplatzes genügen?

„Herr Müller, bleiben Sie mutig! Kümmern Sie sich um die Kinder, wir helfen Ihnen dabei. Das Jugendamt wird bei Mehrlingsgeburten sowieso informiert, in Ihrem Fall haben Sie Anrecht auf eine Haushaltshilfe und Säuglingspflege. Die Anträge bereiten wir für Sie vor. Jetzt freuen Sie sich, dass Ihr Nachwuchs so gut beieinander ist, und schauen Sie nach Ihrer Frau."

Er schleppte sich aus dem Büro und wusste nicht, wie er auf die Station kommen sollte. Lag es an ihm? Unzufriedenheit in der Partnerschaft sei, wie der Arzt sagte, ein möglicher Auslöser. War es das? Hätte er es bemerken können? Es gab von Aimée keine Andeutung dieser Art, und er war sich keiner Schuld bewusst. Oder ging es um irgendetwas aus ihrer Kindheit, wovon er nichts wusste? Er konnte sich an keine Erzählung ihrerseits darüber erinnern, außer dass ihre Eltern recht früh verstorben waren. Vielleicht war das bereits ein Hinweis. Aber wie sollte er an Hintergrundinformationen gelangen?

Diesen Tag verbrachte er bis zum späten Abend im Krankenzimmer. Er spielte jede mögliche Minute mit seinen winzigen Kindern und half nach Kräften beim Stillen, das seine Frau teilnahmslos über sich ergehen ließ. Schliefen die Kinder, saß er am Bett, plauderte, streichelte ihre Hand und versuchte, Heiterkeit zu verbreiten. Wenn er über ihre Stirn strich, schob sie seine Hand von sich, Reaktionen anderer Art zeigte sie nicht.

So ähnlich vergingen ebenfalls die nächsten Besuche, nach zehn Tagen konnte er Célestine und Roger mitnehmen in den Mühlenberg, während Aimée immer noch im Hospital bleiben musste. Man überlegte dort, sie in eine psychiatrische Klinik zu überführen. Werner und Elfriede Junckers wussten bereits von den Neuigkeiten im Nachbarhaus und empfingen die Zwillinge mit großer Herzlichkeit. Sie freuten sich, als seien es leibliche Enkelkinder und boten sich sofort an, bei den Säuglingen zu bleiben, wenn Wolfgang sich um Aimée kümmerte, er solle nur ganz beruhigt sein.

„Ich weiß gar nicht, wie ich euch danken kann", sagte er zu den beiden, als sie eines Abends beisammensaßen. Elfriede hatte die Babys gerade gefüttert und zu Bett gebracht, als er aus dem Hospital zurückkam. Die Zwillinge schliefen schon mehrere Stunden durch und mussten in den meisten Nächten nur einmal versorgt werden.

„Ach, papperlapapp, das machen wir so gerne. Eigentlich tust du uns einen Gefallen damit, dass du uns das erlaubst", fuhr Werner dazwischen. „Wie geht es Aimée?"

„Nicht so gut. Sie kommt einfach nicht wieder auf die Beine und hat schreckliche Angst, nach Hause zu kommen. Ich weiß auch nicht, wie das mit meiner Arbeit weitergehen soll, denn der Arzt sagt, ich darf Aimée nicht mit den Kindern alleine lassen", antwortete er sorgenvoll.

„Das bekommen wir schon hin. Wenn du zur Arbeit fährst, ist entweder meine Frau hier, oder ich komme herüber."

„Wie soll ich das jemals bei euch gutmachen können?", wollte er wissen.

Elfriede mischte sich ein: „Indem wir zu allen Kindergeburtstagen kommen dürfen, zu Kommunions- oder Konfirmationsfeiern, Abitur, Hochzeiten und allem, was sonst noch zu erwarten ist. Célestine und Roger sind zwei so süße Schätze, ich weiß gar nicht, was wir früher ohne sie den lieben langen Tag gemacht haben."

Sechs Wochen nach der Geburt konnte Wolfgang seine Frau aus dem Krankenhaus abholen, aber nichts war mehr wie vorher. Sie war wortkarg, zeigte keine Freude, entwickelte keinerlei Interessen und konnte mit den eigenen Kindern nichts anfangen. So sehr der junge Zwillingsvater sich bemühte, er blieb erfolglos. Ausflüge in die Umgebung, gemeinsame Abende mit Wein und Snacks vor dem Fernseher, gelegentliche Konzert- oder Restaurantbesuche, wenn Elfriede bereit war, die Babys zu hüten – es war frustrierend, weil Aimée apathisch zwar alles über sich ergehen ließ, sonst aber keinen Anteil nahm. Nicht einmal die tragischsten Tagesereignisse, über die sie sich früher so lebhaft echauffieren konnte, vermochten an ihrem Zustand etwas zu ändern. Weder als Wolfgang ihr im Januar aus der Zeitung von der Challenger-Tragödie vorlas, noch sein Bericht von der Tschernobyl-Katastrophe im April entlockten ihr auch nur die Andeutung von Mitgefühl. Mitunter verschlechterte sich ihr Befinden so dramatisch, dass sie für Wochen in die Psychiatrische Klinik gebracht werden musste. Wolfgang unternahm mit der wertvollen Unterstützung des Nachbarehepaares alles, um es für Célestine und Roger an nichts fehlen zu lassen. So klein die beiden auch noch waren, so genau fühlten sie doch den Mangel an Empathie bei ihrer leiblichen Mutter. Es verstrich nicht viel Zeit, bis sie bei Elfriedes und Werners Erscheinen deutlich positivere Reaktionen zeigten als beim Anblick der leiblichen Mutter.

So vergingen die nächsten Jahre ohne echte Veränderungen, immer wieder blieb Aimée für längere Phasen in der Klinik, zu Hause wurde sie mehr zu einer Belastung, als sie beim Aufziehen der Kinder half, zumal man sie nicht unbeobachtet mit den Zwillingen alleine lassen durfte. Wolfgang stellte noch eine reizende Haushaltshilfe ein, um seine wertvolle Zeit mehr mit Célestine und Roger als mit Wäsche, Wohnungsputz und Einkauf verbringen zu können. Kurz nach dem vierten Geburtstag seiner Kinder rief ihn Helge Brinkum in sein Büro.

„Moin, mien Jung. Wat maakt de Lütten?"

„Alles bestens. Sie wachsen und gedeihen prima. Bevor du fragst: Aimée ist und bleibt meine große Sorge. Ich weiß nicht mehr, was ich machen soll."

„Shit!", fluchte Helge aus tiefster Seele. „Hest du in de Daagbladd verfolgt, wat sik in de DDR afspeelt?"

„Ja natürlich, das ist nicht zu übersehen."

Wie immer bei hochoffiziellen Angelegenheiten wechselte Helge ins Hochdeutsche.

„Wir haben einen Anruf vom Ministerium bekommen. Die rechnen damit, dass die DDR nicht mehr lange existieren wird. Wir sollen ohne viel Aufhebens Pläne entwickeln, wie dann aus den zwei Instituten, also unserem und dem Partnerinstitut in Rostock, eine Zentralbehörde werden kann. Ich möchte, dass du diese Pläne entwickelst. Aber ganz im Geheimen, selbstverständlich, wir wollen keine schlafenden Hunde

148

wecken. Du bekommst zwei Leute und ein Dienstfahrzeug mit Chauffeur sowie einen Sonderetat, aus dem du die zwangsläufig notwendigen Fahrten nach Rostock finanzieren kannst."

„Du weißt, was du mir da zumutest, mit meiner kranken Frau zu Hause?"

„Deit mi leed, mien Jung, dat geiht nich anners."

„Ich versuche es möglich zu machen. Das geht aber nur, wenn meine lieben Nachbarn mitspielen."

Er holte sich das Einverständnis von Herrn und Frau Junckers ein, was diesen etwas erleichtert wurde durch den Umstand, dass die Zwillinge mittlerweile von 8.30 Uhr bis 14 Uhr in einem Kindergarten untergekommen waren, in dem sie sich, wie man ihren begeisterten Erzählungen entnehmen konnte, sehr wohl fühlten. Dann stürzte er sich mit Elan in das neue Projekt und stellte erfreut fest, dass die Kollegen in der DDR ihn nach Kräften unterstützten. Als der amerikanische Präsident Ronald Reagan am 12. Juni sagte: „Mr. Gorbatschow, tear down this wall!", saß er gerade im Rostocker Büro und hörte sein Gegenüber murmeln: „Das dauert nicht mehr lange!" Beim Fall der Mauer am 9. November lagen seine Pläne bereits fertig im Ministerium, und als die beiden Anstalten 1990 zusammengelegt wurden zum Bundesamt für Seeschifffahrt und Hydrographie mit Hauptsitz in Hamburg und der Nebenstelle in Rostock, stellte er zufrieden fest, dass seine Vorstellungen im Wesentlichen übernommen worden waren. Das Amt wuchs um etliche Aufgaben und erhielt in dem Vorort Hamburg-Sülldorf ein eigenes Labor, um die zahlreichen Untersuchungen schneller auswerten zu können. Eigentlich war Wolfgangs

Aufgabe damit erledigt, doch man bat ihn, diesen Posten noch zwei Jahre weiter zu behalten und ein reibungsloses Zusammenwachsen der ehemals zwei Ämter zu gestalten.

Der Karneval, in Hamburg redete man lieber von Fasching, des Folgejahres sollte im Kindergarten mit einem besonderen Motto gefeiert werden, und zu seiner eigenen Überraschung machte es Wolfgang, wenn auch mit erheblicher Unterstützung durch die begeisterte Hobbyschneiderin Irmgard Kaldewasser, großen Spaß, für die Zwillinge Kostüme zu nähen, die sich am Musical Cats orientierten. Die Kindergärtnerinnen planten, das fünfjährige Aufführungsjubiläum zu feiern, und Célestine und Roger sahen hinreißend in ihren Verkleidungen als zwei kleine Kätzchen aus. Insbesondere lustig fand Wolfgang, dass in Hamburg überhaupt gefeiert wurde, während der rheinische Karneval wegen des Golfkrieges ausfiel. Mit dieser Faschingsveranstaltung verabschiedeten sich die Kinder von der Kita. Sie zeigten sich immer mehr gelangweilt von dem Hort, entwickelten Interesse an Mal- und Schreibspielen, es wurde unübersehbar Zeit für die Einschulung. Am ersten Schultag konnte Wolfgang seine Frau tatsächlich überreden, mitzugehen, fragte sich nach einiger Zeit jedoch, ob es nicht eine bessere Idee gewesen wäre, Elfriede Junckers mitzunehmen. Der Verzicht wegen der begrenzten Anzahl erlaubter Gäste war den Ersatzgroßeltern schwergefallen. Aimée blieb desinteressiert wie immer, und die Kinder, die dieses Verhalten seit ihrer Geburt kannten, nahmen auch kaum Notiz von ihr. Mit der großen Zuckertüte warteten zu Hause natürlich auch Elfriede und Werner, denen die

Zwillinge begeistert um den Hals fielen. Aimée ging stumm auf ihr Zimmer, für sie von Wolfgang als Rückzugsort eingerichtet, ein gemeinsames Schlafzimmer brauchten sie schon lange nicht mehr.

Am Abend folgten die beiden benachbarten Ehepaare Wolfgangs Einladung zum Grillen aus Anlass des ersten Schultages seiner Kinder.

„Junge, du musst etwas unternehmen. So geht das doch nicht weiter mit dir und Aimée", sprach Werner bei dem anschließenden Umtrunk das heikle Problem an.

„Werner hat recht", pflichtete seine Frau ihm bei. „Das ist für dich und die Kinder doch kein Zustand. Du bist noch viel zu jung, um nur noch Trauer zu tragen oder in ein Kloster zu gehen."

„So ganz knackig bin ich mit achtunddreißig Jahren auch nicht mehr", versuchte es Wolfgang mit einem Scherz. „Nein, im Ernst, was kann ich schon machen? Ich schleppe sie bereits von einem Arzt zum nächsten."

„Trennung? Hast du mal darüber nachgedacht?", warf Fritz Kaldewasser ein.

„Kommt überhaupt nicht infrage. Sie ist und bleibt die Mutter von Célestine und Roger."

Wolfgang war ehrlich empört.

„Mutter? Wirklich? Hast du mal mitgezählt, wie oft sie früher die Kinder gewickelt hat, wenn sie es überhaupt je getan hat? Hat sie schon mal eine Geschichte vorgelesen, ist mit den Kleinen zum Arzt gegangen? Eine schöne Mutter ist das. Und wo ist sie jetzt? Mal ganz zu schweigen von dir."

Fritz hatte sich richtiggehend in Rage geredet.

„Du weißt, wie sehr ich Aimée gemocht habe", gab Werner zu bedenken. „Aber so wie du jetzt lebst – das wünsche ich niemandem."

Elfriede und Irmgard nickten zustimmend, als die Kinder mit ihren neuen Rollern durchs Gartentor hereingefahren kamen, womit das Gespräch augenblicklich ein anderes Thema bekam. Im Hinausgehen drückte Werner noch einmal feste seine Hand und erinnerte ihn:

„Denk an meine Worte, Junge."

Er dachte tatsächlich oft an die Worte seines Nachbarn, jedoch nicht eine Sekunde daran, irgendetwas in dieser Richtung zu unternehmen. Nicht etwa weil ihm eine andere Lösung eingefallen wäre, diese konnte es hingegen auf keinen Fall sein.

Mit Beginn der Schulzeit entwickelten die Zwillinge einen nachgerade unstillbaren Hunger nach Büchern. Lesen konnten beide bereits vorher, zumindest reichte es zum mühsamen Entziffern, nun lernten sie sehr schnell, längere Texte fließend und sinnerschließend zu enträtseln. Sie wollten abends den Spieß umgedreht haben und lasen Wolfgang aus einem ihrer Bücher vor. War es anfangs noch reich bebilderte Kinderlektüre, erwuchs nach wenigen Monaten ein reges Interesse an Jugendliteratur wie Janosch, Ottfried Preußler, Peter Härtling, Michael Ende oder Paul Maar. Geburtstags- und Weihnachtswunschzettel enthielten nach wie vor typisches altersgemäßes Spielzeug, einen immer größeren Platz nahmen hingegen Bücher ein. Nach dem Zu-Bett-Gehen entspann sich ein regelmäßiger Streit darüber, wie lange sie noch das Licht anlassen und lesen durften, und Wolfgang war sich nie sicher, ob in der Nacht heimlich unter der Bettdecke weitergelesen wurde. Als die Nachbarn Kaldewasser eines Tages ihren Bücherschrank ausräumten und die Kisten an den Straßenrand zur Abholung stellten, räuberten Célestine und Roger davon erhebliche Mengen und trugen sie in ihre Zimmer, wo sich fortan Berge auf den Teppichen stapelten. Darunter war neben Belletristik auch Fachliteratur aus den Bereichen Geographie, Politik, Sozialwissenschaften und Physik, was den früheren Berufen des Ehepaares entsprach. Irmgard und Fritz versicherten, dass nichts darunter war, das Minderjährigen eventuell nicht in die Hände fallen dürfte, daher legte Wolfgang keinen Einspruch ein und war auch wenig erstaunt, als er sah, dass beide Kinder sich sehr wohl auch diese schwere Kost einverleibten.

Nach vier Jahren flatterte eine Einladung der Grundschule ins Haus für Beratungsgespräche über die weitere Schullaufbahn. Wie alle Termine, die von der Klassenlehrerin Frau Waldmann gesetzt worden waren, nahm Wolfgang auch diesen wahr, weil er sich bemühte, nach außen den Anschein einer völlig normalen Familie zu erwecken und den Kindern keinen Sonderstatus zukommen zu lassen. Natürlich gelang das nur teilweise, weil der überaus beliebten Frau Waldmann sehr bald auffiel, dass immer der Vater, nie die Mutter zu Elternsprechtagen, Pflegschaftssitzungen oder Kinderfesten erschien. Seine knappen Erklärungen dazu nahm sie zur Kenntnis, fragte allerdings bei jedem Aufeinandertreffen nach, ob es Aimée inzwischen besser gehe. So begann auch dieses Gespräch, dem sich kurze

Erklärungen anschlossen, welche Schulform nach dem vierten Jahr für seine Kinder geeignet wäre.

„Célestine und Roger sind etwas Besonderes", lobte sie. „Ich habe so etwas selten erlebt. Sie konkurrieren nicht, sondern beflügeln sich gegenseitig. Die Leistungen sind in allen Bereichen überdurchschnittlich, im Lesen und Schreiben phänomenal. Sie müssen unbedingt eine passende weiterführende Schule finden, in der diese Begabungen weiter gefördert werden."

„Können Sie mir ein geeignetes Institut empfehlen?", fragte Wolfgang etwas ratlos, denn er wohnte zwar mittlerweile mehr als zehn Jahre in Blankenese, wollte aber trotzdem das Urteil der erfahrenen Pädagogin hören.

„Angesichts Ihrer Familiensituation, aber auch, weil ich die Schule sehr schätze, empfehle ich Ihnen das JG, das Jenisch-Gymnasium. Das ist eine Ganztagsschule in freier Trägerschaft. Den Schulleiter, Herrn Blohm, kenne ich persönlich. Wenn Sie es wünschen, rede ich gerne mit ihm."

„Wenn das eine Privatschule ist, dürfen dann dort überhaupt Abiturprüfungen stattfinden?", gab Wolfgang zu bedenken. „Wissen Sie, über externe Prüfungen habe ich viel Schlechtes gehört."

„Da kommen Sie gerade zur rechten Zeit. Bislang mussten tatsächlich immer externe Abiturprüfungen gemacht werden, aber mit Beginn des nächsten Schuljahres gibt es eine neue Prüfungsordnung, dann dürfen dort in allen Fächern die staatlichen Prüfungen in den eigenen Räumen stattfinden."

„Das würde alles passen. Diese Schule habe ich mir auch schon angesehen, und sie hat mir sehr gut gefallen. Außerdem können die Zwillinge sie mit dem Fahrrad gut erreichen. Es wäre sehr nett, wenn Sie Direktor Blohm vorab informieren können."

Am folgenden Wochenende fuhr er mit seinen beiden Kindern den Weg mit dem Fahrrad ab, und sie bewegten sich ein wenig auf dem Gelände. Célestine und Roger waren begeistert und voller Vorfreude auf ihre neue Lernumgebung und konnten den ersten Tag dort, ein Schnuppertag noch vor den Sommerferien, kaum abwarten. Wie immer begleitete ihr Vater sie dorthin, dieses Mal in Begleitung der ‚Großeltern', und sie nahmen wie alle Eltern in der Schulmensa Platz, wo sie in der Zeit, die die neuen Fünftklässler in den zukünftigen Klassenräumen verbrachten, mit Informationen, Kaffee und einem kleinen Imbiss versorgt wurden. Als Wolfgang die vielen Ehepaare sah, die beinahe ebenso aufgeregt herumliefen wie deren Kinder, machte sich doch etwas Wehmut über Aimées Abwesenheit in ihm breit. Dankbar erinnerte er sich, welches Glück in diesem Unglück doch darin bestand, dass sein Arbeitgeber großzügig seine häufigen Abwesenheiten tolerierte, die er allerdings auch durch viele Überstunden wettmachte, und dass mit dem Ehepaar Junckers außerordentlich verlässliche Ersatzgroßeltern zur Verfügung standen. Das bewiesen sie einmal mehr, als sie auf dem Rückweg mit ihren ‚Enkelkindern' um die Wette strahlten und darauf bestanden, unterwegs in der Eisdiele einzukehren.

Zurück im Mühlenberg suchte er nach Aimée, um ihr zumindest von dem ersten Unterricht der Kinder an der neuen Schule zu berichten, auch wenn er nicht erwartete, dass sie deswegen in Begeisterung ausbrechen würde, aber er fand sie nicht in ihrem Zimmer. Während Elfriede und Werner sich unten mit den Zwillingen unterhielten, suchte er das ganze Haus vergeblich ab und ging schließlich enttäuscht ins Schlafzimmer, um sich umzuziehen. Auf dem Bett fand er einen Zettel, handschriftlich von Aimée verfasst, ohne Anrede, einfach nur eine lapidare Information.

„Ich bin weg. Sucht mich nicht, ich gehe zurück nach Frankreich. Ihr werdet auch ohne mich auskommen."

Er musste sich auf die Bettkante setzen, weil er spürte, wie seine Beine ihren Dienst versagten. Die hingekritzelten Zeilen waren noch nicht einmal unterschrieben. Immer wieder las er die wenigen Worte, um sicher zu gehen, dass niemand sonst den Zettel geschrieben haben könnte, aber es gab keinen Zweifel. Er war sich nicht einmal im Klaren, ob er lachen oder weinen sollte, trotzdem raubte es ihm für etliche Minuten den Atem. Schließlich ging er hinüber in ihr Zimmer und stellte fest, dass nur eine Reisetasche mit Toilettenartikeln, ihre Medikamente und ganz wenige Kleidungsstücke fehlten. Vor einigen Jahren schon war auf Anraten der Ärzte ihre Scheckkarte gesperrt worden, er hatte ihr jedoch regelmäßig Geldscheine zugesteckt mit der Bitte, ihm zu sagen, wenn sie mehr benötige. Dieses Geld bewahrte sie, wie er wusste, in ihrer nun ebenfalls fehlenden Brieftasche im Nachttisch auf und gab es nie aus, so dass sie über eine ansehnliche Summe Bargeld verfügen musste, ganz sicher genug, um ein Bahnticket zu bezahlen.

Trotz dieser mittlerweile fast zehn mit einer psychisch kranken Frau in einem Haus verbrachten Jahre, war er tieftraurig, als er mit dem Zettel in der Hand die Treppe hinabstieg. Seine Nachbarn sahen sofort, dass etwas passiert sein musste, und Werner nahm ihm den Zettel aus der Hand. Nachdem er ihn gelesen hatte, gab er ihn seiner Frau weiter und sagte nur ein Wort:

„Endlich!"

Gar so einfach konnte Wolfgang mit dieser neuen Situation nicht umgehen. Als die Kinder im Bett waren, saß er lange im Wohnzimmer und dachte an die schöne Zeit in Paris, die gemeinsame Fahrt nach Étarik, ihr plötzliches Auftauchen in Hamburg und das wunderbare gemeinsame Leben, bevor sie krank wurde. Alle Fragen, mit denen er sich schon lange beschäftigte, auf die er nie eine Antwort fand, nämlich inwieweit er an dieser Entwicklung Mitschuld trug, gingen ihm wieder und wieder durch den Kopf, bis ihm dieser vor Erschöpfung auf die Brust fiel und er im Sessel einschlief.

Mitten in der Nacht wurde er geweckt. Célestine stand neben ihm und zupfte an seinem Hemd.

„Papa, warum bist du nicht im Bett?"

„Hallo, mein Mädchen. Ich komme jetzt nach oben. Ich musste noch über viele Dinge nachdenken."

„Über unsere neue Schule? Oder darüber, dass Mami weggegangen ist?"

Das sagte sie so leicht, als ginge es sie nichts an. Wolfgang hatte den Kindern am Abend noch gar nichts gesagt, und unwillkürlich kamen ihm die Tränen.

„Ja, meine Liebe, jetzt sind wir alleine. Schaffen wir das?"

„Aber Mami ist doch eigentlich schon ganz lange weg. Komm mit nach oben, Roger hat auch schon gefragt, wo du bleibst."

So weit ist es also bereits, dass meine Kinder mich trösten, statt umgekehrt, ging es ihm durch den Sinn. Sie gingen in die erste Etage, er deckte beide noch einmal gut zu und machte sich fertig für die Nacht, in der er tief und fest schlief, bis der Wecker ihn aus seinen Träumen riss. Es war Zeit, die Kinder mit Verpflegung für die Schule auszurüsten und selber zur Arbeit zu fahren. Die beiden saßen aber schon angezogen am Frühstückstisch, ihre Tornister standen bereit. Er sah sie glücklich und stolz an – verdiente er zwei so selbständige junge Menschen ? Die Abwesenheit ihrer Mutter schien ihnen nichts auszumachen, und in der folgenden Zeit erkannte auch Wolfgang mit zunehmender Deutlichkeit, welch eine schwere Last von ihren Schultern genommen war, gleichzeitig drückte ihn deswegen jedoch sein schlechtes Gewissen.

Noch etwas rückte immer stärker in sein Bewusstsein, oder besser in seine Erinnerung – Meret! Er bemerkte, wie sehr er sie nach diesen vielen Jahren immer noch vermisste, und jedes Mal, wenn es Ereignisse von größerer weltpolitischer Bedeutung gab, dachte er darüber nach, wie er das früher mit seiner Studentenliebe lebhaft besprochen und wie sehr sie sich darüber entrüstet hätte. Etwa darüber, dass der US-Bundesstaat Mississippi sich erst im März des laufenden Jahres dazu durchringen konnte, endlich die Sklaverei abzuschaffen, oder wieviel Entsetzen und Empörung sie im November empfunden hätte angesichts der Ermordung Ytzak

Rabins, des israelischen Ministerpräsidenten und Friedensnobelpreisträgers, in Tel Aviv durch einen ultraorthodoxen Juden, ausgerechnet bei einer Friedenskundgebung.[1] Er suchte meist vergeblich, wenn es Katastrophenmeldungen aus dem pazifischen Raum wie zum Beispiel über den verheerenden Taifun Andrea im November oder das Oktobererdbeben auf Sumatra gab, in den Medien nach Informationen über deren Auswirkungen auf die kleinen Inselstaaten im Pazifik wie Vanuatu.

Die meisten Tage waren jedoch so genau durchgeplant, dass ihm für solche Gedanken wenig Zeit blieb. Morgens frühstückte er gemeinsam mit seinen Kindern, um sie danach zur Schule zu verabschieden. Danach machte er sich selber auf zum Bundesamt für Seeschifffahrt und Hydrographie in die Bernhard-Nocht-Straße. Manchmal traf er noch ‚Oma' Elfriede, bevor er das Haus verließ. Sie bereitete fast täglich eine Mahlzeit vor, die Wolfgang aufwärmen konnte, wenn alle am Nachmittag wieder zurückgekehrt waren. Dafür verfügten die Junckers über einen Hausschlüssel, den sie auch ab und zu nutzten, um nach dem Rechten zu sehen, manchmal Blumenschmuck zu arrangieren oder Handwerker ins Haus zu lassen. Die Ganztagsschule war für den alleinerziehenden Vater ein Segen, zumal es in den Nachmittagsstunden viele Angebote für sportliche Betätigungen gab, die von den Kindern gerne genutzt wurden, insbesondere aber auch

---

[1] Im März 1995 gab es zwar eine Abstimmung über die Abschaffung der Sklaverei in diesem US-Bundesstaat, rechtswirksam wurde diese aber erst im Februar 2013, weil man vergessen hatte, ein wichtiges Dokument vorzulegen.

Arbeitsgemeinschaften mit kulturellen Inhalten, wie die Theatergruppe. Schon nach wenigen Jahren, und darüber wunderte sich Wolfgang keineswegs, war vielmehr sehr stolz, gründeten Célestine und Roger selber zwei AG`s, die sie in Absprache mit zwei engagierten Lehrern selbst leiteten. Das war zum einen ein Ableger der Schauspielgruppe, nicht etwa in Konkurrenz, sondern weil sie speziell für jüngere Schüler ein Angebot schaffen wollten, zum zweiten ein Literaturclub, mit dem sie ein Forum bieten wollten, wo sich alle Lesefreunde über ihre jeweiligen Favoriten austauschen konnten. Dieser Lesezirkel wurde überraschenderweise ein großer Erfolg, eigentlich für eine Handvoll Interessenten gedacht vergrößerte sich der Kreis immer mehr, bis sich die Kunde davon sogar in den umliegenden Buchhandlungen herumsprach und die Zwillinge, die sowieso dort gern gesehene Kunden waren, Sonderkonditionen auf ihre zahlreichen Buchkäufe erhielten.

Als großer Vorteil der Ganztagsschule stellte sich heraus, dass sein Tagesablauf mit dem seiner Kinder gut in Übereinstimmung zu bringen war. Wenn darüber hinaus wichtige schulische Termine anstanden, konnte er sich auf das Entgegenkommen seines Arbeitgebers verlassen. Als weiteren Vorzug nahm er wahr, dass sich die Termine seines Nachwuchses am späten Nachmittag oder Abend sehr in Grenzen hielten, weil die meisten Interessen durch die Arbeitsgemeinschaften abgedeckt waren, und schließlich behielten die Hausaufgaben einen überschaubaren Umfang. Natürlich wollte Célestine auch in einen Reitverein, Roger ließ sich seine Fußballbegeisterung nicht nehmen, aber die zeitliche

Belastung blieb im Rahmen. Manchmal gab es Aufgaben, die in Heimarbeit erledigt werden mussten, das war jedoch häufig über die Ferien zu lesende Literatur, damit für die Zwillinge eher ein Vergnügen als eine Pflicht. Und genauso wenig kamen die beiden darum herum, zu Hause Vokabeln oder Regeln zu lernen, wobei dann doch der Vater als Kontrollinstanz benötigt wurde.

Gerade einmal drei Jahre nach ihrem Wechsel zum Jenisch Gymnasium wurde der Schulleiter, Herr Blohm, im Rahmen eines Festaktes in den Ruhestand versetzt. Mittlerweile war der Literaturzirkel etabliert, und Célestine und Roger stellten sogar wiederholt selbstverfasste Kurzgeschichten dort vor. Das war dem Kollegium nicht verborgen geblieben, und so bat man die Zwillinge, eine dieser Arbeiten im Rahmen der Verabschiedung vorzustellen. Das wiederum gefiel einem anwesenden Journalisten der lokalen Presse so sehr, dass er die beiden fragte, ob er diesen Text in der Samstagsbeilage seiner Zeitung veröffentlichen dürfe. Voller Stolz präsentierten die Kinder ihrem Vater diese Seiten, und Wolfgang sparte nicht mit ehrlich gemeinter Anerkennung.

Noch als Schüler der Mittelstufe konfrontierten seine Kinder ihn mit revolutionären Neuerungen auf dem Markt elektronischer Geräte. Einer ihrer Lehrer war mit der Klasse nach Paderborn gefahren, um das kurz zuvor eröffnete Nixdorf-Museum zu besuchen. Danach berichteten sie aufgeregt von der Möglichkeit, sich einen Heimcomputer zuzulegen. Sowohl aus Paris als auch von seiner Hamburger Arbeitsstelle war Wolfgang sehr wohl mit diesen Geräten vertraut, nach seinen Beobachtungen lagen die Preise aber weit über dem, was einen sinnvollen Einsatz zu Hause möglich gemacht hätte. Daher vertröstete er seine Kinder mit dem Hinweis, sie sollten den Markt im Auge behalten und bei Gelegenheit brauchbare Geräte auf ihre Weihnachtswunschlisten setzen.

„Dann kannst du uns auch einen Knochen schenken", fügte Roger mit einem Grinsen hinzu.

„Knochen? Ist das ein neues Spiel?", fragte Wolfgang. Natürlich wusste er, worauf sein Sohn anspielte, denn sein Institut hatte in seinen Dienstwagen gerade für mehrere tausend Mark ein Autotelefon einbauen lassen.

„Na, so ein tragbares Telefon, Papa", meine Célestine ungeduldig. „Dann können wir uns nicht mehr so oft verpassen."

„Wir kriegen das bislang ganz gut hin, finde ich. Und diese Dinger sind immer noch verflixt teuer in der Anschaffung, aber auch pro Gesprächsminute. Nein, nein, das ist nichts für Kinder."

„Dann fragen wir mal Oma und Opa", gaben die Zwillinge sich geschlagen, wohl wissend, dass Werner und Elfriede Junckers niemals so teure Anschaffungen tätigen würden, erst recht nicht ohne Rücksprache mit ihrem Vater zu nehmen.

„Sagt mir lieber", lenkte Wolfgang das Gespräch in eine andere Richtung, „welche Kurse ihr in der Mittelstufe wählen wollt."

„Französisch", rief Célestine, und Roger: „Spanisch."

Damit brachten sie ihren Vater für einen Moment aus der Fassung, war es doch das erste Mal, dass seine Kinder getrennte Wege einschlagen wollten, und er teilte sein Erstaunen auch mit.

„Haben wir uns genau überlegt. Englisch haben wir ja sowieso, Latein leider auch, und mit Französisch und Spanisch können wir uns dann fast auf der ganzen Welt herumschlagen", erklärte seine Tochter.

„Aber dieses lästige Vokabellernen", gab Wolfgang zu bedenken und erinnerte sich an einige mühsame Abhörabende.

„Keine Sorge, damit hast du nichts zu tun. Wir hören uns gegenseitig ab", beruhigte Roger ihn.

„Und was ist…", er dachte nach, wie diese Frage formuliert werden könnte, ohne den beiden Teenagern zu nahe zu treten. Seit einiger Zeit hatte er den Eindruck, dass sich deren Interessen langsam verschoben hin zum jeweils anderen Geschlecht. Weil ihm aber nichts Harmloses einfiel, sagte er nur: „Ach, schon gut."

Beide sahen ihn mit großen Augen an, und ihm wurde in der Minute klar, dass er aus dieser Nummer nicht so einfach herauskommen würde.

„Ja, ich meine, ääh, wie läuft der Tanzkurs?", brachte er schließlich hervor.

Fast unisono riefen beide: „Papa!", und Roger vervollständigte: „Eigentlich wolltest du etwas ganz anderes fragen, oder?"

„Ich glaube, das ist das erste Mal, dass du so um den heißen Brei herumredest", pflichtete seine Schwester ihm bei. Dann schauten sich die Zwillinge an, ihnen reichte ein kurzer Blick, um sich miteinander zu verständigen.

„Aber wer nicht fragt, bekommt auch keine Antwort", schloss Roger das Thema ab und wollte mit seiner Schwester das Esszimmer verlassen.

Sie werden erwachsen, dachte sich Wolfgang, konnte aber seine Neugier hinreichend im Zaum halten, um nicht weiter nachzufragen. Früher oder später würden sie ihm schon mitteilen, was er nur zu gerne in Erfahrung gebracht hätte.

„Einen Moment noch, bitte!", sagte er stattdessen. „Ich habe noch Tickets für das Theater Klabauter, habt ihr schon davon gehört?"

„Na klar, Papa, das ist eine tolle Idee, wollten wir immer schon hin, stimmt`s, Bruderherz?"

„Ja, da gehen wir mit. Ist doch nicht am Donnerstag, wenn ich zum Fußball gehe?"

Seit dem letzten Jahr hatten die drei sich zu regelmäßigen Theater- aber auch Opernbesuchern entwickelt. Sie nahmen gerne in Kauf, mitunter gähnend langweilige Abende zu verbringen, dafür umso häufiger besonders gelungenen Inszenierungen beizuwohnen. Jedes Mal, unabhängig von der Qualität der Vorführung, schloss sich bei ihnen ein intensiver Diskussionsabend am heimischen Tisch an, häufig genug erweitert um Oma Elfriede und Opa Werner, die es sich dann nicht nehmen ließen, zu einem späten Imbiss einzuladen. Eine neuerdings in Hamburg um sich greifende Musicalinfluenza blieb ihnen nicht verborgen, sie infizierten sich jedoch nicht damit und erwarben nur selten und eher widerwillig Karten für solche Aufführungen.

„Die Tickets sind für Samstagabend."

„Okay", gab Roger zu verstehen.

„Jaaa….", Célestine zögerte, „gut, bekomme ich hin. Aber kannst du mir in Zukunft bitte etwas eher Bescheid sagen?"

Mein Gott, sie wird doch erst vierzehn, dachte Wolfgang. Er ahnte etwas, die Kinder ahnten, dass er etwas ahnte, gingen jedoch viel unbekümmerter damit um. Er musste sich mehrere Monate mit seinen Zweifeln herumschlagen.

„Ich glaube, Célestine hat einen Freund", sagte der besorgte Vater bei einem der abendlichen Gespräche zu Elfriede Junckers.

„Natürlich hat sie den", bekam er zu hören.

„Wie du wusstest das? Kennst du ihn?"

„Sie hat es mir gesagt, ja. Und ich kenne ihn nicht. Aber sie hat mit mir über die Pille gesprochen."

„Bitte?" Wolfgang war ehrlich entsetzt. Weniger über den Gesprächsgegenstand, denn seine Kinder waren aufgeklärt, als mehr über die Tatsache, dass sie nicht ihn, sondern Elfriede ins Vertrauen gezogen hatte.

Elfriede rief ihn zur Ordnung. „Nun beruhige dich. Das ist doch völlig normal, dass sie erstens nicht den eigenen Erzieher und zweitens eine Frau angesprochen hat."

„Und, was hast du ihr gesagt?"

„Ich werde sie mitnehmen zu meinem Frauenarzt."

„Viel wichtiger ist doch die Frage", mischte Werner sich ins Gespräch ein, „wann du mal endlich wieder mit einer Freundin nach Hause kommst."

„Apropos, ich habe heute etwas bekommen, das dich interessieren wird. Ich hole es mal eben herunter."

Wolfgang ging ins Arbeitszimmer, um die Post des heutigen Tages zu holen, die er seinem Nachbarn zu lesen gab.

„Und, wie wirst du reagieren", fragte der, indem er das Schreiben seiner Frau weitergab.

„Kinners", unterbrach ihn Elfriede, „bitte keine Geheimsprachen mit mir, sonst erzähle ich für den Rest des Abends nur noch Klein-Erna-Witze. Der Brief ist doch auf Französisch, und ich bin eine olle Hamburger Deern, die seit der Schulzeit kein Französisch mehr gesprochen hat."

Ihr Mann klärte sie auf.

„Im ersten Moment habe ich mich erschrocken, weil ich dachte, Aimée hat sich zurückgemeldet. Hat sie ja auch, irgendwie. Nein, das ist das Schreiben einer Anwaltskanzlei aus Le Havre. Darin wird Wolfgang aufgefordert, binnen Monatsfrist alle benötigten Papiere für eine Scheidung beizubringen."

„Kein Wort von den Kindern?" – „Kein Wort." – „Das gibt es doch nicht!"

Eine Weile saßen alle drei fassungslos vor ihren Getränken, bis Werner schließlich fragte:

„Hat sie sich denn in all den Jahren, seit sie so sang- und klanglos verschwunden ist, jemals bei dir oder den Kindern gemeldet?"

„Nein, nie. Aber warum jetzt diese Scheidungspapiere?" Wolfgang war ratlos.

„Vielleicht hat sie jemanden kennengelernt?" Elfriede hatte die nächstliegende Erklärung.

„Also, wie wirst du reagieren", wiederholte Werner seine Frage.

„Ich werde alles erledigen und nach Le Havre schicken."

„Sehr gut!" Werner war zufrieden. „Dann bist du endlich frei und kannst auch mal wieder an dich selber denken."

Elfriede dachte weniger pragmatisch: „Kein Wort zu den Kindern. Eine Mutter, die von ihrem eigenen Nachwuchs nichts wissen will – wo gibt es denn so etwas!"

„So darfst du das nicht sehen", verteidigte Wolfgang Aimée. „Es ist eine Krankheit, eine tückische Psychose, die zwar selten vorkommt, aber jeden treffen kann."

„Nimm du sie noch in Schutz! Nein, nein, da gebe ich Elfriede recht. Du, ich habe eine Nichte, eine ganz nette junge Frau, Mitte dreißig. Soll ich euch miteinander bekanntmachen?"

„Werner, bitte nicht. Das letzte, was ich jetzt brauche, ist eine Heiratsvermittlung. Ich bin fünfundvierzig Jahre alt und habe zwei Beziehungen, die völlig gescheitert sind, hinter mir. Das reicht. Ich rufe euch um Hilfe an, wenn es nötig wird."

Das war die reine Wahrheit, aber nicht die vollständige. Er verschwieg seinen ersten, ganz unwillkürlichen Impuls, der Frage nachgehen zu wollen, warum der Brief aus Le Havre und nicht aus Paris gekommen war, verbunden mit einer unverhohlenen Neugier, ob es einen neuen Mann in Aimées Leben gab. Nur mit Mühe konnte er sich klar machen, dass es ihm und ihr zu gönnen wäre. Für ihn selbst kam zwar definitiv eine dritte feste Partnerschaft nicht in Frage, aber gegen unverbindliche Flirts und gelegentliche Verabredungen war er alles andere als immun.

Das Jahr neigte sich dem Ende zu, in der Vorweihnachtszeit ging die dreiköpfige Familie Müller gemeinsam mit Oma und Opa Junckers in DEN Film der Saison, Titanic mit dem unsterblichen Liebeslied von Celine Dion: ‚My Heart Will Go On'. Am Nachmittag vor der Aufführung kam Célestine mit der Frage zu ihm:

„Paps, hast du etwas dagegen, wenn ich jemanden mitbringe?"

Sie versprach, unmittelbar vor Beginn der Vorstellung am Kino zu sein und stellte dort ihren Freund Jan Peter vor. Es gab keine Gelegenheit mehr für ausführliche Gespräche, und Wolfgang vermutete, dass seine Tochter diese knappe Terminierung absichtlich gewählt hatte, um Jan Peter ein ausführliches Testinterview durch ihren Vater zu ersparen. Roger schien eingeweiht zu sein, denn bei der Platzwahl achteten die Kinder darauf, dass Célestines Freund nicht direkt neben ihm saß. Vom Film bekam Wolfgang trotzdem nur die Hälfte mit, weil sein Blick immer wieder herüberschweifte zu seiner Tochter und Jan Peter. Und er war stolz, wie er mit einiger Verwunderung an sich selbst feststellte. Da war keine väterliche Eifersucht, kein Misstrauen, nur Freude über das unübersehbare Glück der beiden jungen Menschen und der innige Wunsch, dass sie nicht die unschönen Seiten der Liebe kennenlernen sollten, die ihm selbst nicht erspart geblieben waren.

„Ich sehe, wie du immer zu den beiden hinüberschielst", flüsterte Werner ihm ins Ohr. „Eifersüchtig?"

„Nein, wirklich nicht. Sie scheinen sehr glücklich zu sein. Hoffentlich für eine lange Zeit", raunte er zurück.

„Die kennen sich aus dem Literaturkreis. Jan schreibt selber Kurzgeschichten und Gedichte, echt gut. Solltest du mal lesen", kam es leise von Roger, der zwischen ihm und Célestine saß.

Jan Peter wurde zu dem üblichen anschließenden gemeinsamen Abend eingeladen und erwies sich als angenehmer, unaufdringlicher Gesprächspartner, der offenbar trotz seiner Jugend bereits über einen ansehnlichen Fundus an gelesener Literatur verfügte. Von diesem Tag an war er häufiger Gast am Mühlenberg, umgekehrt glänzte Célestine nun häufiger durch Abwesenheit, weil sie sich bei ihrem Freund aufhielt. Gleiches galt zwar auch für ihren Bruder, obwohl er keine feste Freundin vorstellte, aber vielfältige Erklärungen anbieten konnte, wie seinen großen Freundeskreis, die sportlichen Aktivitäten oder die schulischen Arbeitskreise. Für Wolfgang bedeutete dies einerseits eine spürbare Einschränkung der gemeinsamen Unternehmungen, andererseits erlangte er viel größere Freiheiten für sein Privat- wie auch sein Berufsleben. Das ließ ihn vermuten, er könne nun einen lang gehegten Plan verwirklichen. Kurz nachdem im August Wladimir Putin auf der internationalen Bühne wahrgenommen wurde, weil Boris Jelzin ihn zum Ministerpräsidenten ernannte, und kurz nach der ersten Sendung von ‚Wer wird Millionär' mit Günther Jauch am 3. September 1999, sprach er dieses Vorhaben nach einem der selten gewordenen gemeinsamen Kinobesuche an, dieses Mal handelte es sich um die romantische Komödie ‚Notting Hill' mit Hugh Grant und Julia Roberts.

„Habt ihr auf die Musik von Trevor Jones geachtet", eröffnete Roger die abendliche Nachbetrachtung. „Der Mann kennt sich in allen Bereichen aus, von Muppet-Filmen über Action bis zu Komödien."

„Ein Südafrikaner", ergänzte Jan Peter. „Das ist doch interessant. Trevor Rabin ist auch Südafrikaner und hat sich nach seiner Karriere bei Manfred Mann und mit Yes ebenfalls ganz auf Filmmusik konzentriert."

„Julia Roberts spielt wirklich großartig. Allein ihre Mimik in der Szene, als sie im Antiquariat von Hugh Grant auftaucht und ihm ihre Liebe gesteht, ist ebenso minimalistisch wie ausdrucksstark." Roger kam richtiggehend ins Schwärmen.

„Kinder, ich muss etwas mit euch besprechen", unterbrach Wolfgang die Filmanalyse.

„Jetzt wird es spannend." Roger glaubte zu wissen, was nun kommen könnte. „Du willst uns deine neue Freundin vorstellen."

„Nein…..", begann er, wurde aber sofort unterbrochen von Célestine: „Ach, schade!"

„Keine Sorge, ich habe nicht das Gefühl, mich verhärmt und vereinsamt aufs Altenteil zurückziehen zu müssen. Vorläufig jedenfalls nicht. Ihr kennt doch den Helge Brinkum."

„Deinen Winkeladvokaten aus dem Bundesamt", warf Roger ein.

„Genau der! Er liegt mir schon seit Jahren in den Ohren, dass ich nicht nur Projekte anstoßen, sondern auch die dafür erforderlichen Forschungsreisen selber planen und begleiten soll. Bislang habe ich das immer mit der

Begründung ablehnen können, dass ich mich um meinen Nachwuchs kümmern muss."

„Und jetzt sind wir der Brutpflege entwachsen, und du musst in die Welt hinaus?" Nun war doch die Neugier seines Sohnes geweckt.

„Das könnte man so ähnlich sagen. Ihr habt vom Regierungswechsel in Russland gehört. Damit bekommt ein Vorhaben Priorität, von dem ich das Bundesamt schon vor einigen Jahren unterrichtet habe. Die Ausbeutung der Bodenschätze unter der Arktis wird mit dem langsamen Rückgang des ewigen Eises immer interessanter und auch umstrittener. Dafür braucht man dringend genauere Messungen der Strömungen, der Eisdeckenstärke, der Wasserqualität, der Flora und Fauna unter dem Eis. Im kommenden Monat wird eines unserer Schiffe, wahrscheinlich die Atair, von Bremerhaven aus ins Nordmeer starten. Diese Reise soll ich begleiten."

„Unser Daddy wird Polarforscher!", rief Célestine begeistert aus.

„Genau genommen war ich das schon lange, nur eben nicht vor Ort", stellte Wolfgang richtig. „Ich wäre circa drei Monate nicht hier. Glaubt ihr, dass ihr ohne mich klarkommt?"

Die Zwillinge nickten begeistert: „Sturmfreie Bude für ein Vierteljahr! Du wirst das Haus nicht wiedererkennen."

„Das ist ja genau das, was ich befürchte! Mit Oma und Opa Junckers habe ich schon gesprochen. Sie werden euch nach Kräften helfen, aber wir sollten sie nicht zu sehr beanspruchen. Die beiden gehen mit Riesenschritten auf die Achtzig zu."

„Paps, du kannst dich auf uns verlassen! Aber bringe mir, bitte, so einen niedlichen kleinen Eisbären mit. Musst du auch in einem Iglu schlafen und rohes Seehundfleisch essen?" Seine Tochter zeigte sich etwas besorgt.

„Keine Sorge, wir werden fast ausschließlich auf dem Schiff sein mit wenigen, kurzen Landgängen. Und für deinen Eisbären müssten wir erst einmal im Garten einen neuen, tiefgekühlten Pool ausheben. Das wird wohl nichts."

„Dann werden wir die ganze Zeit über nichts von dir hören?", fragte Roger, nun doch etwas unsicher geworden.

„Ob wir mit unseren neuen Mobiltelefonen in Verbindung treten können, lässt sich nicht voraussehen. Aber wir haben einen PC in meinem Arbeitszimmer, den ihr auch benutzt. An Bord gibt es so etwas natürlich ebenfalls, wir können uns also über das mittlerweile frei zugängliche Internet austauschen."

Jan Peter hatte die ganze Zeit interessiert zugehört: „Ich brauche eine ganze Reihe von Informationen, weil ich gerade ein neues Werk in Arbeit habe. Kann ich dir meine Liste mitgeben?"

„Das kannst du gerne machen und ich bearbeite die Liste, soweit ich kann und die Daten nicht unter Verschluss liegen."

„Wann soll es losgehen?" Roger stellte diese Frage, alles andere schien geklärt zu sein.

„Anfang März, zum Zeitpunkt der Versetzungszeugnisse bin ich also wieder da."

Seine Kinder waren gerade in die Mittelstufe eingetreten, er machte sich Sorgen, ob er ihre schulische

Laufbahn mit der längeren Abwesenheit gefährden könnte, auch wenn das bei deren bisherigen Leistungen ausgeschlossen schien. Diese und viele weitere organisatorische Fragen mussten in den verbleibenden Wochen bis zu seinem Aufbruch geklärt werden.

„Sind auch Frauen an Bord?", wollte Roger bei einem dieser Gespräche erfahren.

„Ich denke schon! Bislang habe ich noch keine Teilnehmerliste gesehen."

„Hübsch und im richtigen Alter?", insistierte sein Sohn.

„Ist ja nett, dass ihr euch so um mein Wohlergehen kümmert, aber genauso gut könnte ich dir mit solchen Fragen auf die Pelle rücken. Ihr werdet als erste erfahren, wenn es diesbezüglich etwas zu berichten gibt."

Am Abend darauf nahm seine Tochter ihren Vater in einem unbeobachteten Moment zur Seite und beruhigte ihn: „Paps, um Roger musst du dir überhaupt keine Gedanken machen. Der ist der Schwarm aller Mädchen seines Jahrgangs und auch darüber hinaus. Und das kostet er weidlich aus. Nur eine feste Freundin will er wohl nicht haben."

„Danke", gab er ihr zurück. „Du hast genau erahnt, was mich schon seit langem neugierig macht. Du meinst also, ich kann mich auf die Reise machen?"

„Aber klar, sei unbesorgt. Wir werden uns im Sommer alle unbeschadet wiedersehen!"

Wolfgang wusste, dass er sich auf seine Kinder und auch auf Jan Peter verlassen konnte, deshalb stürzte er sich im Februar des Jahres 2000 unbesorgt in die Vorbereitung der Expedition und am Monatsende machte er sich auf den Weg nach Bremerhaven.

Annemarie und Simon 1994 – 2009

All that you love…, all that you give…, everyone you meet…,
all that is now, all that is gone, all that`s to come
and everything under the sun is in tune,
but the sun is eclipsed by the moon.
(Eclipsed, vom Album „The Dark Side of the Moon", 1973,
Pink Floyd, Text und Musik: Roger Waters)

Viele Abende voller schwerer Gedanken darüber, wie sie ihm und seiner Schwester eine optimale Schullaufbahn garantieren könnte, lagen hinter Mutter Meret. Eigentlich stellte sie sich für ihre Kinder etwas anderes vor, als es das Bad Godesberger Schulsystem hergab, noch weniger kam für sie jedoch ein außerhalb der Stadt gelegenes Internat in Frage. Zwei Einrichtungen standen schließlich zur Wahl: das Erzbischöfliche Clara-Fey-Gymnasium sowie die Godesberger Privatschule, beide in unmittelbarer Nähe zu ihrer Villa gelegen. Mit der Erzdiözese Köln in eine irgendwie geartete Verbindung zu treten entsprach nicht Merets Wunschvorstellungen, Privatschulen waren ihr auch suspekt, zudem konnte Simon erst ab der achten Klasse dort angemeldet werden. Es blieb demnach keine andere Möglichkeit, als beiden Lehranstalten einen Besuch abzustatten, was sie auch getan hatte. So war in einem gemeinsamen Gespräch mit allen Beteiligten die Entscheidung für die Godesberger Privatschule gefallen, die mit ihrem Kurssystem und den kleinen Lerngruppen überzeugte. Heute, zum Schuljahresbeginn 1995, saß

Simon mit ihr und weiteren etwa fünfundzwanzig Neuanmeldungen in Begleitung jeweils eines Elternteils – die Schule bat darum, auf weitere Begleitung zu verzichten, weil es keinen Festsaal gab –, um den ersten Schultag zu erleben, der angenehm unaufgeregt verlief. Kurze Begrüßungsworte des Schulleiters, dann ging man mit der Klassenleitung in einen Unterrichtsraum und kam mit einem Stundenplan nach zwei Unterrichtsstunden zurück. Auf dem Heimweg holten sie noch Annemarie in der Elisabeth-Selbert-Allee von der Gesamtschule Bonn-Bad Godesberg ab. In zwei Jahren würde sie ihrem Bruder an das Privatgymnasium folgen, dieser lästige Umweg, weil Simon und seine Schwester für drei Jahre irgendwo geparkt werden mussten, wäre dann endlich Geschichte.

Simon mochte den neuen Klassenlehrer von der ersten Minute an, was niemanden überraschte, denn er konnte sehr gut mit Menschen umgehen und war zudem ein wissbegieriger und lernwilliger Schüler. Sein Fleiß wurde gar zum Übereifer, wenn das Thema ihn interessierte, bei gleichzeitigem gesundem Hang zur Bequemlichkeit. Seine Mutter musste beiden Kindern eröffnen, dass Kunst und Musik nicht zu den Standardfächern gehören würden, was alle drei sehr bedauerten. Der Kompromiss bestand dann in freiwilligen Arbeitsgemeinschaften, wie zum Beispiel einer Theater-AG, einer Schulband und Sportgruppen.

An einer erfolgreichen Karriere zweifelten weder er noch seine Mutter, sehr bald hingegen fehlte ihm der Bezug zur Kunst. Er versuchte diesen Mangel im Einvernehmen mit Meret zu kompensieren, indem er, häufig in Begleitung seiner Schwester, Ausstellungen besuchte, darüber hinaus damit begann, wenn es seine Zeit und seine Bequemlichkeit möglich machten, zur Universität zu fahren und als Gast an Veranstaltungen teilzunehmen. Wegen seines jugendlichen Alters war er in kürzester Zeit bekannt wie ein bunter Hund, jedoch auch gerne gesehen, denn sein Heißhunger auf Kunstliteratur war ihm seit frühester Kindheit geblieben, die Bildbände erhielten nun Ergänzung durch kunstgeschichtliche und kunstwissenschaftliche Werke. So entstanden Beziehungen und Interessen, die über diesen Bereich hinausgingen, wie etwa zur Theologie und zur Philosophie, wenn auch in bescheidenem Rahmen.

Die Godesberger Privatschule machte ihm ungemein Spaß, auch weil die Stundentafel vorsah, dass der Unterricht erst um 8.40 Uhr begann und um 13.40 Uhr endete, wenn man nicht als Oberstufenschüler in der siebten Stunde noch einen Leistungskurs besuchen musste. Das ließ viel Freiraum für seine übrigen Leidenschaften und konnte mit Museums- und Universitätsbesuchen hervorragend in Einklang gebracht werden. Als Annemarie nach zwei Jahren ebenfalls zu seiner Schule wechselte, bewegte er sie ohne Mühe dazu, mit ihm der Schauspiel-AG beizutreten. Damit verband er sehr wohl ein persönliches Interesse, das er zunächst jedoch niemandem mitteilte. Neben seinem kunsthistorischen Faible entwickelte er großes Vergnügen am klassischen Theater, Shakespeare, Goethe, Schiller, wie auch an antiken Dramatikern wie Sophokles und Euripides die er mit Begeisterung verschlang oder lieber gleich im Theater anschaute. In jugendlicher Überheblichkeit waren ihm insbesondere bei der Lektüre

176

Shakespearscher Tragödien Gedanken gekommen, was man daran entscheidend verbessern könne, und so begann er, die blutrünstige Geschichte des Feldherrn McBeth in ein Musical umzuschreiben. Früher oder später, so war sein Gedanke, wollte er diese Perle dramatischer Dichtung einem geneigten Publikum vorstellen. Die Musik musste er mangels eigener Fähigkeiten überwiegend zeitgenössischen Hitparaden entnehmen, so konnte es nicht überraschen, dass ‚Killing me softly' in der Version der Fugees ebenso in veränderter Textversion auftauchte wie der gerade angesagte Song ‚Macarena' von Los Del Rio. Ständig erfuhr sein Werk Optimierungen, weil einfach zu viel passierte, das unbedingt Erwähnung verdiente. Als Elton John im darauffolgenden Jahr bei der Trauerfeier für Lady Diana seinen bereits seit vierundzwanzig Jahren existierenden Song ‚Candle in the Wind', ursprünglich von Bernie Taupin über Marilyn Monroe getextet, mit neuen Lyrics für die ‚Queen of Roses' sang, nahm Simon diese Idee kurzerhand auf, um daraus ‚King of Scotland' zu machen.

Der Weg zur großen Bühne ist bekanntlich gepflastert mit Hindernissen, Enttäuschungen und Verrissen, das bekam auch Simon zu spüren, weil er sich in der Schauspiel-AG langsam über Statisten- und kleinste Nebenrollen emporarbeiten musste, bis der betreuende Lehrer ihm zutraute, auch die Regiearbeit übernehmen zu können. Seine Schwester empfahl sich schneller für größere Rollen und durfte bereits einmal eine Hauptrolle übernehmen, als sich zwei Jahre vor seinem Abitur endlich die Chance ergab, sein über mehrere Jahre gewachsenes Werk in Szene zu setzen. Im Sommer 1998 kam es zur Uraufführung in einem leerstehenden ehemaligen örtlichen Kinosaal. Der junge Regisseur und Autor musste einige Mühe investieren, die Schulleitung zur Anmiete des Saales zu bringen, als das jedoch gelungen war, hängte er mit seiner Schwester im gesamten Stadtgebiet selbstgemalte Plakate aus, wofür vorher extra bei der Stadtverwaltung eine Genehmigung eingeholt worden war.

Der Abend im vollkommen ausverkauften Saal wurde ein grandioser Erfolg, seine Mutter saß selbstverständlich zusammen mit ‚Oma Hilde' und Regina Peliatus in der ersten Reihe, drei anwesende Vertreter der örtlichen Presse sparten in ihren Kommentaren am nächsten Tag nicht mit Lob für die Inszenierung wie auch für die schauspielerischen Leistungen. Annemarie als Lady McBeth wurde besonders hervorgehoben, und auch ihr Bruder als Autor und Regisseur erhielt viel Beifall. Auf Bitten der Schulleitung und der Stadt musste das Stück im Herbst an drei aufeinanderfolgenden Abenden wiederholt werden, dieses Mal übernahm das Kulturamt sogar die Kosten der Saalmiete.

Auch wenn die Godesberger Privatschule bei aller Anerkennung für die Leistungen versuchte, jeglichen Kult um Simon und Annemarie zu vermeiden, war nicht zu verhindern, dass die Geschwister zu heimlichen Stars der Schulgemeinschaft aufstiegen. Merets Sohn erhielt sogar etliche Liebesbriefe seiner Mitschülerinnen, die er zwar geschmeichelt zur Kenntnis nahm, aber nicht darauf reagierte, weil er sich kurz vorher unsterblich während eines Tanzkurses in seine Partnerin Leonie verliebt hatte.

Leider wusste er nicht, wie er ihr das mitteilen sollte. Seine Schwester erhielt zwar ebenfalls einige Fanpost, warf aber fast alle Briefe ungelesen in den Papierkorb, was Simon als besondere Souveränität im Umgang mit Liebesdingen fehlinterpretierte und sie deshalb zu Rate zog, um ihm bei Leonie weiterzuhelfen, zumal die beiden Mädchen gleichalt waren.

„Meinst du, es wäre eine gute Idee, wenn ich ihr etwas schreibe? Ein Gedicht, eine Geschichte oder einen Brief?" Er war völlig ratlos.

„Du bist ein alberner Romantiker", tadelte Annemarie ihn.

„Was würdest du denn von jemandem erwarten, der in dich verliebt ist?"

„Jedenfalls nicht solchen Firlefanz. Warum sagst du es ihr nicht einfach?"

„Und wenn sie dann beleidigt ist? Oder mich nicht mag?"

„Jedenfalls mögen wir keine Feiglinge! Du wirst eben etwas riskieren müssen, oder es ganz bleiben lassen."

Das war ihm eine zu pragmatische Empfehlung, wo er doch eher entscheidende Hilfestellungen für sein drängendes Problem erhoffte.

„Wenn du weitergekommen bist, kannst du mir einen Tipp geben", sagte sie dann noch, was er nun überhaupt nicht verstand. Vielleicht wüsste seine Mutter besser mit seinen Fragen umzugehen.

„Meret", sprach er sie am Abend an. Seit einem Jahr nannte er sie beim Vornamen, weil ihm Mama, Mutti oder Mams zu kindlich erschienen. „Kannst du mir sagen, wie unser Vater dir damals mitgeteilt hat, dass er mit dir zusammen sein wollte?"

„Geht es um Leonie?", fragte sie für ihn überraschenderweise zurück.

„Du weißt davon? Hat Annemarie gepetzt?"

„Nein, das war nicht nötig. Du hast von deiner Tanzpartnerin in einer Art und Weise erzählt, dass mir schon alles klar war."

Mütter sind manchmal erschreckend einfühlsam. Sie fuhr fort: „Dein Vater und ich, wir waren beide deutlich älter. Ich war dreiundzwanzig, er schon dreißig, und wir hatten viel Zeit, uns besser kennenzulernen, weil wir zusammen diese Praxis aufgebaut haben."

„Oh, Meret, warum will mir keiner helfen?", stöhnte Simon.

„Ich will schon, Junge, aber das ist eine Situation, die jedes Paar für sich selbst lösen muss. Sonst wäre es auch keine echte Liebeserklärung mehr. Maximilian und ich haben viel miteinander geredet und gemeinsam in diesem Haus gelebt, da hat sich eben im Laufe der Zeit mehr entwickelt."

Seine Mutter hielt es nicht für angebracht, ihm die ganze Wahrheit zu gestehen, schon gar nicht, dass für sie die Beziehung zu Maximilian lange vor seinem Tod beendet, womöglich von Beginn an sogar eine Lüge war. Und von Wolfgang wussten ihre Kinder überhaupt nichts, zumindest nicht von ihr.

„Vater ist also nie vor dir auf die Knie gegangen und hat dir einen Ring entgegengestreckt?"

Jetzt musste Meret unwillkürlich lachen.

„Nein, nein, ganz und gar nicht. Aber wenn das deine Art ist, dann tue es! Du musst Deinen eigenen Weg finden, egal was andere dazu sagen. Und wenn Leonie dich ebenfalls mag, wird sie das verstehen."

Simon hatte nicht das Gefühl, wirkliche Lösungen gehört zu haben, und konnte die ganze Nacht vor dem nächsten Tanzschultermin nicht schlafen, weil ihm zahlreiche Varianten im Kopf herumschwirrten, wie er sich Leonie gegenüber verhalten sollte. Der folgende Schultag lief völlig an ihm vorbei, und am Abend war er bereits eine halbe Stunde vor Unterrichtsbeginn vor dem Tanzsaal. Unterwegs kaufte er, einer spontanen Eingebung folgend, in einem Blumenladen eine rote Rose, die er nun hinter seinem Rücken versteckte. Als seine Traumfrau sich näherte, glaubte er, ein knallrotes Gesicht bekommen zu haben und wäre am liebsten unsichtbar geworden. Aber nun war es zu spät fortzulaufen.

„Leonie, i..i..ich wollte....", stotterte er in seiner Unsicherheit und vergaß dabei, dass er eine Rose in seiner Hand hielt. Sein Arm ratschte unkontrolliert an der anderen Hand entlang, die Dornen rissen eine blutige Wunde und schnitten zudem in sein strahlend weißes Hemd einen großen Haken. So stand er mit zerrissenem Hemd da, das Blut tropfte zu Boden und sein gesamter Mut war innerhalb einer Sekunde verpufft.

„Du bist sooo süß!", vernahm er durch eine Wolke Leonies Stimme, sie nahm ihm die Rose ab und gab ihm einen Kuss. Einfach so. Es war nur ein kurzer, zarter, gehauchter Kuss auf die Wange, aber es fühlte sich an, als habe sich soeben der Himmel aufgetan und ein strahlender Engel sei auf einer rosaroten Wolke zu ihm herabgeschwebt, um ihn ins Paradies zu führen.

„Bitte noch einen", hörte er sich sagen und staunte selber. Und sie gab ihm einen zweiten Kuss, dieses Mal auf die Lippen, um ihn dann auf seine blutende Hand aufmerksam zu machen.

„Komm, wir müssen das verbinden, sonst ist dein Hemd gleich so rot wie die Rose. Und beim Tanzen führen könntest du damit auch nicht."

Sie nahm seine andere Hand und führte ihn zur Rezeption der Tanzschule, ließ sich einen Verbandskasten geben und ging mit ihm wie selbstverständlich zur Herrentoilette, um seine Wunde zu versorgen.

„Das Hemd muss leider so bleiben. Ich könnte den Riss mit einem Pflaster zukleben, aber das sieht, glaube ich, ziemlich blöd aus", schloss sie die medizinische Prozedur ab.

„Danke", sagte er, nahm sie in seine Arme und gab ihr einen weiteren Kuss. Es fühlte sich so gut, so selbstverständlich an, und sie ließ die Umarmung auch zu, erwiderte die Zärtlichkeit sogar.

„Wenn jetzt andere Jungs hereinkommen und uns so sehen, halten die uns bestimmt für meschugge", meinte sie danach und lachte ihn an. „Ich hatte schon Angst, du würdest nie etwas sagen und habe die ganze Nacht nur überlegt, wie ich es dir beibringen kann."

„Ach, Leonie, wenn du wüsstest!"

Mehr fiel ihm gerade nicht ein, sie brachten den Verbandskasten zurück, gingen in den Tanzsaal und verbrachten einen wunderbaren Abend, an dem sie alles richtig machten und wie professionelle Turniertänzer übers Parkett glitten. Meinten sie selber jedenfalls, der Tanzlehrer sah das deutlich anders. Den beiden war jedoch überdeutlich anzusehen, woher ihre Selbstüberschätzung kam, und so ließ er sie in ihrem Glauben.

Leonie und Simon waren von dem Moment an unzertrennlich. Er stellte sie sehr bald seiner Mutter und natürlich Oma Hilde vor, die allesamt vom unverkrampften Charme und der vorbehaltlosen Herzlichkeit seiner Freundin angetan waren und sie sofort in ihr Herz schlossen. Auch Annemarie vermochte an der Wahl ihres Bruders nichts auszusetzen. Als sich nach etlichen Monaten die Wogen der hormonellen Verseuchung glätteten und seinem Gehirn wieder die Beschäftigung mit ganz alltäglichen Problemen ermöglichten, fielen Simon zwei Fragen ein, die er meinte angehen zu müssen. Die erste ließ sich gleich am nächsten Morgen beim Frühstück besprechen.

„Meret, was ich dich schon immer fragen wollte…?", begann er.

„Ja, ich bin ganz Ohr."

„Leonie gefällt dir doch auch, oder?"

„Ach, Simon, ich freue mich so für euch beide."

„Ja, muss ich auch sagen, ich weiß gar nicht, wie ich vorher ohne sie zurechtgekommen bin."

„Au, Backe", stöhnte Annemarie und verdrehte ihre Augen.

„Was ist nun deine Frage?", erinnerte Meret ihn an den Ausgangspunkt des Gespräches.

„Es ist so schön, mit Leonie zusammen zu sein. Hast du es nie für möglich gehalten, dich noch einmal zu verlieben?"

„Uff, das ist eine Frage, die ich nicht mit wenigen Worten beantworten kann. Sollen wir heute Abend mit Leonie zusammen darüber sprechen? Um es vorwegzunehmen: die Kurzantwort ist nein!"

„Ja schön. Ich könnte von Leonie ‚Tikal' mitbringen, das ist gerade Spiel des Jahres geworden."

„Muss das sein? Wir können doch auch einfach nur miteinander reden." Seine Schwester war kein leidenschaftlicher Fan von Gesellschaftsspielen.

„Du kannst ja zuschauen. Hilde, bist du dabei? Dann wären wir zu viert, mehr geht sowieso nicht."

„Wenn ihr mir erklärt, wie das geht, mache ich mit", versprach Oma Hilde, und so verabredete man sich für einen gemütlichen Abend.

Meret hoffte, dass durch die Verschiebung auf den Abend und das gemeinsame Spiel die Frage vom Frühstückstisch in Vergessenheit geraten könnte, aber Simon war nicht von der Fährte abzukriegen. Mitten im Spiel, als im Radio gerade ‚It`s my life', der neue Hit von Bon Jovi lief, kam er auf das Thema zurück.

„Du wolltest die Kurzantwort Nein noch ausführlicher erklären", mahnte er seine Mutter.

Einen letzten Versuch wollte sie noch starten: „Wie laufen deine Abiturvorbereitungen?"

„Alles bestens, ich habe schon so gut wie bestanden, es geht eigentlich nur noch um den Numerus, damit ich studieren kann, was ich will."

„Und was willst Du studieren?", wollte nun auch Oma Hilde wissen.

„Deutsch, Philosophie, Theologie und Kunst", kam es wie aus der Pistole geschossen. „Hier in Bonn. Ich war schon da und habe mich erkundigt. Geht alles, wenn ich die richtigen Zensuren habe."

Annemarie machte sich bemerkbar: „Musst du nicht erst zur Bundeswehr? Gemustert bist du doch schon."

„Ein klares Jein. Nach §12 können alle Theologiestudenten zurückgestellt werden, wenn sie Pastor werden wollen. Das wird aber von den meisten Kreiswehrersatzämtern nicht weiter überprüft. Und bis zum Studienende bin ich sowieso raus, weil ich dann verheiratet bin und Kinder habe."

„Ach ja?", warf Leonie ein. „Und wen willst du heiraten?"

„Häääh?" Simon verstand die Frage nicht, er konnte sich nicht einmal vorstellen, dass Leonie ernsthaft daran zweifelte.

„Deswegen will ich aber nicht Theologie studieren. Mich interessiert dieses Fach einfach, insbesondere in Zusammenhang mit Kunstgeschichte."

„Ich glaube, das passt sehr gut zu dir und deinen vielfältigen Interessen. Weißt du, welche Herkulesaufgabe du damit übernehmen willst?"

Meret hegte zwar keine Zweifel, dass ihr Sohn diesen Berg an Arbeit bewältigen würde, wollte aber gerne bei diesem Thema bleiben. Simon durchschaute diese Absicht schnell.

„Mutter Meret, lenke nicht ab! Kommen für dich ein neuer Freund oder eine neue Ehe infrage?"

„Also gut, irgendwann muss es wohl mal sein. Nein, ich möchte auf gar keinen Fall noch einmal eine so feste Partnerschaft eingehen, nie und nimmer!"

Das kam so heftig aus ihr heraus, dass alle anderen vier Anwesenden sich erstaunt anschauten.

„Zweimal habe ich mich darauf eingelassen. Beim ersten Mal war ich unsterblich verliebt, doch dieser Mann war plötzlich wie vom Erdboden verschwunden. Der zweite Mann war umgekehrt in mich hoffnungslos verliebt, da habe ich mich wohl einfach an ihn gewöhnt. Das war euer Vater, und den haben wir durch diese grässliche Krankheit verloren. Ich habe genug davon, mir reicht es. Aus! Vorbei!"

Die Kinder schauten sich betroffen an, auch Hilde schien überrascht. Es dauerte eine geraume Zeit, bis Leonie sich wieder etwas zu fragen traute.

„Hast du jemals nach diesem verschwundenen Mann gesucht?"

„Jahrelang!", ereiferte sich Meret. „Ich habe lange Zeit in allen Städten, in denen ich zu Seminaren und Fortbildungen war, die Telefonbücher nach seinem Namen durchstöbert. Völlig sinnlos bei diesem Namen, davon gibt es mehr als zweihundertfünfzigtausend Menschen. Und nicht alle stehen im Telefonbuch, außerdem nicht alle mit Vornamen. Manchmal passte beides, dann habe ich sogar angerufen, aber nie den richtigen gefunden und es schließlich aufgegeben. Vielleicht böte heute das Internet mehr Möglichkeiten, aber ich bin der Suche überdrüssig geworden."

Wieder brauchten alle, die an diesem Gespräch teilnahmen, einige Minuten, um das Gehörte verdauen zu können.

„Fehlt dir nicht etwas?", konnte sich Simon schließlich überwinden zu fragen.

„Was meinst du damit? Was soll mir fehlen?"

„Nähe, Zuwendung?"

„Du fragst nach Nähe und Zuwendung, weil du dich nicht traust, deiner Mutter gegenüber von Sex zu sprechen, nicht wahr?" Meret verstand ihren Sohn sehr genau. „Nähe und Zuwendung habe ich reichlich, durch euch, und ich schließe ausdrücklich Leonie mit ein, aber auch durch unsere wunderbare Ersatzoma Hilde. Danke dir, Hilde! Dann gibt es noch etliche Freunde und Freundinnen, insbesondere Regina Peliatus, meine Praxispartnerin. Und Sex setzt keine feste Beziehung voraus, ihr müsst euch um mich wirklich keine Sorgen machen."

Mit diesem Gesprächsergebnis hatte Simon genauso wenig gerechnet wie alle anderen, andererseits gestanden sich, Oma Hilde ausgenommen, die drei Kinder im späteren Rückblick immer wieder ein, dass sie die Offenheit ihrer Mutter ganz außerordentlich zu schätzen wussten.

„Ob wir uns für Mutter auf die Suche begeben sollten?", fragte Annemarie ihren Bruder bei einer dieser Nachbesprechungen.

Leonie war, wie fast immer, dabei und nahm ihrem Freund die Antwort vorweg.

„Das würde ich an eurer Stelle auf gar keinen Fall tun! Habt ihr bemerkt, dass sie in dem Gespräch peinlich genau darauf geachtet hat, den Namen des Mannes nicht zu erwähnen? Das kann doch nur eines bedeuten: sie möchte nicht, dass wir uns einmischen!"

„Sehe ich so wie Leonie. Könnte es ein guter Gedanke sein, ihr jemanden vorzustellen?"

Dieses Mal erregte sich seine Schwester über den, ihrer Meinung nach, absurden Einfall.

„Niemals! Das ist peinlich! Erinnert ihr euch, was sie über Sex gesagt hat? Fällt euch jetzt ein, dass sie manchmal Dates hatte und auch schon über Nacht weggeblieben ist? Sie hat sich ihr Leben auf ihre Weise eingerichtet, und wir halten uns da besser ganz raus!"

Darin waren die drei sich einig und versprachen sich gegenseitig völlige Zurückhaltung. Simon war aber mit seinem Fragenkatalog noch nicht am Ende und wollte die Chance nutzen.

„Schwesterherz, ich will dir nicht auf die Füße treten. Was ist eigentlich mit dir?"

Annemarie schaute ihren Bruder lange an, nicht etwa ratlos, vielmehr überlegte sie, ob dies der richtige Moment wäre, ihn einzuweihen. Simon interpretierte diese Pause falsch.

„Ich meine, du bist sechzehn, siehst super aus und hast ganz offenkundig reichlich Fans, deren Briefe du einfach wegschmeißt. Willst du als Jungfrau in die Ehe gehen?"

„Okay, ich sage es euch unter der Bedingung, dass ihr Mutter vorläufig nichts davon sagt", rang Annemarie sich schließlich durch. „Ich stehe nicht so auf Jungs, ich habe schon länger eine feste Freundin."

„Hammer, meine Schwester ist eine Lesbe", platzte es aus Simon heraus, aber ihm fiel sofort auf, dass er sich sprachlich verirrt hatte. „Sorry, Schwesterlein, ich war nur total überrascht. Finde ich super, stellst du uns deine Freundin vor? Wie heißt die überhaupt? Wie alt ist sie? Was macht die?"

„Lisa-Marie ist ein Jahr älter als ich und macht im übernächsten Jahr ihr Abi am Erzbischöflichen Clara-Fey-Gymnasium."

Leonie war nicht weniger neugierig als ihr Freund: „Sollen wir uns nicht morgen einfach mal am Abend in unserer Stammpizzeria treffen?"

„Ich werde Lisa fragen. Wenn sie einverstanden ist, dann gerne."

Annemarie war froh, dass es endlich heraus war. Nur Simon fehlte noch etwas.

„Warum sollen wir Mutter nichts davon sagen? Hältst du das wirklich für ein Problem? Glaubst du, sie könnte ablehnend reagieren?"

„Nein, glaube ich nicht. Ich weiß nicht so genau, irgendwie scheint mir der Zeitpunkt nicht richtig. Das wird sich ergeben. Aber ich will es ihr selbst sagen, also bitte verquatscht euch nicht!"

Das konnten ihr Bruder und seine Freundin versprechen. Damit und durch das Kennenlernen am nächsten Abend ergab sich eine freundschaftliche Beziehung zwischen den beiden ungleichen Paaren, die sich für alle Parteien als haltbar und gewinnbringend erwies. Lisa-Marie und Simon entdeckten, dass sie beide im Kunst-Leistungskurs waren und damit zwangsläufig auch im Mathematik-LK, so dass sie sich gemeinsam auf das Abitur vorbereiten konnten. Das war für beide eine fruchtbare Zusammenarbeit, denn Annemaries Freundin erwies sich als ein wahres Mathematikass, während er im anderen Fach herausragende Leistungen vorweisen konnte. Das brachte die jüngere Schwester auf eine Idee.

„Habt ihr gestern zufällig ferngesehen?", platzte sie in die Übungsstunde.

„Nein, warum?" Lisa verstand die Frage nicht ganz. „Gab es etwas besonders Spannendes?"

„Sie haben ein neues Quiz gezeigt, bei dem sich jeder anmelden kann. Von Günther Jauch moderiert, heißt ‚Wer wird Millionär'. Das wäre doch etwas für euch!"

Simon war geradezu entrüstet. „Auf gar keinen Fall mache ich bei solch einem Quark mit!"

„Ihr seid so schrecklich schlau, da wäre doch eine Million kein schlechtes Taschengeld", bohrte Annemarie weiter.

„Raus!", kam unisono die Antwort der beiden Lernenden.

Die Abiturfeiern der beiden Bad Godesberger Gymnasien fanden im folgenden Jahr an verschiedenen Tagen statt. Dadurch war Simons Schwester der Schwierigkeit enthoben, erklären zu müssen, warum sie der Feier ihres Bruders nicht beiwohnen wollte, denn für sie stand außer Frage, dass sie an der Ehrung ihrer Freundin teilnahm. Sehr stolz konnte Meret dann das Abschlusszeugnis mit einem Durchschnitt von 1,7 zur Kenntnis nehmen, mindestens ebenso stolz war Annemarie auf ihre Freundin, deren Zeugnis einen Tag später sogar eine 1,5 als Mittelwert enthielt. Lisa-Marie kam aus einer Handwerkerfamilie und war entschlossen, der Enge des Elternhauses so schnell wie möglich zu entfliehen, gleichzeitig jedoch die geographische Nähe zu ihrer Partnerin nicht aufzugeben. Daher freute sie sich, ein Zimmer in einer studentischen Wohngemeinschaft in Köln zu ergattern, um dort für das Lehramt am Gymnasium mit den Fächern Mathematik und Kunst zu studieren. Simon setzte nach den Abiturfeierlichkeiten sofort seinen Plan in die Wirklichkeit um und schrieb sich in Bonn für Deutsch, Philosophie, Theologie und Kunst ein. Damit konnte er zudem im Haus seiner Mutter wohnen bleiben und die Miete für eine Studentenwohnung sparen, für ihn noch wichtiger: in der Nähe von Leonie bleiben. Als zwei Jahre darauf seine Schwester ebenfalls mit gutem Gesamtergebnis die Schullaufbahn abschloss, ließ sie ihre Mutter wissen, dass sie, anders als ihr Bruder, ausziehen werde, um in Köln Deutsch und Sport für das Lehramt zu studieren. Gleichzeitig mit ihr war auch Leonie fertig geworden und begann, zu Merets übergroßer Freude, ein Studium der Psychologie in Bonn.

Wenige Tage nachdem nun für beide Kinder die Weichen des weiteren Weges in ihre Zukunft gestellt waren, kamen alle zusammen, um ein trauriges Ereignis zu begehen. Oma Hilde Kneppers war überraschend mit achtundsiebzig Jahren an einem Herzinfarkt gestorben. Sie hatte viele Jahre vorher verfügt, wie sie sich die eigene Beerdigung vorstellte, und Meret sah es als Selbstverständlichkeit an, diese Wünsche umzusetzen. Die Praxis blieb an diesem Tag geschlossen, Meret, ihre Geschäftspartnerin Regina, Leonie, Simon und Annemarie begleiteten die geliebte Ersatzoma zum Grab. Nur wenige Bekannte aus dem Freundeskreis waren erschienen, die Meret alle zu einem Kaffeekranz in Gedenken an Hilde einlud. Ein Kreis von zehn Menschen kam auf diese Weise zusammen, die nicht verstehen konnten, dass es für Merets merkwürdige geistige Abwesenheit einen Grund gab – sie war von einem Flashback überrascht worden und sah sich selbst wieder bei den Beerdigungen von Wolfgangs Eltern mehr als zwanzig Jahre zuvor.

„Leonie, ich möchte dir und Simon einen Vorschlag machen", sagte sie, als alle am Abend zusammensaßen. „Ich habe jetzt eine ganze Etage im Haus frei, ihr beide studiert in Bonn. Was hältst du davon, wenn ihr zusammenzieht und euch eine Etage hier im Haus ganz nach euren Wünschen einrichtet? Ich ließe euch die freie Wahl zwischen erstem Stock und Dachgeschoss."

„Meinst du das ernst?" Leonie konnte es kaum fassen.

„Ehrlicherweise muss ich euch gestehen, dass ich einen Hintergedanken dabei habe."

„Aha", brummte Simon.

„Ja, aha! Ich will dich nicht unter Druck setzen, wenn du dich im Laufe der Zeit anders entscheidest, kein Problem. Du hast jederzeit die Möglichkeit, dich in jeder Richtung neu zu orientieren und darfst dich dann nicht nur aus Rücksicht auf mich und unser heutiges Gespräch zu irgendetwas gezwungen fühlen. Versprochen?"

„Mutter, mache es nicht so spannend. Außerdem finde ich nicht, dass Leonie sich in jeder Richtung neu orientieren darf!"

Simon blickte seine Freundin mit glänzenden Augen an und sie legte ihm beruhigend ihre Hand auf den Kopf.

„Mein Hintergedanke ist die Praxis. Wenn du willst, das Studium gut läuft und du Interesse hast, kannst du danach bei Regina und mir einsteigen mit dem Ziel, früher oder später die Praxis zu übernehmen."

Das junge Paar saß mit offenen Mündern am Tisch, ihnen fehlten die Worte.

„Wenn ich euch damit überrumpele, dann lasst euch mit der Antwort ein paar Tage Zeit", beeilte Meret sich hinzuzufügen. „Macht euch keinen Stress, auch eine negative Antwort könnte ich gut verstehen."

Leonie fasste sich als erste. „Meret, das ist ein so unglaublich großzügiges Angebot, dass ich mich gar nicht traue, darauf einzugehen."

„Vielleicht beruhigt es dein Gewissen, dass es noch weitere Gründe für dieses Angebot gibt. Regina wird bald sechzig, ich habe demnächst meinen fünfzigsten Geburtstag. Regina will in zwei bis drei Jahren aussteigen, ich möchte auch nicht bis fünfundsechzig in der Praxis bleiben. Annemarie und Simon haben mir zwar kaum Probleme gemacht, aber als alleinerziehende selbständige Mutter lässt man doch einige Kraft, und ich möchte noch viele Reisen unternehmen, so lange ich gesund bin."

Simon sorgte sich um seine Schwester: „Was ist mit Annemarie?"

„Das werden wir im Bedarfsfall einvernehmlich mit einem Notar klären. Es gibt mehrere Möglichkeiten, wie zum Beispiel deine Schwester auszuzahlen, das müssen wir gemeinsam besprechen, wenn es soweit ist."

Simon nickte freudestrahlend, während Leonie ihrer zukünftigen Schwiegermutter um den Hals fiel: „Meret, ich weiß nicht, wie ich dir danken soll! Anne, findest du das okay?", wandte sie sich an die Schwester ihres Freundes.

„Absolut! Wenn ich mein Studium schaffe, will ich auf keinen Fall hier in Bad Godesberg unterrichten, wo ich auf Schritt und Tritt meinen Schülerinnen und Schülern begegne, noch schlimmer, wo ich etliche Eltern aus der Praxis meiner Mutter kenne."

So viel Einvernehmen war es wert, mit einer guten Flasche Wein gefeiert zu werden, und kurze Zeit später begannen die Handwerker mit einigen Renovierungsarbeiten. Meret zog unters Dach, dafür hatte das junge Paar den Einbau eines Liftes zur Bedingung gemacht, im großzügigen Treppenhaus der Villa konnte das problemlos vorgenommen werden. Simon belegte mit Leonie die erste Etage, die Praxis konnte, lediglich mit neuem Fußboden und frischen Farben aufgehellt, ohne Umbauten weitergeführt werden.

Mehrere Jahre waren seither vergangen, in denen alle vier jungen Leute sich intensiv um ihre Studien kümmerten. Simon vollendete seine erste Staatsarbeit und fand einen Verlag, der das Skript herausbringen wollte. Einigen Professoren verschiedener Studiengänge war er so positiv aufgefallen, dass sie ihn überredeten, Seminare zu übernehmen und bei ihnen zu promovieren, er verfüge also schon über Angebote für schlechtbezahlte Assistentenstellen, als sein erstes Buch veröffentlicht wurde, in dem er der Frage nachging, inwieweit Theologie und Kirchenarchitektur sich gegenseitig im Laufe der Jahrhunderte beeinflussten. Das erste Probeexemplar hielt er stolz in seinen Händen, als er am 22. November, dem Tag, an dem Angela Merkel Bundeskanzlerin wurde, nach Hause kam, um endlich etwas anzugehen, was er schon lange plante.

„Leonie, hör mal, ich habe dir eine CD mitgebracht", rief er seine Freundin und legte die Single ‚You`re Beautiful' von James Blunt auf, die seit einigen Wochen auf allen Radiosendern im ständigen Wiederholungsmodus lief.

„Oh, wie schön!", rief seine Freundin und fuhr fort: „Ich muss dir etwas sagen."

„Erst ich, bitte." Dann reichte er ihr sein Buch mit den Worten: „Schau mal hier, das wird mein erster Bestseller!"

Darüber mussten beide herzlich lachen, wohl wissend, dass aus dem Verkauf kaum größere Einnahmen zu erwarten waren.

„Das sieht toll aus. Auch das Titelbild, echt super. Und alles selbstgemacht!" Leonie war stolz auf ihn. „Was ich dir...."

„Nein, erst ich, sonst traue ich mich gleich nicht mehr. Ab dem Sommersemester nehme ich die Assistentenstelle an und beginne meine Dissertation. Das Thema habe ich heute mit dem Prof besprochen. Dann erhalte ich ein festes Einkommen, nicht viel, aber fürs Erste reicht es. Leonie – willst du meine Frau werden?"

Leonie platzte heraus mit ihrem lautesten und hellsten Lachen, das ihr zur Verfügung stand. Es klang überhaupt nicht höhnisch oder schmutzig, einfach nur froh und glücklich. Simon wartete, bis ihr Anfall vorübergegangen war.

„Habe ich etwas Komisches gesagt? Oder etwas falsch gemacht?" Etwas unsicher war er doch geworden.

„Ach nein, Simon. Es ist nur…", begann sie, um sich sogleich selbst zu unterbrechen. „Simon, wir sind doch schon lange so gut wie verheiratet. Natürlich will ich, sofort, am liebsten heute noch."

„Gott sei Dank! Einen Moment lang war ich etwas verunsichert", gestand ihr Freund. „Das Buch ist statt eines Ringes, habe ich nicht geschafft. Aber warum am liebsten heute noch? Und was wolltest du mir sagen?"

„Wenn wir mit der Hochzeit zu lange warten, sind wir zu dritt."

Er verstand sofort. „Nein!", rief er laut, über das ganze Gesicht strahlend, nahm seine Leonie in die Arme und küsste sie stürmisch. „Ich werde Vater! Wow, Mensch, seit wann weißt du es? Wann wird es soweit sein?"

„Mein Frauenarzt hat mir heute gesagt, dass ich in der sechsten Woche bin, errechneter Termin ist der 21. August. Kannst du mich eventuell wieder loslassen?"

Es klopfte an der Tür, und als Simon öffnete, stand seine Mutter im Flur.

„Na, bei euch geht es hoch her. Das habe ich bis in die Praxis gehört. Gibt es etwas zu feiern?"

„Mutter, komm herein und halte dich fest! Leonie, womit sollen wir anfangen?"

„Mit deinem Buch. Schau, Meret, die erste Veröffentlichung von Simon. Ich bin sicher, da kommt noch einiges hinterher."

Meret setzte sich auf einen Stuhl und nahm das Vorabexemplar geradezu ehrfürchtig in die Hand, um etwas zu blättern. Vierundzwanzig Jahre war ihr Sohn gerade erst geworden und begann schon, sich einen

Namen zu machen. Sein Professor hatte es sich nicht nehmen lassen, ein Vorwort zu verfassen.

„Sitzt du gut?", wollte Simon wissen. „Wir werden heiraten."

„Das ist wirklich eine sehr, sehr schöne Überraschung. Freut mich sehr für euch beide. Wann soll es denn sein?"

„Wir haben noch keine Ahnung", musste er zugeben, „aber sehr bald. Leonie hat gerade erst meinen Antrag angenommen."

„Kinder, ich freue mich wirklich ganz kolossal. Überlegt euch in Ruhe, wann das stattfinden soll, ich werde euch gerne dabei helfen, soweit ich kann. Aber ich muss wieder in die Praxis…"

„Nein, einen Moment noch. Jetzt kommt Überraschung Nummer drei: du wirst Oma!"

Meret sprang aus dem Stuhl und nahm Leonie in die Arme, rief ihren Sohn durch Armbewegungen herbei und alle drei hielten sich fest.

„Ihr könnt nicht ahnen, welche Freude ihr mir damit macht. Junge? Mädchen? Wann hast du Termin?"

„Langsam, Meret, ich habe es selber erst heute Nachmittag erfahren. Mehr wissen wir noch nicht. Termin ist Ende August."

„Das sind nun wirklich viele Gründe zum Feiern. Habt ihr heute Abend etwas vor? Sonst möchte ich euch gerne zum Essen einladen. Natürlich mit Mineralwasser für Leonie. Jetzt muss ich aber wirklich wieder runter. Sagt ihr Annemarie Bescheid?"

Der Abend wurde mit italienischer Kost gebührend gefeiert, der Wirt ihres Stammlokals spendierte eine Flasche Asti Spumante, von der Leonie sogleich ausgeschlossen wurde. Annemarie fehlte entschuldigt, weil sie am nächsten Tag eine wichtige Klausur schreiben musste.

Das Erscheinungsdatum des Buches verschob Simon, der es für geboten erachtete, sein Elaborat den ab August in Kraft tretenden Bestimmungen der neuen Rechtschreibung anzupassen. Damit stand zuerst die Hochzeit ins Haus, zu der Simon und Leonie kurz nach Ostern einluden. Die beiden wünschten sich eine kirchliche Trauung, denn beide waren zwar keine regelmäßigen Kirchgänger, aber auch nicht ausgetreten, hin und wieder besuchten sie sogar einen Gottesdienst. Für Simon gab es zudem durch sein Theologiestudium wieder Anknüpfungspunkte an die Kirche. Im Anschluss an die Zeremonie fand sich die gesamte Hochzeitsgesellschaft im italienischen Stammlokal wieder, das vom Wirt prächtig herausgeputzt und für weiteres Publikum gesperrt worden war.

Am 17. August, vier Tage zu früh, brachte Leonie den gemeinsamen Sohn Hendrik zur Welt, den sie bereits wenige Tage später mit nach Hause bringen konnte und der fortan ihren Tagesablauf weitgehend bestimmte. Der stolze Vater und die nicht minder stolze Großmutter unterstützten sie nach Kräften, soweit ihnen das möglich war, trotzdem wurden die Nächte kürzer und der Schlaf weniger. Leonie nahm sich für ihr Studium eine Auszeit und plante, nach etwa zwei Semestern mit Hilfe einer Kinderfrau die noch fehlenden Seminare und das Examen nachzuholen, dafür die Zeit an der Universität nach Möglichkeit zu komprimieren. Simon konnte mittlerweile seine Präsenzzeiten in hohem Maße, abgesehen von den im Vorlesungsverzeichnis festgelegten Seminaren, frei bestimmen, Meret reduzierte ihre Sprechstunden, so dass für Hendriks erstes Lebensjahr alle Voraussetzungen stimmten.

Die verspätete Veröffentlichung des ersten Buches von Simon fiel zusammen mit dem ersten Staatsexamen von Annemarie, beide Ereignisse konnten gemeinsam gefeiert werden, dieses Mal am Wohnzimmertisch, weil man Hendrik nicht alleine lassen wollte. Zwischen zwei Gläsern eines guten Weißweines, als Meret gerade durch ihren Enkelsohn abgelenkt war, flüsterte Simon seiner Schwester zu:

„Wäre jetzt nicht ein guter Zeitpunkt gewesen, Mutter einzuweihen? Ich wundere mich seit langem, dass sie nicht von sich aus nachfragt."

„Geduld, Brüderchen. Sie wird es früh genug erfahren", flüsterte Annemarie ebenso leise zurück.

„Oder hast du Stress mit Lisa-Marie?"

„Alles bestens. Sie hat demnächst das zweite Staatsexamen und ihre Ausbildungsschule will sie unbedingt behalten. Wenn Köln keine Probleme macht, werden wir danach Großverdiener sein und uns eine schöne Wohnung suchen", konnte sie soeben noch raunen.

„Gibt es irgendwelche Geheimnisse?", fragte Meret, die in diesem Moment das Zimmer mit Hendrik auf dem Arm betrat.

Simon versuchte schnell abzulenken: „Ich habe erzählt, dass ich meine Dissertation wohl im kommenden Sommer fertigstellen kann und dann, so ist es jedenfalls mit meinem Doktorvater besprochen, noch in den Semesterferien promoviert werde."

„Ja, und ich habe gestern erfahren, dass ich gleich mit Beginn dieses Schuljahres mein Referendariat im Kölner Seminar anfangen kann", kam seine Schwester ihm zu Hilfe, beide blickten sich verschwörerisch an und mussten unwillkürlich lächeln, weil ihre alten geheimen Absprachen immer noch so gut funktionierten.

Meret schaute nur kurz zu ihren Kindern herüber, um sofort darauf Hendrik ihre volle Aufmerksamkeit zu schenken. Sie kannte ihren Nachwuchs sehr gut und verstand, dass die beiden miteinander etwas besprochen hatten, wovon sie nichts mitbekommen sollte. Und sie war klug genug, es dabei zu belassen.

Nach den ersten Examina in Theologie, Kunst und Deutsch stürzte Simon sich auf die Philosophie, um nach den letzten Prüfungen in Absprache mit seinem Doktorvater eine Dissertation zu schreiben. Dafür türmten sich auf seinem Schreibtisch die Bücher, aus denen wiederum unzählige Merkzettel herauslugten. Sein Ziel, das ganze Verfahren im Sommer des folgenden Jahres abzuschließen, war ambitioniert, kam hingegen seiner Arbeitsweise sehr entgegen. Solange Leonie sich wegen ihres Babyurlaubs noch um Hendrik kümmerte, konnte er konzentriert weiterschreiben. Seine Frau trachtete danach, ihr Studium ebenfalls zu beenden, ein weiterer Grund für ihn, das Ziel so schnell wie möglich zu erreichen. Nachdem der Verkauf der ersten Veröffentlichung sich in einer für dieses Themengebiet erfreulichen Anzahl bewegte, stellte der Verlag in Aussicht, auch die Promotionsarbeit herausgeben zu wollen. Damit konnte im Herbst das zweite Werk unter seinem Namen erscheinen, kurz nachdem er sich mit erfolgreich überstandener Disputation hochoffiziell Doktor nennen durfte. Bei einem kleinen Umtrunk im Kreise der anderen Doktoranden und seiner Doktorväter im Anschluss an die Verteidigung seiner Schrift sprach ihn ein Teilnehmer eines seiner Seminare an, der ihm zwar vom Gesicht her bekannt, sonst aber noch nicht weiter in Erscheinung getreten war.

„Entschuldigen Sie, dass ich Sie einfach so anspreche. Mein Name ist Ewald Bodenbacher, ich bin ein Enkel von Martin Reifferscheid."

„Freut mich, Sie kennenzulernen. Dann trug Ihr Großvater einen berühmten Namen!"

Simon wusste als Mitglied des Dozentenkollegiums und aufgrund seiner eigenen Ambitionen natürlich, dass der Name Reifferscheid einen direkten Bezug zur Bonner Universität hatte. 1852 wurde Karl Simrock der erste germanistische Lehrstuhl an dieser Hochschule verliehen, dessen Tochter August Reifferscheid heiratete, der wiederum Professor für klassische Philosophie wurde. Ein Martin Reifferscheid war ihm allerdings bislang nicht untergekommen.

„Ja, deshalb komme ich zu Ihnen. Ich glaube, dass ich etwas ziemlich Wertvolles für Sie habe", fuhr sein Gesprächspartner mit geheimnisvoller Miene fort. Damit war Simons Neugier geweckt.

„Na, da bin ich mal gespannt. Schießen Sie los."

„Sie kennen die wesentlichen Werke von Karl Simrock?", wollte der junge Herr Bodenbacher von ihm wissen.

„Ich denke schon", konnte Simon antworten, „zumindest habe ich dessen großartige Übersetzung des Nibelungenliedes gelesen."

„Richtig, aber er hat noch viel mehr mittelalterliche Schriften übersetzt, zum Beispiel auch die Edda oder das Puppenspiel Doktor Faust. Diese Schriften waren wohl seine Leidenschaft, und er hat bis an sein Lebensende dazu geforscht."

„Und was haben Sie an Geheimnisvollem für mich?"

„Sagt Ihnen der Name Friedmuth vom Quellenberg etwas?"

Simon forschte in seinem Gedächtnis nach, konnte sich aber nicht erinnern, diesem Herrn jemals begegnet zu sein. Das ließ er sein Gegenüber auch wissen.

„Nein, können Sie auch nicht", freute sich Bodenbacher. „Das war ein Zeitgenosse von Walther von der Vogelweide, er ist nur bei weitem nicht so bekannt geworden und völlig in Vergessenheit geraten. Simrock hat irgendwoher Abschriften eines Heldenepos bekommen, in dem der erste Wittelsbacher auf dem bayerischen Thron, Otto der Rotkopf, und seine kinderreiche Ehe mit der Gräfin Agnes von Loon besungen werden. Das wollte mein Urahn wohl noch übersetzen, ist aber nicht mehr dazu gekommen."

Wenn ihm hier keine Fälschung untergeschoben werden sollte, soviel war Simon sofort klar, dann handelte es sich um eine Sensation. Weder von dem Autor, noch von einem solchen Werk war in der Wissenschaft etwas bekannt.

„Sie wollen mir doch nicht etwa zu verstehen geben, dass Sie im Besitz dieser Dokumente sind?"

„Genau das!"

„Wie sind Sie darangekommen?"

„Karl Simrock hat seinen gesamten literarischen Nachlass dem Schwiegersohn August Reifferscheid vermacht, weil er sich wohl erhoffte, dass der Professor etwas damit anfangen könnte. Der hat das jedoch Zeit seines Lebens nicht in die Hände genommen, und damit ging es in den Besitz seines Sohnes Heinrich Reifferscheid über, der ebenfalls Professor war, allerdings als Maler an den Kunstakademien Berlin und Düsseldorf. Der ahnte lange Zeit ebenfalls nicht, welcher Schatz ihm da in den Schoß gefallen war, bis er zufällig bei einem Weinumtrunk mit seinem Patenonkel Hermann Grimm, der wiederum ein Sohn eines der Gebrüder Grimm war, über seine Vorliebe für die Romantik sprach und die beiden den Plan entwickelten, dieses Lied in Bilder zu übersetzen."

Ewald Bodenbachers Redefluss wollte kaum enden und Simon hatte Mühe, überhaupt Zwischenfragen stellen zu können.

„Meine Güte, das sind schon über einhundertfünfzig Jahre Literaturgeschichte. Haben Sie das alles auswendig gelernt?"

„War nicht notwendig, ist alles von alleine passiert. Dem Maler Heinrich Reifferscheid bot sich in der Nazizeit keine Gelegenheit, diese Bilder zu malen und er ist 1945 verstorben, bevor er dazu kam. Sein Sohn war mein Großvater, Martin Reifferscheid."

„Eine tolle Geschichte. Wo ist nun die Pointe?", zeigte sich Simon von dieser Familiengeschichte einigermaßen beeindruckt.

„Mein Großvater", fuhr der junge Mann fort, „war Facharzt an der Aachener Uniklinik und hatte mit Literatur nichts am Hut. Ich war so etwas wie sein Lieblingsenkel, und kurz vor seinem Tod 1993 nahm er mich einmal mit auf den Dachboden seines Hauses, wo er mir die alten Abschriften zeigte mit der Bitte, sie an mich zu nehmen und öffentlich zu machen, wenn ich alt genug dafür bin."

„Warum tun Sie es nicht? Warum kommen Sie damit zu mir?"

„Ich bin Mathematiker und habe davon keine Ahnung, erst recht kann ich mittelhochdeutsche Sprache nicht übersetzen wie mein Urahn. Ich habe jemanden gesucht, der damit umzugehen weiß, und Sie sind mir von Professor Heinsbach, einem Freund unserer Familie, empfohlen worden. Deshalb war ich ein paarmal in Ihren Seminaren, um mir ein Bild von Ihnen zu machen."

Ganz offensichtlich half Simon ein in keiner Weise zu erwartender Zufall, sich in der Germanistik einen Namen zu machen, und er kam mit Ewald Bodenbacher überein, die Schriften zu begutachten und, wenn sie sich als echt herausstellen sollten, zu übersetzen.

Seine Schwester schloss im gleichen Sommer die Zeit als Referendarin erfolgreich ab und erhielt eine Stelle an einem Kölner Gymnasium. Wegen besonders guter Abschlussnoten stellte man ihr in Aussicht, die ‚z.A.-Zeit', also die Dauer bis zur Verbeamtung auf Lebenszeit, auf ein Jahr verkürzen zu können. Am Abend nach den Prüfungen waren Meret sowie Simon mit Leonie und Hendrik eingeladen für ein Abendessen in Annemaries Wohnung. Es war dies das erste Mal, dass die junge

Lehrerin in ihre eigenen vier Wände einlud, ihr Bruder ahnte, was das bedeuten könnte. Umso weniger verstand er, warum sich seine Mutter auf dem Hinweg überaus nervös zeigte.

„Gibt es einen Grund dafür, dass du so unruhig bist?", wollte er daher wissen.

„Ja!", war die wenig hilfreiche Antwort.

„Ließe sich dieses ‚Ja' etwas genauer ausführen?"

„Seit einigen Jahren druckst du dich mit Annemarie um ein Thema herum, als wenn ich nicht alt genug wäre, das zu verstehen. Oder habt ihr beide etwa Angst, ich könnte mein eigenes Kind verstoßen, weil es so etwas wie eine ansteckende Krankheit hat? Oder als Hexe verbrennen? Nachdem ihr mir diese Rolle der Großinquisitorin zugewiesen habt, müsst ihr euch nun nicht wundern, dass ich aufgeregt bin, weil meine Tochter mich endlich in ein langgehütetes Geheimnis einweihen will."

Simon war überrascht. „Du weißt Bescheid?"

„Ich kenne meine Tochter nun schon seit fünfundzwanzig Jahren! Habt ihr tatsächlich gedacht, ihr könntet irgendetwas dauerhaft vor mir verbergen?"

„Mütter!", rief ihr Sohn achselzuckend, aber auch erleichtert aus.

Von hinten meldete sich Leonie, die mit Hendrik beschäftigt war und deshalb von dem Gespräch nur den letzten Ausruf mitbekam.

„Was ist mit uns Müttern?"

„Meret weiß schon lange über Annemarie Bescheid", erklärte Simon ihr über die Schulter.

Leonie staunte darüber viel weniger als ihr Mann: „Das sage ich euch schon seit langem. Meret, du kannst dich auf eine ganz nette neue Schwiegertochter freuen!"

„Ihr kennt euch schon?", fragte Meret zurück.

„Wir haben uns ein paarmal getroffen. Aber alles andere sollen dir die beiden selbst erzählen. Das wird bestimmt ein schöner Abend! Ich hoffe nur, dass Hendrik uns nicht zu sehr beansprucht, damit wir in Ruhe reden können. Ich habe Annemie extra vorher angerufen, dass sie Papier und Buntstifte bereithalten soll, weil er so gerne malt."

Simon schaltete sich wieder ein: „Woher er nur dieses künstlerische Talent hat?"

„Von euch beiden", warf Meret ein, ohne Leonies Antwort abzuwarten. „Von dir das Interesse an Bildern, von Leonie die Geduld und die Bestätigung für seinen Eifer. Apropos Bestätigung: wie weit bist du mit deinem Studium?"

„Bislang läuft alles nach Plan. Simon kann mir viel mit dem Haushalt und mit Hendrik helfen, deswegen komme ich gut voran und werde im nächsten Jahr abschließen. Das verlängerte Praktikum, um mein Diplom machen zu können, habe ich ja schon in deiner Praxis absolviert. Wenn dein Angebot noch steht, möchte ich gleich nach den Examina bei dir einsteigen."

„Das wäre ein Traum! Simon, wie sieht es denn dann mit deiner beruflichen Zukunft aus? Habt ihr dafür einen Plan?"

„Ich habe vor, vom Gehalt meiner zukünftigen Diplompsychologin zu leben. Nein, im Ernst, es gibt ein paar Angebote, Dozentenstellen an verschiedenen

Universitäten anzunehmen. Göttingen, Bochum und Ulm zum Beispiel. Aber ich warte lieber, bis mir in Aussicht gestellt wird, habilitieren zu können und eine ordentliche Professur zu erhalten. Dafür habe ich bereits angefangen, eine Habilitationsschrift zu verfassen, weil mir ein seltsamer Zufall ein außerordentlich vielversprechendes Thema zugespielt hat. Ich spekuliere auf eine Stelle hier in Bonn."

Meret machte sich Sorgen: „Und dafür gibt es realistische Perspektiven?"

„Ja, die gibt es. Sehr gute sogar. Ich kenne viele wissenschaftliche Mitarbeiter nun schon einige Jahre und komme mit den meisten sehr gut aus. Professor Heinsbach, ein Germanist, und Professor Kanstatt, ein Kunstwissenschaftler, werden beide sehr bald emeritieren und haben mir beide ihre Unterstützung zugesichert."

„Und was ist mit Theologie?", hakte seine Mutter nach.

„Du wirst es nicht glauben, aber mir liegt in der Tat ein Angebot des Paderborner Priesterseminars vor, hauptsächlich wegen meiner Kombination mit Philosophie. Aber ich habe weder Lust, nach Paderborn zu gehen, noch darauf, mich ständig von einem Bischof beobachten zu lassen."

Mittlerweile war Simon in der Straße in Köln angelangt, in der Annemarie mit Lisa-Marie wohnte, und er machte sich auf die Suche nach einem geeigneten Parkplatz. Ein nicht ganz leicht zu lösendes Problem in dieser Stadt, das mitunter mehr Zeit in Anspruch nehmen kann, als die gesamte Fahrt von Bad Godesberg bis in die Domstadt dauert. Aber mit viel Glück konnten sie hinter einem Anwohner einscheren, der gerade fortfahren wollte.

Alle Befürchtungen Annemaries, die der Grund dafür waren, bis zu diesem Zeitpunkt ihre Partnerschaft mit Lisa-Marie zu verschweigen, entpuppten sich als völlig unbegründet. Meret schloss das neuvorgestellte Familienmitglied sofort in ihr Herz und verstand sich prächtig mit ihr. Die beiden Lehrerinnen hatten mit viel Glück eine hübsche und nicht zu große Altbauwohnung mit Balkon und Gartennutzung mieten können und sehr gemütlich eingerichtet. Für diesen späten Nachmittag stand, in Erinnerung an das Bad Godesberger Stammlokal, ein selbst zubereitetes italienisches Menü bereit, an dem sich alle mit großem Appetit bedienten, sogar Hendrik bekam seinen Anteil. Weil diese Zusammenführung so außerordentlich harmonisch verlief, gab es auch keine Notwendigkeit, mit intimeren Erkundigungen Zurückhaltung zu üben.

„Wollt ihr auch heiraten?", traute Meret sich daher zu fragen.

„Das geht in Deutschland ja noch nicht. Wir haben uns aber als gleichgeschlechtliche Partnerschaft eintragen lassen. Ein scheußliches Sprachungetüm, aber immerhin eine rechtliche Absicherung für die jeweils andere", erklärte Annemarie.

„Bevor du weiterfragst", ergänzte Lisa-Marie, „wir wissen noch nicht, ob wir Kinder haben wollen. Das schließen wir nicht aus, aber im Moment wollen wir erst einmal unser Leben genießen und in unseren Berufen beide Beine an die Erde bekommen."

Als es später an die Verabschiedung ging, nahm Meret ihre neue Schwiegertochter in die Arme und sagte: „Ich freue mich so sehr für euch beide! Und ich bin stolz, dass ich dich ab sofort Schwiegertochter nennen darf."

Während der Rückfahrt wirkten Simon, Leonie und ihre Schwiegermutter deutlich entspannter als noch wenige Stunden zuvor, weil nichts Unausgesprochenes mehr zwischen ihnen lag. Hendrik war nach wenigen Minuten eingeschlafen, daher konnten alle drei ihren Gedanken freien Lauf lassen. Nach einiger Zeit kam Meret auf das Thema der Hinfahrt zurück.

„Du hast gesagt, dass du an einer Habilitation in Germanistik arbeitest. Wenn du eine Professur in Kunst oder Philosophie anstrebst, wäre dann nicht eine Arbeit in einem der beiden Fächer angebrachter?"

Simon wirkte etwas verlegen: „Du hältst mich hoffentlich nicht für größenwahnsinnig, aber ich habe gleich zwei halbfertige Manuskripte zu Hause liegen. Für die Habilitation in Deutsch habe ich mit Professor Heinsbach einen engen zeitlichen Rahmen vereinbart, so etwa bis zum Sommer des kommenden Jahres. Danach ist mit ihm und Professor Kanstatt besprochen, wie dasselbe in Philosophie ablaufen soll. Dafür habe ich mir ein übergreifendes Thema überlegt, mit dem ich Philosophie, Theologie, Kunstgeschichte und Germanistik in Verbindung bringen werde."

„Darf man in zwei Fächern Habilitationen einreichen?"

„Nein, natürlich nicht. Wir entscheiden gemeinsam, welches der beiden Manuskripte die besseren Chancen bringt, das andere werde ich einfach als neue

Veröffentlichung auf den Markt werfen. Für die Professur ist es unerheblich, in welchem Fach ich die Habil habe."

„Das hört sich alles sehr anspruchsvoll an. Du bist sicher, dass du dich damit nicht übernimmst? Wie ist das alles mit Leonies Studium und mit Hendrik vereinbar?"

„Ja, da sprichst du die echten Probleme an. Leonie ist in der Endphase ihres Studiums, die werde ich nicht mit meinem Kram behelligen können. Deshalb suchen wir gerade nach einer zuverlässigen Kinderfrau, am liebsten eine zweite Oma Hilde, wie du sie für uns gefunden hattest."

Man konnte Meret ansehen, wie sehr sie mit ihren Überlegungen kämpfte: „Die selige Hilde, das war wirklich ein ausgesprochener Glücksfall. Ich hätte nicht gewusst, wie ich ohne sie die ersten Jahre, nachdem euer Vater gestorben war, hätte schaffen sollen. Es tut mir leid, dass ich für euch meine großmütterlichen Pflichten nicht im vollen Umfang wahrnehmen kann, aber ein paar Jahre werde ich noch in der Praxis weiterarbeiten müssen."

„So war das auch überhaupt nicht gemeint!", beruhigte ihr Sohn sie. „Mit der Möglichkeit für Leonie, in deine Praxis miteinzusteigen, tust du für uns schon mehr als genug. Selbst wenn du irgendwann einmal aussteigst, möchten wir dir nicht unseren Nachwuchs aufhalsen. Paps ist seit über zwanzig Jahren tot, du sollst dich dann nur noch um dich selbst kümmern, in der Welt herumreisen oder alles das tun, wozu du bisher nicht gekommen bist."

Leonie hörte ihnen aufmerksam zu und setzte die Gedanken fort: „Hendrik wird ab dem nächsten Jahr in den Kindergarten gehen, dann ist schon viel Zeit gewonnen. Und eine Kinderfrau werden wir schon finden."

Ihr Optimismus wurde jedoch auf eine harte Probe gestellt. Die ersten Interessenten auf ihre Suchanzeige stellten sich vor mit Ansichten über Arbeitszeiten beziehungsweise Entlohnungen, die in keiner Weise zu realisieren waren, andere schafften es nicht, zu Hendrik eine Beziehung aufzubauen. Die Suche zog sich hin und die jungen Eltern befürchteten mehr als einmal, ihre Bemühungen einstellen zu müssen. Eines Abends kamen sie gemeinsam vom Wocheneinkauf zurück, als sie ein Mädchen auf dem Absatz ihrer Haustreppe sitzend vorfanden, das ihnen nicht ganz unbekannt vorkam. Sie erhob sich und streckte ihnen die Hand zur Begrüßung entgegen.

„Guten Tag! Ich bin Melanie Bauerfeld!"

„Hallo Melanie. Was können wir für dich tun? Woher kennen wir uns?", entgegnete Leonie.

„Wir sind uns schon oft begegnet, ohne uns näher kennenzulernen. Ich wohne gleich drei Häuser weiter."

„Richtig", rief Simon, „da habe ich dich gelegentlich aus der Tür kommen sehen. Was führt dich zu uns?"

„Mein Vater hat mir erzählt, dass Sie für Hendrik eine Kinderfrau suchen. Stimmt das?"

„Das ist korrekt. Woher hat dein Vater das erfahren?"

„Der ist bei Ihnen in der Praxis als Patient gewesen", erzählte Melanie und ergänzte, als sie die betroffenen Blicke Leonies bemerkte: „Vati war sehr traurig, als seine Frau, also meine Mutti vor drei Jahren gestorben ist. Da hat Ihre Mutter ihm in einigen Sitzungen sehr gut helfen können."

„Das freut mich außerordentlich", versicherte Leonie. „Es handelt sich übrigens um die Mutter meines Mannes, also um meine Schwiegermutter. Wie bist du denn selbst mit dem Tod deiner Mutter zurechtgekommen? Woran ist sie denn gestorben?"

„Das war ein Verkehrsunfall. Mir geht es mittlerweile ganz gut, Paps arbeitet auch wieder, aber wir sind seitdem etwas knapp bei Kasse. Deshalb muss ich mir meinen großen Traum wohl aus eigener Kraft erfüllen."

„Was ist denn dein Traum?"

„Ich habe gerade mein Abi gemacht und möchte jetzt so lange arbeiten, bis ich genug Geld zusammen habe, um ein ganzes Jahr lang um die Welt zu reisen."

Melanies Augen glänzten, als sie davon erzählte, und sowohl Simon als auch Leonie konnten das sehr gut verstehen. Hendrik war unruhig geworden, deshalb schlugen seine Eltern vor, das Gespräch in der Wohnung fortzusetzen. Während die Psychologiestudentin und der Habilitand die Einkäufe verstauten, kümmerte sich das Mädchen so rührend um ihren Sohn, dass die beiden auch ohne weitere Worte sich allein durch ihre Blicke einig waren, soeben ein gutes Angebot erhalten zu haben. Simon begann als erster, die möglichen Hindernisse anzusprechen.

„Wir suchen jemanden, der nicht nur für wenige Wochen bei uns bleibt."

„Schon klar", gab Melanie zu verstehen. „Ich habe mir zwei Jahre gegeben, um genügend Geld anzusammeln. Mindestens so lange kann ich bleiben."

„Problem Nummer eins gelöst", warf Leonie ein. „Hat man dir gesagt, dass neben der Aufsicht über Hendrik auch etwas Hilfe im Haushalt ansteht?"

So räumten die drei in einem angenehmen Gespräch alle Hürden aus dem Weg und konnten sich auch finanziell schnell einig werden. Für die folgende Woche wurde ein Probetag verabredet, der ebenfalls ausnehmend zufriedenstellend verlief, so dass ganz offenkundig wurde, welcher Glücksgriff mit der jungen Nachbarstochter gelungen war, zumal Hendrik vom ersten Moment an seine „Melli" ins Herz schloss.

Leonie und Simon konnten sich nun voller Elan in ihre wissenschaftliche Arbeit vertiefen und die anstehenden Examina, Staatsarbeiten beziehungsweise Habilitationen voranbringen. Die angehende Diplompsychologin erhielt zur Jahreswende einen weiteren Motivationsschub, als Regina Peliatus, die Praxispartnerin ihrer Schwiegermutter, sich mit ihr zu einem vertraulichen Gespräch am Abend bei ihrem Stammitaliener verabredete. Nach dem Essen und vielen anderen gestreiften Themen kam der eigentliche Grund des Treffens auf den Tisch.

„Wann wirst du dein Diplom abschließen können?", fragte Regina.

„Wenn nichts mehr dazwischenkommt, werde ich im laufenden Wintersemester mit allem fertig sein. Warum fragst du?"

„Im kommenden Jahr werde ich vierundsechzig Jahre alt. Ich merke, wie meine Kräfte schwinden und ich immer weniger Lust habe, zum Dienst zu erscheinen. Meret habe ich noch nichts davon gesagt, aber ich spüre, dass ich aufhören muss, bevor mich die Arbeit auffrisst. Ich schaffe es einfach nicht mehr."

„Was ist los?", zeigte Leonie sich besorgt. „Sage nicht, dass du irgendeine besorgniserregende Diagnose erhalten hast."

„Das ist es nicht, nein. Ich würde sagen, einfach die Form eines sich anbahnenden Burn-Out. Ich möchte gerne aufhören, bevor es zu spät ist. Deshalb meine Frage an dich. Bitte übernimm meine Anteile an der Praxis, sobald du fertig bist. Ich will einfach nicht mehr diesen täglichen Stress aushalten müssen. Ihr könnt mich dann gerne auf Honorarbasis als Urlaubsvertretung oder in Krankheitsfällen anfragen, aber das Tagesgeschäft überlasse ich euch."

„Ich freue mich natürlich sehr, dass du mir so viel Vertrauen schenkst", erwiderte Leonie. „Bist du dir ganz sicher?"

„Absolut!", gab Regina sich entschlossen. „Und richte dich darauf ein, dass über kurz oder lang auch Meret aussteigen wird. Sie ist zwar deutlich jünger als ich, aber mir gegenüber hat sie wiederholt angedeutet, sich möglichst früh aus dem Berufsalltag verabschieden zu wollen."

„Tatsächlich? Simon und ich haben sie schon mehrmals daraufhin angesprochen, aber bisher wollte sie nichts davon wissen."

„Glaube mir, sie wird die Chance nutzen, sobald sie den Fortbestand der Praxis und damit ihres Lebenswerkes gesichert weiß. Es kann demnach nicht schaden, wenn du beizeiten nach einer Teilhaberin oder einem Teilhaber Ausschau hältst."

Mit dieser Perspektive bemühte sich Leonie umso mehr, alle erforderlichen Voraussetzungen für ihren Abschluss schnellstmöglich zu erfüllen. Zum Osterfest des Jahres 2010 konnte die versammelte Familie tatsächlich, natürlich verbunden mit einer Einladung zum Menü in ihrem italienischen Stammlokal, der frischgebackenen Absolventin zu ihrem Titel gratulieren. Schon zum Sommer des Jahres wurden die notwendigen notariellen Vereinbarungen zwischen Regina, Meret und Leonie unterschrieben. Nun war es an Simon, seiner Frau nachzueifern und die Studienjahre zu einem erfolgreichen Ende zu bringen. Seine beiden Manuskripte waren so gut wie fertig, die Gespräche mit den Professoren Heinsbach und Kanstatt verliefen vielversprechend, Termine wurden mit beiden sowie dem Prüfungsamt bald gefunden.

Als Simon die kommentierte Übersetzung des bislang verschollenen mittelhochdeutschen Heldenliedes zur Jahreswende als viertes Werk unter seinem Namen mit einem ausführlichen Vorwort von Ewald Bodenbacher veröffentlichte, schlug es in wissenschaftlichen Kreisen enorme Kreise, selbst die bayerische Landesregierung bekundete Interesse. Otto der Rote übernahm 1180 als erster Wittelsbacher das zwar verkleinerte Herzogtum – 976 waren Kärnten, 1153 Meranien und 1156 Österreich verloren gegangen – aber die Wittelsbacher führten das Land immerhin bis 1918. Einer der Söhne Ottos, Ludwig I. von Kehlheim, konnte eine fast fünfzigjährige Herrschaft vorweisen. Außerdem hing im Weißen Saal der Münchener Residenz ein Wandteppich, auf dem seine Taten gerühmt wurden, denen er die Freundschaft zu

Friedrich I. Barbarossa und damit auch seinen bayerischen Thron verdankte. Das Angebot, an der Münchener Universität eine ordentliche Professur zu übernehmen, schlug er aus. Trotz dieses großen Erfolges lag seine berufliche Präferenz in der Kunstwissenschaft und er hing an seiner Heimatstadt Bonn.

„Bist du ganz sicher, dass es richtig war, das Münchener Angebot abzulehnen?", fragte ihn Leonie, als er kurz danach von einer Gastdozentur in der bayerischen Metropole zurückkehrte.

Hendrik spielte gedankenverloren mit seinen Kunststoffbausteinen und verwandelte den gesamten Wohnbereich in ein Schlachtfeld. Seine geliebte Melli hatte sich bis zum Nachmittag mit ihm beschäftigt und beim Abschied ihren Arbeitgebern mitgeteilt, dass sie nach den Sommerferien gerne ihre Weltreise antreten wollte. Die jungen Eltern würden sich mit der Frage befassen müssen, ob in diesem frühen Alter eine Einschulung Sinn machte, oder ob nach einer neuen Betreuung Ausschau gehalten werden müsste.

„Absolut und völlig sicher", konnte Simon voller Überzeugung entgegnen. „Ich weiß nicht, was ich in diesem Münchener Moloch soll, und in der Fakultät scheint mir eine gespannte Atmosphäre zu herrschen. Außerdem ist meine andere Habilitationsschrift fast fertig, und Professor Kanstatt verlässt im Sommer den Vorlesungsbetrieb. Ich bekomme von allen Seiten die Zusicherung, dass man meiner Berufung zustimmen wird."

„Und wenn sich alle deine Pläne in Luft auflösen? Wirst du dann dem ausgeschlagenen Angebot nachtrauern?"

„Wir haben ein schönes Haus in Bonn, du hast die sichere Stelle hier in der Praxis, das ist mein Netz, von dem ich aufgefangen werde, wenn alles schiefgeht. Außerdem hat die letzte Veröffentlichung mich im Kreise der Germanisten so bekannt gemacht, dass ich damit gut und gerne einige Jahre hausieren gehen kann. Viel wahrscheinlicher ist ohnehin, dass ich hier an der Uni bleibe."

„Gibt es nicht ein Hausberufungsverbot in Deutschland?", wandte Leonie ein. „Ich habe kürzlich gehört, dass eine Bekannte vergeblich eine Professur in Köln angestrebt hat, weil sie sich schon dort habilitiert hatte."

„Ja und nein. Es gibt diesen Brauch in einigen Bundesländern wie zum Beispiel in Baden-Württemberg, aber es gibt kein entsprechendes Verbot, weil das verfassungswidrig wäre. Ich habe alle Voraussetzungen erfüllt, die Dissertation liegt schon lange vor, etliche Aufsätze in der Fachliteratur sind erschienen, Lebenslauf und Führungszeugnis sind sowieso schon lange im Prüfungsamt, und meine Seminare werden als wissenschaftliche Lehrveranstaltungen anerkannt. Nun fehlen nur noch die Habilitationsschrift und ein wissenschaftlicher Vortrag mit anschließendem Kolloquium, das Thema ist schon eingereicht und angenommen."

Zunächst schienen sich Simons Überlegungen auch realisieren zu lassen. Seine umfangreiche Studie fand begeisterte Aufnahme und das öffentliche Referat besuchten zahlreiche Studenten und Fachkollegen, die das anschließende Gespräch darüber lebhaft und interessant machten. Sein Ruf war mittlerweile bis ins Bildungsministerium gedrungen, aus dem ein Dezernent zur Veranstaltung kam, um diesen Aspiranten für eine ordentliche Professur in Augenschein zu nehmen. Als sehr hilfreich erwies sich, dass er ein Angebot der Universität München vorweisen konnte, womit dem Abgesandten des Ministeriums klar wurde, was dem Kreis der Fachkollegen längst bekannt war, nämlich dass man diesen jungen Wissenschaftler mit allen Mitteln an die Bonner Universität binden müsse. Am Ende des Tages wurde ihm versichert, es sei nur eine Frage weniger Wochen, bis er seine Berufungsurkunde in die Hände bekäme.

Meret war mindestens ebenso stolz auf Simon wie Leonie, selbstverständlich wurde der erfolgreiche Tag ausführlich in ihrem italienischen Lokal gefeiert, ohne Melanie, die tatsächlich im Herbst zu ihrer großen Weltreise aufgebrochen war. Hendrik spielte mit dem Wirt, der ihn in die Küche mitnahm. Nach dem Abschied ihrer Kinderfrau und einer längeren ergebnislosen Suche nach Ersatz hatte Leonie mit ihrer Mutter Kontakt aufgenommen, die sich bereiterklärte, vorübergehend auszuhelfen. Simon wusste um die hochproblematischen Beziehungen zwischen seiner Frau und seiner Schwiegermutter, nur erhebliche Selbstüberwindung auf beiden Seiten machte diese Interimslösung möglich. Leonies Vater war ausgezogen, als sie noch ein Kleinkind war, und ihre Mutter blieb mit einem Mädchen zurück, von dem sie sich oft überfordert fühlte. Mit Hendrik jedoch ging sie, wie Simon zufrieden feststellte, sehr liebevoll um, möglicherweise wollte sie auf diese Weise ihr früheres Erziehungsdesaster vergessen machen.

Kurz vor dem Weihnachtsfest des Jahres 2010 gab es zwei Ereignisse, die erheblichen Einfluss auf das weitere Leben der gesamten Familie haben sollten, auch wenn niemand von ihnen das voraussehen konnte. Zunächst wurde er zum ordentlichen Professor der Kunstwissenschaften berufen, womit sichergestellt war, dass für eine lange Zeit ihre Zukunft in Bonn lag. Vor allem Leonie war damit ihre Sorge los, ob das Münchener Angebot sowie weitere Anfragen aus Paderborn und Bochum die Zukunft ihrer mit Meret betriebenen Praxis in Frage stellen könnten. Der nächste Vorfall schien zunächst weniger erfreulich zu sein.

„Du kannst dir nicht vorstellen, was ich mir heute anhören musste!"

Simon kam so aufgebracht nach Hause, dass Leonie sofort erkannte, in welcher Stimmung er war. Sie goss ihm ein Glas Wein ein und setzte sich zu ihm. Es war spät geworden, und Hendrik lag schon im Bett. Seine Einschulung hatten die Eltern auf den Beginn des kommenden Schuljahres verschoben, um ihrem Sohn noch Zeit zu geben, die Welt spielerisch für sich zu entdecken.

„À la vôtre!", prostete sie ihrem Mann zu. „Erzähl mal!"

„Heute hat mich der Verleger…"

„Für deine Habilitation?", unterbrach ihn Leonie.

„Genau. Der hat mich in meinem Büro aufgesucht und mir gesagt, dass sein Verlag das Buch so nicht herausgeben will."

„Bitte? Warum das denn nicht?"

„Gute Frage. Sie möchten, dass das Vorwort von Professor Kanstatt ersatzlos gestrichen wird, und im Kapitel über die Einflussnahme des Vatikans und einiger Erzbischöfe auf den Kirchenbau und damit auf das dörfliche Leben soll ich viele Stellen umformulieren, weniger scharf, wie er sich ausdrückte."

Leonie konnte sich die Reaktion ihres Gatten auf ein solches Ansinnen lebhaft vorstellen.

„Was hast du ihm gesagt?"

„Ich habe ihn hinausgeworfen und ihn zur Hölle gewünscht", konnte Simon schon wieder schmunzeln. „Und dann habe ich ihm noch verboten, das Manuskript zu veröffentlichen. Er ist ganz kleinlaut geworden und wollte mit mir nach Kompromissen suchen, aber ich habe das Gespräch einfach beendet."

„Was hast du jetzt damit vor?"

Simon zuckte die Schultern: „Keine Ahnung, erst einmal abwarten. Vielleicht werde ich es einem anderen Verlag anbieten."

„Da wird sich sicher etwas finden", beruhigte Leonie ihn. „Ich habe jedenfalls in der Mittagspause deine Reisetasche gepackt."

Simon schaute sie fragend an.

„Nun sage nicht, du hast vergessen, dass du morgen nach Salzburg zum Kongress fährst. Willst du dem Vorurteil des zerstreuten Professors entsprechen?", lachte Leonie laut auf.

„Oh Gott, ich danke dir! Das war mir in der ganzen Hektik tatsächlich entfallen. Aber immerhin erinnere ich mich, dass ich bereits vor einiger Zeit das Zugticket gebucht habe. Das liegt, hmmm, das liegt, glaube ich…, nein, ich werde es suchen müssen. Das kann nur auf dem Schreibtisch liegen."

Dann sah er in die strahlenden Augen seiner Frau und wusste Bescheid.

„Du hast es gefunden, oder?"

„Steckt in der Seitentasche. Du musst morgen früh los zum Bahnhof, ein Taxi habe ich dir auch schon bestellt."

„Wenn ich dich nicht hätte!", rief Simon begeistert.

„Dann müsstest du wohl noch einmal mit weißem Hemd und Rose in die Tanzschule gehen. Hoffentlich kannst du die Tage in Salzburg etwas genießen."

„Dafür wird wenig Zeit bleiben, und für diesen abendlichen Smalltalk an der Hotelbar bin ich einfach nicht der Richtige. Ich bin übermorgen am Abend schon wieder da."

Er konnte nicht wissen, dass dieses Seminar in Salzburg einen ganz merkwürdigen Verlauf nehmen sollte.

Célestine und Roger 2004 – 2010

This old house is falling down around my ears,
I`m drowning in a river of my tears.
When all my will is gone you hold me sway –
I need you at the dimming of the day.
(Dimming of the Day, vom Album „Pour Down Like Silver",
1975, Richard & Linda Thompson,
Text und Musik: Richard Thompson)

Ich bin alt geworden, dachte Wolfgang, als er in der Aula des Jenisch Gymnasiums Platz nahm. Waren wirklich dreiunddreißig Jahre vergangen, seit seine Eltern, ähnlich festlich gestimmt wie er heute, Platz genommen hatten, um voller Stolz zu beobachten, wie ihrem Sohn das Zeugnis der Reife überreicht wurde? Was war seitdem nicht alles passiert! Er konnte auf eine sehr zufriedenstellende Karriere am Bundesamt für Seeschifffahrt und Hydrographie zurückblicken, mittlerweile war er ein gern gesehener Gast auf vielen internationalen Kongressen. Aber er war auch bereits dreiundfünfzig Jahre alt und gestattete sich mitunter, darüber nachzudenken, wie er die Zeit nach der beruflichen Laufbahn gestalten wollte.

Heute war jedoch der große Tag für seine Zwillinge, die beide ihre außerordentlich guten Abiturzeugnisse entgegennehmen konnten. Was sie damit wohl anfangen wollten? Bislang gab es bei beiden weder einen eindeutigen Berufswunsch, noch ein angestrebtes Studium. Von einer geplanten gemeinsamen Reise sprachen sie wiederholt, mehr war aus ihnen nicht herauszubekommen. Während auf dem Podium der Schulleiter seine Rede hielt, schweiften Wolfgangs Gedanken wieder ab. Waren ihm in der Erziehung Fehler unterlaufen? Nach Aimées Verschwinden konnte er sich nicht vorstellen, eine neue Beziehung aufzubauen. Immer wieder gab es von Seiten einiger Frauen, denen er begegnete, eindeutige Avancen, sogar seine Kinder ließen nichts unversucht, ihn wieder unter die Haube zu bringen. Aber das lag so weit außerhalb seiner Vorstellungen, niemandem wäre es möglich gewesen, seine Einstellung zu diesem Thema zu ändern. War das Fehlen der Mutter für die Kinder ein Problem? Immerhin konnte er mit der Unterstützung seiner wunderbaren Nachbarn vieles tun, um Roger und Célestine keinen Mangel spüren zu lassen. Das Ehepaar Junckers ging mittlerweile bei ausgesprochener geistiger Beweglichkeit auf die achtzig Jahre zu. Das Laufen fiel ihnen schwer und sie waren auf einen Gehstock angewiesen, wollten es sich aber nicht nehmen lassen, im Laufe des Vormittags, während in der Schule die Feierlichkeiten liefen, zu Hause einen grandiosen Empfang vorzubereiten. Herr und Frau Kaldewasser lebten mittlerweile in einem bescheidenen, auf Mallorca erworbenen Haus, um sich damit einen seit Jahren gehegten Traum zu erfüllen.

Neben ihm saß Jan Peter, Célestines Freund seit nunmehr fünf Jahren, bereits im Vorjahr mit dem sogenannten Reifezeugnis ausgestattet und gerade im Zivildienst für das Rote Kreuz unterwegs. Diesen Dienst würde er bald abschließen und dann mit seinem Studium der Germanistik und Philosophie beginnen. Der Festakt war nun so weit fortgeschritten, dass die Zeugnisse überreicht wurden, und etliche Väter und Mütter wollten es sich nicht entgehen lassen, nach vorne zu stürzen und diesen Moment mit ihren Kameras festzuhalten, trotz der Bitte des Schulleiters, davon abzusehen, weil man die Bilder von einem offiziellen Fotographen erwerben konnte. Wolfgang blieb sitzen, er mochte diese Bilderwut nicht. Für ihn waren viel wichtiger die Erinnerungen, die er in seinem Herzen trug. Seit kurzer Zeit verfügten auch die neuen Handys über eingebaute Kameras, man musste kein Prophet sein um vorauszusehen, dass noch lange kein Ende dieser Bilderflut erreicht war.

Zum Ende der Veranstaltung bot noch eine Schülerband einen Titel der amerikanischen Band Maroon 5 dar. Roger und Célestine schwärmten ihm immer gerne von deren Musik vor, aber Wolfgang fand keinen Bezug mehr zur zeitgenössischen Populärmusik. Mit Bedauern dachte er zurück an die Zeit, als er und Meret mit Hilfe von Musiktiteln Stimmungen hervorzaubern konnten. Eine Ewigkeit schien seitdem vergangen, was wohl aus ihr geworden sein mochte?

„Wir haben unseren Teil erledigt. Nun ist es an dir!"

Seine Kinder standen mit den Reifezeugnissen vor ihm und rissen ihn aus seinen Träumen. Mit Einstieg in die gymnasiale Oberstufe gab es zwischen ihm und seinen Kindern die Vereinbarung, dass er ihnen eine A Wunschreise finanzieren wollte, wenn sie im Abschluss einen Numerus Clausus mit einer Eins vor dem Komma erreichten. Das hatten beide in die Tat umgesetzt, nun musste er sein Versprechen einlösen.

„Ihr habt mein Wort!", sagte er. „Aber nun lasst uns erst einmal heimfahren und schauen, was Oma Elfriede und

Opa Werner für euch gezaubert haben, bevor ihr zu eurer Abiturfeier fahrt."

Das Wirken der beiden Senioren im Haus am Mühlenberg konnte sich tatsächlich sehen lassen. Ein geschmücktes Haus erwartete sie, von Elfriede selbstgebackener Kuchen stand auf dem Tisch wie auch ein mit den beiden Namen der Zwillinge versehenes Schmuckkästlein für die frischgebackenen Abiturienten. Wolfgang glaubte um den Inhalt zu wissen, denn es gab, wie auch sonst zu allen Anlässen, mit dem Nachbarehepaar Verabredungen darüber, wie ein sinnvolles Geschenk aussehen könnte. Als seine Kinder das Präsent öffneten, verschlug es ihm dann doch die Sprache.

„Nein, das ist nicht wahr!", rief Célestine, und Roger fragte mindestens ebenso aufgeregt: „Ist es wirklich das, was wir vermuten?"

Damit zeigte er den Autoschlüssel, den er aus dem Kästchen nahm. Wolfgang wusste im ersten Moment nicht, wie er reagieren sollte. Über einen Zuschuss ging die Verabredung, mehr nicht. Bevor er seine Verwunderung äußern konnte, schaltete sich Elfriede dazwischen.

„Wolfgang, nicht böse sein, es sind doch unsere einzigen Enkel. Sozusagen. Und es ist auch kein neuer Mercedes, nur ein alter Golf Cabrio, wir haben ihn hier in einer Werkstatt von Grund auf überholen lassen."

Ihr Mann kam zu Hilfe: „Die Papiere liegen drüben bei uns, angemeldet ist er auch schon. Euer Vater schenkt euch die Reise, wir den Transport. Es sei denn, ihr wollt nach Übersee, aber davon war nie die Rede."

„Danke, Oma Elfriede, danke Opa Werner. Ihr seid die besten Großeltern, die man sich wünschen kann", bedankten die Kinder sich überschwänglich.

Elfriede versuchte wieder, was bisher immer gescheitert war: „Wollt ihr uns nicht endlich verraten, wo es hingehen soll?"

„Kein Sterbenswort werdet ihr erfahren", blieb Roger eisern.

„Wir können euch nur so viel verraten: es ist tatsächlich mit unserem neuen Auto erreichbar, und wir werden euch alles erzählen, wenn wir zurückkommen. Habt einfach Vertrauen, dass wir nichts Unvernünftiges tun", bat Célestine.

Wolfgang war sich seiner Kinder völlig sicher, diese Reise bereitete ihm nicht die geringsten Sorgen. Über etwas anderes machte er sich hingegen viel mehr Gedanken.

„Wo ist eigentlich Jan Peter?" fiel ihm plötzlich auf.

„Der hat noch ein paar Krankenfahrten zu machen, will aber zu unserer Fete dazukommen", verriet seine Tochter.

„Kann es nicht sein, dass sich die Bundeswehr mit einer Einberufung bei dir meldet, Roger?"

„Ich war auf dem Kreiswehrersatzamt", beruhigte sein Sohn ihn, „weil ich mich sowieso bei einem längeren Auslandsaufenthalt vor der Einberufung dort melden muss. Das geht in Ordnung, mir wurde sogar angedeutet, dass ich möglicherweise gar nicht mehr eingezogen werde, weil man auf eine neue Gesetzgebung wartet."

Sein Vater sah noch immer nicht alle seine Bedenken ausgeräumt.

„Und die Immatrikulationsfristen? Versäumt ihr beiden die nicht? Ihr habt uns im Übrigen noch gar nicht eingeweiht, in welche Richtung eure Laufbahn weitergehen soll."

Die Geschwister sahen sich an und begannen zu kichern, als sie antworteten: „Es ist da etwas angestoßen worden, das noch reifen muss. Wir denken, dass nach unserer Rückkehr alles klarer aussieht und wir euch die ganze Geschichte erzählen."

„Gut, ihr wollt uns offenbar nicht mehr verraten", gab Wolfgang seine Erkundigungen auf. „Heute sollt ihr einfach nur feiern, aber wann wollt ihr aufbrechen?"

„Nächste Woche. Und mach dir keine Sorgen, Paps, wir kommen heile zurück", versuchte Roger ihn zu beruhigen.

„Und Jan Peter will wirklich nicht mitfahren?"

Célestine schaute ihn verwundert an: „Paps, du wirst vergesslich. Das haben wir doch schon besprochen. Er will schon, und ich hätte ihn auch liebend gerne dabei, aber dafür hat er nicht dienstfrei bekommen."

Herr und Frau Junckers waren wie der Abiturientenvater nicht vollständig zufrieden mit den Antworten, aber sie wussten genau, dass mehr nicht zu erfahren sein würde und sie sich auf die beiden vollständig verlassen konnten. Natürlich spürten die Zwillinge die Bedenken der drei älteren Herrschaften sehr genau, und noch auf der Fahrt zum Abiball in ihrem uralten, aber gut in Stand gesetzten Cabrio fragte Célestine ihren Bruder danach.

„Meinst du, es ist richtig, was wir vorhaben?"

„Hundertprozentig!", rief Roger im Brustton der Überzeugung. „Das weißt du auch, das haben wir x-mal besprochen. Irgendwie finde ich sogar, dass es nicht nur unser gutes Recht, sondern sogar unsere Pflicht ist. Und wir werden den Dreien ja auch alles haarklein erzählen."

„Und warum nicht vorher einweihen?"

„Célestine, was ist los? Ich nehme an, du fragst mich das nur, um dir unsere gemeinsamen Entscheidungen noch einmal vor Augen zu führen. Wir waren der Meinung, dass wir sowohl Oma Elfriede, als auch Opa Werner und erst recht unserem Väterchen etliche schlaflose Nächte damit verursachen würden. Im Nachhinein werden sie bestimmt sehr viel Verständnis aufbringen."

Seit dem Ballabend und diesen Gesprächen waren einige Tage vergangen, die Kinder hatten den Wagen vollgepackt und sich mit den Worten verabschiedet, Wolfgang solle ganz beruhigt sein, sie meldeten sich nur, wenn irgendetwas nicht in Ordnung sei. Und dann herrschte Funkstille. Für die Hamburger eine nur schwer zu ertragende Kontaktpause, die beiden Urlauber machten sich darüber weniger Gedanken. Sie waren schnurstracks in Richtung Mittelmeerküste aufgebrochen, die sie nach einem zweitägigen Aufenthalt in Paris bald erreichten. An der Côte d`Azur wurde es schwierig, einen freien Campingplatz zu finden, aber mit ihrem bescheidenen Zweimannzelt und dank ihres jugendlichen Charmes verbunden mit ihren Sprachtalenten ließ sich dieses Problem recht schnell lösen. Dann genossen sie einfach nur die Tage am Wasser mit netten Leuten auf dem Platz bei bestem Wetter und einem Song der gerade angesagten Gruppe Juli, der wunderbar zu allem passte: ‚Die perfekte Welle', wohl wissend, dass diese unbeschwerten Tage bald vorüber gingen, denn ihr eigentliches Fahrtziel lag noch vor ihnen. Deshalb hieß es nach zwei entspannten Wochen Abschied nehmen vom blauen Meer, wieder den alten Wagen bepacken und zum zweiten und hauptsächlichen Ort aufzubrechen, der im Nordwesten Frankreichs lag: Le Havre.

Nur wenige Erinnerungen waren ihnen an ihre Mutter geblieben, die sie seit nun fast zehn Jahren nicht mehr gesehen, von der sie ebenso lange kein Lebenszeichen erhalten hatten. Aus Aimées Hamburger Zeit war nur das Bild einer übelgelaunten, irgendwie fremden Person übrig, die sich in ihrem Zimmer verkroch, für sie nie zu sprechen, irgendwie sogar angsteinflößend war. Sie wollten nicht glauben, dass eine Mutter, ihre Mutter sich so überhaupt gar nicht für den eigenen Nachwuchs interessierte. Zwar verfügten sie über keine Adresse, aber sie hofften, vor Ort recherchieren zu können, und Le Havre war der einzige Flecken in Frankreich, den sie aufgrund des Notarbriefes mit Aimée in Verbindung brachten. Dieses Anschreiben eines Scheidungsanwaltes war die letzte Information, an die sie mit ihren Nachforschungen anknüpfen wollten, und auf dem Umschlag war auch ein Absender mit Adresse verzeichnet. Etwas bange war ihnen zumute, gleichzeitig stand ihr Entschluss fest, das nicht zu Ende geschriebene Kapitel Aimée zu einem wie auch immer gearteten Abschluss zu bringen.

Sie wollten sich nicht beeilen auf dieser gut 1200 km langen Strecke unter Umgehung der Metropole Paris, für die sie zwei Tage einplanten. Es sollte über Bourges, Orleans, Chartres, Évreux und Rouen gehen mit einer

Übernachtung irgendwo im Umfeld von Bourges. Auf dem Weg gab es einige bemerkenswerte Kathedralen zu besichtigen, und jede Ablenkung vom eigentlichen Grund dieser weiten Anreise war ihnen willkommen. Schließlich endete die Fahrt am späten Abend des zweiten Tages mit der Suche nach einem Campingplatz, die Anwaltskanzlei konnte warten. Sie tranken in der Bar des Platzes noch ein Glas Wein und schliefen dann unruhig in ihrer kleinen Campingbehausung.

Am nächsten Morgen waren sie zu aufgeregt, um sich in Ruhe ein Frühstück zuzubereiten, sie fuhren sofort los zu der Adresse, die auf dem Briefumschlag des Notars als Absender stand. Tatsächlich fanden sie neben der Haustür ein Schild angebracht: Paul Roubillard, Advocat. Das Büro war also gefunden und sie traten mit klopfenden Herzen ein. Die Dame am Empfang stellte sich als Madame Bouchard vor, Sekretärin des Advokaten, und fragte nach ihren Wünschen. Célestine übernahm als diejenige mit den besten Sprachkenntnissen in Französisch die Gesprächsführung und sagte, sie und ihr Bruder wollten in einer äußerst dringenden Familienangelegenheit Herrn Roubillard sprechen. Der sei heute wegen einer Gerichtsverhandlung nicht im Hause, verkündete Madame Bouchard, ob sie weiterhelfen könne. Daraufhin versuchte das Mädchen es mit einer Kurzversion: man sei extra aus Deutschland angereist, um vom Anwalt die Adresse einer gewissen Aimée Mauduit zu erfahren, die er mal vertreten habe. Die Sekretärin schüttelte energisch ihren Kopf: solche Informationen seien vertraulich, die würde ihr Chef den Zwillingen auf keinen Fall geben. Célestine war so enttäuscht, dass ihr

Tränen in die Augen traten. Rogers Vorrat an französischen Vokabeln reichte, um die Information zu verstehen, er legte seiner Schwester einen Arm um die Schulter und riet ihr, Madame Bouchard die ganze Geschichte zu erzählen.

Und es floss geradezu aus ihr heraus, der ganze, über so viele Jahre verdrängte Kummer fand endlich ein Ventil, ihre Wut, ihre Enttäuschung, ihre Verlustängste – ihre Worte drückten viel mehr aus, als sie selber ahnte, als ihr über all die Jahre bewusst geworden war, weil ihr Vater, der geliebte Paps, sich eben immer bemüht hatte, diese Lücken zu schließen.

Als Célestine innehielt, fühlte es sich an wie eine Befreiung, aber sie war darüber hinaus so aufgewühlt, dass sie die Tränen auf ihren Wangen spürte. Madame Bouchard schwieg eine Weile und Roger bemerkte, dass auch ihre Augen feucht geworden waren. Als sie mit etwas gebrochener Stimme anfing zu sprechen, gab sie den Zwillingen einen sehr wertvollen Hinweis. Monsieur Roubillard sei ein sehr gewissenhafter Advocat und werde bestimmt als solcher keine Klientendaten preisgeben. Aber er sei ein ebenso hingebungsvoller Familienvater, der nie den mit seiner Scheidung vor vier Jahren verbundenen Verlust der drei Kinder verarbeitet habe. Nach der Büroarbeit kehre er fast jeden Abend noch im schräg gegenüber gelegenen Bistro ‚Coq au Vin' ein, dort sollten die beiden versuchen, mit ihm ins Gespräch zu kommen. Heute werde das nach dem Gerichtstermin kaum noch möglich sein, aber ab dem nächsten Dienstschluss, meist so zwischen 19 und 20 Uhr, sollten sie dort auf ihn warten, er sei kaum zu verfehlen, weil er immer korrekt mit weißem Hemd, Jacke und dunkelroter Fliege dort auftauche. Sie wünschte ihnen viel Glück bei der Suche nach ihrer Mutter.

Roger und seiner Schwester blieben demzufolge fast zwei ganze Tage für sich. Le Havre wäre bei ihrer Suche nach Sehenswürdigkeiten für sie nicht die attraktivste Stadt Frankreichs gewesen, sie nahmen trotzdem diesen Aufschub dankbar an, sowohl um sich von dem emotionalen Gespräch zu erholen, als auch wegen der damit verbundenen Galgenfrist, denn einer Begegnung mit Aimée sahen sie nicht ohne Sorge entgegen. Und ganz ohne Attraktionen war diese bedeutende Hafenstadt nicht, wie sie am nächsten Tag, nach einem wichtigen Gang im Zuge ihrer Recherche zum Einwohnermeldeamt, erkennen konnten. Ihnen war noch aus dem Schulunterricht bekannt, dass das im Zweiten Weltkrieg von den Nazis stark zerstörte Zentrum vom Stararchitekten August Perret ganz hell und modern wiederaufgebaut worden war, jedoch fehlte ihnen die Atmosphäre vieler anderer französischer Orte. Auch den Spuren des großen brasilianischen Baumeisters und Schöpfers der neuen Hauptstadt seines Heimatlandes, Brasilia, Oscar Niemeyer, konnten sie mit dem Kulturtempel Le Volcan folgen. Wirklichen Gefallen fanden sie am Musée Malraux mit der einzigartigen Sammlung impressionistischer Malerei. Insbesondere ‚Impression, Sonnenaufgang' von Claude Monet, das Bild, dem eine ganze Bewegung ihren Namen verdankte, faszinierte sie ungemein, fast ebenso sehr, wie der weltberühmte Imbiss ‚Les Frites á Victor' am späteren

Nachmittag, die möglicherweise älteste Frittenbude der Welt.

Alle Ablenkungsversuche wurden jedoch überlagert vom Gedanken an ihren Plan für den Abend, also machten sie sich auf den Weg, um rechtzeitig gegen 19 Uhr im ‚Coq au Vin' zu erscheinen. Célestine fragte den Wirt, ob er Monsieur Roubillard kenne und bat ihn, als er das bejahte, sie auf ihn aufmerksam zu machen. Eine völlig überflüssige Bitte, wie sich zeigte, als der Advokat erschien. In seinem weißen Hemd mit dunkelroter Fliege stach er aus der Menge der zahlreichen Gäste heraus, als sei er der Coq au Vin persönlich. Die Zwillinge nahmen ihre Weingläser, dazu eines mit dem von Herrn Roubillard bevorzugten Weißen, und setzten sich ohne Umschweife zu ihm an den Tisch. Er zog befremdet seine Augenbrauen hoch, doch bevor er protestieren konnte, begann Célestine mit ihrer Familiengeschichte. Schon mit wenigen Sätzen konnte sie ihn um den Finger wickeln, er lauschte ihr sichtlich bewegt bis zum Ende der Erzählung. Dann war es längere Zeit still, und man konnte spüren, wie sehr den Notar die Frage quälte, ob er angesichts dieses Dramas seine anwaltliche Schweigepflicht verletzen dürfe. Er seufzte tief und erläuterte dann, wie er sich eine Lösung des Problems vorstellte.

„Ich bedaure sehr, aber bei allem Verständnis für ihr tragisches Schicksal, und obwohl ich Sie und Ihren Bruder sehr sympathisch finde – Sie verlangen da etwas von mir, das ich nicht tun darf, ohne meine anwaltliche Ehre zu verlieren. Wie lange werden Sie beide noch in Le Havre sein?"

Roger wollte nicht aufgeben und kratzte seine deutlich weniger ausgeprägten Fähigkeiten, sich in dieser Sprache zu unterhalten, zusammen.

„Soll das heißen, dass unsere Mutter lebt, hier in der Gegend? Geht es ihr gut? Können Sie ihr Grüße von uns ausrichten?"

Monsieur Roubillard ging auf die Einwände gar nicht ein, sondern fragte noch einmal: „Bleiben Sie noch ein paar Tage hier?"

„Wir haben unser Zelt auf einem Campingplatz außerhalb des Ortes stehen und können noch etwas bleiben", beeilte sich Célestine zu versichern.

„Gut!", meinte der Anwalt. „Wenn Sie mir Ihre Telefonnummern geben, werde ich mich um Ihre Angelegenheit kümmern. Sollte ich etwas erreichen, werde ich Sie anrufen. Mehr kann ich Ihnen, bei allem Mitgefühl, wirklich nicht entgegenkommen. Ich hoffe, Sie verstehen das."

Die Zwillinge gaben ihm ihre Handynummern, versicherten ihm, wie dankbar sie ihm seien und verabschiedeten sich. Das war noch nicht das Ende ihrer Suche, aber doch mehr, als zu befürchten stand. Und es war ihr letzter Hoffnungsschimmer, nachdem zu Hause im Internet die Suche nach einer Aimée Mauduit, natürlich auch einer Aimée Müller, ebenso ergebnislos verlaufen war wie ihr Besuch vom heutigen Vormittag auf dem Bureau d`enregistrement, dem Einwohnermeldeamt von Le Havre. Es begannen zwei weitere ereignislose Tage, die dennoch für die Zwillinge nervenaufreibend waren. Immer wieder fragten sie sich, ob es Sinn mache, noch länger zu warten und kamen wiederholt in Versuchung, ihr Zelt abzubauen und zurück nach Hamburg zu fahren. Dann klingelte Célestines Telefon, die das Handy freudig aufnahm, weil sie ihren Freund Jan Peter am anderen Ende vermutete, mit dem sie in regelmäßigem Kontakt stand und der in alles eingeweiht war. Aber es meldete sich Monsieur Roubillard.

„Wenn Sie die D 940 in Richtung Norden, am Flughafen vorbei etwa zwölf Kilometer aus der Stadt herausfahren, erreichen Sie den kleinen Urlaubsort Cauville-sur-Mer. Dort biegen Sie links ab in die Route de Montimilliers und erreichen nach zweihundert Metern auf der linken Seite die Pâtisserie Leroy Benoit. Können Sie mich dort morgen um 15 Uhr abholen?"

Keine weiteren Erklärungen folgten, aber das Mädchen sagte sofort zu, um nicht den letzten Anhaltspunkt zu verlieren.

„Prima, wir sehen uns also morgen um 15 Uhr. Die Pâtisserie ist übrigens ganz hervorragend, wenn sie mögen, können Sie dort vorzügliches Gebäck kaufen. A bientôt!"

Roger schaute sie fragend an: „Was war das? Sucht der einen Chauffeur, oder wollte er dich einfach nur anmachen?"

„Vielleicht hat er wichtige Informationen über den Verbleib unserer Mutter für uns. Oder sie wohnt dort. Wir sollten es einfach probieren!"

Am nächsten Tag brachen die Geschwister aus Angst zu spät zu kommen lange vor der Mittagszeit auf. Tatsächlich war der Weg mit den ihnen zur Verfügung stehenden Informationen sehr leicht zu finden, und sie erreichten die Pâtisserie einige Minuten vor drei. Der Anwalt, unverkennbar mit seiner Fliege, wartete schon am Straßenrand auf sie. Célestine saß am Steuer, Roger kletterte auf die enge Rückbank des Cabrios, so dass Monsieur Roubillard auf dem Beifahrersitz Platz nehmen konnte.

„Bonjour!", begrüßte er die beiden Deutschen. „Los geht`s, immer der Nase nach. Ich sage Ihnen, wie es weitergeht."

Sie befanden sich nicht weit vom Meer entfernt, der Boden war sandig und von Gräsern und Schilf bewachsen, Möwen flogen laut kreischend umher, und der Wind blies ihnen die salzige Luft ins Gesicht. Durch dieses Gelände zogen sich schmale Straßen, über die Touristen die steile Küste erreichen konnten und an denen nur sehr vereinzelte, häufig verlassene einfache Hütten standen. Der Franzose lotste sie mit knappen ‚dort rechts' beziehungsweise ‚nächste links' Anweisungen durch diese einsame Gegend. Die Sommerferienzeit war bereits vorbei, in Deutschland wie in Frankreich, und der währenddessen übliche Strom an Feriengästen hatte sich wieder verflüchtigt. Irgendwann bat Paul Roubillard darum, den Wagen anzuhalten und den Motor abzustellen.

„Sehen Sie dort links die Holzstiege, die durch das Schilf in Richtung Küste führt? Gehen sie einfach diesen Weg entlang!"

„Wohin?", wollte Roger wissen. „Und was machen Sie? Kommen Sie nicht mit uns?"

„Sie werden ihr Ziel nicht verfehlen können. Ich warte hier, so ist es vereinbart. Und ich halte eine Telefonverbindung."

236

„Eine Verbindung mit wem? Wozu?" Célestine war verunsichert.

„Gehen Sie!" Der Anwalt wirkte unruhig. „Es war das Äußerste, das ich für Sie erreichen konnte."

Nach wenigen Metern beschlich die Zwillinge das Gefühl, einen schweren Fehler gemacht zu haben, sie wollten schon umkehren. Der Wagenschlüssel steckte im Zündschloss und ihre kleine Tasche mit Geldbörsen und Papieren lag im Handschuhfach. War diese ganze Unternehmung lediglich ein Versuch, ihnen den gesamten Besitz zu rauben? Sie widerstanden der Versuchung, zurückzulaufen und nach ihrem Cabrio Ausschau zu halten, sondern gingen mit zögerlichen Schritten auf dem Holzweg weiter. Hinter einer grasbewachsenen Sanddüne sahen sie eine Frau auf einer Bank sitzen in schlichter, ärmlicher Kleidung mit wenig gepflegtem grauem Haar, im Alter sehr schwer zu schätzen. Sie traten näher, die Frau wandte ihnen ihr wettergegerbtes Gesicht zu. Kein Zweifel, das war ihre Mutter! Zehn Jahre lag die letzte Begegnung mit ihr schon zurück, sie war mittlerweile Mitte fünfzig, sah aber mit der rauen, ungeschminkten Gesichtshaut deutlich älter aus. Ihre runzligen, knochigen Hände lagen gefaltet im Schoß, die grauen Augen wirkten müde. Sie blickte ihnen nicht strahlend, aber auch nicht unfreundlich entgegen, einfach nur unbeteiligt, fremd, leer.

Der erste Anstoß, auf die Mutter zuzulaufen und ihr um den Hals zu fallen, war sofort dahin. Die Kinder traten langsam näher.

„Aimée?", fragte Célestine. „Aimée Mauduit?"

„Aimée Bayard", korrigierte die Frau mir etwas heiserer, etwas tonloser Stimme.

„Warum Bayard? War das schon immer der Familienname?", erkundigte sich Roger, der ganz sicher war, seiner Mutter gegenüberzustehen1.

„Oh, so viele Namen, was sagt das schon aus? Bayard war der Mädchenname meiner Mutter. Er klingt schön, nicht wahr?"

„Können wir Deutsch reden?", fragte der Junge. „Mein Französisch ist nicht so gut."

„Das bedaure ich sehr, aber ich spreche nur meine Sprache", gab Aimée zurück.

„Sie haben doch einmal in Deutschland gelebt, in Hamburg, wissen Sie das nicht mehr?" Célestine war entsetzt und wählte unwillkürlich das Distanz wahrende ‚Sie‘ als Anrede.

Bei der Erwähnung des Namens der Hansestadt trübte sich Aimées Blick sichtbar und sie antwortete deutlich schroffer: „Das war in einem anderen Leben."

Roger hielt seine Schwester zurück, er spürte, dass sie sehr viel vorsichtiger mit ihren Fragen umgehen mussten.

„Sie leben hier in einer wundervollen Gegend. Darf ich Sie fragen, was Sie hier machen?"

Die beginnende Unruhe legte sich sofort wieder, und ihre Mutter ließ den Blick über die schroffe Küste streifen, als sie begann, ihren Arbeitsalltag zu beschreiben. Demnach wohnte sie ganz allein in einer dieser alten, halbverfallenen Hütten, die überall zu sehen waren, und lebte davon, mit einem kleinen Boot hinauszufahren und zu fischen, tagsüber die Netze zu flicken und den Fisch zum Händler zu bringen. Im Herbst und Winter setzte sie

238

in den Dünen Gräser. Ein sehr karges Leben mit wenigen Kontakten zu anderen Menschen, das ihr zu genügen schien.

„Sie kennen Monsieur Roubillard?", versuchte Roger das Gespräch wieder in die gewünschte Richtung zu lenken.

„Aber natürlich, er hört uns die ganze Zeit zu", sagte Aimée und zeigte ein Handy in ihren geschlossenen Händen.

„Erinnern Sie sich an einen Wolfgang Müller?"

Augenblicklich verdüsterte sich wieder ihr Gesicht und sie wich zurück. Ihre Hände zitterten und fast ängstlich fragte sie: „Was wollt ihr von mir?" Und plötzlich auf Deutsch: „Non, non, non, keine Muller, keine Muller, isch nischt kenne Muller!"

„Excusez, Madame, wir wollten Sie nicht beunruhigen. Dürfen wir noch etwas fragen? Es geht uns nichts an", hörte Roger sich sagen und dachte dabei: ‚Oh doch, wen sollte es sonst etwas angehen, wenn nicht uns!'.

„Haben Sie Kinder?"

Die Replik kam kurz und endgültig: „Non!"

„Wir sind Célestine und Roger", versuchte es Aimées Tochter erneut.

„So, so!", war die ernüchternde Antwort.

Die Zwillinge schauten sich voller Enttäuschung an. ‚So, so' als einzige Reaktion auf ihre jahrelangen Bemühungen, die leibliche Mutter wiederzufinden, die nicht die geringste Freude zu empfinden schien, ihre Kinder wiederzusehen. ‚So, so!' Das tat weh und brannte in ihren Herzen wie ein Feuer. ‚So, so!' Das konnten und wollten sie nicht stehen lassen. Zehn Jahre ohne jede

Nachricht, und auch die Zeit davor waren sie als Kinder genau genommen ohne Mutter aufgewachsen. Und dann nur ein klägliches: ‚So, so!'

„Mutter!", rief Célestine völlig außer sich. „Célestine und Roger, wir sind die Kinder, die du vor neunzehn Jahren mit unserem Vater Wolfgang Müller bekommen hast!"

Aimée verlor völlig die Beherrschung, sprang auf und schrie mit rotem Gesicht: „Ihr Bastarde, verschwindet! Lasst euch hier nicht mehr sehen! Fort mit euch! Wer hat euch geschickt? Warum lasst ihr mich nicht in Ruhe?"

Das Handy war ihr aus den Händen gefallen und sie schlug auf die Zwillinge ein, die von diesem Anfall völlig überrascht wurden und sich hilflos duckten. Der Anwalt kam über den Holzsteg herbeigelaufen und nahm die noch immer schreiende und um sich schlagende Aimée in seine Arme. Er schob sie zur Seite, sprach beruhigend auf sie ein und wandte sich an die Geschwister.

„Bitte geht zum Wagen und fahrt zurück. Ich werde bei ihr bleiben und komme dann alleine hinterher. Wenn ihr noch Fragen habt, treffen wir uns am Abend gegen 19 Uhr im ‚Coq au Vin'."

Dann verschwand er mit der weinenden Frau in den Dünen.

Die Zwillinge verbrachten einen schweigsamen Nachmittag, um gegen Abend zum Bistro zu fahren. Ihre Wut, ihre Enttäuschung war einer tiefen Trauer gewichen, denn sie mussten sich an den Gedanken gewöhnen, dass sie ihre Mutter für immer verloren hatten. Sie wollten ihre letzten Zweifel im Gespräch mit Monsieur Roubillard ausräumen und dann auf dem schnellsten Weg zurückfahren nach Deutschland. In diese trübselige Stimmung war ein Anruf von Jan Peter geplatzt, der unter normalen Umständen Freudentänze ausgelöst hätte, so aber schoben sie die Information einfach zur Seite.

Als der Anwalt tatsächlich pünktlich erschien, saßen die Geschwister bereits an einem kleinen Tisch, auf dem drei Weingläser bereitstanden. Der Franzose begann sofort und ungefragt zu erzählen.

„Es tut mir leid, dass Sie das miterleben mussten, aber es schien mir die beste Möglichkeit, Ihnen reinen Wein einzuschenken, ohne meine Schweigepflicht zu verletzen. Ich habe Madame Bayard zurückgebracht und man hat ihr ein Beruhigungsmittel gegeben. Sie schläft jetzt, normalerweise hat sie unangenehme Erlebnisse nach diesen langen, komatösen Ruhephasen vergessen. Ich hoffe sehr, dass es dieses Mal genauso sein wird."

„Wie lange hat sie unter diesen Zuständen schon zu leiden?", fragte Célestine.

„Oh, sehr, sehr lange. Man hat sie im Park von Le Havre völlig verwirrt und übernächtigt vor circa zehn Jahren aufgefunden und in einer psychiatrischen Klinik untergebracht, wo man sie einigermaßen stabilisieren konnte. Ich bin dann als ihr Vormund bestellt worden, seitdem kümmere ich mich um sie. Erstaunlicherweise trug sie eine beträchtliche Menge Bargeld bei sich, mit dem wir zunächst alle Kosten beglichen haben. Ihren mitgeführten Papieren konnte ich entnehmen, dass sie in Hamburg mit einem Wolfgang Müller verheiratet war. Als ich ihn später anschrieb, hat er zunächst eine große Summe bereitgestellt, nach der Scheidung ging dann eine monatliche Zahlung ein, die unsere Forderung erheblich überstieg. Damit ist sie gut abgesichert."

„Aber sie hat uns erzählt, sie wohne alleine in einer Fischerhütte und lebe vom Fischfang und von der Dünenpflege", wandte Roger ein.

„Davon stimmt nur ein kleiner Teil. Tatsächlich war es durch eine großzügige Spende des Herrn Müller möglich, für sie eines dieser kleinen Häuser zu erwerben, wo sie immer wieder in den Phasen lebt, in denen sie stabil ist. Alleine ist sie dann nicht, sondern immer in Begleitung einer Pflegerin, und vom Fischfang leben kann sie ganz gewiss nicht, sie hat noch nicht einmal ein Boot. Aber sie glaubt daran, und wir lassen sie gerne in diesem Glauben, es tut ihr gut."

„Weiß unser Vater von alledem?"

Roger wollte nicht glauben, dass Wolfgang sie über einen so langen Zeitraum vorsätzlich im Unklaren gelassen hatte.

„Nein, weder der Aufenthaltsort noch ihr jetziger Zustand sind ihm bekannt. Wir haben uns im damaligen Scheidungsverfahren darauf geeinigt, dass jeglicher Schriftverkehr nur zwischen mir und seinem Hamburger Anwaltsbüro stattfindet, um Madame Bayards labilen psychischen Zustand nicht zu gefährden. Er hat davon nie etwas zu Gesicht bekommen und wurde nur zu Unterschriften herbeigerufen, wenn außergewöhnliche Kosten anfielen, die er immer anstandslos übernommen hat."

Célestine zeigte sich ratlos: „Soll das heißen, dass Sie nun von uns absolute Verschwiegenheit über alle unsere Erlebnisse erwarten?"

„Aber nein, Mademoiselle. Sie werden alles so weitergeben wie Sie möchten. Ich habe Sie als sehr vernünftige und verantwortungsvolle Personen erlebt, Sie werden das Richtige tun. Von Ihrem Vater weiß ich das sowieso nach meiner zehnjährigen Erfahrung."

Die Zwillinge tranken ihre Weingläser aus, bedankten sich herzlich bei dem Mann mit der Fliege und verließen die Gaststube. Ihr Wagen stand fertig gepackt wenige Ecken weiter, sie setzten sich hinein und fuhren noch in derselben Stunde los. Etwas mehr als eintausend Kilometer lagen vor ihnen, sie wollten sich am Steuer abwechseln und die Nacht durchfahren, um am frühen Nachmittag zu Hause anzukommen. Den größten Teil der Zeit verbrachten sie schweigend, viel gab es über die letzten Stunden nicht zu besprechen. Es war ebenso entmutigend wie traurig, aber wenigstens ließ sich nun ein Schlussstrich unter ihre Kindheit ziehen.

Célestine schaute zu ihrem Bruder herüber: „Denkst du, was ich denke?"

„Unser Vater ist der Größte, keine Frage! Ich bin schwer begeistert von ihm."

„Du hast recht. Mutter können wir endgültig vergessen, aber auf Paps bin ich mächtig stolz!"

Dann vergingen wieder einige Stunden ohne Gedankenaustausch, bis Roger sich plötzlich an den gestrigen Anruf erinnerte.

„Erinnere ich mich richtig daran, dass in der ganzen Aufregung Jan Peter angerufen und uns die Erfüllung aller unserer Wünsche mitgeteilt hat? Es hat tatsächlich funktioniert!"

Von einer Sekunde auf die andere war alle Schwermut verflogen, und die beiden freuten sich ausgelassen darüber, dass ihre Zukunftspläne sich so erfreulich entwickelten. Sie ergingen sich in den abenteuerlichsten Visionen darüber, was in den nächsten Monaten alles passieren sollte, und konnten ihre Ankunft in Hamburg kaum erwarten, um sich an die gemeinsame Arbeit zu machen. Erst gegen drei Uhr am Morgen fiel Roger in einen tiefen, wenn auch kurzen Schlaf, um danach seine Schwester abzulösen. Bis auf eine Frühstücks- und eine Tankpause gab es keine weiteren Unterbrechungen, sie erreichten den Mühlenberg 34 in Hamburg um fünfzehn Minuten nach vier, noch vor dem Arbeitsende ihres Vaters. Auch mit Jan Peter, mittlerweile ein fester Mitbewohner, war erst in etwa einer Stunde zu rechnen. Die Zwillinge konnten also in aller Ruhe beginnen, das Auto zu entladen und die Wäsche zu sortieren. Als Célestine in ihr Zimmer hinaufging, hörte ihr Bruder einen lauten Schrei und kurz danach einen halb erstickten Ruf.

„Roger, Roger! Komm, das musst du dir anschauen!"

Er rannte so schnell er konnte zu ihr und fand sie in der geöffneten Zimmertür mit vor den Mund geschlagenen Händen und weit aufgerissenen, tränenüberfluteten Augen.

Direkt gegenüber hatte Jan Peter ein Meer von bunten Blumen aufgebaut, Anthurien, Calla, Fresien, Alstromerien, Rosen, Japanrosen, Chrysanthemen, Lilien, Gerbera und Hortensien, alle jeweils in großer Zahl um einen kleinen Beistelltisch wie eine Wand angeordnet. Auf dem Tischchen standen zwei Bilderrahmen, einer mit einem Porträtfoto von Jan Peter, der zweite mit dem von

Célestine, und vor den beiden Rahmen lag ein geöffnetes Schmuckkästchen mit Eheringen.

Roger nahm seine Schwester in den Arm: „Herzlichen Glückwunsch, junge Frau! Wirst du den Antrag annehmen?"

„Was für eine Frage!", schluchzte das Mädchen vor Freude.

„Na, bravo! Sind Kinderehen in Deutschland denn erlaubt? Scherz, nicht böse gemeint! Ich freue mich für euch und weiß doch, dass ihr schon lange darüber redet. Dann gibt es heute viel zu feiern! Was meinst du, sollen wir etwas Leckeres kochen und Oma Elfriede und Opa Werner dazu einladen?"

Das Ehepaar Junckers freute sich über die Rückkehr der Zwillinge ebenso wie über die Einladung, es begann ein gemütlicher Abend bei Spaghetti Bolognese und einem köstlichen Dessert aus Mascarponecrème mit frischen Früchten, dazu einem guten italienischen Weißwein, den Oma und Opa Junckers allerdings zugunsten eines einfachen Tafelwassers ablehnten, weil sie in letzter Zeit keinen Alkohol mehr vertrugen.

Es gab viel zu erzählen! Zunächst berichteten die Geschwister von ihrem Frankreichabenteuer, sowohl dem erholsamem Mittelmeerteil, als auch der erfolgreichen Suche nach ihrer Mutter. Wolfgang hörte sehr aufmerksam zu und war sichtlich berührt von dieser Begegnung, es beruhigte die beiden Abiturienten jedoch ungemein, dass er nicht schroff oder überempfindlich reagierte. Offenbar konnte ihr Vater sehr gut verstehen, was sie in die Normandie getrieben hatte, ohne dadurch selbst in alte Gefühlswelten zurückzufallen. Das Kapitel

Aimée war für ihn erkennbar nicht mehr belastet. Elfriede und Werner gingen zunächst ängstlicher mit der Recherche ihrer angenommenen Enkelkinder um, ließen sich hingegen vom allgemeinen ruhigen Umgang mit dem Thema schnell anstecken.

Jan Peter schaute seine Célestine glücklich lächelnd an, dieser Blickkontakt reichte in Verbindung mit einem kurzen Nicken in Rogers Richtung, um sich zu verständigen, dass sie ihre Neuigkeit noch als Clou des Abends zurückhalten wollten. Also konnte er kurz vom Ende seiner Zivildiensttätigkeit mit dem Monatsausklang berichten, um danach sofort das Studium in seinen beiden Fächern zu beginnen.

Dann übernahm Wolfgang kurz die Rolle des Erzählers. Von seinem Bundesamt konnte er nicht viele Neuigkeiten vermelden. Die in Bremerhaven beheimatete Atair war, von ihm geschickt, unterwegs zu einer Forschungsreise in die Arktis ohne ihn, worüber er sich etwas unglücklich zeigte. Mit dem Abschmelzen der Pole verband sich ein steigendes Interesse vieler Staaten am Abbau aller darunter befindlichen nicht unbeträchtlichen Bodenschätze, so dass für die Zukunft gar bewaffnete Auseinandersetzungen befürchtet werden mussten. Das Forschungsschiff war mit dem Auftrag unterwegs, möglichst genaue Daten über die Vorkommen zu sammeln. Gerne hätte Wolfgang dieses Unternehmen begleitet, musste jedoch einer Anforderung des Außenministeriums folgen, um in diesem Zusammenhang Sondierungsgespräche mit den jeweiligen Behörden der anderen beteiligten Staaten, insbesondere dem Department of Navigation and Oceanography of the

Ministry of Defence of the Russian Federation (Управление навигации и океанографии Министерства обороны Российской Федерации) in Sankt Petersburg zu führen.

„Das bringt mich zu der Frage", wandte Wolfgang sich an seine Kinder, „was ihr denn nun für Pläne habt, was ihr studieren wollt oder wie es sonst weitergehen soll."

„Du kommst exakt im richtigen Moment mit dieser Frage", strahlte Roger. „Wir haben soeben die fehlenden Informationen bekommen. Wir werden beide nicht studieren, sondern uns selbständig machen."

Es war, als hätte er eine Bombe platzen lassen. Aufgeregte Fragen prasselten auf ihn und seine Schwester ein, nur Jan Peter, seit langem schon eingeweiht, blieb ruhig, da genau diese noch ausstehende Nachricht an die Zwillinge von ihm weitergeleitet worden war.

„Nein, wir wollen keine Fluggesellschaft, keinen Nachtclub, auch keinen Escortservice gründen. Keine Angst, es ist alles wohlüberlegt und gut vorbereitet", konnte Roger die Anwesenden beruhigen und erzählte von den lange zuvor begonnenen und von ihm und seiner Schwester geführten Gesprächen.

Das in ihrer frühen Schulzeit entwickelte intensive Interesse für jegliche Form von Literatur teilten sie mit Jan Peter seit ihrer gemeinsamen Zeit in der Literatur-Ag. Es waren sogar schon einige Aufsätze und kurze Essays von ihnen dreien bei einem Verlag erschienen, zu dem sie eine vertrauensvolle Zusammenarbeit aufbauen konnten. Ihre Aktivitäten seien manchen jungen Autoren bekannt geworden, unter anderem auch durch ihre erfolgreiche

Arbeitsgemeinschaft am Gymnasium, so dass sie immer öfter mit Manuskripten vielversprechender Talente beim Verlag vorstellig wurden, von dem schließlich die Anfrage kam, ins Geschäft einzusteigen. Es ging um den in der Medien- und Pressestadt Hamburg wohlbekannten, immer noch von den beiden betagten Gründern geleiteten renommierten Verlag Brinkoff & Schulte. Daraufhin habe er, Roger, mit seiner Schwester und dem Anwalt des Vaters einen Übernahmeplan entwickelt. Im nächsten Jahr werde der Rostineverlag beim Gewerbeamt eingetragen als Tochter von Brinkoff & Schulte mit den Sparten wissenschaftliche Literatur und Belletristik. Célestine bliebe im Büro, angelernt von den Seniorchefs, ihm fiele die Aufgabe zu, Autorinnen und Autoren an den Verlag zu binden. Wenn ihr Geschäftsmodell erfolgreich verlaufe, könnten sich die Herren Brinkoff und Schulte in den Ruhestand verabschieden, und der alte Name werde aus dem Handelsregister gelöscht zugunsten ihrer Neuschöpfung.

Célestine wollte die frohe Botschaft nicht länger geheim halten: „Dieses Konzept hat der Anwalt verschriftlicht und rechtlich abgesichert, und das haben wir den beiden sehr netten, älteren Herren vorgelegt. Sie waren etwas unglücklich, dass wir den Firmennamen ändern wollen, ansonsten aber froh, endlich aus dem Tagesgeschäft aussteigen zu können. Sie baten um etwas Bedenkzeit, die wir ihnen selbstverständlich gewährt haben, weil wir sowieso noch nach Frankreich wollten. Und gerade gestern haben wir ihre Antwort erhalten: es wird genauso gemacht, wie von uns vorgeschlagen."

Als sie die Glückwünsche entgegennahmen, lächelten die drei jungen Leute verschmitzt, weil sie wussten, dass damit immer noch nicht alle Sensationen mitgeteilt worden waren.

„Haltet euch fest, es gibt noch mehr Neuigkeiten", riefen Célestine und Jan Peter fast gleichzeitig. „Wir werden heiraten!"

Roger stand schon mit einer Flasche Sekt bereit, man holte etliche Gläser herbei und konnte auf diese Botschaft anstoßen. Niemand kam auf die Idee zu fragen, ob die neunzehnjährige junge Frau und der gerade ein Jahr ältere junge Mann es sich reiflich überlegt hätten, zu selbstverständlich war diese Beziehung im Laufe der vergangenen fünf Jahre geworden, als dass jemand an deren Haltbarkeit zweifelte. Zudem vermeldete das Pärchen, diese Absicht erst in etwa zwei Jahren in die Tat umsetzen zu wollen, wenn die Verlagsübernahme in trockenen Tüchern sei.

„Wollt ihr Kinder haben?" Oma Elfriede stellte die richtige Frage.

„Natürlich! Vielleicht nicht sofort, aber irgendwann auf alle Fälle."

Bei dieser Antwort von Jan Peter musste Wolfgang unwillkürlich lächeln, erinnerte sie ihn doch sehr an seine eigene Antwort an Aimée auf die gleiche Frage vor zwanzig Jahren.

„Kinners", meinte Opa Werner, „dann haben wir auch etwas für euch. Deswegen hat meine Elfriede so neugierig gefragt. Ich bin nun schon achtzig Jahre alt, Elfriede ist ja noch `ne junge Deern von siebenundsiebzig. Aber uns wird das Haus mit dem großen Garten doch zu viel. Wir haben uns mal umgesehen und gar nicht weit von hier, am Rissener Ufer, eine Seniorenresidenz gefunden, in die wir umziehen wollen. Ist nicht ganz billig, aber ich habe immer ordentlich verdient, meine Rente ist ausreichend und mit dem Verkauf des Hauses kämen wir mehr als gut hin. Wenn das junge Brautpaar will, können wir uns vorstellen, dass ihr unsere bescheidene Hütte übernehmt und uns dafür so etwas wie eine monatliche Rente auszahlt. Sagen wir mal vorsichtig, so runde zweitausendfünfhundert Euro."

Das ungläubige Staunen über dieses ebenso überraschende wie großzügige Angebot wischte er mit der Bemerkung weg: „Ist natürlich nicht ohne Risiko für euch. Wir wollen nämlich beide über einhundert Jahre alt werden, dann kann das mit der monatlichen Rente ganz schön teuer werden. Und wir hätten uns außerdem bis ans Lebensende eure Bekanntschaft erkauft."

„Opa Werner, Oma Elfriede! Ihr müsst euch doch bei uns nichts erkaufen! Wir werden immer für euch da sein, und ihr könnt jederzeit bei uns erscheinen, da gibt es gar keine Frage. Über euer Angebot reden wir noch in aller Ruhe."

Célestine ging auf ihre Ersatzgroßeltern zu und nahm sie herzlich in ihre Arme. Für dieses schöne Haus in einer der besten Wohngegenden Hamburgs wären mit einem freien Verkauf ganz sicher deutlich höhere Summen zu erzielen, selbst wenn die beiden zwar nicht mehr ganz rüstigen, aber noch vollumfänglich selbständigen Senioren alle Hamburger Altersrekorde brechen sollten.

Zu Beginn des Jahres 2005 wurde der Rostine-Verlag im Handelsregister eingetragen, Célestine und Roger verbrachten nun täglich viele Stunden im Stammhaus von Brinkoff & Schulte, um das Geschäft von Grund auf zu erlernen, immer öfter verabschiedete sich Roger allerdings, um neue, vielversprechende Talente zu rekrutieren. Eine vorzügliche Gelegenheit, mit Menschen in Kontakt zu kommen, die im wissenschaftlichen Bereich veröffentlichen wollten, waren Kongresse und Fachtagungen, zu denen er bald viele Einladungen erhielt. Sehr hilfreich war dabei seine Gabe, auf Menschen zuzugehen und ihre Sympathien zu gewinnen, ein Vorzug, der auch sein Privatleben entscheidend prägte, weil er, anders als seine Schwester, keinerlei Interesse an einer festen Beziehung entwickelte, sondern seine Freiheiten in vollen Zügen genoss.

Jan Peter ging in seinem Studium auf und blieb nicht ohne Erfolge und Anerkennung, musste dafür jedoch viel Zeit investieren. Der Plan, die Hochzeit zu verschieben, stellte sich als unvermeidlich heraus, zumal Célestine bis in den späten Abend hinein im Verlagshaus arbeitete. Wolfgang hielt sich häufig in Sankt Petersburg auf, die verbleibende Zeit in Hamburg verbrachte er überwiegend am Telefon, um mit den Behörden Finnlands, Norwegens, Großbritanniens, Dänemarks und der USA zu verhandeln. Das Auswärtige Amt drängte auf einen Abschlussbericht und setzte ihn unter erheblichen Druck, was seine Arbeitszeiten ebenfalls täglich in die Länge zog. So vergingen die Monate fast von allen unbemerkt, bis zwei Jahre später die Junckers selbstgemalte Einladungskarten zur standesamtlichen Hochzeit von Jan Peter und Célestine erhielten. Dieselbe Post erreichte auch Wolfgang und Roger – natürlich mit der gerade aktuellen

Dame an seiner Seite. Man möge sich dafür am Freitag, 22. Juni des Jahres 2006 um 11 Uhr einfinden beim Bezirksamt Altona, Platz der Republik 1 in 22765 Hamburg, keine förmliche Kleidung, kleiner Kreis, im Anschluss Essen in einem Fischrestaurant. Dieses Standesamt war Wolfgang noch sehr gut in Erinnerung, sein Erstaunen wuchs jedoch um ein Vielfaches, als klar wurde: das angebliche Fischrestaurant war genau der Imbiss, in dem viele Jahre vorher seine eigene Vermählung stattgefunden hatte, zwar von neuen Inhabern geleitet, ansonsten schien dort aber die Zeit stehengeblieben zu sein. Als Opa Werner sofort eine Runde Aquavit bestellte und Célestine um den ersten Tanz bat, dämmerte dem Brautvater, dass hier weniger von Zufall gesprochen werden konnte, sondern dem Schicksal vom guten alten Werner Junckers auf die Sprünge verholfen worden war, was der dann im Gespräch auch unumwunden zugab. Seinen Brauttanz musste er bedauernd nach wenigen Minuten aufgeben, die Knie wollten nicht mehr so gehorchen wie zwanzig Jahre zuvor, Elfriede wusste jedoch immer noch zahlreiche Klein-Erna-Witze zu erzählen. Die beiden alten Herrschaften entwickelten eine erstaunliche Standfestigkeit bei dieser gemütlichen Hochzeitsfeier, aber um zweiundzwanzig Uhr durfte Wolfgang sie doch zurückbringen in ihre Seniorenresidenz. Roger stand gleich am nächsten Tag eine Reise zu einer Tagung von Kunstwissenschaftlern in Marburg bevor, deshalb verabschiedete er sich ebenfalls recht früh, und für Jan Peter standen am Montag wichtige Klausuren an, er war daher über diesen zeitigen allgemeinen Aufbruch nicht unglücklich.

Célestine zog mit Jan Peter, sehr zu Wolfgangs Zufriedenheit, tatsächlich in das leerstehende Nachbarhaus des Ehepaares Junckers ein, die Renovierung und eventuelle Umbauten wollten sie später, nach Konsolidierung ihrer privaten Situation vornehmen. Roger wohnte in einem Appartement in der Nähe des Verlagsgebäudes, für seine häufig wechselnden Bekanntschaften eine gute Lösung. Damit lebte Wolfgang nun allein im Mühlenberg, wohl in unmittelbarer Nachbarschaft zu seiner Tochter und seinem Schwiegersohn, aber ohne weitere Mitbewohner. Alle Versuche seiner Kinder oder auch des Ehepaares Junckers, ihm einen Hund aufzuschwatzen oder eine neue Damenbekanntschaft schmackhaft zu machen, lehnte er strikt ab. Das Haus war nicht sein Eigentum, es gehörte nach wie vor dem Außenministerium, das ihm für eine symbolische Miete Wohnrecht gewährte. Obwohl er sich in Hamburg wohl fühlte, die Arbeit große Freude machte und seine Kinder ihm über alles gingen – ein echter Hamburger war er nie geworden, und er dachte häufig darüber nach, wie und wo er seinen Ruhestand, den er in gut zehn Jahren erreicht haben würde, verbringen wollte. Es gab noch keinen genauen Plan, aber so manchen Wunsch.

Nach den Feierlichkeiten zum Jahreswechsel, bei denen Célestines Vater schon ihre auffällige Zurückhaltung beim Alkohol aufgefallen war, eröffnete sie der Familie, was alle bereits erwarteten – sie war schwanger und erwartete die Geburt Ende Mai. Nun wurden die

Renovierungen und kleineren Umbauten plötzlich sehr dringlich und, da Jan Peter in einigen Prüfungen steckte, Célestine nach wie vor im Büro arbeitete und sowieso als zupackende Arbeitskraft nicht zur Verfügung stand, mussten Roger und Wolfgang sich beeilen, um bis zur Geburt des Nachwuchses alles fertig zu bekommen.

„Hast du Angst?", fragte Roger bei einer dieser Gelegenheiten seinen Vater. „Ich meine, nach allem, was du mit unserer Mutter erlebt hast."

„Angst? Nein, Angst ist das falsche Wort. Was damals mit Aimée passiert ist, kommt so extrem selten vor, davor muss man sich nicht fürchten. Ich bin etwas beunruhigt, das schon, und ich wünsche den beiden von Herzen, dass alles gut geht und sie ein gesundes Kind bekommen, für das ich, wie ich glaube, ein ganz brauchbarer Großvater sein werde. Wie stellst du dir denn deine Rolle als Onkel vor? Mit welcher Tante? Ist es noch diese sympathische Brünette? Romina hieß sie, glaube ich."

„Nein, sorry, ihr werdet euch einen neuen Namen merken müssen. Jedenfalls vorübergehend. Aber Onkel kann ich auch sein ohne feste Partnerin."

Im Mai wurden Célestine und Jan Peter Eltern eines gesunden Jungen, dem sie den Namen Urs gaben. Roger konnte sich nicht den Scherz verkneifen, noch im Krankenhaus den neuen Erdenbürger mit dem gerade aktuellen Partyhit ‚Ein Stern, der deinen Namen trägt' von DJ Oetzi zu begrüßen, nicht ohne darauf hinzuweisen, dass es sich eigentlich nur um eine neuaufgelegte, aber schon fast zehn Jahre alte Schnulze handele. Die Geburt war komplikationslos verlaufen, man musste einige Anstrengungen aufwenden, um die junge Mutter davon

254

abzuhalten, gleich wieder ins Büro zu gehen. Der frischgebackene Onkel verwaltete mit Jan Peters Unterstützung aushilfsweise den Part seiner Schwester im Büro, wo er sie gerne möglichst bald wieder am Arbeitsplatz sehen wollte, um diese ihm unangenehme Aufgabe schnell abzugeben. Einer der Räume in Parterre des Hauses am Mühlenberg, von ihm in Zusammenarbeit mit seinem Vater zu einem Büroraum umfunktioniert, ermöglichte es seiner Schwester, zukünftig wesentliche Teile dieses Pensums von daheim aus zu leisten.

Wolfgang war vom ersten Moment an verliebt in sein erstes Enkelkind und verbrachte so viel Zeit wie nur möglich im Haus seiner Tochter. Mindestens genauso verrückt nach Urs war Onkel Roger, man konnte bei seinem Erscheinen sehr bald erkennen, wie ein Lächeln über das Babygesicht strahlte und es vor Freude strampelte. Schon in den ersten Wochen entstand zwischen den beiden so etwas wie eine Seelenverwandtschaft. Mitunter holte Wolfgang das Ehepaar Junckers aus dem Altenwohnheim zum Nachmittagstee ab, und man saß beisammen für einen Plausch, während abwechselnd einer von ihnen das Baby bespielte, so lange es nicht schlief oder gestillt wurde. Nur selten brachte Roger eine seiner häufig wechselnden Damenbekanntschaften mit, dann war es meistens Célestines Aufgabe, mit der bedauernswerten jungen Frau Konversation zu machen, denn in Gegenwart von Urs zeigte Roger an niemandem sonst irgendein Interesse.

Die Einrichtung des Büros im Haus erwies sich als ausgezeichnete Lösung, sehr bald begann die Mutter des Neugeborenen von hier aus ihren Teil der Arbeit wieder aufzunehmen. Dann brachte sie das Baby in einem Kinderwagen mit und musste ihre Arbeit unterbrechen, wenn das Kind nach ihr verlangte. In diesen Momenten war es sehr hilfreich, dass ihr Mann Jan Peter etliche Bereiche seines Studiums gleichfalls von zu Hause aus erledigen konnte, damit bot sich für ihn die Möglichkeit, seiner Frau beizuspringen und nach Bedarf ihre Arbeit zu übernehmen. Manchmal passierte es, dass Célestine den wieder eingeschlafenen Säugling zurücklegte in sein Kinderwagenbettchen, ihrem Mann bei der Arbeit zusah und lieber noch einen Moment bei Urs blieb, bevor sie zurückging an ihren Schreibtisch. Sie war froh, dass Jan Peter sich ganz offenkundig in ihrem Aufgabenfeld gut zurechtfand.

Urs wuchs auf gesunde und erfreuliche Weise heran und unternahm mit etwa einem Jahr seine ersten Sprech- und Laufversuche. Roger konnte viel Zeit damit zubringen, seinen kleinen Neffen an beiden Händen vor Vergnügen quietschend durch die Wohnung laufen zu lassen, so dass der kleine Mann ihm schon in freudiger Erwartung seine winzigen Hände entgegenstreckte, wenn sein geliebter Onkel eintrat. Der wiederum brachte wie schon zur Geburt gerne neue, gerade aktuelle Musik mit, weil sein Neffe darauf ausgelassen und fröhlich reagierte und in der Wohnung tanzte. ‚All Summer Long' von Kid Rock hatte es den beiden besonders angetan, und Opa Wolfgang bemerkte mit Genugtuung, dass es sich im Wesentlichen um eine Kopie von Lynyrd Skynyrds großartigem Song ‚Sweet Home Alabama' von 1974 handelte. Abendliche Restaurantbesuche waren nach einem guten Jahr wieder möglich, wenn Roger mitkam, denn dann bestand der Nachwuchs darauf, dass sein Onkel neben ihm saß und mit ihm spielte, während alle anderen in Ruhe essen konnten. Célestine und ihr Mann durften sogar wieder gemeinsam ausgehen, wenn nur Roger als Babysitter fungierte.

Jan Peter kam mit seinem Studium gut voran und erwartete, mit allen Prüfungen nach einem oder zwei Semestern abschließen zu können. Weniger erfreulich waren die Ausblicke auf dem Arbeitsmarkt. Auf keinen Fall konnte er sich vorstellen, in den Lehrerberuf zu wechseln, andere Ausschreibungen für seine Qualifikationen waren hingegen rar gesät, und an der Universität mit einer Dozentenstelle zu bleiben wurde ihm zwar angeboten, eine ordentliche Professur lag jedoch außerhalb jeder Reichweite. Immerhin war er nicht in der Zwangslage, unbedingt eine gut dotierte Anstellung finden zu müssen, denn die Bilanzen des von seiner Frau und seinem Schwager betriebenen Verlages entwickelten sich extrem erfreulich. Dafür kristallisierten sich immer mehr zwei Standbeine heraus. Célestine, unterstützt von ihrem Mann, kümmerte sich um den Bereich Belletristik. Dafür mussten kaum neue Autoren geworben werden, denn ihnen wurden Manuskripte in großer Zahl zur Begutachtung zugeschickt. Einige besonders geglückte Griffe gleich in den ersten Monaten hatten den Rostine-Verlag bekannt und für junge Literaten interessant gemacht, so sehr, dass ihr größtes Problem darin bestand, die Menge an Einsendungen überhaupt begutachten zu können. Mehrere auch in den allseits bekannten Listen verzeichnete Bestseller ließen für die Urheber wie für den Verlag die Tantiemen fließen.

Das zweite Standbein verwaltete Roger, der sich mit der wissenschaftlichen Literatur befasste. Seine außerordentliche Begabung, Menschen für sich einzunehmen, kam ihm dabei sehr zugute. An fast jeder Universität gab es in beinahe jedem Fach Seminare für Doktoranden, in denen diese ihre jeweiligen Arbeiten in frühen, noch unvollendeten Stadien vorstellten. Bei so mancher dieser Veranstaltungen war er als geladener Gast zugegen, um die angehenden Doktoren über die Möglichkeiten der Veröffentlichung zu informieren. Das gleiche unternahm er auf Tagungen und Kongressen und schuf sich auf diese Weise eine ansehnliche Anzahl junger Wissenschaftler, die gerne mit ihm und seinem Verlag zusammenarbeiten wollten und seinen Namen auch in ihrem jeweiligen Fachbereich weitertrugen. Trotz der nicht unerheblichen Druckkostenzuschüsse blieb Rostine für diese Gruppen ein interessanter Gesprächspartner wegen der besonderen Betreuung und des hervorragenden Rufes, den der Verlag an den Universitäten schnell erwarb.

In den ersten Adventtagen des Jahres 2008 bekam Célestine die Bestätigung ihres Frauenarztes für das, was sie eigentlich schon wusste – sie war wieder schwanger. Nach Ablauf der ersten Wochen traten Schwierigkeiten auf, die von ihr absolute Ruhe verlangten. Eine unangenehme Situation für die junge Mutter, die gewohnt war, im Büro nach Kräften mitzuarbeiten. Ihr Mann Jan Peter, ihr Bruder Roger und ihr Vater Wolfgang halfen durch unermüdlichen Einsatz, diese heikle Zeit zu überwinden, so dass im Spätsommer 2009 Urs einen kleinen Bruder bekam, der den Namen Aristide erhielt.

Trotz der nicht problemlosen Schwangerschaft verlief die Geburt komplikationsfrei, schon nach vier Tagen kamen Mutter und Neugeborenes wieder zurück nach Hause. Allerdings war nun eine neue Situation entstanden, für die kreative Lösungen erforderlich waren, denn obgleich Célestine sich schnell von den Strapazen des Krankenhausaufenthaltes erholte, waren ihre Möglichkeiten, wieder voll in die Verlagsarbeit einzusteigen, als stillende Mutter zweier kleiner Kinder eingeschränkt.

„Wir könnten uns nach einer Kinderfrau umsehen", schlug Jan Peter vor.

„Kommt gar nicht in Frage", wehrte Roger ab. „An meinen Urs und auch an Aristide lasse ich keine fremde Frau heran!"

„Sei nicht albern, das wirst du auf Dauer wohl nicht verhindern können", wandte seine Schwester ein. „Es muss mit dem Verlag doch weitergehen!"

Jan Peter meldete sich mit einem Vorschlag: „Etwas Zeit brauche ich noch, aber am Ende des laufenden Semesters werde ich fertig sein. Bis dahin kann ich einen Teil deiner Arbeit übernehmen, wenn mir jemand hilft. Und danach, je nachdem, ob ich schnell einen Anschlussjob finde, kann ich solange deine Arbeit erledigen, bis du wieder zurückkommen willst."

Dagegen gab es keinerlei Einwände. Dass diese Idee der Arbeitsteilung sich schließlich nicht zur Gänze umsetzen ließ, war den äußeren Umständen geschuldet. Als Célestines Ehemann im darauffolgenden Jahr sein Examen bestand, war der Arbeitsmarkt übersättigt mit jungen Akademikern seiner Fachrichtungen. Weil der

Lehrerberuf für ihn nicht infrage kam, gab es keine adäquate Anstellung. In dieser Situation machte Roger den schon seit langem naheliegenden Vorschlag, der sich schließlich für alle als glückliche Lösung erwies.

„Du hast dir mit meiner Schwester nun schon seit geraumer Zeit sowohl die Verlagsarbeit als auch die Kinderbetreuung so geteilt, wie es jeweils für euch sinnvoll und machbar war. Warum sollen wir das nicht als endgültige Form der Zusammenarbeit nehmen?"

„Du meinst, Jan steigt mit in unseren Verlag ein?", fragte Célestine.

„Genau das! Jan, wenn du willst, nehmen wir dich als Teilhaber in den Rostine-Verlag auf mit den gleichen Anteilen wie meine Schwester. Ihr beide bleibt zuständig für den gesamten Bereich Belletristik, wie ihr das untereinander aufteilt und mit meinen beiden Neffen geregelt bekommt, bleibt euch überlassen. Und als examinierter Germanist und Philosoph passt du ganz haargenau in unser Profil. Also: willst du?"

Da gab es für Jan Peter nicht viel zu überlegen. Seit einigen Jahren hatte er durch den Vertretungseinsatz für seine schwangere Frau alle notwendigen Erfahrungen sammeln können, Spaß machte ihm die Arbeit überdies und ließ sich darüber hinaus mit seinem Familienleben in Einklang bringen. Seine Einbindung als Teilhaber erwies sich zudem binnen kürzester Zeit als ausgesprochener Glücksgriff, weil die von ihm bereits als Schüler selbst geschriebenen frühen Werke nun vom Rostine-Verlag der Öffentlichkeit zugänglich gemacht werden konnten und sehr bald hohe Verkaufszahlen erreichten. Insbesondere der Thriller, von ihm mit Wolfgangs Informationen über den Wettlauf bei der Ausbeutung der Bodenschätze unter dem arktischen Eis verfasst, platzierte sich bestens auf dem Buchmarkt. Mit einem Verleger, der selber mit erfolgreichen Werken bekannt wurde, erübrigte sich nahezu jede weitere Werbung.

Damit war Wolfgangs Mithilfe weitestgehend obsolet geworden, was nach den Erfahrungen der letzten Monate auch deshalb notwendig geworden war, weil er immer öfter ausfiel. Das Außenministerium bat ihn wiederholt, seine Routine und Kenntnisse in schwierigen Verhandlungen einzubringen, die gerade auf internationaler Ebene in einem Fachgebiet stattfanden, in dem er anerkanntermaßen zu den führenden Kapazitäten zählte. Erst im April wurde eine wichtige Einigung zwischen den Vertretern Russlands und Norwegens über den genauen Verlauf ihrer gemeinsamen Grenze in der Barentsee unterzeichnet, wobei Wolfgangs Expertise einen wesentlichen Anteil an der Beilegung dieses bereits über vierzig Jahre andauernden Streites hatte. Auch die USA baten den gerade amtierenden Außenminister Guido Westerwelle, ihnen Wolfgangs Kompetenz zur Verfügung zu stellen bei der Bekämpfung langfristiger Folgen der Ölkatastrophe, die sich gerade im Golf von Mexiko um die Bohrinsel Deepwater Horizon abspielte. Er war zu einer in Fachkreisen höchst anerkannten Figur geworden, die stets unauffällig, von der Öffentlichkeit unbemerkt, aber sehr zuverlässig im Hintergrund agierte. Es konnte ihm gerade wegen dieser Unauffälligkeit hingegen passieren, dass trotz seiner Empfehlungen die politischen Entscheidungsträger aus den verschiedensten Gründen zu entgegengesetzten Beschlüssen kamen, weshalb er wiederholt tiefere Sinnkrisen durchlebte. So begann die Bundesregierung gegen seinen ausdrücklichen Rat im Frühjahr mit dem Bau der Gasleitung Nord-Stream durch die Ostsee. Nicht ganz zufrieden war er auch mit dem seit einem Jahr amtierenden amerikanischen Präsidenten Barack Obama, der seiner Meinung nach weniger in die Erhaltung der Meere investierte, als notwendig und vor der Wahl versprochen war. Der immer wieder von verheerenden Naturkatastrophen heimgesuchte pazifische Raum, speziell die Frage, inwieweit der Inselstaat Vanuatu davon betroffen war, blieb ein ihn ständig interessierendes Thema.

Nachdem die beiden so vertrauten alten Herrschaften Junckers noch mit großer Freude die Geburt ihres zweiten ‚Urenkels' Aristide miterleben konnten, war nicht zu übersehen, dass der mittlerweile vierundachtzigjährige Werner zunehmend an Lebenskraft verlor. Er verließ die Altenwohnung gar nicht mehr, wurde vergesslich und kränklich, schließlich bedurfte er der pflegerischen Hilfe, weil seiner Frau Elfriede dafür die Kräfte fehlten. Im November verstarb Werner, nicht überraschend, aber doch unerwartet. Für die Zwillinge war die Teilnahme an der Trauerfeier ihres geliebten Ersatzopas ein äußerst schwerer Gang, sie kümmerten sich dabei liebevoll um die völlig gebrochene Elfriede, die gestützt werden musste und in ihren Tränen ertrank. Dem noch zu Lebzeiten geäußerten Wunsch Werners nach einer Seebestattung war Elfriede natürlich nachgekommen. Das anschließende Beisammensein fand trotz des Angebotes von Célestine und Roger, dafür das Haus im Mühlenberg zur Verfügung zu stellen, in der Seniorenresidenz statt.

Viele Teilnehmer gab es ohnehin nicht, neben den Mitgliedern der Familie Müller waren es nur wenige Bewohner des Heimes sowie der Pfarrer des Trauergottesdienstes. Elfriede zog sich nach kurzer Zeit zurück, sie wollte mit ihrem Kummer alleine sein. Von diesem Schicksalsschlag erholte sie sich nicht mehr, sie lehnte jeglichen Besuch ab und verfiel zusehends, bis sie nur wenige Monate nach ihrem Mann kurz vor Weihnachten 2010 ebenfalls aus dem Leben schied. Zweifel darüber, ob sie ihr Ende mit Hilfe von Schlafmitteln selbst herbeigeführt oder zumindest beschleunigt hatte, konnten nie zur Gänze ausgeräumt werden. Auch ihre Asche wurde dem Meer übergeben. Die Zwillingen kannten keine anderen Großeltern als Elfriede und Werner, sie trauerten ihnen sehr nach und mussten doch einen letzten Gang noch hinter sich bringen, den Besuch beim Notar, der den Nachlass verwaltete. Dort erfuhren sie, dass es keine weiteren Erben gab, sondern Werner und Elfriede ihr gesamtes Hab und Gut ihren ‚Kindern' und ‚Enkelkindern' vermachten mit genauen Auflagen, was damit zu geschehen habe. Das Bargeld solle zu gleichen Teilen für Urs und Aristide bis zur Vollendung des jeweils 18. Lebensjahres festgelegt werden. Ein Vermögen war es nicht, die Wohnung in der Seniorenresidenz verschlang erhebliche Summen. Alles andere sei für die Zwillinge bestimmt, die sich daraus aussuchen sollten, was ihnen gefiele, um den Rest zu entsorgen. Für Wolfgang lag ein bewegender, handschriftlich verfasster Brief bei, in dem sich das Ehepaar für die lange Freundschaft und die Möglichkeit bedankte, seine Kinder und Enkelkinder wie ihre eigenen aufwachsen zu sehen. Wohl nach dem Verfassen dieses Schriftstückes hatte Werner ergänzt: Geld bruukst du ja nich, du bruukst en Fro!

Wolfgang bekam diesen Brief erst im Folgejahr zu Gesicht, bei der Testamentseröffnung konnte er nicht dabei sein. Die Vereinten Nationen waren an die International Hydrographic Organization IHO in Monaco herangetreten, diese wollte vom Deutschen Bundesamt für Schifffahrt und Hydrographie in Hamburg explizit seinen Rat und seine Mithilfe in einem akuten Problem haben. Zu seiner Überraschung berief man sich dabei auf seine vor nunmehr fast vierzig Jahren nachgewiesene Kompetenz mit der Arbeit über die pazifischen Inselregionen um Vanuatu. Nach zwei verheerenden Taifunen in der Region im Herbst, der stärkste, Megi genannt, mit Windgeschwindigkeiten von 232 km/h, erwartete man von ihm eine Analyse der Auswirkungen auf die Strömungen sowie die Meeresfauna, dies alles in Zusammenarbeit mit den japanischen und philippinischen Behörden sowie dem US-amerikanischen Joint Typhoon Warning Center. Mit der Nennung der letzten Behörde erschloss sich für Wolfgang, dem die Wetterphänomene nicht unbekannt geblieben waren, der Grund, warum diese Analyse so großzügig von der US-Regierung unterstützt wurde. Das Zentrum des heftigsten Taifuns lag über dem Atoll Wake zwischen Hawaii und den Marianen, ein System weniger, menschenleerer Territorien, die als Außengebiet der Vereinigten Staaten galten und als Basis der US Air Force sowie für Experimente mit militärischen Raketen genutzt worden waren. Er beschränkte sich daher auf wenige

Konferenzen mit den japanischen Kollegen, flog anschließend mit demselben Ziel auf die Philippinen und verabschiedete sich alsbald, ohne die Inseln zu besuchen, sehr zu seinem eigenen Bedauern und entgegen seiner Hoffnung, die Chance für einen Abstecher nach Vanuatu zu bekommen.

Während Wolfgang sich in einem ganz anderen Teil der Welt tummelte, saß sein Sohn mal wieder im Haus seiner Schwester und spielte mit seinem kleinen Neffen.

„Kommt ihr ohne mich zurecht?", fragte Roger Urs, wohl wissend, dass sein Schwager und seine Schwester im Raum waren, an die diese Frage eigentlich gerichtet war.

„Halte dich nicht für unersetzlich, lieber Bruder. Wir werden den Verlag in den paar Tagen schon nicht in den Ruin treiben."

Jan Peter war der Grund seiner Abwesenheit entfallen: „Wo treibst du dich nun wieder herum? Wieder einmal auf der Suche nach attraktiver weiblicher Begleitung?"

„Wenn sich das so ergeben sollte", schmunzelte Roger. „Aber alles nur zum Wohle der Firma!"

„Du bist und bleibst unverbesserlich!", rief Célestine. „Dabei wärst du so ein großartiger Vater! Urs ist ganz selig, wenn du mit ihm spielst, und wie ich dich kenne, wirst du Aristide bald genauso um den Finger wickeln."

„Damit habe ich dann doch meine Pflicht zum Fortbestand der menschlichen Gesellschaft getan, meint ihr nicht? Aber nun zu deiner Frage, Jan Peter. Ich bin für ein paar Tage mal wieder auf so einem unglaublich spannenden Kongress von Kunst- und Musikwissenschaftlern und hoffe, reiche Beute für uns einzufahren. Man hat mir sogar die Ehre erwiesen, mir eine halbe Stunde Redezeit zu gewähren."

„Ja dann", meinte sein Schwager. „Da spielt es natürlich überhaupt keine Rolle, dass im Bereich der Kunstwissenschaften Frauen überproportional vertreten sind! Und wo findet das Ganze statt?"

„In Salzburg."

„Nein, auch noch in einer so langweiligen, öden, kulturfeindlichen Stadt! Du tust mir wirklich leid! Wir werden ständig voller Mitleid an dich denken, armer Schwager."

„Damit werdet ihr mir nicht viel helfen können. Ich glaube, ich wurde nur eingeladen, weil ich aus Hamburg komme und man wohl der Meinung war, damit eine bessere Verbindung zu Peter Ruzicka zu erreichen."

Jan Peter hörte den Namen zum ersten Mal. „Wer ist das?"

„Er ist Professor der Musikwissenschaften hier in Hamburg, ein Komponist und Dirigent, der bis vor wenigen Jahren die Intendanz der Salzburger Festspiele innehatte. Man munkelt, dass die Stadt ihn überreden will, eine neue Komposition im Rahmen eines Festaktes im Mozarteum aufzuführen. Da hat man mit mir nur leider den Bock zum Gärtner gemacht, denn ich kann mit seiner Musik überhaupt nichts anfangen."

„Klingt nach einer wirklich hochinteressanten Veranstaltung für dich", bedauerte Célestine ihren Bruder. „Sieh zu, dass du trotzdem einige angehende Doktorinnen und Doktoren überreden kannst, bei uns zu veröffentlichen."

„So wie ich deinen Bruder kenne", meinte ihr Mann sich einklinken zu müssen, „wird er sich auf ein Geschlecht konzentrieren. Selbstredend nur aus Zeitmangel."

„Erinnerst du dich noch an unseren Besuch mit Paps bei den Salzburger Festspielen vor ungefähr zehn Jahren?" Rogers Schwester blickte versonnen zur Decke. „Das war ein wunderbares Konzert im Mozarteum. Findet dort auch dein Kongress statt?"

„Ja, da hat unser Vater mit uns einen großartigen Wochenendausflug gemacht! ‚Jedermann' auf dem Domplatz mit Ulrich Tukur, Otto Sander und Fritz Muliar, am Sonntag dann die Mozart-Matinee. Ich habe beste Erinnerungen daran. Ob es sich nun um denselben Saal handelt, wage ich zu bezweifeln, aber das werde ich dir berichten. Soll ich euch Mozart-Kugeln mitbringen, natürlich nur von den Originalen aus der Konditorei Fürst?"

„Nein, bitte nicht!", wehrten beide junge Eltern ab. „Aber bald ist Weihnachten, und es gibt irgendwo in der Altstadt diesen über mehrere Stockwerke reichenden Laden nur für Weihnachts- und Osterdekoration. Vielleicht findest du dort etwas Originelles."

„Der Laden, weiß ich noch genau, weil es so passend war, lag in der Judengasse. Mal sehen, wenn ich genügend Auslauf bekomme, bringe ich euch alles mit, was der Mensch nicht braucht. Macht euch auf die gröbsten geschmacklichen Verirrungen gefasst!"

„Fährst du mit deinem Wagen?"

„Nein, es gibt eine durchgehende ICE-Verbindung vom Hamburger Hauptbahnhof bis München, damit kann ich über Nacht fahren und muss dann nur noch einmal umsteigen bis Salzburg. Mein Zug geht um halb elf ab und ich bin gegen acht Uhr vor Ort. Das passt ganz gut. Und die Rückfahrt gestaltet sich ähnlich bequem. Könnt ihr mich zum Bahnhof bringen und wieder abholen?"

Hendrik schlief schon in der Obhut seines Vaters Jan Peter, als noch am gleichen Abend seine Schwester ihn zum Hamburger Hauptbahnhof brachte. Als der ICE wenig später die Stadtgrenze überquerte, war Roger bereits seine soeben erworbene Zeitschrift aus den Händen gefallen und er schlief sanft im bequemen Sitz der ersten Klasse, unruhig träumend von übermäßig dekorierten Weihnachtsbäumen, die sich unter ihrer Last bis auf die Dielen bogen.

Salzburger Freunde 2010-2014

You just call out my name and you know, whereever I am
I`ll come running to see you again.
Winter, spring, summer and fall all you have to do is call
and I`ll be there – you`ve got a friend.
(You`ve Got a Friend, vom Album „Tapestry", 1972,
Text und Musik geschrieben 1969 von Carole King)

Ein würdiger älterer Professor mühte sich in seinem
Referat zum Thema ‚Arnold Schönbergs Praeludium der
Klaviersuite op. 25 im kulturpolitischen Kontext der
Weimarer Republik' nach Kräften, dem Publikum
möglichst viel Duldsamkeit abzuverlangen. Roger
langweilte sich zu Tode. Er hatte, trotz einer ansehnlichen
Verspätung seines Zuges, den Veranstaltungsort gerade
noch rechtzeitig vor Beginn dieses epochalen Beitrages
erreicht und feststellen müssen, dass nicht der große Saal
der Stiftung Mozarteum in der Schwarzstraße, in dem er
zehn Jahre zuvor der Matinee lauschen durfte, den
Kongress beherbergte, sondern das Solitär der Universität
mit Zugang vom Mirabellplatz. Immerhin ein ansehnlicher
Neubau mit einer Glasrückwand, durch die man auf die
Salzburger Altstadt blicken konnte. Aber selbst der
faszinierendste Ausblick entschädigte nicht für das
eintönige Geschwätz des Referenten. Schon ein
Widerspruch, wie Roger sich amüsierte, es müsste doch
ein zwölftoniges Geschwätz sein, hahaha! Vorsichtig
schaute er sich um, ob eventuell andere Teilnehmer
ähnlich empfanden wie er und sich heimlich aus dem

Staub machten, aber die überwiegend äußerst seriös wirkenden Damen und Herren mittleren bis höheren Alters schienen an ihren Sitzen zu kleben. Er bereute zutiefst, sich das Wochenende mit dieser Zeitverschwendung verdorben zu haben, hier gab es kaum Klientel für den Verlag zu rekrutieren. Gerade wollte er enttäuscht aufgeben und in seinem Sessel versinken, als er aus dem Augenwinkel bemerkte, wie ein für dieses Auditorium erstaunlich junger Mann ganz leise seinen Platz verließ und durch einen der hinteren Ausgänge aus dem Saal schlich. Das war die noch fehlende Initialzündung, er eiferte diesem mutigen Pionier umgehend nach. Im Foyer holte er tief Luft.

„Au Mann!", entfuhr es ihm.

„Genau!", gab ihm jemand aus dem Hintergrund recht. Roger drehte sich um und entdeckte den soeben zum Vorbild genommenen jungen Mann.

„Ich meine mich zu erinnern, dass es am Alten Markt ein wunderbares Café gibt. Das Wetter ist zwar nicht so einladend, aber bis dorthin müssten wir es trocken schaffen."

„Sie meinen sicher das Café Tomaselli, das gibt es schon seit über hundert Jahren und wird es auch im nächsten Jahrhundert noch geben. Also los, jeder Ort ist besser als dieser hier!"

Wenig später saßen die beiden Rebellen bei einem Verlängerten beziehungsweise einer Melange in den behaglichen Räumlichkeiten des traditionsreichen Hauses und wärmten sich an ihren Tassen.

„Ich heiße übrigens Roger, Roger Müller aus Hamburg, und ich fände es prima, wenn wir uns duzen."

270

„Einverstanden. Ich bin Simon Bregemann aus Bonn.“

„Freut mich, Simon. Was hat dich hierhergetrieben?“

„Eine Einladung des Mozarteums. Ich bin einer der Referenten, deshalb muss ich um 17 Uhr wieder vor Ort sein.“

„Du hast mein Mitgefühl. Worüber wirst du dieses aufgeweckte Publikum belehren?“

„Über…, ach, weißt du was?“, damit zog er das fertige Redemanuskript aus seiner Mappe und zerriss es vor Rogers verblüfften Augen. „Das ist doch Unsinn. Wie wäre es mit einem extemporierten Vortrag zum Thema, hmmm, lass mich nachdenken, wie wär`s mit: ‚Das Heteropromorphe im Symbolismus der Musik Gerald van Oftenburghs und seine Auswirkungen auf die deutsche Populärmusik der 60er und 70er Jahre´?“

Roger lachte sich scheckig.

„Großartig. Soll ich ein paar erhellende Zwischenfragen stellen?“

„Das könnte sich sinnerweiternd auswirken. Prima. Eventuell mit ein paar Beispielen von Mireille Mathieu, Chris Roberts, Heintje und Rita Pavone.“

„Darauf lass uns anstoßen!“, sagte Roger und hob seine Kaffeetasse.

„Dieses Getränk ist wenig standesgemäß und dem Ernst der Situation nicht angemessen.“ Simon wandte sich an den sehr distinguiert wirkenden Kellner. „Herr Werner, bitte zwei Cognac!“

„Ist es nicht etwas früh für Hochprozentiges?“

„Besondere Gelegenheiten verlangen besondere Getränke.“ Simon ließ sich nicht beirren. „Und so kommt mir der Vortrag leichter über die Lippen. Prost, Roger! Freut mich, dich kennengelernt zu haben!"

„Ganz meinerseits, Simon. Zum Wohle!"

Die beiden verstanden sich ausgezeichnet und freuten sich ausgelassen darüber, so albern sein zu dürfen.

„Ich bin gespannt, wie lange es dauert, bis du mit deinem Beitrag entlarvt und auf dem Altar der seriösen Wissenschaften geopfert wirst. Du hast jedenfalls meine Schützenhilfe vor den über dich herfallenden Hyänen!"

„Danke, werde ich brauchen."

„Sag mal, Simon aus Bonn, was machst du so den lieben langen Tag in unserer ehemaligen Bundeshauptstadt?"

Sie hatten Zeit, sie hatten Sympathie füreinander und sie freuten sich spitzbübisch auf ihren geplanten Streich. So scheute Simon sich nicht, dem Spießgesellen ausführlich über seinen bisherigen Lebensweg aufzuklären, die über weite Strecken vaterlose Kindheit im Hause einer Psychologin, seine Schwester und die Schulzeit, die frühe Hochzeit mit seiner Jugendliebe Leonie, seinen größten Stolz, den Sohn Hendrik und die vielversprechende Laufbahn an der Bonner Universität. Er merkte, wie sich in die heitere Grundstimmung des kalten Dezembertages Schwermut einschlich, als er an den frühen Verlust seines Vaters zurückdachte.

„Meine Hochachtung!" Roger war ehrlich beeindruckt. „Du musst wohl Deutschlands jüngster Professor sein."

„Schützt mich auch nur bedingt vor desaströsen Niederlagen. Aber nun bist du dran. Womit verdient der Roger aus Hamburg in der Hanse- und Hafenstadt seine Brötchen?"

Ebenso wie sein neuer Freund sah auch Roger keinen Grund, irgendetwas aus seiner Familiengeschichte geheim zu halten. Auch ihm blieb nicht erspart, dass sich etwas Traurigkeit über seine Erinnerungen legte, als er von seiner verlorenen Mutter berichtete. Hingegen war er stolz auf seinen allein erziehenden Vater, von dem er in den leuchtendsten Farben schwärmte. Er ließ erkennen, wie sehr er seine Zwillingsschwester, ihren Ehemann und deren zwei kleine Kinder liebte, und wie er und seine Schwester dazu gekommen waren, nach dem Abitur nicht zu studieren, sondern sich selbständig zu machen. Als er seine Darstellungen abschloss, schwiegen beide eine ganze Weile. Sie spürten eine eigenartige Verbundenheit wegen ihrer vergleichbaren Kindheit mit nur einem Elternteil.

„Scheint ein kolossal patenter Herr zu sein, dein Vater", bemerkte Simon endlich.

„Darauf kannst du Gift nehmen. Einen besseren findest du nirgendwo! Aber deine Mutter kann sich doch wohl auch sehen lassen!"

„Und ob. Wenn wir sie nicht schon hätten, müssten wir uns eine backen, die genauso ist!" Man hörte den Stolz in Simons Worten. „Womit macht man sich denn in Hamburg selbständig? Anglerbedarf? Fischgeschäft? Reederei?"

„Bücher. Wir, also meine Schwester und ich, haben einen Verlag übernommen."

„Moment mal", der junge Professor war ganz hellhörig geworden. „Roger, Célestine – du sprichst doch nicht etwa vom Rostine-Verlag?"

„Ist unser Baby schon so bekannt geworden, dass sein Ruf bis nach Bonn gedrungen ist?"

„Und darüber hinaus, schätze ich. Viele Kollegen haben ihre alten Verträge auslaufen lassen, um bei euch unterzukommen. Wir müssen uns unbedingt einmal unterhalten."

„Tun wir das nicht gerade?"

„Ja, ja, ich meine geschäftlich."

Roger sah seinen neuen Freund überrascht an: „Gut, gerne. Hier und sofort, oder wollen wir einen Termin in Hamburg, beziehungsweise bei dir in Bonn machen?"

„Jetzt haben wir erst einmal die Fachwelt mit dem Werk Gerald van Oftenburghs bekannt zu machen. Ich komme gerne nach Hamburg und bin schon ganz gespannt auf deine Schwester."

„Sie wird dir gefallen, ihr Mann ist auch schwer in Ordnung. Aber nun los, will zu gerne wissen, ob die Damen und Herren uns auf die Schliche kommen."

Mit geradezu kindlichem Vergnügen liefen die beiden zurück zum Veranstaltungssaal, wo sie rechtzeitig zur Kaffeepause vor Simons Vortrag eintrafen. In Unkenntnis der vorherigen Beiträge mussten sie sich unauffällig in die Gespräche einklinken, was ihnen großes Vergnügen bereitete, weil ihr Zusammenspiel dem von Nicolas Ofczarek und Birgit Minichmayr bei der diesjährigen Jedermann-Inszenierung in nichts nachstand.

Ein unwilliges Raunen ging durchs Auditorium, als Simon seinen spontanen Themenwechsel kundtat. Offenbar gab es im Plenum einige besonders gut vorbereitete und mit intelligenten Fragen gewappnete Honoratioren, die sie nun ärgerten, ihre kritischen

Beweise der Vertrautheit mit dem Thema nicht an den Mann bringen zu können. Mit Rogers Zutun wurde es eine turbulente Veranstaltung und es dauerte lange, bis die ersten Zuhörer anfingen, Verdacht zu schöpfen, noch länger, bis sich einige besonders Mutige trauten, ihre Missbilligung laut zu äußern. Schließlich kam es zum Eklat, und die beiden Scherzbolde wurden mit Schimpf und Schande des Mozarteums verwiesen. Auch Rogers Hinweis, er habe noch einen Redebeitrag, trug nicht mehr zur Beruhigung der aufgeheizten Stimmung bei. Lachend machten sie sich aus dem Staub, trafen sich auf einen Abschlussdrink an einer Hotelbar, um sich dann, nach dem Austausch ihrer Telefonnummern, voneinander zu verabschieden und sich gegenseitig zu versprechen, einander auf keinen Fall aus den Augen zu verlieren.

Immerhin sparten sie so einen halben Tag dieses wenig anregenden Kongresses und konnten die jeweiligen Nachtzüge in ihre Heimatstädte nehmen, für die sie zwar keine Reservierungen besaßen, aber problemlos Sitzplätze fanden. Hin und wieder entrutschte ihnen unterwegs ein Glucksen, wenn sie an das gerade überstandene Abenteuer dachten, bevor der Schlaf sie übermannte.

Célestine war nicht wenig überrascht, als ihr Bruder am nächsten Morgen mit frischen Brötchen und bester Laune vor der Tür stand. Urs hörte seine Stimme und kam voller Freude die Treppe heruntergerannt, laut: „Onkel Roger, Onkel Roger" rufend, der ihn in seinen Armen auffing und lachend durch den Flur trug. Beim Frühstück erzählte er von seinen Erlebnissen.

„Du bist ein Kindskopf!", kommentierte seine Schwester, lebhaft unterstützt von Jan Peter, als er von dem Referat im Solitär berichtete.

„Aber es war ein toller Spaß! Dieser Simon ist eine Wucht, ihr müsst ihn unbedingt kennenlernen. Der wird euch gefallen. Wie er einfach so einen wissenschaftlich fundierten Vortrag über diesen fiktiven Gerald van Oftenburgh aus dem Ärmel schüttelte, das war phänomenal. Wir haben Tränen gelacht."

„Aber das war nicht ganz fair den anderen Anwesenden gegenüber! Hat es dir neue Kunden eingebracht?", dämpfte Jan Peter seine Freude über den gelungenen Scherz.

„Nein, zugegeben, da war nichts zu holen. Ich würde es trotzdem gerne noch einmal machen."

Langsam fand Rogers Schwester Gefallen an diesem Scherz.

„Kanntest du dich denn in der Schlagerszene der 60er und 70er Jahre gut genug aus, um ein paar Beispiele beitragen zu können?"

„Du wärest stolz auf mich gewesen, Schwesterherz! ‚Arrivederci Hans' von Rita Pavone hat Simon mit der Transzendenz der Dominante im Spätwerk van Oftenburghs in Verbindung gebracht, als ich ‚Du kannst nicht immer siebzehn sein' von Chris Roberts ins Feld führte, nahm er das zum Anlass, über die Bedeutung des Stakkatos als Symbol für die verpasste Chance zur Gleichstellung der Frau in den 60er Jahren zu spekulieren und Heintjes ‚Du sollst nicht weinen' hat er in Grund und Boden analysiert als dekadentes, konterrevolutionäres Werk der Münchener Schickeria. Zum Schluss konnte der

Bursche sogar noch den Bogen schlagen zum gerade angesagten Hit von Unheilig: ‚Geboren um zu leben'. Aber da sind wir auch schon etwas unsanft aus dem ehrwürdigen Saal verwiesen worden."

„Und Mireille Mathieu?"

„Habe ich vergessen. Mir ist in Erinnerung, dass ich ‚Hinter den Kulissen von Paris' nennen wollte, aber dann musste ich so gegen meinen Lachkrampf ankämpfen, dass ich nicht mitbekommen habe, wie er darauf eingegangen ist."

„Ob sich dein Kollege deswegen wohl einen Rüffel vom Rektorat seiner Uni einfangen wird?"

„Ruhm und Ehre wollen hart erkämpft werden", meinte Roger. „Was haltet ihr davon, wenn wir meinen subversiven Partner mit seiner Familie für das kommende Wochenende zum Kennenlernen einladen?"

Wie durch ein Drehbuch festgelegt, klingelte in diesem Moment das Telefon. Jan Peter nahm das Gespräch entgegen und hielt Roger den Hörer hin.

„Für dich. Ein Simon Bregemann aus Bonn."

„Das nenne ich Gedankenübertragung!", begrüßte der Hamburger seinen Bonner Freund. „Ich habe soeben von dir erzählt und wir sind übereingekommen, dich so bald wie möglich mit deiner Familie einzuladen. Passt es am kommenden Wochenende?"

„Zu gerne, aber ich muss zu einem Referat nach Berlin. Dieses Mal leider nicht über Oftenburgh. Ich würde gerne den Umweg über Hamburg auf mich nehmen, um mit dir das Geschäftliche zu besprechen, von dem ich schon Andeutungen gemacht habe."

277

„Lässt sich machen. Wann kannst du vor Ort sein? Am besten im Büro, das liegt zentraler und du findest leicht vom Hauptbahnhof dorthin und wieder zurück."

Sie einigten sich auf elf Uhr und darauf, ihre jeweiligen Terminkalender zu durchstöbern nach einem für alle passenden Termin für das gemeinsame Wochenende mit ihren Familien.

„Musst du eigentlich mit Konsequenzen aus unserer Salzburgunternehmung seitens deiner Universität rechnen?"

Simon zog die Luft durch seine Zähne: „Die österreichischen Kollegen waren schnell. Kaum zu Hause, habe ich einen Anruf des Präsidenten meiner Bonner Uni gehabt, der mich für morgen früh in sein Büro geordert hat."

„Au weia. Fristlose Kündigung? Brauchst du einen Job?"

„I wo, mach dir mal keine Sorgen. Der Herr Präsident wird mich mit einem ernsten Gesicht und erhobenem Finger gemahnen, dass solche Streiche eines seriösen ordentlichen Professors nicht würdig und dem Ruf seines Instituts abträglich seien. Das war`s dann. Ich werde auch ganz reumütig und einsichtig sein. Also, wir sehen uns am Samstag in deinem Büro. Grüße deine Schwester Célestine unbekannterweise von mir!"

Pünktlich um elf erschien Simon im Bürogebäude. Es war eine herzliche Begrüßung, als träfen sich zwei Brüder wieder. Das Geschäftliche, über das er mit Roger sprechen wollte, war das Manuskript der von seinem Verlag nicht zur Veröffentlichung angenommenen Habilitation. Roger installierte den Stick auf seinem PC und blätterte die Seiten durch.

„Ich finde auf Anhieb nichts, was einer Veröffentlichung entgegenspricht, aber dafür muss mein Büro den Text noch genauer durcharbeiten. Bist du vertraglich an den Verlag gebunden?"

„Nicht mit diesem Buch, aber ich muss eine bestimmte Anzahl von eigenständigen Werken innerhalb von vier Jahren abgeben. Dafür fehlt noch eines. Ich denke daran, eine Ausarbeitung über Gerald van Oftenburgh abzugeben."

Roger erhob Einspruch: „Nein, auf keinen Fall. Das muss bei uns erscheinen! Lass dir etwas anderes einfallen. Warum haben deine Herausgeber denn solche Angst vor dem Buch?"

„Die Diözese ist im Besitz der Aktienmehrheit, und man macht sich wohl in die Hose vor dem Erzbischof. Könnte ja sein, dass ich etwas zu kritisch mit der Kurie umgegangen bin und das Buch auf dem Index landet. Oder auf dem Scheiterhaufen verbrannt wird."

Diese Aussicht gefiel dem jungen Verleger ungemein, und sie wurden sich über das weitere Vorgehen schnell einig. Die Suche nach einem freien Termin für alle Beteiligten war ungleich schwieriger. Simon hatte, wie er erzählte, seiner Frau Leonie und auch seiner Schwester Annemarie, die bei seiner Rückkehr aus Salzburg gerade zu Besuch bei ihnen war, so begeistert von seiner neuen Bekanntschaft berichtet, dass die Familie außerordentlich begierig war, diesen Freund einmal kennenzulernen. Dieses Aufeinandertreffen müsste nach Durchsicht der Kalender allerdings bis zum Frühjahr warten, man einigte sich auf Samstag, den 19. März. Anschließend trieb es Simon bereits zum Bahnhof zurück, um rechtzeitig den

Anschlusszug nach Berlin zu erreichen. Sie versicherten einander, in Kontakt zu bleiben, dann war der Herr Professor Doktor Bregemann wieder verschwunden.

Die Wochen zwischen dieser Verabredung und dem geplanten Zusammentreffen waren für alle Beteiligten mit viel Arbeit gefüllt. Simon und Roger blieb nur das Telefon, um ihren Kontakt zu pflegen, und sie machten von dieser Möglichkeit exzessiven Gebrauch. Vor allem der Bonner Universitätsangestellte nutzte die langen Gespräche, um aus seiner manchmal zu seriösen, engen Welt der Kunstwissenschaften ausbrechen zu können, während sein Hamburger Gesprächspartner sich in seinem Metier viel ungezwungener bewegen konnte und diese Freiheiten auch auslebte, genauso wie er es auch mit seinem Privatleben hielt. Sie freuten sich beide über ihre Freundschaft und konnten geradezu spitzbübisch über den allergrößten Unsinn diskutieren. Mittlerweile waren die Planungen für den 19. März ausgedehnt worden auf Annemarie mit ihrer Partnerin Lisa-Marie. Simons Mutter musste verhindert fehlen wegen einer Fortbildungsveranstaltung in Mainz, sie sollte bei einem späteren Gegenbesuch in Bonn aber unbedingt dabei sein, und Roger plante seinen Vater fest mit ein.

Das Wetter meinte es gut mit ihnen, als sie sich schließlich am geplanten Wochenende trafen, so dass sie im Garten Platz nehmen konnten. Die beiden fast gleichaltrigen Kinder Hendrik und Urs tobten über die Wiese, der kleine Aristide versuchte eifrig mitzuhalten. Wie von den beiden Salzburger Spießgesellen erhofft, verstanden sich die Frauen ganz wunderbar miteinander, auch Jan Peter fühlte sich bestens aufgehoben.

„Ich wollte gerne deinen Vater treffen. Warum ist er nicht hier?"

Simon bemerkte dessen Abwesenheit erst nach einer Weile, weil sie vorher damit beschäftigt waren, sich miteinander bekannt zu machen.

„Du hast sicherlich in den Nachrichten verfolgt, was vor acht Tagen in Fukushima passiert ist. Wie beinahe jedes Mal, wenn irgendwo auf der Welt etwas passiert, das mit hydrographischen Phänomenen zu tun hat, so wie hier der Tsunami, wird er dazu gerufen. Er ist vorgestern nach Tokio geflogen, um mit der Japan Hydrographic Association nach Möglichkeiten zu suchen, solchen Katastrophen in Zukunft vorzubeugen."

Damit erklärte Roger Wolfgangs Abwesenheit nicht ohne unüberhörbaren Stolz.

„Gefragter Mann, dein Herr Vater!"

„Ja, mittlerweile zu seinem Leidwesen. Er ist es satt, ständig in der Welt herumzugondeln, und denkt immer öfter über einen frühzeitigen Ruhestand nach. Wenn man ihn nur gehen ließe!"

Célestine war dazu gestoßen und fragte: „Darf ich den Herrn Professor Doktor mal etwas fragen?"

„Ja, gerne, aber mir wäre wohler, wenn du diese Titelsammlung weglassen könntest."

„Genau darum geht es. Du hast garantiert mitbekommen, wieviel Aufhebens um die gefälschte Doktorarbeit unseres Verteidigungsministers gemacht wurde, bis er schließlich zurückgetreten ist. War das wirklich so entscheidend?"

„Der gute Herr Karl-Theodor Nikolaus Johann Jacob Philipp Franz Joseph Sylvester Buhl-Freiherr von und zu

Guttenberg! Ich werde diesen Namen immer genauestens in Erinnerung behalten. Bei so vielen Schutzheiligen brauchte es doch nicht auch noch eine gefälschte Doktorarbeit! Es ist auch deshalb so übel, weil er damit Verrat am Promotionsverfahren geübt und allen ehrlichen Doktoranden eine schallende Ohrfeige verabreicht hat. Warum meinen diese sowieso in privilegierte Kreise geborenen Herrschaften, sich alle Rechte herausnehmen zu dürfen? Er wird sicherlich recht sanft gefallen sein, mein Mitleid hält sich in engen Grenzen."

„Ja, kann ich nachvollziehen", warf Jan Peter ein, der sich zu ihnen gesellte. „Einmal etwas ganz anderes. Hörst du Musik, gehst du in Konzerte, kennst du dich mit Pop und Rock aus?"

„Machst du Witze?" Simon amüsierte sich königlich. „Das haben meine Schwester und ich seit frühester Kindheit von unserer Mutter mitbekommen. Immer wenn etwas Neues herauskam, das ihr gefiel, hat sie uns damit genervt, und wir haben das dann später umgekehrt mit ihr genauso gemacht. Anne und ich sind begeisterte Konzertgänger für fast jede Art von Veranstaltung, Klassik, Pop, Rock, Musical, ganz egal."

„Na, da bist du bei uns in Hamburg gerade richtig. Hier gibt es gleich mehrere Musicaltheater von König der Löwen bis Heiße Ecke. Was sagt dir Adele?"

„Die kenne ich, macht doch gerade Furore mit ihrem ‚Rolling in the Deep'. Es gehört nicht viel dazu, um ihr eine große Weltkarriere vorauszusagen, bei der Stimme!"

„Würdest du dir ein Konzert von ihr anschauen?"

„Eher nicht, das ist nicht so ganz meine Musik. Aber wenn Leonie mitginge, das wäre etwas anderes, ein Abend nur für uns."

„Du hast eine sehr nette Frau", traute sich Célestine zu sagen. „Habt ihr denn manchmal die Gelegenheit, ohne euren Sohn auszugehen?"

„Meine Schwester kommt dafür aus Köln, manchmal mit Lisa-Marie. Dann geht`s."

So verging der gemütliche Tag mit Plaudereien über Kinder, Musik, Politik und was sich sonst noch in der Welt zutrug. Die Hamburger versuchten alles, um ihre Gäste zum Übernachten zu animieren, genügend Wohnraum stand zur Verfügung, weil das Nebenhaus durch Wolfgangs Abwesenheit völlig leer stand. Die Nordrhein-Westfälische Delegation zog es jedoch vor, am Abend die Rückreise anzutreten. Man konnte sich schnell darauf einigen, ein solches Treffen so schnell wie möglich zu wiederholen, dann aber mit den jeweiligen Elternteilen.

„Eine tolle Familie", murmelte Annemarie im Auto, „aber ihr müsst euch unbedingt einen größeren Wagen anschaffen. Wenn Hendrik größer wird und wir wollen alle gemeinsam in Urlaub fahren, dann wird`s ganz schön eng."

Das war nur so daher gesagt, um die Enge des Wagenfonds anschaulich zu machen, wo der kleine Neffe selig zwischen ihr und Lisa-Marie schlief, aber sie weckte damit bei ihrem Bruder einen Gedanken, der ihn nicht wieder losließ. Gleich am nächsten Montag telefonierte er von seinem Büro aus mit mehreren Autohändlern, um Angebote für ein großfamilientaugliches Gefährt einzuholen. Darüber hinaus begann er, sich mit

Prospekten zu versorgen, in denen er nach geeigneten Feriendomizilen für drei oder vier Parteien suchte. Er hatte einen Plan, und der nahm immer konkretere Formen an, schon bald würde er seinem Hamburger Freund davon berichten.

Die beruflichen Karrieren kamen dazwischen. Erst war Leonie längere Zeit mit einer von ihr selbst geleiteten Fortbildungsveranstaltung beschäftigt, dann musste Simon im Auftrag der Universität nach Princeton zu einer Gastvorlesung. Damit waren die Sommersemesterferien vorüber, bevor er seine Überlegungen den anderen überhaupt nur vorstellen konnte. Auch die Herbstmonate brachten keine konkreten Termine für ein neuerliches Treffen, so nahm er sich schließlich ein Herz und sprach das Thema bei einem seiner Anrufe in der Hansestadt an. Er war etwas unsicher, welche Reaktionen sein Vorschlag hervorrufen würde, aber wer sich nicht traut, erfährt auch nie, was möglich ist, dachte er, und redete einfach drauflos.

Er trug vor, worüber er sich nun schon seit Monaten den Kopf zerbrach und Prospekte studierte. Ein gemeinsamer Urlaub, die komplette Hamburger Besetzung mit der Köln/Bonner Fraktion, irgendwo auf dem Land in der Nähe von Salzburg, so dass jeder genügend Platz, sprich: eine eigene Wohnung für sich und seine Familie hätte, gleichzeitig aber alle an einem Ort seien, um nach Belieben gemeinsame Unternehmungen machen zu können. Er habe auch schon zwei vielversprechende Orte gefunden, was man davon hielte.

Dann war eine ganze Weile Ruhe am anderen Ende der Leitung, und Simon rutschte sein sonst so mutiges Herz in die Hose. Er konnte nicht sehen, wie Célestine zu Jan Peter sah, der wiederum zu Roger und alle drei sich begeistert zunickten.

„Superidee. Sollen wir das für die kommenden Semesterferien, also Sommer 2012 ins Auge fassen? Natürlich nur, wenn Annemarie und Lisa-Marie ebenfalls dabei sind."

„Und euer Vater!"

„Und deine Mutter!"

So entwickelte sich die Tradition, dass Célestine und Jan Peter mit ihren Kindern Urs und Aristide, Simon und Leonie mit Hendrik, Roger mit wechselnden Begleitungen sowie Annemarie und Lisa-Marie mit Beginn der Sommersemesterferien des Jahres 2012 sich jeweils für zwei Wochen zu einem gemeinsamen Aufenthalt auf einem Bauernhof in Flachau, etwa eine halbe Autostunde von Salzburg entfernt, trafen. Aus dem zufälligen Aufeinandertreffen zweier übermütiger junger Männer entstand zwischen allen Beteiligten ein enger, fast familiärer Zusammenhalt. Man wanderte durch die umliegenden Berge, besuchte attraktive Orte wie das Schloss Hohenwerfen, die Eisriesenwelt Werfen, die Liechtensteinklamm, die Wasserspiele des Schlosses Hellbrunn, man saß und kochte abends gemeinsam, nutzte die komfortablen Einrichtungen des Ferienhofes und bei Bedarf blieb man einfach für sich. Einmal während jeden Urlaubes fuhr man nach Salzburg und kehrte wie selbstverständlich auch im für sie so geschichtsträchtigen Café Tomaselli ein.

Traditionell war auch, dass Célestines und Rogers Vater ebenso fehlte wie Simons und Annemaries Mutter. Das hing unter anderem damit zusammen, dass Leonie und ihre Schwiegermutter die Praxis nicht für zwei Wochen vollständig schließen wollten und deswegen immer eine von ihnen die Stellung hielt, wenn die andere zu Fortbildungen, Konferenzen oder Urlaubsreisen unterwegs war. Leonies Frage, warum man denn nicht das Angebot der ehemaligen Praxispartnerin Regina Peliatus annehmen könne, als Urlaubsvertretung einzuspringen, lehnte Meret kategorisch ab. Sie wusste, dass ihre mittlerweile sechsundsechzigjährige Freundin gesundheitlich angeschlagen war. Wolfgang vertrat die Meinung, dass die jungen Leute besser unter sich sein sollten. Tatsächlich mangelte es der vielköpfigen Gesellschaft auch niemals an interessanten Gesprächsthemen. Schon beim ersten Mal konnte Roger stolz vermelden, dass seine Prophezeiung, Adele sei auf dem Weg zu Weltruhm, nun mit ‚Skyfall' eingetroffen war. Im Folgejahr beherrschte zumindest für einen Abend der Rücktritt des deutschen Papstes Benedikt und die Wahl des Argentiniers Franziskus die abendlichen Gespräche, wohingegen die neueste musikalische Entdeckung, der Koreaner PSY mit seinem ‚Gangman Style', auf allgemeine Missbilligung stieß.

Die Weltmeisterschaft in Brasilien überragte während des Sommers 2014 alles andere, man freute sich gemeinsam am Fernseher über den historischen 7 : 1 Sieg der deutschen Mannschaft im Halbfinale über Brasilien, während sich aus dem Bereich der Musik noch nicht einmal Negativbeispiele aufdrängten, vielleicht abgesehen von Helene Fischers ‚Atemlos durch die Nacht' oder Andreas Bouranis Selbstbeweihräucherungshymne ‚Auf uns'.

Die jungen Familien waren naturgemäß sehr mit ihren Kindern beschäftigt, dazu kamen die großen Herausforderungen ihrer jeweiligen Berufe, so dass außerhalb der zweiwöchigen, von allen sehr geschätzten erholsamen Ferien im Salzburger Land zwar häufig die Telefonverbindungen zwischen den beiden deutschen Städten heißliefen, es für darüberhinausgehende Begegnungen aber keine neuen Termine gab, nicht etwa aus Mangel an Interesse, sondern einfach, weil im täglichen Familien- und Berufsalltag kein Platz blieb. Erst beim Urlaub im Jahr 2015, als man fassungslos den Terroranschlag auf die Redaktion der französischen Satirezeitschrift Charlie Hebdo vom Januar und ebenso ungläubig den vom Copiloten vorsätzlich herbeigeführten Todesflug der Germanwings-Maschine in den Westalpen im März diskutierte, fiel Leonie plötzlich, eventuell auch um von diesen ernsten Themen wegzukommen, etwas auf.

„Wir treffen uns nun schon zum sechsten Mal und haben immer noch etwas nachzuholen", platzte sie in die abendliche Runde, womit sie augenblicklich die Aufmerksamkeit aller anderen erhielt.

„Jaaa…", dehnte Jan Peter seinen Versuch einer Antwort. „Ich weiß jetzt gerade nicht ganz genau, was du damit meinst."

„Wir haben uns 2011 zum ersten Mal bei euch in Hamburg im Garten getroffen und damals eigentlich vereinbart, dass wir uns beim nächsten Mal in Bonn zusammenfinden wollten."

„Genau!", bemerkte Simon. „So ganz haben wir das nicht hinbekommen, aber wir können es gerne noch einmal versuchen. Was haltet ihr von einem Herbsttermin? Mittlerweile sind zwei unserer Kinder in der Schule, wir müssten also einen Ferientermin nehmen."

„Alle drei Kinder sind dann Schulkinder. Aristide wird nach den Sommerferien eingeschult", verbesserte Célestine.

Roger gefiel dieser Gedanke aus einem bestimmten Grund sehr gut: „Dann werden wir auch endlich eure Mutter kennenlernen. Ist schon seltsam, dass unsere Eltern sich bislang jedes Mal so rar gemacht haben."

„Liegen denn die Herbstferien in unseren beiden Bundesländern parallel?", fiel Simon ein.

„Ich schaue eben nach", verabschiedete sich Annemarie, um auf ihr Zimmer zu gehen und im mitgebrachten Laptop nach den Terminen zu suchen. Nach wenigen Minuten kam sie mit bekümmerter Miene zurück.

„Das haben unsere Kultusminister mal wieder prächtig hinbekommen! Unsere Herbstferien hören genau an dem Wochenende auf, an dem eure anfangen."

„Nicht verzagen, Roger fragen!" So leicht wollte er sich nicht geschlagen geben. „Dann haben wir doch wenigstens genau dieses Wochenende von Freitag, nach Schulende in NRW, bis Sonntagabend. Wird am Freitag nur etwas voll auf den Straßen."

„Also abgemacht?", strahlte Célestine.

„Abgemacht!", kam es fast unisono aus allen anderen Mündern zurück.

Zurück in ihren Heimatstädten erzählten die Urlauber dem Vater in Hamburg beziehungsweise der Mutter in Bonn von den erholsamen beiden Wochen und schwärmten so sehr von ihren Freunden, dass sie durchaus die Neugier der Eltern weckten. Auf den Termin 17.-19. Oktober angesprochen, erklärten beide, dass bislang keine wichtigen Termine anstünden und sie sich vorstellen könnten, daran teilzunehmen.

‚Leben ist das, was passiert, während du eifrig damit beschäftigt bist, andere Pläne zu machen' wird als Zitat John Lennon zugeschrieben. Kurz vor dem Oktobertermin rief Josh Willis, ein beim NASA`s Jet Propulsion Laboratory beschäftigter Ozeanograph, dessen Aufgabe unter anderem die Überwachung des El-Niño-Phänomens war, im Hamburger Bundesamt für Seeschifffahrt und Hydrographie an und wollte unbedingt ‚Wulfgäng' sprechen, den er von etlichen gemeinsamen Veranstaltungen kannte. Da es bereits nach Dienstschluss war, verband ihn die Dame in der Telefonzentrale mit der Privatnummer des ‚Mr. Wulfgäng Miller'. Der freute sich zwar, von seinem Kollegen zu hören, ahnte aber auch, dass dieser spätabendliche Anruf nichts Gutes verhieß. Josh forderte ihn auf, so schnell wie möglich im Hauptquartier des National Weather Service in Silver Spring, Maryland zu erscheinen. Man habe Daten, die auf außergewöhnliche, dramatische Entwicklungen schließen ließen und brauche seine Mithilfe, um deren weltweite Auswirkungen einigermaßen verlässlich zu berechnen und vorauszusagen. Er möge am nächsten Tag mit dem Zug bis Kaiserslautern fahren, dort werde am Hauptbahnhof ein Militärfahrzeug auf ihn warten und ihn direkt zur Militärbasis der US-Air-Force nach Ramstein bringen, dort stünde eine Maschine bereit, um ihn zum Freeway Airport nahe Washington zu fliegen. Bis Silver Spring ginge es wiederum per Militärfahrzeug, er freue sich, ihn am nächsten Tag zu sehen, das Zugticket werde ihm zurückerstattet. Irgendwie fühlte Wolfgang sich um fast vierzig Jahre zurückversetzt, als man ihn auf ähnliche Weise nach Vanuatu brachte. Er hasste diese Flüge quer durch Zeitzonen, der Jetlag wurde von Mal zu Mal schlimmer und die Reisen endeten meist in völliger Erschöpfung, so dass er mehrere Tage brauchte, um sich davon zu erholen. Mit dem Zug könnte er am frühen Nachmittag des nächsten Tages in Kaiserslautern sein, bis Ramstein brauchte der Wagen etwa dreißig bis vierzig Minuten, der Flug würde gute vierzehn Stunden dauern. Dazu noch der Transfer nach Silver Spring, mithin dürfte er das Headquarter gegen ein oder zwei Uhr in der Nacht Ortszeit am Freitagmorgen erreichen. Josh war ein Frühaufsteher, es ginge also sehr bald los mit den Konferenzen und extrem wenig Schlaf, denn in Flugzeugen, zumal diesen lauten Militärtransportern, kam er erfahrungsgemäß kaum zur Ruhe.

Immerhin lernte er äußerst interessante Berufskollegen vieler verschiedener Staaten sowie diverse Interessenvertretungen kennen. Teilnehmer aus den Vereinigten Staaten, Mexikos, Japans, der Philippinen, Südamerikas diskutierten über die zu erwartenden Folgen dieses zwar in vierjährigen Intervallen regelmäßigen, in diesem Jahr jedoch außergewöhnlich starken Auftretens des kleinen Jungen, wie die Übersetzung des Namens heißt. Speziell die Vertretung der peruanischen Fischer, die das Phänomen einst wegen des Ausbleibens der Fischschwärme als erste bemerkten und ihm den Namen gaben, zeigte sich sehr engagiert und lautstark. Wolfgang war trotzdem nicht hundertprozentig bei der Sache, wie er sich selbst tadelte, denn er musste daran denken, dass ihm ein fröhliches Wochenende im Kreis der Familie entging und er durchaus neugierig dem Kennenlernen der Bonner Familie entgegengeblickt hatte, von der speziell Roger immer so begeistert erzählte. Als besonderes Entgegenkommen wurde ihm eingeräumt, die Rückreise am Montag in einem ganz normalen Verkehrsflugzeug vom Washington Dulles International Airport nach Hamburg anzutreten, wo er mitten in der Nacht eintraf, um ein weiteres Mal nach einer viel zu kurzen Nacht gleich wieder zum Dienst in der Bernhard Nocht Straße aufzubrechen.

Zwei Tage vor dem 17. Oktober erhielt Meret in ihrer Praxis einen Anruf aus Prag. Einer ihrer Patienten war im Zusammenhang mit einem erwarteten Gewaltverbrechen aufgegriffen worden, verweigere aber jede Aussage und wolle nur und ausschließlich mit ihr reden. Da es sich um einen Vorfall mit politischem Hintergrund handele, sei mit dem Außenministerium vereinbart worden, sie mit einem Dienstwagen abzuholen und in der tschechischen Hauptstadt in einem Hotel unterzubringen, bis die Befragungen abgeschlossen seien. Danach könne sie nach Belieben mit einem Zug zurückfahren. Ihre Bedenken wurden schnell zerstreut, als kurz darauf ein Vertreter des Auswärtigen Amtes vor ihrer Tür stand und sie mit sanftem Druck von der Unausweichlichkeit des Termins überzeugte. Ihr blieb gerade noch genug Zeit, um ein paar

Sachen einzupacken und ihre Sprechstundenhilfe zu informieren, dass alle Termine bis zunächst einschließlich Montag abgesagt werden müssten, sie riefe rechtzeitig wegen weiterer Anweisungen an. Leonie traf sie im Flur der Praxis und erklärte ihr, warum sie nun bedauerlicherweise nicht an diesem Wochenende zugegen sein könne, man dürfe getrost über ihre Wohnung verfügen und die Gäste zum Übernachten einladen. Nach kurzem Abschiedsgruß saß sie auch schon in der schwarzen Dienstlimousine, die sie zum Flughafen Köln/Bonn brachte. Dort wartete abflugbereit ein Bundeswehrhubschrauber, der mit ihr direkt zum Prager Flughafen, der erst am 5. Oktober 2012 in ,Vaclav Havel Airport Prague' umbenannt worden war, flog. Kurz ging ihr der Gedanke durch den Kopf, welch ein Unterschied zwischen den Namenspatronen der Flughäfen Münchens und Prags bestand. Hier der von ihr und, wie sie wusste, ihren Kindern verehrte Schriftsteller, Menschenrechtler und spätere Staatspräsident, dort der bayerische Ministerpräsident, CSU-Vorsitzender, Bundesminister in verschiedenen Ressorts und eines der Feindbilder der Studentenbewegung. Viel Zeit blieb ihr für solche Überlegungen nicht, denn wenig später fand sie sich schon im Hotel im Kreis mehrerer Staatsbeamter wieder, die sie über ihre Aufgabe und ihre Pflicht zur absoluten Verschwiegenheit aufklärten. Dann durfte sie sich in ihrem Zimmer frisch machen, wenigstens ein edles Hotelzimmer, fiel ihr auf, und es ging weiter mit einem tschechischen Dienstwagen aus der Stadt heraus bis zu einer einsam stehenden Villa mitten im Wald. Der Mann, zu dem man sie dann führte, saß, mit einer Wache vor der

Tür, in Begleitung eines uniformierten und bewaffneten Soldaten in einem weitestgehend kahlen Raum. In einer Ecke saß eine ihr unbekannte Person, wie sich herausstellte eine des Deutschen mächtige Protokollantin. Der Soldat verließ mit ihrem Eintreten das Zimmer.

Ihre Anspannung ob der ungewöhnlichen Begleiterscheinungen ließ nach, als sie ihren Patienten erkannte. Mehrfach war sie auch in der Vergangenheit von den Behörden angefragt worden, mal um Gutachten zu erstellen, mal um bei Befragungen Hilfe anbieten zu können, niemals jedoch unter solch filmreifen Umständen. Aber diesem ehemaligen Patienten traute sie keine kriminellen Energien politischen Ausmaßes zu. Es handelte sich um Herrn Bauerfeld, den Vater der ehemaligen Kinderfrau ihrer Schwiegertochter. Ihm war ebenfalls deutlich anzumerken, welche Zentnerlast von seinen Schultern fiel, als er Meret erkannte.

Die folgenden insgesamt fünf Tage brauchte Meret, um die tschechischen Staatsdiener davon zu überzeugen, dass Herr Bauerfeld nur ganz zufällig in eine äußerst missverständliche Situation geraten war. Ihr ehemaliger Patient hatte in Erinnerung an seine verstorbene Frau einen Ausfluge nach Prag, dem Ort ihrer Hochzeitsreise, unternommen, dort einen seiner zwar seltenen, aber hin und wieder eben doch vorkommenden Rückfälle in die alten Depressionen, hervorgerufen durch den Unfalltod seiner Frau, erlitten und diese mit Alkohol zu bekämpfen versucht, was ebenso dumm wie erfolglos war. Als er in diesem Zustand in einer ziemlich obskuren, dunklen Gaststätte saß, kamen Polizisten in Zivil hereingestürmt und verhafteten die drei merkwürdigen Gestalten am Nebentisch, von denen einer ihm aber noch schnell einige Papiere zur Aufbewahrung zuschob, darin eingewickelt befand sich eine Handfeuerwaffe. Die Männer vom Nebentisch, so stellte sich nun heraus, waren Terroristen mit konkreten Anschlagsplänen auf ein hochrangiges Mitglied der tschechischen Regierung. Die Papiere, die man bei einer Kontrolle aller Gaststättenbesucher ebenso wie die Pistole bei Herrn Bauerfeld fand, enthielten sehr konkrete Hinweise auf dieses Verbrechen, deshalb wurde Herr Bauerfeld sofort von drei Geheimpolizisten verhaftet. So kam der völlig harmlose Kummertrinker in diese verzweifelte Situation, die ihn so schockierte, dass er zu keinem vernünftigen Gedanken mehr fähig war und ihm nur noch der Name seiner ehemaligen Psychologin einfiel.

‚Welch ein immenser finanzieller Aufwand für gar nichts‘, dachte Meret, als sie endlich am späten Sonntagabend entlassen wurde und noch mit dem Nachtzug die Heimreise antrat. Dienstwagen, Hubschrauber, Hotelzimmer und alle Unterbringungen und Bewachungen des unschuldigen Herrn Bauerfeld, der mit ihr im Zug saß, nachdem beide noch einmal zum Abschied auf das Entschiedendste gemahnt wurden, absolutes Stillschweigen über alle Vorkommnisse zu wahren.

Meret bedauerte den armen Witwer, dem man während der Verhörperiode kaum Schlaf zugestanden hatte, weswegen er nun im Zug Richtung Bonn fast ununterbrochen schlief und leise vor sich hin schnarchte. Noch mehr bedauerte sie sich selber, war ihr doch ein vergnügliches Wochenende mit Kindern, Enkelkindern und dieser von Simon und Annemarie so überaus positiv beschriebenen Hamburger Familie entgangen. Sie würde nach einer vierzehnstündigen Zugfahrt mit einigen Umstiegen erst am Montagmittag zu Hause sein, dann könnte sie bestenfalls noch bei den Aufräumarbeiten helfen. Immerhin waren ihr und Herrn Bauerfeld für die Rückreise Fahrkarten der ersten Klasse zugestanden worden.

In den eiligst zwischen der norddeutschen Hansestadt und der ehemaligen Bundeshauptstadt geführten Telefonaten beklagte man beiderseits die erneute Abwesenheit der Eltern, man einigte sich darüber hinaus aber wegen der freistehenden Wohnung darauf, die Anreise auf den Freitagabend vorzuziehen, zwei Nächte in Bonn zu verbringen und erst am Sonntag nach dem Frühstück wieder aufzubrechen. Simon und Leonie richteten sich mit Hendrik in Merets Dachgeschosswohnung ein, dem Hamburger Clan überließ man die größere Wohnung im Erdgeschoss und plante, vorwiegend im Garten zusammenzusitzen. Für Annemarie und Lisa-Marie war der Heimweg so kurz, dass sie die Nächte lieber in den eigenen vier Wänden zu verbringen gedachten. Bedauerlicherweise spielte ihnen das Wetter einen Streich, es war während des ganzen Wochenendes bedeckt und regnerisch, so dass man doch den überwiegenden Teil der Zeit in der großen Wohnküche von Leonie und Simon verbrachte. Die Kinder störte das ungemütliche Wetter überhaupt nicht, sie tobten durch den Garten, liefen durch alle Zimmer und wurden tagsüber kaum von ihren Eltern gesehen, es sei denn, Leonie rief zu Tisch. Die Mahlzeiten wollten sich die drei Schulkinder, Hendrik besuchte sogar schon die erste Klasse des Gymnasiums, nicht entgehen lassen.

„Mama, Mama", kam Aristide am Samstag zu seiner Mutter gelaufen, die während einer Regenpause mit den anderen Erwachsenen auf der Terrasse saß. „Schau mal, was ich hier für ein komisches Tier hängen habe."

Damit zeigte er ihr eine Stelle an seinem Hals, die er wohl fühlen, nicht aber sehen konnte. Célestine versuchte, ihn nicht mit ihrer Beobachtung noch zusätzlich zu beunruhigen, sie sagte nur zu Leonie:

„Hast du eine Zange, um Zecken zu entfernen?"

„Natürlich, die habe ich oben in meiner Badetasche. Bleib sitzen, das kann ich eben machen. Aristide, kommst du eben mit mir, dann werden wir das komische Tier mal ganz schnell überreden, wieder im Garten zu verschwinden."

Sie reichte ihm die Hand, und der kleine Bursche ging bereitwillig mit ihr die Treppen hoch in das Dachgeschoss, wo er sich auf die Bettkante setzte, als die Zange aus der Badetasche gekramt wurde. Ganz ruhig und unaufgeregt ließ er Tante Leo, wie er sie nannte, gewähren.

„Opa!", war sein einziger Kommentar während des chirurgischen Eingriffes.

„Opa? Ich verstehe nicht! Warum Opa?", fragte Leonie nach erfolgreicher Operation.

„Hmmm, hmmm, Opa", wiederholte er und nickte heftig, um dann sofort die Treppe hinunterzulaufen, wo die anderen beiden Kinder auf ihn warteten.

Die siegreiche Zeckenchirurgin kam zurück zur Terrasse und wurde von der besorgten Mutter sofort befragt.

„Nun, wie hat er sich angestellt?"

„Großartig", konnte Leonie voller Überzeugung versichern. „Kein Wehklagen, kein Zucken, keine Beschwerden. Nur ein Wort: Opa."

Roger glaubte, nicht recht verstanden zu haben: „Opa? Warum Opa?"

„Genau das habe ich ihn auch gefragt, aber es blieb keine Zeit zum Antworten, er ist sofort wieder zu den beiden anderen die Treppe hinab gelaufen."

Damit war dieses Thema für alle vorläufig geklärt, und man kam schnell zu ganz anderen Themen zurück, vergessen konnten jedoch weder Célestine, noch Roger noch Leonie die merkwürdige Äußerung des jungen Mannes. Beim Abendessen nutzte seine Mutter die Gelegenheit und fragte ihren Sohn:

„Tante Leo hat dir eben ein kleines Tier entfernt, weißt du das noch?"

Aristide schaute sie vorwurfsvoll an, mit Blicken, die sagen wollten: Hältst du mich für nicht ganz zurechnungsfähig?

„Und du hast dann zu Tante Leo gesagt: Opa. Sonst nichts. Warum Opa? Der ist doch heute gar nicht hier!"

„Aber der hängt da an der Wand", beeilte sich der Junge zu versichern.

Roger wie auch Leonie hörten zu, beide konnten sich nur mit Mühe das Lachen verkneifen. Dass in Merets Schlafzimmer ein Großvater an der Wand hing, war eine zu amüsante Vorstellung. Aristide bemerkte die Reaktion sehr wohl und wurde ärgerlich. Warum glauben Erwachsene immer alles besser zu wissen, er hatte es schließlich bemerkt, nicht sie.

„Doch, ich habe das ganz genau gesehen. Da hängt Opa!", rief er empört.

„Gut, gut, alles klar", lenkte Célestine ein. „Wir gehen gleich nach dem Abendessen einmal dort hin, und du zeigst mir, was du gesehen hast."

„Ihr werdet schon sehen, dass ich Opa da gesehen habe", beharrte ihr Sohn.

Als der Tisch abgeräumt, die Spülmaschine bestückt und alles für das gemütliche abendliche Beisammensein vorbereitet war, nahm Roger seinen Neffen bei der Hand und ging mit ihm in Begleitung seiner Schwester und Leonies, die voranstieg, zu Merets Schlafzimmer, in dem die Operation erfolgt war. Als Tante Leo die Tür öffnete und alle vier im Raum standen, erstarrten die beiden Hamburger Erwachsenen zu Salzsäulen.

„Das gibt's doch gar nicht!", entfuhr es Célestine und ihr Bruder pfiff durch den halbgeschlossenen Mund. Leonie blickte verwirrt zwischen den beiden hin und her.

„Was ist los?"

„Da…, das, das ist doch…, das gibt's doch nicht!"

Leonie wurde nervös: „Na, was denn?"

„Opa, habe ich doch gesagt!", rief Aristide voller Selbstzufriedenheit und wies auf das gerahmte Porträtfoto etwa im DIN A 3 Format an der Wand direkt gegenüber dem Bett.

„Du kriegst die Motten, das haut mich jetzt um", fing sein Onkel sich langsam wieder. „Das ist tatsächlich ein Bild meines, ehm, unseres Vaters. Also seines Opas."

„Aber das ist doch das Bild eines jungen Mannes, etwa Mitte zwanzig, schätze ich", gab Leonie zu bedenken.

„Das hat meine Mutter schon ewig, seit ich mich erinnern kann. Sie wollte nie damit herausrücken, wer das ist."

„Doch, das ist wirklich unser Paps als junger Mann", musste auch Célestine zugeben. „Woher weiß Aristide, dass es sein Opa ist?"

Roger konnte sich gut erinnern: „Im letzten Jahr hat Paps seinen sechzigsten Geburtstag gefeiert, weißt du noch, Schwesterherz? Dafür haben wir ihm ein Bilderbuch gebastelt mit vielen Erinnerungsfotos, dieses war auch dabei. Aristide hat mir fleißig beim Einkleben geholfen und sich dabei immer alle Bilder genau erklären lassen."

„Dann bleibt aber noch die Frage zu klären, was ein Bild unseres Vaters als junger Mann im Schlafzimmer von Leonies Schwiegermutter zu suchen hat", zeigte Célestine sich ratlos.

„Dazu habe ich eine Theorie." Leonie tat sehr geheimnisvoll. „Lasst uns das gleich unten mit den anderen ausführlich besprechen. Aber erst, wenn wir die Kinder ins Bett gebracht haben."

Das sollte sich noch eine Weile hinziehen, denn wie alle Kinder dieser Welt nutzten auch Urs, Aristide und Hendrik die Situation weidlich aus, um den Zeitpunkt des Zu-Bett-Gehens so weit wie möglich hinauszuzögern. Ein ganzes Wochenende mit Gleichaltrigen, dazu noch Tante Annemarie mit Lisa-Marie und Onkel Roger zum Vorlesen von Geschichten und Herumtoben, da konnte es lange dauern, bis aus den Kinderbetten kein Gekicher und Gejohle mehr zu hören war und endlich Ruhe einkehrte. Es ging schon auf Mitternacht zu, als die sieben Erwachsenen bei einem Glas Wein am großen Esstisch beisammen saßen. Roger klärte Simon, Annemarie und ihre Partnerin, die nicht mit im Schlafzimmer gewesen waren, über ihre verwirrende Entdeckung auf. Die drei wurden von dieser Neuigkeit genauso unvorbereitet getroffen wie Roger, Leonie und Célestine wenige Stunden vorher.

„Leonie, du hast angedeutet, dass es dafür eine Erklärung geben könne", wandte sich der Jungverleger an seine Bonner Freundin.

„Jaaaa…, ich weiß nicht wirklich etwas, ich habe nur so eine Vermutung." Dann schaute sie Roger direkt an. „Hat euer Vater euch jemals etwas über seine Jugend und seine ersten Freundinnen erzählt?"

Célestine schaute zu ihrem Bruder herüber, er erwiderte ihren Blick und fand erst dann zu einer Antwort.

„Von Aimée, unserer Mutter, haben wir euch erzählt. Die Zeit davor ist uns nicht so klar. Paps hat zwar oft von seiner Studentenzeit gesprochen und seinen Abenteuern in Frankreich und auf dieser Insel…, na, wie hieß sie noch gleich…"

„Vanuatu", erinnerte Célestine ihn.

„Ja, genau, Vanuatu. Aber Frauen, Mädchen, Freundinnen tauchten in diesen Berichten erstaunlicherweise nie auf. Obwohl es natürlich schwer fällt zu glauben, dass Aimée die erste Frau in seinem Leben war, zumal wenn man sich vor Augen führt, wieviel Zuspruch er bis heute von den Damen erhält."

Leonie fehlte noch eine Information, bevor sie den anderen ihre Überlegungen offenbaren wollte.

„Hast du im Gedächtnis, wann er nach Frankreich gegangen ist?"

„Das muss so 1976 oder 77 gewesen sein." Er schaute zu seiner Schwester herüber. „Weißt du das genauer?"

„Nein, eventuell war es auch erst 1978/79."

Leonie nickte: „Das könnte in etwa hinkommen. Simon, hast du noch vor Augen, dass wir vor vielen Jahren, lange bevor wir geheiratet haben, ich glaube, wir waren gerade frisch verliebt, einmal versucht haben, deine Mutter auszuquetschen um herauszubekommen, warum sie uns nie wieder nach dem Tod deines Vaters neue Bekanntschaften vorgestellt hat? Anne war damals auch dabei."

Annemarie fiel die Situation sofort wieder ein: „Tatsächlich, du hast recht. Meret ist sogar ziemlich heftig geworden und hat gesagt, dass sie nie wieder eine feste Verbindung eingehen wolle."

„Weißt du auch noch, warum?"

„Moment einmal — hat sie nicht von zwei katastrophalen Erfahrungen gesprochen? Eine war unser Vater, der so elendiglich an seiner Krankheit zugrunde gegangen ist. Aber der andere, nein, keine Erinnerung. Simon, weißt du das noch?"

„Und ob. Das war exakt im Jahr 2000 und vom anderen Mann wollte sie partout nicht den Namen nennen. Er sei ihre große Liebe gewesen und spurlos verschwunden. Sie habe noch lange nach ihm gesucht, aber irgendwann aufgegeben."

Leonie war ganz aufgeregt: „Könnte es nicht sein...."

„Du willst doch nicht etwa andeuten....", auch Simon traute sich nicht, den Gedanken zu Ende zu führen.

„Jetzt fällt mir noch ein, dass Meret davon sprach, ihre Suche sei auch deswegen so sinnlos gewesen, weil der

Name zigtausend Male in Deutschland vorkommt", erinnerte Annemarie sich.

Alle schauten sich ängstlich an, sie wollten es nicht glauben.

Endlich fasste Roger sich ein Herz: „So wie Müller! Wisst ihr noch mehr über diesen früheren Freund? Den Vornamen etwa?"

Da mussten die Bonner passen und man grübelte, wie man mit dieser Situation umgehen sollte.

„Wo hat eure Mutter studiert?" Célestine hatte einen Anhaltspunkt gefunden, wie sie eventuell weiterkommen könnten.

„In Kiel." Annemarie bemerkte, welche Aufregung dieser Ortsname hervorgerufen hatte. „Und euer Paps?"

Roger und seine Schwester schauten sich erschrocken an: „Ebenso!"

Es brauchte die Hilfe und die ruhige Überlegung von Jan Peter, um diese überraschenden Erkenntnisse zusammenzufügen.

„Jetzt mal langsam. Was haben wir? Mein Schwiegervater Wolfgang hat im selben Ort studiert wie eure Mutter Meret, zwar in völlig verschiedenen Fakultäten, aber beide in den siebziger Jahren. Wolfgang heißt mit Familiennamen Müller, ein Name, der tatsächlich nicht allzu selten vorkommt, und er hat erst etliche Jahre später, ich glaube 1984, geheiratet. Meret hat von einer Jugendliebe mit einem Allerweltnamen erzählt, und in ihrem Schlafzimmer hängt ein großformatiges Porträtfoto Wolfgangs aus genau dieser Zeit. Das ist zwar alles kein Beweis, spricht aber eine deutliche Sprache. Nehmen wir einmal an, es ist so:

Wolfgang und Meret waren ein Liebespaar, das sich aus uns unbekannten Gründen aus den Augen verloren hat. Was nun? Sollen wir Schicksal spielen? Haben wir das Recht, uns einzumischen?"

Das war die entscheidende Frage wie schon vor sechzehn Jahren. Aber damals war ihnen noch nicht bekannt, was sie heute wussten.

Simon fragte nach: „Unsere Mutter hat, ihren Erzählungen nach, sehr darunter gelitten, dass ihre große Liebe plötzlich verschwunden war. Wisst ihr über euren Vater irgendetwas Vergleichbares?"

„Uns ist einfach zu wenig über seine Jugendzeit bekannt", wurde Roger immer mehr bewusst. „Bevor wir in einem Wespennest herumstochern und Geister rufen, die wir nicht mehr loswerden, werde ich, sobald sich die Möglichkeit ergibt, mal vorsichtig bei Paps nachhorchen, ob er mir gegenüber etwas gesprächiger wird."

„Aber wenn es wirklich so ist, wie Jan Peter sagt", meinte seine Schwester, „dann meine ich schon, dass wir quasi die Verpflichtung haben, die beiden über unsere Entdeckungen aufzuklären. Sie können dann immer noch selber entscheiden, was sie damit anfangen wollen."

Dem konnten sich alle anschließen und man entschied, in Ruhe abzuwarten, was Rogers Nachforschungen ergeben würden, um danach telefonisch das weitere Vorgehen abzusprechen. Mit einem letzten Glas Wein beendeten die Freunde diesen Tag mit seinem so seltsamen Verlauf.

Als dieses Wochenendtreffen in Bonn am nächsten Morgen nach dem Frühstück zu Ende ging, waren alle sehr mit ihren Gedanken beschäftigt und konnten kaum erwarten zu erfahren, welche weiteren Neuigkeiten auf sie warteten. Noch während der Heimfahrt nach Hamburg legte Roger sich Strategien zurecht, wie er seinem Vater Geheimnisse aus dessen Jugend- und Studentenzeit entlocken wollte.

Pläne 2015/2016

When you see the southern cross for the first time
you understand now why you came this way;
for the truth you might be running from is so small
but it`s as big as the promise, the promise of a coming day.
(Southern Cross, vom Album „Daylight Again", 1982,
Crosby, Stills & Nash, Text und Musik: Stephen Stills,
Richard Curtis, Michael Curtis)

Wolfgang hatte eine Einladung für einen Gastvortrag bei einer Konferenz über das Thema ‚Die Bedeutung von Simulationsmodellen zum Verständnis des weltumspannenden Strömungsnetzes und seiner Auswirkungen auf das globale Klima' erhalten. Ein spannendes Thema mit kolossaler Bedeutung für das Verständnis der sich anbahnenden Klimakatastrophe, die bislang von den Regierungen viel zu wenig ernst genommen wurde. Und genau sein Fachgebiet, also war es nur folgerichtig, dass man auf ihn kommen musste. Trotzdem war ihm nicht wohl beim Gedanken, seine Forschungsergebnisse zum wiederholten Mal einem ignoranten Publikum zu präsentieren, das sich nicht bereit zeigte, die daraus notwendigen Konsequenzen zu ziehen, oder je nach Funktion, zumindest zu fordern. ‚Die Menschheit schließt die Augen und läuft blindlings ins Unglück', dachte er. ‚Warum soll ich wieder den einsamen Rufer in der Wüste spielen? Letztendlich wird wie im antiken Griechenland nur der Überbringer der schlechten Nachricht bestraft.'

Aber es gab noch weitere Gründe für sein Unbehagen. Er war nun dreiundsechzig Jahre alt und fand immer weniger Freude daran, seinen eigentlichen Arbeitsplatz zu verlassen um in der ganzen Welt herumzufahren, Zeitverschiebungen und immer gleiche Hotelzimmer zu ertragen und viel zu wenig mit seinen Enkelkindern spielen zu können. Vielleicht war eine Frühpensionierung kein so schlechter Gedanke. Gut, in diesem Fall brauchte er kein Hotelzimmer, und die Fahrt war auch nur ein Katzensprung. Aber genau da lag der Hase im Pfeffer: Kiel. Seine Stadt. Eine prima Uni, keine Frage, aber sonst hingen an diesem Ort so viele Erinnerungen, die nicht alle positiv besetzt waren. Seine Kindheit, die Schulzeit und sein Studium – die ersten fast dreißig Lebensjahre blieben auf ewig mit dieser Stadt verknüpft. Seine Eltern hatten dort gewohnt, und selbst jetzt noch, nach fast vierzig Jahren, schmerzte es ihn, dass er damals weder seinem Vater noch seiner Mutter am Ende ihres Lebens beistehen konnte. Aber noch viel mehr verband sich mit Kiel die Erinnerung an Meret, und das traf ihn ungeachtet der langen seitdem vergangenen Zeit noch so sehr, dass er am liebsten abgesagt hätte. Er musste hin. Helge Brinkum war eigens, wenige Wochen vor der eigenen Pensionierung, in sein Büro gekommen, um ihn darum zu bitten.

„Dor musst du unbedingt henfohren! De Rekter hett di persönlich fraagt."

Sich einen Namen zu machen kann auch ein Fluch sein. Es war nun einmal so, er würde über seine Verrentung hinaus mit solchen Anfragen rechnen oder sich in einem undurchdringlichen Dschungel verstecken müssen.

Deshalb packte er etwas unwillig seinen Unterlagen zusammen und fuhr zum Hamburger Hauptbahnhof. Von dort ging stündlich ein Zug, der nur eine gute Stunde bis Kiel brauchte, mit dem Taxi erreichte er den Campus wenige Minuten später und war fast fünfundvierzig Minuten zu früh vor Ort. Am anderen Ende des Foyers lag eine kleine Cafeteria, deren Türen geöffnet standen, eine willkommene Gelegenheit, einen heißen Kaffee zu trinken. Dieses Etablissement kannte er noch aus seiner Studienzeit, er erinnerte sich vage, dort mehrfach eingekehrt zu sein, auch wenn schon von weitem zu sehen war, dass mittlerweile etliche Renovierungen stattgefunden haben mussten. Ansonsten erkannte er vieles wieder. Die Wände waren immer noch mit unzähligen Plakaten beklebt, am schwarzen Brett hingen wahllos Zettel mit Angeboten für Semesterjobs, billige Kühlschränke oder der Suche nach einem Babysitter, an der gegenüberliegenden Wand konnten die daran angepinnten Prüfungspläne eingesehen werden, alles wie gehabt, nur mit anderen Namen. Den Seminarraum konnte er der Einladung entnehmen, für hilflose Gastredner standen auch vom Haupteingang bis zum Veranstaltungsort Hinweisschilder. Es war nicht zu verfehlen, Zeit für einen Kaffee blieb auf alle Fälle. Er erreichte den Tresen und fand zu seiner Überraschung keine junge Studentin, sondern einen älteren Herrn in grauem Kittel hinter dem Tresen vor.

„Einen Kaffee bitte, schwarz, ohne Milch, ohne Zucker."

Warum musterte der Graukittel ihn so genau? Sah man noch Flecken von Zahnpasta im Gesicht oder waren die Bartstoppeln zu lang? Er schaute auf die Preistafel und wollte gerade den abgezählten Betrag aus seiner Börse nehmen, da wurde ihm ein Tablett mit seinem frischen Kaffee zugeschoben. Neben der Tasse lag ein Zwanzig-Euro-Schein. Fragend schaute er die Bedienung an. Nun grinste der noch ziemlich unverfroren!

„Was soll das?"

„Au Mann, Wowwang! Du erkennst mich wirklich nicht, wie? Das sind die Schulden, die ich bei dir habe, einschließlich angemessener Verzinsung. Müsste ungefähr hinkommen. Den Kaffee schenke ich dir."

„Bernd! Das darf doch nicht wahr sein! Bei unserem letzten Treffen hast du dich gerade als Versicherungsvertreter versucht. Was ist passiert?"

„Nichts. Jedenfalls nicht so viel. Nach dem zweiundvierzigsten Semester bin ich exmatrikuliert worden. Gott sei Dank, sonst säße ich heute wohl immer noch im einhundertzwölften Semester fest und käme zu keinem Abschluss. Zufällig wurde zur gleichen Zeit die Stelle des Hausmeisters frei, mit dem ich vorher so manchen Abend in der ‚Kaschemme' verbracht habe. Seitdem ist das mein Job und ich komme prima zurecht. Im kommenden Jahr werde ich schon pensioniert."

„Bernd, Bernd, Bernd! Es ist nicht zu glauben. Ich muss jetzt erst noch einen Vortrag halten, danach könnten wir uns unterhalten. Sag mal, gibt es die ‚Kaschemme' noch?"

„Die heißt jetzt ‚Flohmarkt', ist aber immer noch genauso heruntergekommen wie zu deiner Zeit."

„Passt es bei dir so in circa zwei Stunden?"

„Ich bin mein eigener Boss und kann hier schließen, wann ich will. Also in zwei Stunden im ‚Flohmarkt'. Bis gleich."

Seinen Vortrag kürzte er nach Möglichkeit, während der anschließenden Fragerunde wurde er schon ungeduldig und deshalb unkonzentriert, wodurch sich das Interesse des Publikums weiter abgekühlte. Ihm konnte es dieses Mal nur recht sein, so fiel sein zeitiger Aufbruch kaum jemandem auf und er kam rechtzeitig im ,Flohmarkt' an, der seinem Namen offenbar Ehre machen wollte, indem möglichst viele dieser possierlichen Plagegeister in den zahllosen hingeworfenen Matratzen und Wolldecken Unterschlupf fanden, um arglose Gäste zu überfallen, die es sich darauf bequem machen wollten. Wolfgang freute sich, dass Bernd an einem der wenigen schmucklosen Holztische mit zwei wackeligen Stühlen saß. Im Setzen erinnerte er sich, dass er in der Cafeteria vergessen hatte, den Zwanzig-Euro-Schein einzustecken und fragte sich, ob Bernd ihm diesen ein zweites Mal anböte.

Sie kamen schnell von Gegenwartsthemen ab und zurück in die Zeit ihrer gemeinsamen Studienzeit. Bernd wollte wissen, ob der Studienkollege vergangener Zeiten tatsächlich Aimée Mauduit in Paris aufgesucht habe und war entzückt zu hören, dass diese einige Jahre später Frau Müller geworden war. Den traurigen Rest ersparte Wolfgang ihm, war jedoch neugierig zu erfahren, ob Meret jemals wieder aufgetaucht war. An die konnte Bernd sich hingegen kaum erinnern, weshalb seine Antwort negativ ausfiel. Der weitere Nachmittag verging mit belanglosen Themen über ehemalige Professoren, alte AStA-Aktionen und weitere Erinnerungen ohne tiefere Bedeutung, bis Bernd aufsprang, sich hastig mit der Begründung verabschiedete, er müsse noch irgendwelche Veranstaltungsräume abschließen, und eilig das Lokal verließ. Wolfgang wunderte sich keineswegs darüber, dass der Hausmeister die Gesamtrechnung ihm zur Bezahlung überließ.

Während der Heimfahrt dachte er daran, wie er einmal im hohen Bogen aus dem ‚Flohmarkt‘, vormals ‚Kaschemme‘, geflogen war und musste unwillkürlich lächeln. ‚Schade drum, man wird doch zu vernünftig‘, ging es ihm durch den Kopf. Da waren seine amerikanischen Kollegen aus ganz anderem Holz geschnitzt. Josh Willis etwa, dieser verrückte Bursche vom NASA`s Jet Propulsion Laboratory, scheute sich nicht, als Climate Elvis einen Rock Song einzuspielen, in dem er auf die Probleme der Erderwärmung aufmerksam machte, und häufig in Comedy-Sendungen aufzutauchen. Vielleicht sollte er mal etwas Ähnliches versuchen, zum Beispiel eine Kunstfigur erschaffen, die sich mit zeitgenössischen Politikern streitet. Es waren ungefähr fünf Monate seit dem Wiedersehen mit Josh in Silver Spring vergangen, wie jedes Mal eine herzerfrischende Begegnung. Seitdem von seinem Büro mit Arbeit überhäuft blieb kaum Gelegenheit, zwischendurch ein paar Stunden Schlaf zu finden, sich frisch zu machen und die Kleider zu wechseln. Ganz zu schweigen von den Enkelkindern. Noch aus dem Zug heraus nahm er das zum Anlass, Helge Brinkum anzurufen und ihm mitzuteilen, dass er am nächsten Tag nicht ins Büro kommen werde, er brauche endlich wieder Zeit für sich und seine Familie. Typisch für Helge, dass der nur lapidar antwortete:

„Keen Probleem! Du kannst de Post ok vun tohuus ut maken. Un dien Manuskript vun de Veranstaltung kannst du uns tofaxen.“

Es war schon spät, als er im Mühlenberg ankam, im Nachbarhaus war kein Licht mehr zu sehen, Célestine, Jan Peter und die Kinder schliefen wohl schon. Er nahm eine Dusche, trank noch ein Glas Wein, fiel in sein Bett und war fast augenblicklich eingeschlafen.

Am nächsten Morgen weckten ihn die Sonnenstrahlen, die durch die Spalten seiner Rollläden direkt in sein Gesicht fielen. Er ließ das Licht herein und entdeckte, dass dies ein ungewöhnlich heiterer, warmer Märztag war, was seine Laune augenblicklich deutlich steigerte. Er machte sich fertig und fuhr mit dem Rad zum Bäcker, um frische Brötchen zu kaufen, und mit dieser Tüte schellte er wenig später an der Tür seiner Tochter. Zwar besaß er einen Schlüssel zum Haus, den benutzte er jedoch nur selten und nur in Absprache. Célestine öffnete ihm freudestrahlend, gleichfalls vom guten Wetter infiziert, und lud ihn ein hereinzukommen, die Kinder seien in der Schule, Jan Peter werde bald unten sein und sogar Roger wolle vorbeischauen, weil es einiges bezüglich des Verlages zu besprechen gab. Als der Kaffee durchgelaufen und der Frühstückstisch auf der Terrasse gedeckt war, saßen alle vier beisammen und machten sich über das Angebot an Wurst, Käse und Marmeladen her. Nach Wolfgangs Bericht von seiner Kieler Episode und den dadurch geweckten eigenartigen Erinnerungen, nahm Roger die Gelegenheit wahr.

„Paps, was ich dich schon immer einmal fragen wollte…“, begann er.

„Bevor du weiterfragst“, unterbrach ihn Wolfgang, „was ist eigentlich mit deiner momentanen

Lebenssituation? Gibt es gerade kein weibliches Wesen an deiner Seite, oder warum kommst du alleine?"

„Keine Angst, ich vereinsame nicht. Dörte muss arbeiten, die sehe ich erst heute am Abend."

„Dörte?", fiel seine Schwester ihnen ins Wort. „Vorletzte Woche hieß sie noch Evelyn. Langsam komme ich durcheinander."

„Da kannst du sehen, was ich für ein anstrengendes Leben habe, Schwesterchen. Paps, kennst du dieses Problem auch?"

„Nicht ansatzweise, wozu der geringfügige Altersunterschied von zweiunddreißig Jahren zwischen uns beiden nicht unwesentlich beiträgt."

Roger war so stolz, eine geschickte Überleitung zum Thema gefunden zu haben, dass ihn die Antwort seines Vaters nicht zufriedenstellte, weil er damit keinen Einblick in dessen private Beziehungsverhältnisse erhielt. Er musste wohl etwas mehr nachhaken.

„Die eigentliche Frage war, nun, wie soll ich es formulieren, also, aus den Papieren über dich und unsere Mutter Aimée wissen wir, dass ihr 1984 geheiratet habt. Da warst du schon einunddreißig Jahre alt!"

„Ja, und? Was ist jetzt die Frage?"

„Wann hast du Aimée kennengelernt?"

Wolfgang musste etwas in seinen Erinnerungen kramen, daher dauerte es eine Weile, bis er antworten konnte.

„Kennengelernt habe ich sie so 1978 oder 79. Aber du willst doch eher wissen, wann wir zusammengekommen sind, oder?"

„Jaaaa, so ungefähr."

„Das muss in etwa 1983 gewesen sein. Ein gutes Jahr vor der Heirat. Warum interessiert ihr euch auf einmal dafür?"

Jan Peter kam seinem Schwager zu Hilfe.

„Und die ganze Zeit vorher gab es keine feste Freundin?"

„Jetzt wird es aber etwas intim, meine Lieben. Wenn ihr es genau wissen wollt: ich war kein Mönch, der 1983 zufällig Urlaub vom Kloster bekommen hat."

‚Nein, ein Mönch war ich sicherlich nicht', hätte er sagen sollen, ‚und es gab mehrere Freundinnen, mit denen ich es mehr oder weniger ernst meinte. Aber mit keiner so ernst, einschließlich Heiratsplänen und Kinderwunsch, wie mit Meret, der verschwundenen großen Liebe.' Das alles sagte er jedoch nicht, sondern versuchte mit einer Gegenfrage abzulenken.

„Warum interessiert ihr euch für mein studentisches Liebesleben?"

„Sagt dir der Name Bregemann etwas?", entgegnete Roger, ohne auf die Zwischenfrage seines Vaters einzugehen. Ihm war nicht bewusst, dass die Mutter seiner Bonner Freunde einen ganz anderen Familiennamen trug.

„Nein, sollte es?"

Aber natürlich, dachte sich Roger zum Teil fälschlicherweise, sie wird mit der Heirat den Namen ihres Mannes angenommen haben.

Célestine stellte eine letzte Frage zu diesem Thema: „Hast du irgendwo noch ein oder mehrere Fotos aus der Zeit, am besten Porträts dieser Mädchen?"

„Nein!"

Wolfgang war mit einem Mal sehr kurz angebunden. Und es war eine Lüge, denn ihm war sehr wohl bewusst, dass er seit vierzig Jahren das Passfoto von Meret in seinem Portemonnaie aufbewahrte, eben jenes, das aus der Sitzung beim Fotografen in Kiel stammte, auf die seine Freundin damals solchen Wert gelegt hatte.

Die Kinder bemerkten seinen Stimmungswandel und wechselten das Thema. Seine Tochter schaute ihn noch verwundert an, mochte aber auch nicht mehr auf der Fragerei bestehen. Sie wusste, dass die Antwort ihres Vaters nicht der Wahrheit entsprach. Alle Kinder spielen früher oder später einmal mit den Börsen ihrer Eltern, packen deren Inhalt aus und wieder ein, natürlich auch sie und ihr Bruder vor vielen Jahren. Sie erinnerte sich genau, darin ein kleines Bild einer hübschen Frau gesehen zu haben, nicht von ihrer Mutter Aimée, so viel war klar. In ihrem Kopf war keine Idee mehr davon, keine Vorstellung vom Aussehen dieser Frau, aber eindeutig trug er schon damals ein Erinnerungsfoto bei sich. Warum verschwieg er das? Es musste für ihn wohl eine schmerzhafte und trotzdem wichtige Erfahrung gewesen sein.

Wolfgang war längst gegangen, als die drei Zurückgebliebenen noch Zeit für eine Nachbetrachtung fanden.

„Das war ja wohl nichts", meinte Roger. „Wir sind genauso schlau wie vorher."

Célestine wusste mehr: „Er hat etwas verschwiegen, das für ihn eine große Bedeutung haben muss. Sonst hat er uns noch nie irgendetwas vorenthalten. Er trägt nämlich schon seit unserer Kindheit das Passfoto einer Frau mit sich in seinem Portemonnaie herum."

„Mensch, Schwesterherz, dass du dich daran erinnerst. Du hast recht."

„Und nun?", fragte Jan Peter. „Ihr wollt ihm doch nicht das Bild aus der Börse klauen?"

Die Zwillinge schauten ihn ungläubig an und erklärten unisono: „Das verbietet sich ja wohl von selbst!"

„Nun, dann sind wir uns in dem Punkt schon mal einig. Was dann?"

„Ich werde morgen vom Büro aus mit den Bonnern telefonieren und ihnen vom Stand oder besser der Ergebnislosigkeit unserer Ermittlungen berichten. Jetzt muss ich erst einmal zum Treffpunkt mit Dörte. Vielleicht hilft ein wenig Abstand, um einen von uns auf eine Idee zu bringen."

Rogers Vorschlag einer Denkpause wurde von den anderen beiden begrüßt, und man verabredete sich für die frühen Abendstunden des folgenden Tages. Bevor der junge Verleger allerdings seinen Anruf tätigen konnte, sprach Leonie bereits mit Célestine, und die beiden Frauen kamen überein, dass sie größtmögliche Zurückhaltung üben und ihre Eltern keinesfalls in eine peinliche Situation bringen wollten. Sie alle müssten ihre verständliche Neugier im Zaume halten. Den beiden Frauen kam sogar eine Idee, wie man die sich widersprechenden Interessen unter einen Hut bringen könnte.

Am nächsten Tag war es schon kurz vor neunzehn Uhr, als Roger endlich von der Arbeit zum Haus am Mühlenberg kam. Zu seiner großen Freude waren seine Neffen noch nicht im Bett, und er konnte noch etwas mit ihnen spielen und die Gute-Nacht-Geschichten vorlesen.

Dann kam er hinunter an den Esstisch, wo Jan Peter und Célestine schon auf ihn warteten.

„Wir haben nicht allzu viel Zeit", begann Jan Peter. „Wolfgang hat eben angerufen, er kommt so gegen neun Uhr noch auf einen Absacker vorbei. Also, werte Frau Gemahlin, du hast mit Leonie telefoniert und ihr habt eine Lösung. Dann schieß mal los."

„Ja, aber erst einmal: wo ist Dörte?"

„Ach, Dörte!", stöhnte Roger. „Die ist so schrecklich anstrengend. Sie war bis heute Morgen gegen fünf Uhr bei mir, ihr könnt euch vorstellen, wie müde ich bin. Jetzt ist sie in Emden, um ihre Eltern zu besuchen. Ich weiß nicht, ob ich das noch einmal aushalte. Und Evelyn hat sich wieder gemeldet, weil sie sich mit mir treffen will. Im Moment ist es etwas stressig."

„Oh, du armes Brüderchen! Mir fehlt das rechte Mitleid, wie ich dir gestehen muss, das ist alles dein selbstgewähltes Schicksal. Heirate, pflanze einen Baum und zeuge einen Sohn!"

„Du bist eine scheußliche Chauvinistin! Warum soll ich keine Tochter zeugen?"

„Zeuge beides und noch ein Sternchen, dann bist du aus dem Schneider", meinte Jan Peter.

„Ich werde mir eure wohlgemeinten Ratschläge sehr zu Herzen nehmen und verspreche, ein besserer Mensch zu werden. Aber vielleicht noch nicht morgen. Ich bin einfach zu jung zum Heiraten. Picasso hat erst mit zweiundsiebzig, Dick van Dyke sogar erst mit sechsundachtzig Jahren geheiratet."

„Aber van Dyke zum zweiten Mal und für Picasso war es auch nicht die erste Ehe, mal abgesehen von seinen zahllosen Liebschaften. Darüber hinaus hat der seine Frauen nicht gerade liebevoll behandelt. Den willst du dir hoffentlich nicht zum Vorbild nehmen! Dann lieber diesen österreichischen Mörtel-Lugner, der schon zum fünften Mal geheiratet hat, immer ganz junge Mädchen."

Roger wunderte sich, dass seine Schwester ihm dieses Vorbild vorschlug.

„Bitte nicht. Außerdem fehlt mir dafür das nötige Kleingeld. Ich fürchte, dass ich mich weiterhin im Selbstversuch aufopfern muss, und sei es nur, um zu verhindern, dass irgendwo da draußen noch die ideale Partnerin auf mich wartet. Aber mal im Ernst: was hast du mit Leonie besprochen?"

„Nun lenke bitte nicht ab! Ich möchte nämlich noch Tante werden, dafür bist du zuständig."

„Ich habe Urs und Aristide, besser kann ich das selber gar nicht hinbekommen. Nein, nein, ich falle wahrscheinlich als Familienvater aus. Orientiere dich besser nach Bonn, Hendrik nennt dich ohnehin schon Tante Tini. Was hast du denn nun mit Leonie vereinbart?"

„Okay! Wir waren uns einig darin, dass es keinem von uns zusteht, in die Geschichte der beiden einzugreifen, falls unsere Vermutungen überhaupt stimmen. Gleichzeitig mussten wir uns jedoch gegenseitig eingestehen, unendlich wissbegierig zu sein."

„Neugierig", berichtigte Jan Peter seine Frau. „Es ist die reine, ungehemmte, völlig unverblümte Neugier, und ja, du kannst davon ausgehen, dass für Roger und mich das gleiche gilt."

„Eben das hat sich Leonie genauso gedacht wie ich. Also wäre es doch ideal, wenn es eine Lösung gäbe, in der

Wolfgang und Leonies Schwiegermutter ganz alleine und unabhängig von uns ihre Entscheidungen fällen können, trotzdem unsere Neugier befriedigt wird. Und dafür haben wir eine Idee."

Es schellte und Célestine musste ihre Schilderung unterbrechen, weil Wolfgang vor der Tür stand, um mit seiner Familie nach einem langen Arbeitstag noch etwas zu plaudern und ein Glas Wein zu trinken. Er freute sich, auch seinen Sohn Roger anzutreffen, schaute kurz durch den Türspalt ins Kinderzimmer um sich zu vergewissern, dass die Enkelkinder schliefen, dann setzte man sich zusammen, um die Ereignisse des vergangenen Tages zu diskutieren. Er war sensibel genug, um zu spüren, dass seine drei Gesprächspartner irgendetwas vor ihm zurückhielten, daher verabschiedete er sich schon bald wieder, um sich schlafen zu legen und nicht bei den weiteren Gesprächen zu stören.

Roger wartete, bis sich die Haustür hinter seinem Vater schloss, dann überfiel er sofort seine Schwester.

„Du wolltest uns soeben deine und Leonies Idee erklären."

Célestine stellte den gespannt zuhörenden Männern den von ihr und Leonie geschmiedeten Plan vor. Es dauerte ein wenig, und ihr Bruder sowie ihr Mann unterbrachen sie kein einziges Mal, nickten nur hin und wieder zustimmend. Als die Schilderung beendet war, äußerten sie ihre Begeisterung über das Gehörte und man begann, den Plan Schritt für Schritt durchzusprechen, auf seine Durchführbarkeit zu überprüfen, Lücken zu ergänzen und in Details zu verbessern. Es dauerte bis gegen Mitternacht, als sie endlich zufrieden waren, ein letztes Glas füllten, sich gegenseitig zuprosteten und zu ihrem eigenen, großartigen Entwurf gratulierten, weil sie in der Einschätzung übereinstimmten, einerseits damit eine hervorragende Strategie entwickelt zu haben, mit der sie andererseits alle Regeln von Sitte und Anstand einhielten.

—

Leonie hatte am nächsten Morgen gerade ihren Dienst in der Praxis aufgenommen, da erhielt sie eine Nachricht aus Hamburg, in der Célestine ihr mitteilte, sie müssten unbedingt miteinander telefonieren. Kurz darauf in ihrer Mittagspause konnte sie zurückrufen und erfuhr, dass der von den beiden Frauen entwickelte Plan mit einigen Optimierungen angenommen worden war, man müsse nur noch einen passenden Ort, eine günstige Gelegenheit und den richtigen Zeitpunkt finden. Das möge sie ihrem Mann und dem Kölner Paar mitteilen. Die weitere Vereinbarung ging dahin, dass jeder, der einen der Punkte für gegeben hielt, die anderen fünf Beteiligten sofort verständigte, so dass gemeinsam überprüft werden könnte, ob auch die anderen beiden Bedingungen erfüllt wären. Nun hieß es also lediglich, in Ruhe abzuwarten. Der Countdown begann.

Es kam etwas dazwischen, wie eigentlich immer etwas dazwischen kommt, wenn man gerade so schöne Pläne geschmiedet hat. Meret schaute in Leonies Behandlungszimmer herein und teilte ihr mit, dass sie in der Mittagspause etwas zu bereden hätten und sich daher in der kleinen Küche der Praxis treffen sollten.

„Was gibt`s denn so Dringendes?", platzte die Juniorpartnerin in den Raum, wo sie bemerkte, dass ihre

Schwiegermutter schon mit der Zubereitung eines Kaffees beschäftigt war. Insgeheim hoffte sie, dass die Hamburger möglicherweise einen Schritt weitergekommen waren, sah ihre Hoffnung jedoch sogleich enttäuscht.

„Wir haben uns schon vor längerer Zeit ausgesprochen, dass du dich nach einem Partner oder einer Partnerin für die Praxis umschaust, damit ich mich langsam und schrittweise aus dem täglichen Betrieb zurückziehen kann. Wie weit bist du mit deinen Bemühungen, hat sich schon jemand gefunden?"

„Hast du für mich auch einen Kaffee? Oh, danke, mit Milch, wie ich ihn mag." Leonie setzte sich und nahm einen Schluck des heißen Getränkes. „Aah, das tut gut! Zu deiner Frage – ja, ich habe damit angefangen. Es gibt einen Kandidaten und eine Kandidatin in der näheren Auswahl. Die junge Frau arbeitet im LVR-Klinikum Düsseldorf und möchte aus privaten Gründen nach Bonn kommen, der junge Kollege ist gerade am Ende seines Praxisjahres, das er an der LVR-Klinik hier in Bonn ableistet."

„Ziehst du einen oder eine von den beiden vor?"

„Eindeutig den jungen Mann. Erstens scheint es mir für die Praxis besser zu sein, wenn den Klienten je nach Präferenz sowohl eine Frau wie auch ein Mann als Bezugsperson zur Verfügung stehen. Außerdem hat die Kollegin in Düsseldorf fast ausschließlich mit Suchtkranken zu tun gehabt, da habe ich die Sorge, dass ihr Horizont etwas eingeengt sein könnte."

„Ich stimme dir voll und ganz zu. Aber du musst mit deinem neuen Partner oder der Partnerin zusammen arbeiten, deshalb überlasse ich die Wahl dir."

Leonie wurde unruhig: „Woher dein plötzliches Interesse? Du willst doch hoffentlich nicht unmittelbar aussteigen, oder?"

„Gegenfrage: wann könnte dein Wunschkandidat anfangen?"

„Der Kollege am Ersten des nächsten Monats, die Kollegin hat eine dreimonatige Kündigungsfrist. Ich versuche es noch einmal. Warum ist das mit einem Mal so wichtig?"

Meret zögerte einen Moment, bevor sie begann, ihr so dringlich gewordenes Interesse an dieser Frage zu begründen.

„Gestern war ein Besucher bei mir, der sich zwei Tage vorher angemeldet hatte."

„Nanu, so kurze Fristen gibt es bei dir? Ich muss meine Neuanmeldungen manchmal auf Wochen hinaus vertrösten, wenn es sich nicht um einen akuten Notfall handelt."

„Ach ja", stöhnte Meret, „mir geht es nicht besser. Aber du hast mich missverstanden. Es handelte sich nicht um einen Klienten."

„Oh, privater Besuch eines Herrn. Interessant."

„Auch wieder falsch. Kein Klient, aber so privat nun wieder nicht. Es war ein Mitarbeiter aus dem Innenministerium."

Mit einem Schlag änderte sich Leonies Aufmerksamkeitsgrad und sie hörte ihrer

Schwiegermutter konzentriert zu, als diese mit ihrem Bericht fortfuhr.

„Du erinnerst dich sicherlich an mein Pragabenteuer, als ich mir vorkam wie in einem James-Bond-Thriller. Nun, das hat im Innenministerium Wellen geschlagen und man ist auf mich aufmerksam geworden. Der freundliche Herr gestern hat mir gesagt, dass ich exakt in das Anforderungsprofil passe für eine Stelle, die dort ausgeschrieben wurde. Man sucht jemanden mit psychologischer Fachkompetenz und jahrelanger Berufserfahrung, der oder die bei heiklen Verhandlungen zugegen sein kann, um Expertisen zu den jeweiligen Gegenseiten abzugeben. Das können politische Diskussionsrunden sein, bei denen ich die Gesprächspartner beobachten und ausloten soll, inwieweit sie kompromissbereit sind und wie weit man mit Forderungen bei ihnen gehen kann, dasselbe erwartet man gleichermaßen bei Aussprachen zu wirtschaftlichen Fragen und ähnlichen Dialogen."

„Wie habe ich mir das vorzustellen? Reist du dann mit unserer Frau Bundeskanzlerin zu einem Staatsbesuch zum Beispiel nach China, und dann sitzt du dort zwischen Frau Merkel und Herrn Xi Jinping um zu beobachten, ob der chinesische Boss mit den Augenbrauen zuckt, die Beine übereinanderschlägt oder anfängt zu schwitzen? Und daraus ziehst du dann Schlüsse über die Befindlichkeit des Staatspräsidenten?"

„Im Prinzip schon. Allerdings gibt es wohl für jedes Land Spezialisten, die sich mit den jeweiligen Sitten und Gebräuchen auskennen müssen. Dafür werden die Kandidaten intensiv vorbereitet und ausgebildet."

„Und so ein Superberatungsgenie sollst du werden? Für China?"

„Man möchte, dass ich zu einem dreiwöchigen Verfahren komme, in dem zunächst meine allgemeine Tauglichkeit für diese Tätigkeit getestet wird, anschließend soll ich dafür ausgebildet werden. Erst in einer späteren Prozedur werde ich dann, wenn man mich für geeignet hält, auf ein Spezialgebiet hin geschult. Der Vertreter des Ministeriums hat mir angedeutet, dass wohl insbesondere jemand für Ost- und Südeuropa gesucht wird."

„Das musst du unbedingt machen! Solch eine Gelegenheit für den letzten Abschnitt deines Berufslebens darfst du dir nicht entgehen lassen! Ich stelle mir gerade vor, wie du mit dem Regierungsflieger im Gefolge von Merkel, Steinmeier, Gabriel oder Schäuble um die Welt jettest. Dann werde ich immer in der Tagesschau sehen, an welchen runden Tischen du gerade sitzt."

Meret musste die überzogenen Erwartungen ihrer Schwiegertochter sogleich etwas realistischer einordnen.

„Zunächst wird man mir eher Aufträge von untergeordneter Bedeutung anvertrauen. Außerdem treten die Berater egal welcher Art weniger in Erscheinung, schon gar nicht bei Presseterminen. Und last but not least habe ich weder zugesagt, noch die Eignungstests bestanden."

„Daher deine Eingangsfragen. Du willst wissen, was aus der Praxis wird."

„Du hast es erfasst. Die ersten drei Wochen kann ich überbrücken und meine Klienten benachrichtigen, sofern du sie nicht übernimmst oder aushilfsweise Regina sich darum kümmert."

„Und dann, wenn du angenommen wirst? Willst du aussteigen?"

„Man hat mir dringend geraten, die gesicherte berufliche Position nicht aufzugeben, sondern dafür zu sorgen, dass ich leichter abkömmlich bin. Die Aufträge aus Berlin kämen meistens einige Tage, manchmal Wochen vorher, es würden auch kaum mehr als ein oder zwei im Monat. Am leichtesten fiele es mir, wenn du deinen Wunschpartner oder deine Wunschpartnerin einstellst, und ich auf Honorarbasis weiterarbeite, so wie das Regina auch macht."

„Das sollten wir hinbekommen. Lass uns in den nächsten Tagen einen Termin mit unserem Anwalt machen. Wann soll es denn losgehen?"

„Das ist es ja eben, deshalb habe ich dieses Gespräch so dringend gemacht. Man erwartet meinen Rückruf bis morgen Abend, übermorgen säße ich bereits im Zug."

Das kam nun doch für Leonie sehr plötzlich, aber mit gutem Willen und einigen Arrangements ließ sich alles organisieren, so dass Meret sich am übernächsten Tag auf den Weg nach Berlin machen konnte. Sie war nicht überrascht, dort auf einen Kreis von acht Berufskolleginnen und -kollegen zu treffen, die mit dem gleichen Ziel in die Bundeshauptstadt gekommen waren. Viel Zeit zum gegenseitigen Kennenlernen gab es nicht, sie wurden einzeln in einen Raum gebeten, in dem sie auf Herz und Nieren geprüft und immer wieder Tests unterzogen wurden, mit denen man die Stressresistenz überprüfte. Letzter Teil dieser Phase war ein gemeinsames Gespräch der fünf Kandidatinnen und drei Kandidaten, das vom leitenden Beamten außerordentlich rüde bis zur Unsachlichkeit geführt wurde und in persönlichen Beleidigungen gipfelte. Meret ahnte, dass dies nur eine gewollte Provokation war und blieb völlig ungerührt, deshalb konnte es sie nicht überraschen, als aus dem Kreis der anfänglich Eingeladenen nur drei für das folgende Seminar ausgewählt wurden, davon war sie eine. Den anderen Fünfen dankte man für die Anreise, gab ihnen ein Antragsformular zur Erstattung der Auslagen mit und schickte sie ziemlich unfreundlich wieder nach Hause. Sie und die beiden anderen Übriggebliebenen erhielten je einen Voucher, gültig für ein über die nächsten drei Wochen gebuchtes Zimmer im nahegelegenen Hotel. Dort würde man sie am nächsten Morgen um neun Uhr abholen.

Meret blieb vollkommen entspannt und verabredete sich mit dem Kollegen und der Kollegin zum Abendessen im Restaurant des Hotels. Dort erfuhr sie, dass der männliche Kandidat, ebenfalls schon Ende fünfzig, auf eine lange Zeit in Nordamerika, sowohl den USA wie auch Kanada, zurückblicken konnte, die dreiundfünfzigjährige Kollegin verfügte über Berufserfahrung in Südafrika und einigen benachbarten Ländern. Sie sprach ein ausgezeichnetes Französisch.

‚Ich bin also die Älteste hier‘, dachte sie schulterzuckend. ‚Daran werde ich mich immer mehr gewöhnen müssen.‘

Ihre dreiwöchige Ausbildung war intensiv und sehr interessant. Sie erfuhr viel über angemessenes Verhalten in diplomatischer Tätigkeit, über Besonderheiten im

Umgang mit Menschen Osteuropas, und man frischte ihr Schulfranzösisch wie auch -russisch in täglichen mehrstündigen Einheiten gehörig auf. Sie wurde darauf hingewiesen, dass ein großer Teil ihrer zukünftigen Tätigkeit in Büroarbeit bestehen werde, tatsächliche Auslandseinsätze kämen eher selten vor. Am Ende der spannenden Zeit durfte sie tatsächlich an einem Souper teilnehmen, zu dem ein Staatssekretär des Auswärtigen Amtes einen Kollegen aus Polen in ein luxuriöses Restaurant eingeladen hatte. Die Gesprächsthemen waren über die Maßen banal und nichtssagend, so sehr, dass Meret sicherlich nicht am Tisch verblieben wäre, wenn ihre Aufgabe nicht darin bestanden hätte, den Gast genauestens und trotzdem unauffällig zu beobachten. Der Deutsche war jedenfalls hellauf begeistert, als sie ihm ihre Einschätzung des Polen, der ihrer Meinung nach nur widerwillig zugegen und seinem Gastgeber gegenüber absolut reserviert war, sehr klar und begründet darlegen konnte. Letzterer gab ihr noch einen gutgemeinten Ratschlag mit auf den Weg:

„Danke für Ihre Einschätzung, die für uns außerordentlich wichtig ist. Fragen Sie nie, was wir damit anfangen, gewöhnen Sie sich daran, dass Ihnen nie mitgeteilt wird, wozu Ihre Bemühungen gebraucht wurden. Es ist in etwa so wie die Arbeit eines Lehrers, der über viele Jahre seine Schüler erzieht und belehrt, aber nur in den seltensten Fällen erfährt, ob aus ihnen rechtschaffene Menschen geworden sind."

Damit war die Grundausbildung beendet und sie trat am nächsten Morgen die Heimreise an. Im Zug las sie eine am Bahnhof erstandene Tageszeitung und erfuhr, dass eine polnische Delegation unverrichteter Dinge soeben aus Berlin abgereist war.

Zurück in Bonn gab es eine Menge liegengebliebener Arbeit zu erledigen, die sie umgehend aufzuholen versuchte, so dass kaum Zeit blieb, ihrer Familie von der Ausbildung zu erzählen, zumal sie sich an die dringende Bitte aus Berlin erinnerte, darüber weitestgehend Stillschweigen zu bewahren. Meret konnte nicht ahnen, dass in der Zwischenzeit hektische Telefonate zwischen Hamburg und Bonn geführt worden waren, weil sich ihre Kinder mit ihren hanseatischen Freunden darüber austauschten, ob und wenn ja wann sich ihr Plan nun noch durchführen ließe, weil sich Merets zukünftige Einsätze für das Ministerium kaum voraussagen ließen. Notgedrungen verständigte man sich darauf, zunächst abzuwarten.

Die Tage zogen dahin, ohne dass eine Anfrage aus Berlin kam, und Meret überlegte, ob es sinnvoll gewesen war, sich für diese Aufgabe zur Verfügung zu stellen, zumal der Einsatz äußerst dürftig honoriert wurde. Schließlich erhielt sie eine E-Mail mit angehängtem Bildmaterial und der Aufforderung, aufgrund der vorhandenen kurzen Filmausschnitte zu beurteilen, ob der dargestellte Teilnehmer – der Name und die Nationalität wurden nicht genannt – zu Sondierungsgesprächen mit dem Vorsatz erschiene, das Gespräch zu boykottieren, oder ob ein echtes Interesse bestünde. Homeoffice war ihr angekündigt worden, eine so banale Aufgabe überraschte sie aber doch. Sie bearbeitete den angehängten Fragebogen trotzdem am gleichen Abend und ergänzte ihn um einen Kommentar, in dem sie klarmachte, dass bei der abgebildeten Person keinerlei echtes Engagement zu erkennen sei. Unmittelbar nach Versand der elektronischen Post erhielt sie eine kurze Dankadresse mit der Bitte, am kommenden späten Nachmittag einen Herrn vom Ministerium zu empfangen.

Ihr Gast stellte sich als Herr Ministerialdirektor Eduard Blümel vor, zuständig für die Abteilung Klimaaußenpolitik und Geoökonomie beim Auswärtigen Amt. Dieser hohe Staatsbeamte erklärte ihr, was sie zum Teil ahnte, nämlich dass ihr Auftreten in Berlin großen Eindruck hinterlassen und man sie danach in Bonn weiter beobachtet habe. Ihr absolutes Stillschweigen über das Berliner Seminar sei sehr positiv in der Hauptstadt aufgefallen. Meret fühlte sich nicht bemüßigt zu gestehen, dass es einfach keine Gelegenheit gegeben habe, sie war mit ihren Patienten so eingespannt, dass nicht einmal Zeit für gemütliche Abende mit der Familie blieb. Schließlich kam Herr Blümel auf den kürzlich eingegangenen Auftrag zur Analyse des Bildmaterials zu sprechen und gestand, dass es lediglich ein weiterer Test war. In dem über ein Jahr alten Filmmaterial wurde eine Person dargestellt, die von ihrer Regierung beauftragt war, alle Gesprächstermine zu sabotieren, um ein verbindliches Abkommen zu verhindern, und danach unverrichteter Dinge in die Heimat zurückzukehren. Ihr Kommentar entsprach exakt den damaligen tatsächlichen Vorgängen. Alle diese Beobachtungen hätten in Berlin bewirkt, dass ihr nun ein echter Einsatz zugemutet werden solle.

„Haben Sie von der bevorstehenden Konferenz in Marrakesch gehört?", sprach der Beamte sie nun direkt an. „Nein? Das hätte mich auch gewundert, bisher hält die Presse sich äußerst bedeckt. Bevor ich weiterrede: ich muss Sie auf Ihre Verschwiegenheitspflicht hinweisen und in diesem Fall extra noch einmal von Ihnen eine Unterschrift unter ein Dokument verlangen, in dem Sie dies bestätigen."

„So geheimnisvoll", sagte Meret, während sie das Dokument unterschrieb. „Das hört sich fast so an, als solle ich den Kaiser von Timbuktu entführen."

„Timbuktu ist eine zu Mali gehörende Stadt, die natürlich keinen eigenen Kaiser hat." Herr Blümel hatte wenig Sinn für Humor. „Für Operationen dieser Art würden wir ganz bestimmt nicht Sie einsetzen."

‚Das soll doch wohl bedeuten, dass es Operationen dieser Art tatsächlich gibt', dachte sich Meret.

Ihr Gast fuhr unbeirrt fort: „Vom 7. bis zum 18. November wird in Marrakesch eine UN-Klimakonferenz stattfinden. Wir wollen und müssen der Welt brauchbare, überprüfbare Ergebnisse vorweisen. So etwas geschieht, indem vor der Konferenz Unterstützer gesucht und manchmal sanft überredet werden. Die Tagung selber wird fast ausschließlich für die Presse abgehalten, alle wichtigen Vereinbarungen stehen dann schon fest. Die Regierungen der G7-Staaten, also Deutschland, Frankreich, Italien, Japan, Kanada, Großbritannien und die USA gehen davon aus, dass sie mindestens fünfundvierzig Staaten dazu bringen müssen, eine Resolution zu unterzeichnen, mit der sie erklären, bis 2050 ihren Gesamtverbrauch auf erneuerbare Energien umzustellen, wenn damit ein weltweit wirksamer Effekt erreicht werden soll."[2]

„Muss es nicht G8 heißen, mit Russland?"

„Nein, seit 2014 gehört das Land wegen der Krimannexion nicht mehr dazu."

„Ich soll also im November nach Marrakesch?"

„Um Gottes Willen, nein! Wir beginnen gerade jetzt damit, Delegationen der Länder zu empfangen, die wir für geeignete Kandidaten halten, um diese Resolution zu unterstützen. Sie sollen lediglich beobachten und uns helfen herauszufinden, ob sich die Mühe lohnt oder wir nur Zeit verschwenden."

„Sagen Sie mir nicht, dass ich wieder nur Filmmaterial auswerten soll."

„Doch, leider. Im Wesentlichen wird es sich darauf beschränken. Sollte sich ein Besuch in Köln oder Bonn ergeben, werden wir Sie natürlich dazu bitten."

Das entsprach nicht Merets Vorstellungen von ihrem Einstieg in die Welt der Geheimdienste, aber sie wollte auch nicht gleich bei den ersten Enttäuschungen aufgeben, also schickte sie sich drein. In den Wochen nach diesem Besuch erhielt sie in regelmäßigen, kurzen Abständen Dateien zugeschickt, die sie in den Abendstunden sichtete und ihre Einschätzungen dazu in einer Antwortmail zusammenfasste, denn sie erinnerte sich an Herrn Blümels Mahnung, dass die Antworten nur sinnvoll in Berlin genutzt werden könnten, wenn sie unmittelbar einträfen. Das sorgte bei ihr zum einen für Unzufriedenheit mit einer ausnehmend öden Tätigkeit,

---

[2] Tatsächlich haben diese Resolution 50 Staaten unterzeichnet.

zum anderen blieb ihr nun überhaupt keine Zeit mehr, ihre Kinder oder das Enkelkind zu treffen. Schließlich wurde sie der ganzen Aktion überdrüssig, sie rief in Berlin an. Es dauerte eine ganze Weile, bis tatsächlich Herr Blümel höchstpersönlich am anderen Ende der Leitung sprach.

„Guten Tag, Frau Bregemann. Was kann ich für Sie tun?"

„Zagendorf, ich heiße Zagendorf!"

„Oh, Verzeihung! Ich meinte an ihrer Praxis den Namen Bregemann gelesen zu haben."

Meret ärgerte sich nun über ihre eigene Nachlässigkeit während der vielen Jahre, die seit dem Tod Maximilians vergangen waren, nicht schon lange den Namen geändert zu haben, nur weil damit ein nicht unerheblicher bürokratischer Aufwand verbunden war.

„Ja, ist im Moment unwichtig. Ich wollte Ihnen nur mitteilen, dass ich aussteige. Sie brauchen mir keine Filmchen mehr zuzuschicken."

„Ich bedaure sehr, das zu hören. Sie waren uns eine große Hilfe. Darf ich fragen, was Ihren Unwillen erregt hat?"

„Mir bleibt neben der Praxis und der Tätigkeit für Berlin überhaupt keine Zeit mehr für meine Familie, insbesondere für mein Enkelkind. Der Junge ist nun zehn Jahre alt, und wenn ich nicht aufpasse, ist er erwachsen, bevor ich das bemerkt habe. Das Honorar aus dem Ministerium ist außerdem wahrlich nicht so üppig, dass es sinnvoll wäre, allein des Geldes wegen weiterzumachen."

„Ja, ich verstehe. Dürfen wir denn auf Sie zukommen, wenn einmal Not am Mann ist?"

„Lieber nicht. Mir wird das alles zu viel."

Der emotionsfreie Ministerialdirektor nahm ihre Entscheidung ohne weiteren Widerspruch zur Kenntnis, und sie beendeten sowohl dieses Gespräch, wie auch ihre Zusammenarbeit.

Endlich fühlte Meret sich wieder deutlich freier und nutzte am gleichen Abend die Gelegenheit, ihre Familie zum Essen bei ihrem Stammitaliener einzuladen. Der Zufall wollte es, dass Leonie, Simon und Hendrik, alle drei ebenfalls ohne Abendtermine, sich darauf freuten, wieder einmal gemeinsam auszugehen. Der Chef des Hauses hatte schon vor einigen Jahren die Geschäftsführung an seinen Sohn weitergegeben, war aber immer noch fast jeden Tag im Gastraum anzutreffen. Er begrüßte seine Stammgäste hocherfreut, zwei Tische wurden zusammengeschoben, damit er sich mit zur Familie setzen konnte, und der Koch zauberte ein köstliches Menü, das nicht auf der Karte stand. Man unterhielt sich prächtig und genoss den Abend so sehr, dass Leonie und ihr Mann völlig vergaßen, welcher Plan mit den Freunden in Hamburg noch in ihren Hinterköpfen herumspukte.

—

Während sich in Bonn dank Merets energischen Eingreifens die Situation entspannte und sie ihre Arbeitsbelastung reduzieren konnte, setzte bei den Hamburgern eine entgegengesetzte Entwicklung ein. Wolfgang schien ununterbrochen im Auftrag der Firma, der Regierung oder irgendwelcher internationaler Institutionen unterwegs zu sein. Einmal war es eine Konferenz in Rio de Janeiro, dann rief ihn das Bonner

Ministerium zu einer internen Sitzung, beim nächsten Mal wollte das ‚Nederlands Instituut voor Onderzoek der Zee' ihn einladen, an einem weltumspannenden Projekt teilzunehmen, oder vom ‚Woods Hole Oceanographic Institution' in Massachusetts kam die Bitte um Unterstützung. Es wurde so viel, dass er einfache Anfragen für Vorträge an irgendwelchen Universitäten ablehnen musste, wenn nicht besondere Gründe vorlagen. Für seine eigentliche Arbeit beim Bundesamt für Seeschifffahrt und Hydrographie fand er kaum noch Zeit, so dass er schließlich verzweifelt bei seinem neuen Abteilungsleiter vorsprach, einem Dr. Stephan Wasilewski. Mit Helge Brinkums Weggang waren die Strukturen des Amtes völlig umgekrempelt worden, die lockere, fast heitere und freundschaftliche Atmosphäre war Hierarchien gewichen, mit denen dieses Landei, sein neuer Chef, ein Doktor der Betriebswirtschaft, nach oben gespült worden war. Der kam aus München, machte sich von der Arbeit in Hamburg keine Vorstellung, meinte aber, seine sonderbaren Ideen mit überzogener Autorität durchsetzen zu müssen. Sich in Wolfgangs Arbeit einzumischen wäre Helge als Jurist, in Fragen der Ozeanographie auch ohne jegliche Kenntnisse, niemals in den Sinn gekommen. Die Pensionierung der zuverlässigen und langjährigen Hilfskraft Frau Schrademann lag auch schon länger zurück, er fühlte sich wie der letzte aktive Matrose auf einem sinkenden Schiff.

„Bitte?", war alles, was Wasilewski zur Begrüßung hervorbrachte. Bei Helge gab es immer einen Tee oder Kaffee und dann wurde kurz nach dem Wohlergehen der Familie gefragt. Wolfgang war nach den vielen Jahren seiner Tätigkeit an Helge Brinkums Hamburger Platt gewöhnt, auch wenn es bis zum Schluss immer noch passieren konnte, dass er nicht alles verstand. Einfach nur ‚Bitte' klang zu unpersönlich, noch nicht einmal einen Stuhl bot ihm dieser Schnösel an! Unter dem Namen ‚Schnösel' war Herr Wasilewski auch in seinem Handy gespeichert. Wolfgang griff sich einfach den nächstbesten Ledersessel und machte es sich bequem, was zu seiner großen Freude ein Stirnrunzeln beim Herrn Doktor hervorrief. Nun, wenn keine Höflichkeiten ausgetauscht werden sollten, dann konnte er ebenso gut gleich mit der Tür ins Haus fallen.

„Ich habe keine Lust mehr. Bitte versetzen Sie mich in die Abteilung für Schiffsvermessung und Flaggenrecht."

„Aber mein lieber Herr Müller!", rief sein Chef entsetzt. Damit war für Wolfgang schon jegliches Interesse an diesem Gespräch gestorben. ‚Mein lieber Herr Müller' – was für eine entsetzliche Anrede! So fängt man an, wenn man irgendeinen unwichtigen Botenjungen maßregeln möchte.

„Herr Müller", fuhr Stephan mit ‚ph' fort. ‚Dr. Müller bitte, du legst selber doch so viel Wert auf diesen Titel', korrigierte Wolfgang in Gedanken.

„Also, Herr Müller, das kommt überhaupt nicht in Betracht. Sie sind unser Vorzeigemitarbeiter, der Leuchtturm des Amtes!"

Wolfgang dachte sich seinen Teil: ‚Hör auf, mir Honig um den Bart zu schmieren, das ist widerlich. Du willst doch gar nicht hören, warum ich weg will!'

„Erst heute habe ich ein Dankesschreiben aus Berlin erhalten, in dem man sich für Ihre vorzüglichen

Ausarbeitungen bedankt, und seit gestern liegt eine Anfrage der SPFRMO vor, sie zur jährlichen Tagung einzuladen. Sie werden natürlich teilnehmen, so wünscht man sich das im Auswärtigen Amt. Also, wie ich sehe, sind Sie einverstanden. Es bleibt alles, wie es ist. Danke für das Gespräch."

‚Welches Gespräch, du Tölpel? Du weißt doch noch nicht einmal, dass es SPRFMO heißt, noch weniger, was das bedeutet, so wie du diese Buchstaben heruntergeleiert hast', dachte Wolfgang und sagte laut: „Das war kein echter Meinungsaustausch! Ich denke, ich werde daraus meine eigenen Schlüsse ziehen, die ich Ihnen dann beizeiten mitteile. Guten Tag."

Damit verließ er das Büro mit dem Einladungsbrief der SPRFMO in der Hand. Er war so voller Zorn, dass er nicht in sein Arbeitszimmer zurückkehrte, sondern erst in der kleinen Fischbude am Anleger einkehrte, um seinen Ärger mit einem Fischbrötchen und einem Aquavit herunter zu spülen. Der Imbiss schmeckte ihm sehr gut, der Schnaps tat ein Übriges, und langsam beruhigte er sich. SPRFMO, South Pacific Regional Fisheries Management Organisation, war ein Verbund vieler an den Pazifik angrenzender beziehungsweise im Ozean gelegener Staaten, um die Fischbestände zu überwachen und zu bewirtschaften. Es war dies eine der wenigen überstaatlichen Organisationen, in denen die EU, aber auch die USA, Russland, die Volksrepublik China und Taiwan vertreten waren. Und, hier wurde es nun doch interessant: Vanuatu. Sollte das gerade überstandene unglückselige Gespräch doch noch einen erfreulichen Akzent bekommen? Eigentlich hatte er mit dem Amt und erst recht mit diesem Doktor Schnösel abgeschlossen und für sich den Entschluss gefasst, in Frühpension zu gehen. Das wäre am Ende des Jahres möglich, er konnte sicher sein, auch weiterhin viele Einladungen zu bekommen, unter denen er nur noch die für ihn interessanten und vielversprechendsten aussuchen müsste. Oder solche an besonders schönen Orten, die er bisher noch nicht kennenlernen konnte. Natürlich würde er Bedingungen stellen, wie zum Beispiel immer auf Kosten des Gastgebers in der Business-Class zu reisen, denn diese langen Flüge in viel zu engen Sitzen waren ihm ein Gräuel.

Vorsichtig öffnete er den Brief und las die Einladung zur jährlichen Aussprache der Mitglieder dieser Organisation über Obergrenzen bei der Befischung und Einschränkungen beim Einsatz der immer größer werdenden Fischereiflotten. Die Tagungssprache sollte Englisch sein, Beginn am Freitag, dem 30. September 2016, der Tagungsort — er glaubte seinen Augen nicht trauen zu dürfen — Port Vila, die Hauptstadt Vanuatus. Das machte Sinn, denn die Ernährung der Bevölkerung des Inselstaates hing in hohem Maße von der Fischerei ab. Wolfgang verfolgte seit jeher die Geschichte dieser Inseln, er wusste, dass die Regierungen immer wieder vom plötzlichen Tod der jeweiligen Präsidenten erschüttert wurden. Schon achtmal musste das Amt kommissarisch geführt werden seit der Unabhängigkeit vor sechsunddreißig Jahren, im Moment saß Baldwin Lonsdale auf diesem Posten. Das könnte ein wunderbarer Abschluss seiner Tätigkeit werden, und er ließe sich ganz bestimmt von nichts und niemandem daran hindern, dorthin zu fliegen. Genau so wenig, wie er sich noch von irgendjemandem aufhalten ließe, seinen endgültigen Abschied unmittelbar danach einzureichen. Ob er noch Bekannte von damals anträfe? Insbesondere Nikenike Malaskelekele, genannt Nicky? Merkwürdig, dass ihm dieser Name gerade jetzt einfiel. Andererseits wieder nicht so seltsam, konnte er doch während seines einsamen Aufenthaltes auf der kleinen Insel Étarik keinen Menschen kennenlernen, und etwas später, bei seinem Besuch mit Aimée dort, gab es ebenfalls kaum Gelegenheiten, mit irgendjemandem außerhalb des hermetischen Kreises der elitären oberen Gesellschaftsschicht in Kontakt zu kommen.

Diese zweifache Perspektive, seinem ungeliebten Chef die Kündigung auf den Schreibtisch zu werfen und noch einmal an den Ort seines Einstiegs in die Welt der Ozeane zu kommen, beflügelte ihn enorm. Viel Zeit blieb nicht, die der Einladung beiliegenden Flugtickets waren für morgen, Dienstag den 27.September um 21.50 Uhr ab Hamburg ausgestellt. Dann käme er wegen der Zeitverschiebung am Donnerstag um 14.20 Uhr in Port Vila an mit zwei Umstiegen in Dubai beziehungsweise Brisbane und hätte einen ganzen Tag, um private Interessen zu verfolgen. Lediglich Tickets der Economy-Class, mehr wollte das Ministerium nicht spendieren, und er schwor sich, dass diese Reise die letzte unter diesen unbequemen Bedingungen sei. Ebenfalls lag eine Sondereinreiseerlaubnis, ausgestellt von der Bundesregierung, als Visumersatz bei. Die Gespräche sollten vier Tage dauern. Vor Ort, nahm er sich vor, könnte man versuchen, den Rückflug auf einen späteren Tag zu verlegen. Er musste schnell seinen Koffer packen und versuchen, seine Kinder und Enkelkinder noch anzutreffen bevor es losging. Auch für die Familie dürfte zumindest eine der beiden Neuigkeiten von größter Bedeutung sein, und er war gespannt auf deren Reaktionen.

Roger und seine Zwillingsschwester sowie deren Ehemann zeigten sich wenig erfreut ob seiner Ankündigung der neuerlichen Abwesenheit, weil damit ihre Absichten noch einmal verschoben werden mussten, was wiederum Wolfgang nicht verstehen konnte. Umso zufriedener schienen alle mit der Ankündigung zu sein, dass er damit seine berufliche Tätigkeit für das Bundesamt beenden wolle.

„Und dann?", fragte sein Sohn. „Hast du einen Plan für die Zeit danach?"

„Ich habe mir fest vorgenommen, mich dann um meine Enkelkinder zu kümmern und euch gehörig auf den Wecker zu gehen."

Célestine war skeptisch: „Du bist dir sicher, dass du von einem Tag auf den anderen abschalten kannst. Kein Büro, keine Vorträge, keine Reisen rund um den Globus mehr?"

„Jedenfalls nur noch solche, an denen ich selber Interesse habe. Und nur noch, wenn alle Bedingungen stimmen: Bezahlung, Reisekomfort, Thema, Ort, Teilnehmer. Ich werde mir gestatten, äußerst wählerisch zu sein."

Roger entdeckte einen Haken an der neuen Familiensituation: „Dann bekomme ich also demnächst Konkurrenz bei der Betreuung meiner Neffen!"

Die Enkelkinder waren weniger besorgt und jubelten darüber, dass ihr Opa bald viel öfter für sie da sein sollte zum Spielen, Toben, Spazierengehen ‚und für die Hausaufgabenhilfe‘, wie unangenehmerweise ihre Mutter dazwischenrief.

„Na, wir sind gespannt, ob du das durchhältst, Wolfgang!", schloss sich Jan Peter den Bedenken seiner Frau an. „Wenn du zurück bist, hätten wir noch eine Überraschung für dich. Also bleibe nicht zu lange auf der Insel."

Die anderen beiden schauten ihn überrascht an. Sie verstanden diese Andeutung sofort, während Wolfgang überhaupt nicht ahnte, worum es gehen könnte, seinen Kindern aber auch nicht die Freude verderben wollte.

Am nächsten Morgen, kaum dass ihr Vater aus dem Haus und die Kinder mit ihrem geliebten Onkel auf dem Schulweg waren, kontaktierte Célestine auch schon Leonie, um ihr die Neuigkeiten mitzuteilen. Man müsse zwangsläufig die Pläne noch einmal um einige Tage verschieben. Wenn es den Freunden passe, ergänzte sie, könnten alle Hamburger am übernächsten Wochenende von Freitag bis Sonntag zu ihnen nach Bonn kommen, und Leonie stimmte begeistert zu.

Während die beiden Frauen telefonierten, erledigte der, um den es in dem Gespräch ging, die wichtige Post des Tages und verabschiedete sich von den Kollegen, besonders freundlich von Herrn Doktor Wasilewski, der durch diese Form zu der irrigen Annahme verleitet wurde, die Unzufriedenheit seines Untergebenen habe sich gelegt. Ein Irrtum, der Wolfgangs Vorfreude auf alle anstehenden Ereignisse nur noch erhöhte. Am frühen Abend ließ er sich von seinem Sohn zum Flughafen bringen. Vor ihm lagen zweiunddreißig Flugstunden in der

Economy-Class, wahrlich kein Vergnügen. Aber in Dubai und in Brisbane gab es jeweils mehrstündige Aufenthalte, die Umstiege sollten ohne jede Hektik funktionieren, eventuell ließen sich jedes Mal Restaurantbesuche einschieben. Welche Überraschung sich wohl hinter der Andeutung seines Schwiegersohnes versteckte? Ein neues Enkelkind vielleicht? Aber das war zu abwegig, das jüngere, Aristide, war nun bereits sieben Jahre alt. So hing er seinen Gedanken nach, bis sein Flug nach Dubai startete. Das war zwar noch kein First-Class-Abteil, jedoch um ein Vielfaches angenehmer als vor vielen Jahren die Reise mit der komfortfreien Militärmaschine. Trotz aller Unbequemlichkeiten schlief er bald in seinem Sitz ein.

—

In Bonn sollte nach Merets Entschluss der vorangegangenen Woche, die Zusammenarbeit mit dem Ministerium zu beenden, Ruhe einkehren mit deutlich weniger Terminen und täglichem gemeinsamem Abendessen zusammen mit Leonie, Simon und Hendrik. Das war die Absicht, die wenige Tage später gestört wurde, genau zu dem Zeitpunkt, als Wolfgang sich in Hamburg bereits im Check-in befand.

Mit den Worten: „Telefon für dich", drückte Simon Meret den Hörer in die Hand. Sie sah ihn fragend an. „Ein Herr Blümel", ergänzte ihr Sohn. „Worum es geht wollte er nicht sagen."

Wie ärgerlich, fand sie, und nahm das Gerät mit in den Nebenraum.

„Guten Abend, Herr Blümel."

„Guten Abend, ja, ja. Tut mir leid, dass ich Ihren gemütlichen Abend so störe, aber wir brauchen Sie."

„Ich dachte, mich klar genug ausgedrückt zu haben. Ich bin raus!"

„Ja, haben Sie, haben Sie!" Herr Blümel sprach hastig und wirkte sehr nervös. „Aber es ist wirklich dringend."

„Oh nein. Für mich nicht. Keine Filmchen schauen, keine fast kostenlosen Expertisen, ich habe gekündigt und ich habe nicht vor, das zurückzunehmen."

„Natürlich, selbstverständlich, ist schon klar. Aber dieses Mal brauchen wir Sie unbedingt."

Im Hintergrund hörte sie jemanden reden und meinte eine männliche Stimme zu vernehmen, die etwas dazwischenrief, was so ähnlich klang wie: Was ist nun? Oder: Wann kommt sie?

„Herr Blümel, bitte rufen Sie nie mehr an. Ich möchte einfach nur noch in Ruhe mit meiner Familie zu Abend essen! Auf Wieder…"

„Nein, bitte, legen Sie nicht auf. Es geht um weltpolitisch bedeutende…."

Nun fiel die Stimme auch dem Herrn Ministerialdirektor ins Wort und sagte: ‚Geben Sie mir mal die Frau Doktor Zagendorf!'

„Gnädige Frau?", sprach der unbekannte Mann sie direkt an.

„Ja, ich weiß nicht, wer Sie sind, aber ich habe Herrn Blümel schon alles…."

„Frank Walter Steinmeier hier. Verzeihen Sie die Störung, Frau Doktor Zagendorf, aber schenken Sie mir bitte ein paar Minuten Ihre Aufmerksamkeit, dann werden Sie verstehen und Ihre Meinung ändern."

Meret verschlug es die Sprache, was äußerst selten passierte. Der Herr Außenminister persönlich, die

Angelegenheit musste für die Bundesregierung tatsächlich von eminenter Bedeutung sein. Sie setzte sich auf einen Stuhl und hörte gespannt zu, was Herr Steinmeier ihr mitteilte.

Als vor sechsunddreißig Jahren die ehemaligen Kolonialmächte Frankreich und England einige Überseebesitzungen in die Selbständigkeit entließen, gab es noch die EG, den Vorläufer der EU. Die neuen Staaten waren nicht in der Lage, aus eigener Kraft zu existieren und die eigene Bevölkerung zu ernähren, daher übernahmen die ehemaligen Kolonialherren die Pflicht, für den Aufbau eines eigenen Wirtschaftssystems zu sorgen, die Ernährung zu garantieren und in Notfällen Hilfe zu leisten als Gegenleistung für die Einhaltung demokratischer Strukturen. Weil eine der beiden genannten Mächte, nämlich Frankreich, damals Teil der EG war, stützte sich die Verpflichtung seitdem auf diese europäische Säule, damit auch auf die Bundesregierung. Einer dieser neuen Staaten, ein winziger Fleck auf der Karte des Pazifiks namens Vanuatu, habe die meisten Ziele erreicht, sei momentan aber in seiner Existenz massiv gefährdet, weil seine Wirtschaft, die fast ausschließlich auf Landwirtschaft, Tourismus und der Fischerei beruhe, wovon letzteres darüber hinaus die Haupternährungsquelle sei, abzustürzen drohe. Das hinge zusammen mit der exzessiven Überfischung der Weltmeere, insbesondere des südlichen Pazifik. Es gebe einen Zusammenschluss der Staaten, die an diesen Fragen ein vitales Interesse haben, und diese Staaten hielten eine Konferenz am kommenden Wochenende in der Hauptstadt Vanuatus, Port Vila, ab. Die EU als

Nachfolger der EG sei auch Mitglied dieses Bündnisses. Für den kleinen Inselstaat hinge alles davon ab, ob es zu einer funktionierenden, kontrollierbaren Einigung komme, es bestünden aber erhebliche Zweifel, ob alle beteiligten Parteien ein echtes Interesse an diesen Zielen hätten, insbesondere in Bezug auf Russland und China.

„Damit komme ich zu Ihnen, Frau Doktor Zagendorf. Sie sind auf die osteuropäische Mentalität spezialisiert und die einzige, die uns zur Verfügung steht. In Frankreich gibt es, wie Sie vielleicht wissen, seit Februar einen neuen Außenminister, meinen Kollegen Jean-Marc Ayrault, der dieses Amt nach dem Rücktritt seines Vorgängers Fabius nur bis zur nächsten Präsidentenwahl im nächsten Jahr bekleidet. Sie können sich vorstellen, dass er in manchen Dingen wenig entscheidungsfreudig agiert. Nun, er hat mich heute Morgen angerufen und um meine Unterstützung gebeten. Selbstverständlich werden wir unsere französischen Freunde nicht im Stich lassen. Ich möchte Sie bitten, Frau Doktor Zagendorf, morgen zu dieser Tagung zu reisen und die europäischen Vertretungen zu unterstützen. Wir wären Ihnen für diesen Dienst an der europäischen Gemeinschaft sehr verbunden. Würden Sie uns, würden Sie mir diesen Gefallen erweisen?"

Meret war erschlagen, einerseits von so viel Information, aber auch, dass der Außenminister selber sie darum bat.

„Aaaber, aber ich kann gar kein Chinesisch!", stotterte sie.

„Ich vergaß zu erwähnen, dass Sie sich nur um die russische Delegation kümmern sollen. Ich werte das als

Zustimmung? Prima! Dann holt morgen früh ein Wagen unserer Bonner Dienstbereitschaft Sie zu Hause ab und fährt Sie zum Düsseldorfer Flughafen. Der Fahrer bringt die Tickets mit und erklärt Ihnen alles Weitere. Ich gebe Ihnen noch einmal Herrn Blümel. Vielen Dank, Frau Doktor Zagendorf."

Was hätte sie sagen sollen? Oder können?

„Frau Zagendorf?", meldete sich der Ministerialdirektor wieder. „Das ist sehr freundlich von Ihnen, ich bedanke mich ebenfalls. Der Fahrer wird um 13 Uhr vor Ihrer Tür stehen, man wird Sie am Flughafen bevorzugt abfertigen, alle benötigten Papiere bekommen Sie mit den Tickets ausgehändigt und Sie brauchen sich nirgendwo anzustellen. Ich wünsche Ihnen eine gute Reise. Ach, übrigens, natürlich zählen wir auf Ihre Verschwiegenheit, mindestens bis zum Abschluss der Sache!"

„Moment, Herr Blümel. Wie lange werde ich unterwegs sein?"

„Im Flugzeug oder insgesamt?"

„Beides würde mich interessieren."

„Die reine Flugzeit beträgt etwa vierunddreißig Stunden, aber sie haben zwei längere Aufenthalte in Doha und Perth und dann noch einen kürzeren in Brisbane. Die Tagung dauert bis Montag, dann geht es zurück. Also alles in allem etwa eine Woche. Danke und auf Wiederhören. Wir wünschen Ihnen und uns viel Erfolg!"

Dann legte er auf, obwohl ihr noch mindestens hundert Fragen im Kopf umherschwirrten. Vierunddreißig Stunden im Flugzeug – großer Gott! Und was sollte sie dann in diesem Nest, wie hieß es gleich, anfangen? Sie war eine selbstbewusste Frau von nunmehr sechzig

Jahren, aber ganz allein in einer völlig fremden Kultur und Stadt, das konnte schon anstrengend sein.

„Nun? War es wichtig?", störte Simon ihre Gedanken.

„Hmm, bitte? Oh ja, entschuldigt mich, ich muss ein paar Sachen packen und bin ab morgen für etwa eine Woche unterwegs."

„Nicht schon wieder! Ich dachte, du bist raus aus der Nummer! Was ist es denn dieses Mal? Und was ist mit der Praxis?"

„Tut mir leid, es geht nicht anders. Ich erkläre es euch später. Leonie, kannst du dich, bitte, um meine Praxistermine für die kommende Woche kümmern?"

Dann blieb kaum genügend Zeit, die passende Kleidung zusammenzustellen. Vanuatu, wo lag das überhaupt? Musste sie sich auf arktisches oder tropisches Klima gefasst machen? Ein kurzer Blick ins Internet als Vorbereitung gab ihr die notwendigsten Informationen. Worauf hatte sie sich wieder eingelassen?

Der Fahrer kam auf die Minute genau pünktlich und überreichte ihr die Tickets und einen Briefumschlag, in dem sie eine Auflistung weiterer Hinweise fand, sowie eine von der Bundesregierung ausgestellte Einreiseerlaubnis als Visumersatz. Am Flughafen werde jemand auf sie warten und zum Tagungsort fahren, die Gespräche dort hätten dann bereits begonnen. Spannend war die Teilnehmerliste der russischen sowie der europäischen Delegationen, jeweils mit einigen Kommentaren versehen. Der Außenminister Sergej Lawrow werde höchstpersönlich vor Ort sein, wenn auch nur bis Samstag, begleitet von den eigentlichen Verhandlungsführern Jewgenij Tschilinski und Dmitrij

Schwestnich. Sie möge ihr Augenmerk insbesondere auf den letztgenannten richten, weil der ruhig im Hintergrund bleibe, aber wohl die eigentlichen Entscheidungen fälle, die dann von Tschilinski an Lawrow weitergegeben würden, der diese mit Putin bespreche. Im Allgemeinen sei die Meinung Tschilinskis entscheidend, wenn sie nicht höheren Staatsinteressen, man könnte auch sagen: Putins Interessen, widersprächen. Auf europäischer Seite führe der französische Außenminister Jean Marc Ayrault den Vorsitz, ebenfalls nur bis Samstag. Dann übernähmen die in diesen Fragen kompetenteren Diplomaten Philippe de Mazerat vom Ministère de l'Europe et des Affaires étrangères und Werner Vogtland vom deutschen Auswärtigen Amt die Gespräche. Im letzten Moment habe man sich darauf einigen können, dass jede Seite einen Wissenschaftler hinzuziehen dürfe, das sei jemand vom Department of Navigation and Oceanography of the Ministry of Defence of the Russian Federation (Управление навигации и океанографии Министерства обороны Российской Федерации) in St. Petersburg beziehungsweise vom Bundesamt für Seeschifffahrt und Hydrographie in Hamburg. Wegen der Kürze der Zeit seien die Namen zum Zeitpunkt der Drucklegung noch nicht bekannt gewesen, der russische Wissenschaftler solle von ihr ebenfalls beobachtet werden hinsichtlich der Frage, wie groß sein Einfluss auf die Einstellungen Tschilinskis sei.

Das las sich an wie der Start in ein aufregendes Abenteuer, viel mehr jedenfalls, als die langweiligen Filmanalysen. Wenn nur die grauenvoll lange Anreise nicht wäre! Immerhin beruhigte es sie kolossal, dass in

Port Vila jemand auf sie warten sollte und sie nicht ganz auf sich allein gestellt wäre. Ihr Schulrussisch war vor kurzer Zeit erst bei ihrer Ausbildung in Berlin aufgefrischt worden. Mit reichlich Lektüre und eingedeckt mit allem, was sie über diesen wundersamen Inselstaat erwerben konnte, bestieg sie das Flugzeug nach Doha. Während der langweiligen Stunden in der Maschine wollte sie sich gut auf ihre Mission vorbereiten.

Vanuatu 2016

*Auf `ner einsamen Insel, auf `nem fremden Planeten
wird sich dann erweisen ob es mit uns geht.*
(Auf `ner einsamen Insel, vom Album „Ja, ja", 1992,
Text und Musik: Marius Westernhagen)

Pünktlich um 14.20 Uhr Ortszeit setzte Wolfgangs Flieger aus Brisbane kommend auf der Landebahn des Bauerfield International Airport im Norden der Hauptstadt Vanuatus auf. Die Zeitverschiebung und der lange Flug kosteten ihren Preis, er war völlig erschöpft und trotzdem wild entschlossen, die wenigen freien Stunden bis zum Beginn der Konferenz zu nutzen, um die Stadt nach den sicherlich vielen Veränderungen der vergangenen sechsunddreißig Jahre für sich wiederzuentdecken. Erstaunlicherweise und ganz gegen sonstige Erfahrungen hatte er während der Nacht im Flieger einige Stunden Schlaf finden können, damit und mit der kommenden Nacht im Hotel müsste die Akklimatisierung gelingen.

Er konnte sich gut ausmalen, worum es bei dieser Tagung gehen würde. Die Weltmeere waren völlig überfischt, und alle Anrainer an den südlichen Pazifik vertraten ihre jeweils eigenen Interessen zur weiteren Ausbeutung, die zum Teil mit enormer Rücksichtslosigkeit vorangetrieben wurden. Dabei setzten die größeren Mitspieler ihre Vorstellungen auf Kosten der kleinen gegen jede Vernunft durch, obwohl davon Existenzen abhingen, wie zum Beispiel für diesen kleinen Inselstaat.

348

Sein fester Vorsatz war, alles in seiner Macht stehende zu tun, um Vereinbarungen im Sinne dieser ständig übergangenen Kleinstaaten zum Abschluss zu bringen, bevor es für sie keine Rettung mehr gab.

Aber vorher wollte er die freien Stunden genießen. Nach dem lästigen Pflichtprogramm mit dem Warten auf seine Reisetasche und der Papierkontrolle, wobei ihm auffiel, welchen enormen Eindruck die Sondereinreiseerlaubnis der Bundesregierung hervorrief und er sich deshalb schon irgendwie wichtiger fühlte, verließ er die Halle und genoss die warmen Sonnenstrahlen und den eigenartigen Duft nach Meer und Exotik, getrübt von der Hektik und dem Lärm der Straße. Von dort drang das Geschrei der Taxichauffeure zu ihm herüber, die sich gegenseitig zu überbieten trachteten bei dem Versuch, Kunden für sich zu gewinnen. In dem Gewirr von Stimmen, Automotoren und lautem Gehupe glaubte er einen Tonfall zu vernehmen, der ihn an etwas erinnerte. Er versuchte, diesen Klängen nachzugehen und schlenderte auf die bunte Reihe der mit geöffneten Türen wartenden Taxis zu, deren Fahrer ihn zum Einsteigen aufforderten. Irgendwie erinnerte ihn das an die Hamburger Reeperbahn. Endlich blieb er bei einem der marktschreierischen Fahrer stehen.

„Hallo, Mister, you need guide to beautiful town of Port Vila? Come in, I am best drrriver in town."

„Maybe we know each other?", fragte er vorsichtig.

Der braungebrannte Einheimische unterbrach überrascht seine Tirade und schaute ihn ungläubig an.

Dann ging ein Strahlen über sein ganzes Gesicht, mit dem er die ganze Insel hätte beleuchten können.

„Yes, yes, yes, don`t tell me, I will rrremember, you are, you are…, yes, you are Mr. Wolfgang frrrom Germany."

Nicky, er fasste es nicht. Sie fielen sich in die Arme und klopften sich gegenseitig auf den Rücken, beide deutlich älter geworden, aber irgendwie doch auch dieselben geblieben.

„So many years, oh my God, welcome Mr. Wolfgang. What you do here, where can I brrring you? You must come to my house and see my wife, you know, you rrremenber, the good cook."

Wolfgang ließ sich auf den Sitz fallen und konnte gerade noch mitteilen, dass er irgendwann zu seinem Hotel kommen müsse, bevor Nicky ihn mit seinem rasanten Start in das Polster drückte.

„Grrrand Hotel? Yes, I know, I brrring you safe to hotel after good food at my house. My wife will be verrry glad, Mr. Wolfgang", wobei Nicky jedes ‚r' rollte wie ein echter Urbayer auf der Münchener Wiesn.

Es war wie gestern. Nicky redete wie ein Wasserfall und fuhr wie Nicki Lauda, eine Hand fast ständig auf der Hupe, wenn er nicht von seiner Frau oder seinen sieben Kindern erzählte, die bis auf eine Tochter mittlerweile in Australien und den USA lebten. Wolfgang purzelte während der wilden Fahrt auf seinem Sitz von der einen zur anderen Seite, Gurte gab es nicht. Etwas ängstlich bat er Nicky, langsamer zu fahren.

„Why? Life is short, Mr. Wolfgang. In Vanuatu no limit, you know. Limit are only the verrry poor strrreets. You will see."

Warum die Straßen selber das einzige Tempolimit bildeten, konnte Wolfgang sehr bald feststellen, als sein Fahrer von der Hauptstraße abbog, um zu seinem Haus zu gelangen. Ein staubiger, nicht asphaltierter oder sonstwie befestigter, holpriger Weg, über den das alte Taxi mit nur wenig verminderter Geschwindigkeit polterte. Es kostete Wolfgang einige Mühe, seine Frage loszuwerden, ob Nicky mittlerweile lesen könne.

„No, oh no. Why rrread or wrrrite if you can talk?"

Sie erreichten das Haus, besser die Hütte, in der Nicky mit seiner Frau Onnayanaa lebte, die er stolz und freudestrahlend seinem Gast vorstellte, eine Frau von überwältigender Fröhlichkeit und ebensolcher Figur, mit einem strahlenden Lächeln, die den unangemeldeten Essensgast herzlich willkommen hieß. Nikenike war klein, dunkelbraun und, abgesehen von einem kleinen Bauchansatz, eher schmächtig. Seine Frau war das absolute Gegenteil: sie überragte ihren Mann um Kopfeslänge mit einem so ausladenden Körper, dass sie sich beim Passieren einer Türzarge jedes Mal seitlich hindurchzwängte. Ein vorbereiteter Eintopf bot alles, was der Vorrat hergab, verfeinert mit etlichen exotischen, etwas scharfen Gewürzen. Gegessen wurde aus Blechtellern mit hölzernen Löffeln („I make spoons by hand, you know?"), für das einzige verfügbare Getränk, klares Wasser, mussten alte, saubergewaschene Joghurtbecher herhalten. Es war ein wunderbarer, entspannter, sorgenfreier Abend, für den Wolfgang sich bei den beiden von Herzen und überschwänglich bedankte, bevor sein alter und neuer Freund ihn zum Hotel brachte.

„Here you have my number. If you need me, I will come! You prrromise me?"

Handys gab es also auch am einfachsten Ort im Paradies, das Versprechen konnte Wolfgang ohne zu zögern geben. Sie verabschiedeten sich und Nicky brauste mit quietschenden Reifen davon. Es war schon spät, gerade noch Zeit für Check-in, Dusche und Zähne putzen, dann schlief er sehr schnell ein, der Anruf nach Hamburg musste bis zum nächsten Morgen warten.

Das Frühstücksbuffet hatte bereits geschlossen, als er endlich aufwachte. 11 Uhr Ortszeit zeigte die Uhr in der Lobby, dann war es in Hamburg gerade zwei Uhr in der Nacht. Das musste reichen, sprach es doch dafür, dass die Umstellung einigermaßen gut überstanden war. Er rief Nicky an und ließ sich von ihm zunächst zu einem Lokal bringen, in dem er einen Imbiss einnehmen konnte, bevor sein Freund ihn zur um 14 Uhr beginnenden Konferenz fuhr. Es konnte losgehen.

Im Konferenzsaal wurde er zu einem Herrn Ministerialdirigenten Doktor Werner Vogtland gebracht, der kurze Anweisungen gab, welche Rolle ihm zugedacht sei, nämlich die des wissenschaftlichen Beraters, der nur dann zu sprechen habe, wenn er direkt befragt würde.

„Entschuldigen Sie, Herr Vogtland, aber das werde ich ganz bestimmt nicht einhalten. Ich werde bei allem, was sachlich falsch ist, Widerspruch einlegen, meinetwegen zuerst bei Ihnen, dann aber, wenn Sie nicht reagieren, auch im Plenum. Wenn Ihnen das nicht passt, schicken Sie mich gleich nach Hause."

„Das wird eine heitere Zusammenarbeit zwischen uns, prima. Lassen Sie bloß die anderen nicht merken, dass wir unterschiedliche Vorstellungen haben, vor allem die beiden Franzosen nicht. Heute ist eher belangloser Smalltalk angesagt, die Außenminister der Länder haben das Wort und werden überwiegend Nettigkeiten austauschen. Wir können am Abend unsere Strategien besprechen. Ab Morgen geht es richtig los, kann jedoch noch komplizierter werden, weil wir einen weiteren Gast erwarten."

„Wer kommt denn noch dazu?"

„Keine Ahnung, der Name stand noch nicht fest. Es soll so eine Art Profiler vom Auswärtigen Amt zu uns stoßen, der die schwierigen Verhandlungspartner analysiert und uns Tipps gibt."

Das hat mir gerade noch gefehlt, dachte Wolfgang. Er hielt von diesen ganzen Psychospielchen gar nichts. Fakten gehörten auf den Tisch, die sprachen eine so eindeutige Sprache, dass sich zwangsläufig daraus die einzig richtigen politischen Entscheidungen ergaben. Aber er war auch kein Träumer und hatte oft genug erfahren müssen, dass die Realität eine völlig andere war, zumindest manchmal.

Weitere unliebsame Zusammenstöße gab es nicht, die Außenminister hielten ihre salbungsvollen Reden und einige hochfahrende Ziele wurden formuliert, von denen jeder Anwesende wusste, dass sie so nicht in der Abschlusserklärung Aufnahme finden würden. Dieser formelle Teil nahm den ganzen Nachmittag und den frühen Abend, an dem Sergej Lawrow schließlich die letzten Worte sprach, in Anspruch. Anschließend konnten Vogtland und er sich noch für letzte Absprachen in der wenige Meter vom Konferenzsaal entfernt liegenden Bar treffen. Dieses Mal kamen sie so prächtig miteinander aus, dass der Herr Ministerialdirigent ihm das ‚Du' anbot und man sich über den Modus der weiteren Zusammenarbeit weitestgehend einigte. Offenbar war Wolfgangs resolutes Auftreten beim ersten Aufeinandertreffen nicht ohne tiefen Eindruck geblieben. Sie nahmen gemeinsam ein Taxi, da sie im selben Hotel wohnten, und verabredeten sich zum Frühstück.

Die gemeinsame Morgenmahlzeit nach einer erholsamen Nacht verfestigte Wolfgangs Meinung, dass sein neuer Duzfreund Werner die gleichen Ziele verfolgte wie er selber. Über die Vorgehensweise dabei waren sie nicht in allen Punkten einig, aber der erfahrenere Diplomat aus Berlin verfügte sicherlich über mehr Verhandlungsgeschick. Sie mussten beide akzeptieren, dass die Hoheit über die Gespräche in diesem Fall beim Franzosen Philippe de Mazerat lag, mit dem es zwar noch keine Abstimmung über ihre Zielvorstellungen gab, dessen Interessen aber mit den ihrigen übereinstimmen sollten. Dem Programm des heutigen Samstags konnte entnommen werden, dass der Morgen bis circa 12 Uhr wieder den Außenministern gehörte und sie mehr oder weniger nur die Staffage bildeten. Die wirklichen Verhandlungen begannen danach, genauer gesagt nach einer Mittagspause von zwei Stunden.

„Kommst du mit? Ich habe hier in der Nähe ein nettes Lokal mit einheimischer Küche entdeckt", fragte Werner. Wolfgang konnte einen, wie er meinte, besseren Vorschlag machen, der ihm am Vorabend eingefallen war.

„Ich kenne einen sehr netten Taxifahrer, der sich freuen würde, uns in seiner bescheidenen Hütte ein kleines

Mittagsmahl anzubieten. Wenn du Lust hast, ich habe ihn schon angerufen und dich mit angekündigt. Meine Gastgeber erwarten dich. Meiner Kenntnis nach gibt es sowieso keine für Vanuatu typische Küche."

–

„Ladies and Gentleman, it`s now ten minutes after ten pm local time, and perfectly in time we are now beginning our landing approach to Bauerfield Airport in Port Vila. Please fasten your seat-belts, fold your tables and place your backrests vertically. Thank you for travelling with Virgin Australia, we hope to meet you again on board, and if you enjoyed our flight, please recommend us to others."

Die Durchsage der Flugbegleiterin schreckte Meret aus ihrem Halbschlaf, und sie schaute neugierig aus dem Fenster. Noch lag unter ihnen das Meer, aber am Horizont wurde die Insel bereits sichtbar. Endlich lag die lange Anreise hinter ihr! Sie war etwas aufgeregt, was Vanuatu an Abenteuern für sie bereithielt. Bauerfield Airport – wie lustig, diesem Namen, wenn auch in der anglisierten Version, hier zu begegnen. Herr Bauerfeld und das Abenteuer in Prag waren schließlich irgendwie für ihre jetzige Situation verantwortlich, aber das musste nichts bedeuten.[3]

Der International Airport käme in den Staaten gerade noch als Provinzflughafen durch, die Landebahn war in einem katastrophalen Zustand, aber die Abfertigung ging

---

[3] Der Name geht zurück auf einen amerikanischen Offizier, weil der Flughafen während des Zweiten Weltkrieges ab 1942 von der US Air Force als wichtiger Luftwaffenstützpunkt genutzt wurde.

dafür sehr zügig vonstatten, so dass sie schon um kurz vor zwölf Uhr dank der Fahrkünste des wie versprochen vor dem Arrival-Terminal auf sie wartenden Fahrers in ihrem Hotel eintraf und das Zimmer belegen konnte. In Erwartung größerer Hektik und möglicher Verspätungen hatte sie sich bereits in Brisbane frisch gemacht und vorzeigbar gekleidet, was ihr nun zu einem erfreulichen Zeitpuffer verhalf. Im von der Hotellobby aus zugänglichen Restaurant ließe sich sicherlich noch ein kleiner Imbiss einnehmen. Sie ging hinunter und konnte einen Platz im nicht übermäßig besuchten Speisesaal aussuchen. Sie wurde Zeugin einer Szene, die sich zwei Tische neben dem ihren abspielte und sie köstlich amüsierte. Ein Gast versuchte dem Kellner in einem Kauderwelsch aus Englisch und Russisch seine Wünsche zu erklären, von denen dieser offensichtlich nichts verstand. Wegen ihrer auf dem Hinflug gemachten Hausaufgaben wusste Meret, dass sich über einhundertzehn verschiedene Sprachen auf die rund dreihunderttausend Einwohner verteilten, Vanuatu damit das Land mit der höchsten Sprachendichte der Welt war. Die meisten verständigten sich auf Bislama, einem Wortgemisch aus der ozeanischen Sprachengruppe. Englisch und Französisch, durch die Kolonialzeit in Verruf geraten, wurden nur von weniger als jeweils 2% verstanden, über ein Viertel der Bevölkerung waren Analphabeten. Kein Wunder, dass der Kellner den Herrn, wie Meret vermutete wohl aus Russland, nicht verstand. Der Ober wandte sich hilfesuchend auf Französisch an einen Kollegen, daher ahnte sie, dass hier mit Englisch oder Russisch nicht weiterzukommen war.

„Я могу вам помочь? (Kann ich Ihnen helfen?)", bot sie dem ebenso freundlichen wie verzweifelten Gast an. Ihr Schulrussisch reichte noch gerade dafür, aber über das Gesicht des Russen ging ein erleichtertes Lächeln.

„Небеса посылают вас, спасибо. (Sie schickt der Himmel, Danke.)"

So begann sie völlig ungeplant als Russisch-Französische Dolmetscherin ihren ersten Einsatz, aber es funktionierte sehr gut und der arme, hungrige Russe war ihr unendlich dankbar, bat sie an seinen Tisch und lud sie zum Essen ein. Ihre Unterhaltung führten sie allerdings auf Englisch, darin fühlte Meret sich ungleich wohler.

„Ich habe nicht so sehr viel Zeit, weil ich um 14.30 Uhr zu einer Konferenz erwartet werde", entschuldigte sie sich.

„Das passt vorzüglich, vielleicht haben wir sogar dasselbe Ziel und ich könnte Sie mitnehmen. Mein Fahrer holt mich rechtzeitig ab." Er streckte ihr die Hand entgegen. „Dmitrij Schwestnich, es freut mich sehr, Sie kennenzulernen."

Meret konnte nicht fassen, welches Glück sie hatte, ihre Zielperson hier in so unverfänglicher Situation anzutreffen.

„Wie schön, Herr Schwestnich, ich bin Meret Zagendorf von der europäischen Delegation."

Es entsprach zwar nicht den Regeln ihres Auftrages, mit so offenen Karten zu spielen, aber ihre Menschenkenntnis, über die sie nach den vielen Jahren in der Praxis zweifelsfrei verfügte, sagte ihr, dass dies der beste Weg war.

„Wollen wir uns nicht duzen?", schlug Schwestnich vor. „Bitte! Ich bin Dmitrij."

„Einverstanden, Dimitri. Meret ist mein Name."

„Meret", wiederholte der Russe und sprach es aus wie Mjerjet. „Aber nicht Dimitri, sondern Dmitrij."

Sie lachten über die unterschiedlichen Lautfärbungen in ihren Vornamen, damit war ein freundliches Klima geschaffen und sie freuten sich über eine angenehme Mahlzeit, bei der sie sogar schon über Tagungsinhalte sprachen und quasi übereinkamen, an welchen Zielen sie so interessiert waren, dass sie sich bemühen wollten, diese in das Abschlussprotokoll zu bekommen. Prima, dachte Meret, Auftrag erledigt, eigentlich kann ich nach Hause fliegen.

Dmitrij war ein freundlicher, intelligenter und sympathischer Gesprächspartner, der sich für die Interessen der Inselstaaten sehr aufgeschlossen zeigte. Dass Fischerei die Haupteinnahme- und Haupternährungsquelle Vanuatus darstellte, wusste sie schon von Wikipedia, wie sehr das Land um seine Existenz kämpfte war ihr neu, das konnte sie nur aus den allgemeinen Umständen schließen und drängte daher den Russen, mit ihr über Lösungen nachzudenken, die allen Seiten gerecht würden. Und Dmitrij zeigte sich offen genug, laut zu spekulieren über Vorschläge wie Erweiterung der Hoheitsgewässer kleinerer Inselstaaten von bisher zwölf auf fünfzehn oder gar achtzehn Seemeilen, Einschränkung der freien Fischereirechte in bestimmten Regionen des Südpazifiks, Verbot bestimmter Netztypen und vieles mehr. Meret bekam ein sicheres Gefühl dafür, dass sie sich nicht mit einem Gegner, sondern mit einem ehrlich engagierten Freund unterhielt.

„Mjerjet, wir haben nicht mehr viel Zeit, gleich kommt mein Fahrer. Wärst du so freundlich, noch einen Kaffee mit mir zu trinken? Danach können wir gemeinsam in meinem Wagen fahren. Aber wir müssen nach draußen gehen, dort stehen einige Tische und Stühle. Ich brauche dringend eine Zigarette, und diese bornierten weltweiten Nichtraucher haben es geschafft, dass man das nirgendwo mehr im Restaurant tun darf. Mein Gott, was ist aus der freien Welt geworden? Du wirst keinen erwachsenen Russen finden, der nicht raucht und Wodka trinkt, wahrscheinlich auch kein russisches Kind."[4]

„Ich bin eine von diesen bornierten Nichtraucherinnen und freue mich, dass Rauchen in Restaurants nicht mehr gestattet ist. Aber ich komme gerne mit dir nach draußen und sehe dir dabei zu, wenn du erlaubst, dass ich keinen Kaffee trinke."

„Diesen Wunsch kann ich dir erfüllen, er kostet Väterchen Russland keine weiteren Spesen. Du musst mich unbedingt in Moskau besuchen, wenn wir diese Konferenz hinter uns haben."

---

[4] Dmitrij Schwestnich irrte sich, in Vanuatu gab es 2016 dieses Rauchverbot in öffentlichen Räumen nicht, und es existiert bis heute (2024) nicht. Im Gegenteil gilt das Land als eines der am stärksten von den negativen Folgen des Rauchens betroffenen Länder mit einer der höchsten Raucherquoten und enormen Zahlen an Toten durch Tabakmissbrauch. Ein ‚freies' Land ohne Rauchverbot und ohne Geschwindigkeitsbegrenzungen.

Schwestnich sagte dem Ober, auf welches Zimmer er die Rechnung inklusive eines großzügigen Trinkgeldes anschreiben solle, dann verließen sie das Restaurant und setzten die Unterhaltung draußen fort, wo Dmitrij sogar drei Zigaretten rauchte, die er jeweils aneinander anzündete. Er gestand ihr, den Konferenzsaal wie ein kleiner Schuljunge in der Mittagspause heimlich verlassen zu haben, um etwas Abstand zu gewinnen.

„Ich sage dir, wenn du einen ganzen Tag das Gerede der Außenminister ertragen müsstest, dann könntest du mich verstehen. Sie reden viel und sagen nichts, gar nichts. Mein Chef, Gospodin Sergej Lawrow, ist einer der schlimmsten, das kannst du mir glauben. Oh, da kommt unser Auto."

Eine üppige russische Limousine mit Emblem und Stander auf den Kotflügeln war das mindeste, was Meret erwartete, aber sie wurde enttäuscht. Beim anrollenden Wagen handelte es sich um ein einfaches, etwas verbeultes Taxi japanischer Bauart, und der Fahrer machte sich auch nicht die geringste Mühe, ihnen entgegenzukommen oder gar eine Tür aufzuhalten. Meret war es gleichgültig, sie konnte zum Konferenzort gelangen und hatte vorab schon viel erreicht. Die Geschichte nahm einen ausgezeichneten Anfang, und sie freute sich auf alles, was noch kommen sollte.

–

„It was big pleasure, Mr. Wolfgang, to welcome you in my house again. And you, Mr. Werner! So pity, you must go to conferrrence. I brrring you, wait, your personal taxidrrriver Nicky brrring you quick and safe!"

Ein vergnügliches Zusammentreffen in der schlichten Hütte von Nikenike und Onnayanaa ging zu Ende, und auch Werner hatte diese Begegnung genossen, das war nicht zu übersehen. Zu essen gab es Fladenbrot und irgendeinen undefinierbaren Gemüsedip, als Getränk reichte wieder einfaches Wasser, aber die Herzlichkeit der beiden Vanuatiner überstrahlte alles. Vor der zwar kurzen Fahrt graute Wolfgang etwas, denn ‚quick' glaubte er seinem Freund sofort, ‚safe' nicht unbedingt, wenn er sich die unzähligen Beulen des Taxis ansah. Es musste sein, denn die Zeit drängte, in etwa zwanzig Minuten wäre die Mittagspause vorüber. Nicky schaffte es unfallfrei bis zum Saal, der ein Teil des Regierungskomplexes war, und die beiden Deutschen eilten durch das Foyer ihren Plätzen entgegen, als Wolfgang plötzlich stehenblieb und ungläubig in die gegenüberliegende Ecke der Halle blickte, aus der ein Mann mit Aktenmappe in die gleiche Richtung lief.

„Akula!", rief er freudig überrascht.

Auch der Angerufene stutzte nur einen kurzen Moment, rief ebenfalls laut und voller angenehmer Überraschung: „Wolfgang!", um seine Richtung zu ändern und dem Hamburger in die weit geöffneten Arme zu fallen, wobei er die Mappe achtlos fallen ließ.

„Akula, du alter Haifisch. Ich freue mich wahnsinnig, dich hier zu sehen. Ich rate mal messerscharf, dass du der russische Wissenschaftler zur Unterstützung eurer Delegation bist."

„Mensch, Wolfgang, wann haben wir uns zuletzt getroffen? Das war, glaube ich, im letzten Jahr bei uns in

St. Petersburg, stimmt`s? Du bist also der europäische wissenschaftliche Beirat."

„Genau. Ich darf dir Werner Vogtland vom deutschen Auswärtigen Amt vorstellen. Werner, das ist mein alter Freund und Kollege Akula Rubitschnjew aus St. Petersburg."

Die Unterhaltung war auf Englisch geführt worden, so dass Werner dem Geschehen folgen konnte. Die beiden Freunde verabredeten sich für die nächste Pause, jetzt mussten sie sich zu ihren Plätzen begeben, die weit entfernt voneinander am runden Konferenztisch lagen.

„Du kennst ihn gut?", flüsterte Werner. „Das könnte uns Vieles erleichtern. Ist er zuverlässig? Und warum nennst du ihn Haifisch?"

„Ein absolut integrer Wissenschaftler und zudem loyaler Russe, in der Sache genauso unbestechlich wie ich! Ich hatte schon oft mit ihm in St. Petersburg zu tun. Und Haifisch ist einfach die Übersetzung seines Vornamens Akula."

Man konnte die Bewunderung aus Wolfgangs Worten heraushören, als er noch murmelte: „Ein prima Kerl!"

„Wenn er so ein unbestechlicher Wissenschaftler ist, dann wird er sich unseren Argumenten nicht verschließen können. Jetzt fehlt nur noch ein Kontakt zu diesem Schwestnich. Wo bleibt nur unser Profiler, der sich darum kümmern sollte?"

In der zweiten Reihe hinter ihnen war noch ein Stuhl frei, auf den Namensschildern vor ihnen auf dem Tisch wurden nur Philippe de Mazerat und Werner Vogtland incl. wissenschaftlichen Beisitzern genannt, das Namensschild des Außenministers war bereits entfernt worden. Genauso sah es bei fast allen anderen teilnehmenden Nationen aus, abgesehen davon, dass dort keine freien Stühle mehr standen. Überall lagen Dokumente auf den Tischen, die Nationen waren durch eine kleine Flagge gekennzeichnet und jedem Land stand ein Mikrofon zur Verfügung, dessen Funktion vom Vorsitzenden der Runde ein- und ausgeschaltet werden konnte. Einem vorausgegangenen komplizierten diplomatischen Briefwechsel zufolge sollten sich an den nun noch drei ausstehenden Konferenztagen die fünfzehn teilnehmenden Staaten den Vorsitz gleichberechtigt teilen, damit ergaben sich vierzehn Pausen, um den Wechsel einschließlich der technischen Umrüstung vollziehen zu können.[5] Der Anfang war dem Gastgeberland zugesprochen worden, daher eröffnete der Abgeordnete Tesefau Kalsalukluk mit einem emotionalen Aufruf, das Elend und die Sorge um die Existenz in den kleinen Inselstaaten in den Mittelpunkt der Debatte zu stellen, die Diskussion.

–

Das war knapp. Gerade noch rechtzeitig erreichten Dmitrij und Meret das Gebäude, wünschten sich gegenseitig gutes Gelingen und stürmten zu ihren Plätzen. Meret hielt inne, denn ihr fiel auf, dass sie gar nicht wusste, wo ihr Platz sein sollte. Gottseidank gab es einen Empfangstresen mit Angestellten, die ihr sicherlich

---

[5] Die SPRFMO (South Pacific Regional Fisheries Management Organisation) besteht aus den Mitgliedern (in alphabetischer Reihenfolge): Australien, Chile, China, Cookinseln, Ecuador, EU, Faröer, Kuba, Neuseeland, Peru, Russland, Südkorea, Taiwan, USA und Vanuatu.

weiterhelfen könnten. Aber vorher musste sie unbedingt schnell das WC finden, obwohl sie sah, dass alle anderen Teilnehmer in den Saal drängten und an allen Eingängen weitere Bedienstete standen, um hinter den letzten die Türen zu schließen. Sie meinte noch in der allgemeinen Hektik eine Stimme gehört zu haben, die laut „Akula" rief, und diese Stimme kam ihr auf seltsame Weise bekannt vor, berührte irgendetwas ganz tief in ihrem Inneren, das sie gar nicht genau zu benennen wusste.

Als sie aus dem WC-Bereich zurück ins Foyer kam herrschte dort gespenstische Ruhe, die Türen waren geschlossen und zwei Angestellte wuselten mit Besen und Handschaufeln umher, um jegliches Staubkörnchen sorgsam zu entfernen. Sie ging zum Tresen und wandte sich an die Dame, die ihr ein strahlend-freundliches Lächeln schenkte, und versuchte es mit Französisch.

„Entschuldigen Sie, durch welche Tür komme ich am besten zur europäischen Delegation?"

„Sagen Sie mir bitte Ihren Namen?"

„Meret Zagendorf."

„Oui, Frau Zagendorf, Sie sind gestern nachgemeldet worden. Aber es tut mir leid, wir haben die strikte Anweisung, nach Schließung der Türen niemanden mehr hineinzulassen."

„Kann man keine Ausnahme machen? Meine Kollegen müssen doch wissen, dass ich angekommen bin."

„Das verstehe ich sehr gut", lächelte die Dame weiter, „aber Sie müssen auch mich verstehen. Es geht wirklich nicht."

„Oh je, was mache ich denn nun?", heuchelte Meret Verzweiflung, denn eigentlich war sie gar nicht so betrübt darüber, dass ihr der Zugang verwehrt wurde. Ihre Aufgabe war erfüllt, sie konnte sich etwas Spannenderes als endlose Diskussionsrunden vorstellen.

„Vielleicht setzen Sie sich dort drüben in einen unserer Stühle und warten bis zur ersten Pause in etwa fünfzig Minuten. Getränke stehen bereit und ein kleiner Imbiss ebenfalls, wenn die Herren noch etwas übrig gelassen haben."

Meret ging gehorsam zu den Sitzgruppen hinüber und nahm sich ein Kaltgetränk. Die Tabletts waren tatsächlich nahezu völlig leergeräumt. Sie setzte sich hin und wartete geduldig. Nach etwa fünfzehn Minuten kam die Dame wieder zu ihr.

„Frau Zagendorf? Der Vorsitzende hat mich gebeten, ihm nach zwanzig Minuten seine Medizin zu bringen. Wenn Sie möchten, können Sie mir eine kleine Notiz geben, die ich bei der Gelegenheit dem europäischen Team auf den Tisch lege."

„Wunderbar, ich danke Ihnen. Haben Sie einen Stift und ein Blatt Papier für mich?"

Als sie beides erhalten hatte, schrieb sie kurz ihren Namen und dass sie im Foyer warte auf das Papier, faltete es zusammen und gab es der immer noch freundlich lächelnden jungen Frau. Ob die wohl gar keine andere Mimik in ihrem Repertoire hat, fragte sie sich und empfand dafür Bedauern. Wie es wohl sein muss, in jeder Lebenslage, in jeder noch so unangenehmen Situation immer nur dieses Lächeln im Gesicht zu haben, das dann ja auch nichts mehr aussagt und sie für die Umwelt völlig unkalkulierbar macht.

Die Lächelnde nahm das Papier entgegen und verschwand durch irgendeinen verborgenen Hintereingang, während Meret wieder im Stuhl versank und weiter den Dingen entgegensah, die auf sie zukommen sollten.

—

Wolfgang hörte nach wenigen Minuten auf, dem Herrn Tesefau Kalsalukluk konzentriert zuzuhören, so sehr er ihm auch recht gab. Die Lage war klar, niemandem brauchte mehr vor Augen geführt zu werden, wie ernst es um diesen Staat stand. Lösungen mussten gefunden werden, da würden in den nächsten Stunden die Wissenschaftler wie zum Beispiel sein Freund Akula Rubitschnjew und er selbst den Ausschlag geben, sofern nicht wieder einmal die Politik eigentlich unwidersprochene Erkenntnisse ignorierte. Gerade brachte eine Dame von der Verwaltung dem Redner ein Glas Wasser und erinnerte ihn auf diese Weise daran, doch besser seine Ansprache zu beenden. Anschließend war sie am Tisch der europäischen Delegation vorbeigekommen, um dem Leiter, also Philippe de Mazerat, einen Zettel zuzuschieben. Während die ersten Diskussionsbeiträge vom Vorsitzenden Kalsalukluk fein säuberlich in der Reihenfolge ihrer Meldungen notiert wurden („Please remember, each one five minutes maximum!"), schob der Franzose die Information mit einem fragenden Blick weiter an Werner. Der lehnte sich hinüber zu Wolfgang und flüsterte ihm zu: „Unser Profiler ist da. Es ist eine Frau, und sie wartet in der Lobby darauf, dass jemand sie abholt. Kannst du das machen?"

Er nickte, alles war besser, als in diesem Halbdunkel des Saales auszuharren. Seine Meinung von diesen Psycholeuten war nicht gerade gut, und dann noch eine Frau! Ihm war klar, dass dieser Gedanke nicht gerade gendergerecht war, und er nahm sich vor, der Dame gegenüber offen und freundlich zu sein, also erhob er sich aus seinem gepolsterten Ledersessel und versuchte, so geräuschlos wie möglich den Saal zu verlassen.

Millimeterweise, fast unhörbar schloss er die Tür hinter sich und drehte sich um. In der Lobby sah er nur die Dame hinter dem Informationstresen und eine Besucherin in der Sitzgruppe. Etwas machte ihn stutzig, und er schaute genauer hin. Beinahe wären ihm die Beine weichgeworden, sein Herz blieb stehen und er rang nach Luft. Sechsunddreißig Jahre waren vergangen, aber er war sich absolut sicher, obwohl sie ihm den Rücken zuwandte. Alles an ihr war unverändert, natürlich einige Jahre reifer, aber immer noch Meret, seine Meret. Er stand wie vom Blitz getroffen völlig regungslos und wusste nicht, wie er sich verhalten sollte. Am liebsten wäre er zu ihr gegangen, gelaufen, gerannt, um sie in seine Arme zu nehmen und sie zu küssen. Wo war sie gewesen? Wie zum Teufel war es möglich, dass er sie ausgerechnet hier in diesem abgelegenen Winkel der Erde wiedertraf? Sofort erinnerte er sich jedoch, dass sie überhaupt nicht verstanden haben konnte, warum er damals plötzlich verschwunden war. Vielleicht wollte sie gar nichts mehr von ihm wissen! Wie war es ihr wohl in all den Jahren ergangen?

Erst ganz allmählich löste sich die lähmende Spannung, die völlige Überraschung, und wich einer absolut grenzenlosen Freude darüber, sie wiedergefunden zu haben. Alles ist gut, dachte er, und du wirst nichts erfahren, wenn du nicht einfach zu ihr hingehst und mit ihr sprichst. Reiß dich zusammen, du musst ihr nicht gleich um den Hals fallen!

Meret war in einen Jahresbericht der SPRFMO vertieft, von dem etliche Exemplare zur Lektüre auf dem Tisch lagen, und blätterte etwas lustlos darin herum. Sie saß auf einem Stuhl, von dem aus sie durch die Panoramafenster dem lebhaften Treiben außerhalb dieses Gebäudes zuschauen konnte, daher bekam sie nicht mit, wie jemand bemüht war, ganz leise eine Tür zu öffnen und wieder zu schließen. Von der stets lächelnden Dame vom Empfang wusste sie seit einigen Minuten, dass ihre Information weitergegeben worden war. Vielleicht lag der Zettel auf dem falschen Tisch? Gleich müsste Pause sein, dann könnte sie hineingehen und die Sache klären.

„Ich muss nicht raus zur Weltrevolution, mein Outfit hat weder meine Mutter, noch haben es meine Kinder ausgesucht, und es ist auch nicht aus dem Quelle-Katalog", sagte jemand hinter ihr.

Sie sprang aus dem tiefen Stuhl hoch und fuhr herum, schon beim allerersten Ton hatte sie ihn erkannt. Ihr Mund öffnete sich, aber sie brachte keinen Ton hervor, hilflos öffnete sie die Arme, ließ sie wieder sinken und Tränen liefen aus ihren Augen.

„Wolfgang, Wolfgang", stammelte sie und wusste nicht, wie sie sich verhalten sollte, bis beide einfach das Richtige taten und sich in den Armen lagen, Wange an Wange, jeder den anderen fest an sich gedrückt, als wollten sie sich nie wieder loslassen. Sie spürte und fühlte, dass ihr so lange vermisster geliebter Wolfgang ebenfalls bebte, als ob er genau wie sie weinte, fast gleichzeitig nahmen sie den Kopf des Partners in die Hände, sahen sich mit tränenüberströmten Augen lange an und küssten sich schließlich, als hätte es die endlos lange Trennung nie gegeben.

„Oh, Wolfgang, was habe ich dich vermisst! Wie habe ich nach dir gesucht!"

„Ich weiß, ich weiß. Mir ging es doch genau wie dir."

Sie setzten sich nebeneinander in denselben Stuhl, ein zweiter Stuhl hätte ihnen zu viel Distanz bedeutet, und küssten sich wie zwei verliebte Teenager, die nicht voneinander lassen können. Die Dame vom Tresen schaute etwas pikiert zu ihnen herüber, unsicher, welcher Berufsgruppe die vorgebliche Frau Zagendorf wohl angehören möge. Aber um sich herum nahmen die beiden nichts wahr.

„Lass uns zum Strand gehen, wir haben uns so viel zu erzählen", schlug Meret vor. „Und ich will so viel von dir wissen. Und ich möchte dich dabei anfassen, ich will dich fühlen und spüren!"

„Schön, gehen wir. Ich kann es immer noch nicht glauben, es ist wie ein Traum."

Als sie Arm in Arm zum Ausgang gingen, wurde es der Lächelnden zu bunt. Sie vergaß weiter zu lächeln, trat ihnen in den Weg und meinte: „Mr. Miller and Mrs. Zagendorf, please, the conference has not finished yet!"

Da löste sich die Spannung, zuerst bei Meret, und sie brach in ein schallendes Gelächter aus, so dass ihr schon wieder die Tränen kamen, dieses Mal aus ganz anderem Grund.

„Herr Wolfgang Müller, bitte etwas mehr Contenance. Wir haben einen weltpolitisch eminent wichtigen Auftrag zu erfüllen. Erst die Arbeit, dann die Liebe!"

„Frau Zagendorf, ich höre mit Freude, dass Sie immer noch diesen Namen tragen. Also los, helfen wir, die Welt ein wenig besser zu machen!"

Die beiden machten sich lachend Hand in Hand auf den Weg zurück zum Saal, als sich gerade die Türen zur Pause öffneten und die Teilnehmer herausströmten, unter ihnen Werner Vogtland, der mit fragenden Blicken zu ihnen kam.

„Werner, das ist Frau Zagendorf, unsere sehnlichst erwartete Profilerin. Meret, das ist Werner Vogtland vom Auswärtigen Amt."

„Angenehm, Frau Zagendorf. Ihr kennt euch?"

„Das darf man mit aller Vorsicht wohl so sagen", beeilte sich Meret zu versichern. „Aber ich bin nicht Profilerin, sondern Psychologin."

Vogtland wollte keine Zeit verschwenden und suchte in der Menge nach dem Russen, zu dem Meret ein Profil erstellen sollte, als dieser in Begleitung von Akula Rubitschnjew zu seiner Überraschung zu ihnen stieß.

„Mjerjet, wo waren sie die ganze Zeit?"

„Es war wie in der Schule früher. Ich musste noch schnell zur Toilette, und dann waren die Türen verschlossen."

Werner Vogtland verstand die Welt nicht mehr: „Wie, ihr kennt euch auch?"

„Mjerjet hat mir sehr geholfen. Sie ist großartig, eine wunderbare Frau", machte Schwestnich keinen Hehl aus seiner Begeisterung. „Wollen wir heute Abend essen gehen, Mjerjet? Ich lade dich ein!"

„Dimitri, sei mir nicht böse, ich habe soeben Wolfgang Müller wiedergetroffen, den ich seit sechsunddreißig Jahren suche wie die Nadel im Heuhaufen. Wir werden uns viel zu erzählen haben."

In der Zwischenzeit hatten Akula und Wolfgang sich über fast die gleichen Dinge unterhalten.

„Akula, du Haifisch, ich werde mich heute nicht mit dir betrinken können. Schau, dort drüben, das ist Meret, die Frau, die mir mehr bedeutet als alles andere. Aber ich habe eine bessere Idee, nein, sogar zwei. Die nächste Pause wird etwas länger dauern mit der Gelegenheit, eine Abendmahlzeit einzunehmen. Was hältst du davon, wenn wir fünf das gemeinsam tun? Ich könnte einen Freund anrufen, der uns bestimmt gerne abholt und zurückbringt, bei dem wir ganz gemütlich reden können. Kein großes Restaurantessen, aber ehrliche Hausmannskost."

„Einverstanden, sofort. Und Wolfgang, mein Freund, kümmere dich um diese Frau!"

„Das werde ich, glaube mir! Du sagst Dmitrij Bescheid?""

„Natürlich! Was war deine zweite Idee?"

„Ich werde zu Anfang des kommenden Jahres in Pension gehen, dann kann ich endlich tun und lassen was ich will. Nun ja, beinahe. Dann musst du mich besuchen und ein paar Tage bleiben."

„Aber gerne, wenn du dann auch mit dieser Frau nach St. Petersburg kommst."

Als die anderen von diesen Vereinbarungen erfuhren, zeigten sie sich begeistert, so dass Wolfgang sofort zum Handy griff und Nicky anrief. Der war gerührt und fühlte sich geehrt, dass so viele wichtige Diplomaten zu seiner einfachen Hütte kommen wollten. Er werde sofort einkaufen gehen, seiner Onnayanaa fiele ganz sicher ein gutes Rezept ein, und er käme pünktlich zur nächsten Pause mit einem Kollegen, damit alle fünf mitfahren könnten. Eventuell sechs, wie Wolfgang eilig hinterherschob, denn er wollte den Franzosen nicht außen vor lassen.

„Vielleicht sieben?", rief Akula dazwischen. „Wir wollen doch Jewgenij Tschilinski nicht vor den Kopf stoßen, oder? Dem Konferenzverlauf kann es nur dienlich sein."

„Nicky, even seven people. Do you think it`s possible?"

„Mr. Wolfgang, I am prrroud, it is big honour for me. We will sit on balcony and make own conferrrence with good food. You can trrrust me, Nicky the best drrriver is also Nicky the best host!"

Er sollte Wort halten. Es wurde die ungewöhnlichste Teilkonferenz in der Geschichte der SPRFMO, auf der die Grundlagen für etliche entscheidende Formulierungen in der Schlusserklärung gelegt wurden. Damit waren die Probleme Vanuatus nicht für alle Zeiten vom Tisch, für einige Jahre hingegen deutlich abgemildert. Nikenike Malaskelekele erzählte jedem und überall seit jenem Spätnachmittag voller Stolz, er habe in seinem Haus dafür gesorgt, dass die Interessen seiner Heimat so weitgehend berücksichtigt wurden, und damit lag er noch nicht einmal ganz falsch.

Wolfgang und Meret trugen zu diesem Erfolg nur wenig bei, zu sehr waren sie mit sich beschäftigt und konnten die Blicke kaum voneinander wenden. Sie verbrachten jede Minute außerhalb des Konferenzsaales gemeinsam, selbst während der Tagung saßen sie nebeneinander und mussten sich immer wieder berühren, als könnten sie kaum glauben, dass dies alles nicht nur ein Traum war. Die wenigen freien Stunden der Nacht gab es unendlich viel zu erzählen – wie es dazu gekommen war, dass sie einander aus den Augen verlieren konnten, wie ihr Leben verlaufen war, über das traurige Schicksal ihrer Partner, von den Kindern – so dass sie kaum Zeit zum Schlafen fanden und morgens etwas übermüdet zum Frühstück erschienen. Sie selbst bemerkten das kaum und freuten sich einfach nur über jeden gemeinsamen Moment, der ihnen vergönnt war.

Die meisten Teilnehmer nutzten nach dem Ende der Aussprache ihre Zimmer noch für eine Nacht, um erst am nächsten Morgen zurückzufliegen, dadurch gab es für die deutsch-französisch-russische Gruppe noch Gelegenheit für ein gemeinsames Abendessen im Restaurant des Hotels, zu dem auch Nicky und seine Frau Onnayanaa eingeladen waren. Meret und Wolfgang ließen am Flughafen ihre Tickets upgraden und auf Freitag umbuchen, einige weitere Tage im Paradies wollten sie sich nicht entgehen lassen.

„Ich habe mich noch nie so auf mehr als dreißig Stunden Flugreise gefreut", ließ Meret den wiedergefundenen Freund wissen. „Nur schade, dass ich dann erst am Sonntag wieder zu Hause bin, weil meine Kinder mir eine Überraschung versprochen haben."

„Du wirst schon am Samstag zurück sein, wegen der Zeitverschiebung. Wir fliegen der Zeit entgegen. Komisch, meine Kinder haben auch von einer Überraschung gesprochen. Was hältst du davon, wenn wir den Spieß einfach umdrehen?"

„Du meinst…?"

„Genau! Meine Kinder haben mir mitgeteilt, dass sie möglicherweise bei meiner Rückkehr sowieso nicht daheim sein werden."

Sie hatten sich verstanden, ohne es genau auszusprechen. Es verlangte von ihnen nur einen neuerlichen Anruf am Flughafen mit einer Umbuchung, die wegen ihres vorherigen Upgrades auf die Business-Class jedoch keine Probleme machte.

–

Leonie hatte einen großartigen Pflaumenkuchen gebacken, von dem alle so reichlich kosteten, dass ihnen das frische Obst in den Mägen rumorte und sie dringend eine Pause brauchten.

„Uff, ich kann nicht mehr", stöhnte Roger. „Wollen wir das Abendessen einfach ausfallen lassen?"

„Einverstanden", meinte seine Schwester und ihr Mann nickte zustimmend. „Nur die Kinder werden wohl protestieren."

Tatsächlich tobten Urs, Aristide und Hendrik im Garten umher, als hätten sie soeben nicht mindestens drei Kuchenstücke mit reichlich Sahne vertilgt. Das wenig freundliche Wetter mit Temperaturen um 10°C schien sie nicht zu stören.

Annemarie und Lisa-Marie, wegen einer eigenen Schulveranstaltung erst im Laufe des späteren

Samstagnachmittags dazugestoßen, litten etwas weniger unter den gleichen Völlegefühlen wie die anderen, waren doch auch schon das Gastmahl am Freitagabend sowie das morgendliche Frühstück äußerst üppig ausgefallen. Die zwei Kölnerinnen saßen mit den beiden Gastgebern aus Bonn und den drei Freunden aus Hamburg im gemütlichen Wohnraum und sahen den Kindern beim Spielen zu. Es begann bereits zu dämmern, gleich würden sie den Nachwuchs hereinholen und für die Nacht vorbereiten müssen.

„Leonie, was ist nun mit unseren Plänen für Meret und Wolfgang?", erinnerte Roger an den eigentlichen Grund ihres außerplanmäßigen Zusammentreffens.

„Célestine und ich, wir haben uns eine Idee zurecht gelegt, wie man eine Begegnung der beiden arrangieren könnte, ohne dass wir dabei in Erscheinung treten."

„Ja, genau", gab Célestine ihr recht. „Dann haben die beiden alle Optionen offen."

„Schön und gut. Aber wie und wo und wann soll das stattfinden, wo die beiden doch ständig unterwegs sind, wie zum Beispiel auch gerade jetzt", meldete sich Jan Peter zu Wort. „Puh, Leonie, habt ihr nicht einen guten Obstbrand im Haus?"

Die Hausherrin holte einige Gläser aus dem Schrank und stellte die Flasche Williams-Birne auf den Tisch, damit jeder sich nach eigenem Wunsch bedienen konnte.

„Das ist wirklich ein Problem, aber wir haben möglicherweise…."

Leonie wurde unterbrochen, weil es an der Tür schellte.

„Einen Moment, ich bin gleich wieder da. Bedient euch schon einmal."

Sie ging zur Haustür, um den ungeladenen Gast zu empfangen, dann hörte man unverständliches Gemurmel und schließlich einen gellenden Schrei.

„NEEEEIIIIN, DAS GIIIIIBT EEEEES NIIICHT!"

Alle sechs Freunde fuhren aus ihren Sesseln hoch, um der offenbar in der Klemme sitzenden Leonie zu Hilfe zu eilen. Sie kamen in den Flur und blieben mit offenen Mündern stehen, ungläubig und mit weit aufgerissenen Augen die Ankommenden betrachtend.

„Ach, Oma", sagte lapidar der hinzugekommene Hendrik.

„Es ist nur Opa", meinte Urs zu seinem Bruder Aristide.

Vor ihnen standen, Arm in Arm wie zwei verliebte Teenager, Meret und Wolfgang.

Epilog 2017

Everybody says that life takes patience,
but nobody wants to wait.
Everybody says we need salvation,
but nobody wants to be saved.
The light in the tunnel is just another runaway train,
the blue skies we wait on are gonna have to come
after the rain.
(After the Rain, vom Album „Feed the Machine", 2017,
Nickelback, Text und Musik: Chad Kroeger und Ali Tamposi)

Der Mann vom Auswärtigen Amt war ausgesprochen ungehalten, das ließ sich nur zu deutlich heraushören. Herr Dr. Stephan Wasilewski war froh, dass es bislang noch keine Handys gab, durch die man leibhaftig hindurchkriechen konnte. Dieser Ministerialdirigent hatte Haare auf den Zähnen und wollte seine Wut wohl an ihm auslassen. Völlig ungerechtfertigt, selbstverständlich, er konnte schließlich gar nichts dafür.

„Sie haben ihn gehenlassen? Wie? Sie haben ihn nicht gehalten? Haben Sie den Verstand verloren? Unseren besten Mann!"

„Ja, entschuldigen Sie, Herr Vogtland…"

„Ministerialdirigent Dr. Werner Vogtland, bitte!", schrie der unfreundliche Herr am anderen Ende der Leitung.

„Ja, Herr Ministerialdirigent Dr. Vogtland. Das konnte ich doch nicht wissen. Herr Müller…"

„Doktor Müller! Sie sollten mehr Respekt vor den Leistungen Ihrer Mitarbeiter haben!"

„Ja, natürlich. Also, Doktor Müller hat mir die Kündigung einfach so auf den Tisch geworfen und war dann verschwunden!"

„Und ob Sie das hätten wissen können. Einfach mal um Ihre Kollegen kümmern, was halten Sie davon? Führungsqualität nennt man das, Fürsorgepflicht! Aber so etwas scheint Ihnen völlig fremd zu sein. Sind Sie mit Ihrem Aufgabenbereich überfordert?"

„Ja, äääh, nein, nein…"

„Na, bitte. Ich erwarte, dass Sie den Mann zurückholen. Egal, was Sie ihm dafür versprechen müssen. Sofort!"

Damit beendete der ministeriale Dirigent das Gespräch und Dr. Wasilewski saß etwas bleich in seinem Lehnstuhl. Ihm war gänzlich entfallen, dass Wolfgang Müller auf einer Stelle saß, die von Berlin finanziert wurde.

„Frau Buschmann", blaffte er in die Sprechanlage, „kommen Sie sofort in mein Büro!"

Druck weitergeben nach unten ist immer eine wirkungsvolle Methode.

„Suchen Sie mir doch ganz schnell einmal die Telefonnummer von Herrn Müller heraus!", fuhr Wasilewski seine Sekretärin an.

„Aber Herr Müller ist doch gar nicht mehr…"

„Egal, raussuchen, sofort! Und dann möchte ich nicht mehr gestört werden!"

Frau Buschmann trollte sich. Diesen Ton war sie nicht gewohnt, sie wollte ihn sich auch nicht bieten lassen. Das war mit Herrn Brinkum anders gewesen, erst recht mit dem netten Herrn Müller. Lange wäre sie nicht mehr hier, das stand fest!

–

Sie waren am frühen Morgen aufgebrochen, als die Sonne gerade ihre ersten Strahlen auf die noch feuchten Wiesen fallen ließ. Das Frühstück auf der Hütte brauchten sie nicht, zwei Pötte heißen Kaffees für jeden waren ihnen genug. Von der vergangenen Nacht in dem sehr schlichten Bettenlager mussten sie sich erst einmal erholen, und das ging am besten draußen in der Natur, indem sie einfach weitermarschierten. Niemand war zu sehen, außer ihnen ließ sich noch kein Wanderer auf den Bergpfaden blicken. Vor ihnen lag ein ganzer Tag durch Geröllfelder und Wiesen fernab jeglicher Zivilisation und lediglich in der Gesellschaft von Kühen, Schafen und sonstigen Tieren, die den Sommer hier oben auf den Almen verbrachten.

Wolfgang blieb plötzlich stehen. „Merkst du etwas?"

„Was sollte ich merken?"

„Siehst du jemanden? Hörst du jemanden?", fragte Wolfgang.

Meret schaute sich um und musste lächeln, weil sie sofort verstand, worauf er hinaus wollte: „Nichts, absolut nichts. Wir sind frei und können tun und lassen was wir wollen."

„Ist es dafür nicht etwas zu kalt und feucht?"

„Wolfgang, benimm dich anständig, wie es sich für einen vierundsechzigjährigen soeben pensionierten Ozeanographen gehört! Aber gegen einen Kuss hat das Almvieh sicherlich nichts einzuwenden!"

Er nahm sie liebevoll in seine Arme und seine Lippen näherten sich den ihren, als sein Handy klingelte.

„Ups, wer stört uns da?"

„Egal, nichts ist wichtiger als du!", sagte er, indem er sie an sich zog.

Das Handy hörte nicht auf zu klingeln, so dass er es eine ganze Weile später schließlich doch aus der Tasche nahm, auf das Display schaute, unwillkürlich schmunzelte und das Gespräch wegdrückte.

„Etwas Wichtiges?", fragte Meret.

„Ganz und gar nicht!" entgegnete Wolfgang. Er hatte gesehen, von wem der Anruf kam – ‚Schnösel' stand im Display, also Dr. Stephan Wasilewski. Der konnte ruhig warten!